grafit

Die niederländische Originalausgabe »Wachtwoord«
erschien 2010 bei De Geus, Breda

Deutsche Erstausgabe

Chemnitzer Str. 31, 44139 Dortmund
Internet: http://www.grafit.de
E-Mail: info@grafit.de

Umschlaggestaltung: Dorothea Posdiena
Umschlagfoto: Ben. / photocase.com
Druck und Bindearbeiten: GGP Media GmbH, Pößneck
ISBN 978-3-89425-665-4
1. 2. 3. 4. 5. / 2013 2012 2011

Charles den Tex

Password

Thriller

Aus dem Niederländischen von
Stefanie Schäfer

grafit

Für Marjan, die wahre A.M.R.

Lulu owns the kitchen
Gracie owns the world
Charles M. Prager

Bellilog 15.10.07

Schwiegermutter 0.5 will die ganze Zeit an mir herumfummeln. Sehr anhänglich. *Touchy-feely.* Zupf-zupf. Ich bin der Sohn, den sie nie gehabt hat, und muss jetzt auch noch Tochter Guus ersetzen. Lie-ber-nicht. Solange Guus nicht da ist, komme ich ganz gut ohne Körperkontakt aus. Sie nicht. Ein über sechzigjähriger, weiblicher *space invader*. Aber ich kann's ertragen, in Maßen. Sie hat eben ihre Bedürfnisse, das ist ganz normal. Ich kann sie gut verstehen. Aber man muss doch nicht alles ausleben, was man fühlt?

Oder alles fühlen, was man denkt?

Oder mich fühlen?

Lange, glatte Haare, blond, meistens zu einem eingedrehten Knoten aufgesteckt. Dick Wimperntusche. Grüner Lidschatten. Warum? Sie nennt mich Mik. Mik! Mik geht wirklich gar nicht. Und dauernd knufft sie mich und scharwenzelt um mich herum. Vor allem jetzt, wo der Tag der Entlassung naht. Alles beschleunigt sich, die Welt wird durch einen Trichter gepresst. Je schneller man rennt, desto mehr scheint man auf der Stelle zu treten. Die Zeit verdickt sich. Alle Erwartungen konzentrieren sich auf einen einzigen Punkt. Dann. Dann. Dann geht die Tür auf und alles beginnt von Neuem. Noch drei Tage. Mittwochmorgen um zehn Uhr, Frauenvollzugsanstalt. Nach zehn Monaten kommt Guus heraus. Wettervorhersage schlecht. Regen, Wind, neun Grad.

Ich habe nicht gewusst, dass ich jemanden so sehr vermissen kann.

1

Bonc2005

Das Einzige, was fehlte, war mein Laptop. Ein paar Minuten später verschwand meine gute Laune. Mitten auf meinem Schreibtisch herrschte gähnende Leere und einen Augenblick lang reagierte ich verwirrt. Hatte ich ihn zu Hause vergessen? Lag er noch im Auto? Stand er irgendwo anders? Ich ließ die vergangenen zwölf Stunden Revue passieren. Gestern hatte ich bis halb neun hier gearbeitet, hier, an meinem Schreibtisch, an der Präsentation für eine Versicherungsgesellschaft: strategische Analyse von Zielgruppen, Produkten und Renditen. Mein Part musste am Mittwoch fertig sein, denn ab Donnerstag hatte ich eine Woche frei. Recherchen, Interviews, Zahlen, Interpretationen und theoretischer Überbau. Daran arbeitete ich seit sieben Wochen. Die Präsentation fand in der nächsten Woche statt. Wenn die Vorbereitung gut genug war, brauchte ich nicht persönlich anwesend zu sein. Das war mein Ziel, und meinen Laptop nahm ich daher überallhin mit, ins Auto, in den Zug, ins Flugzeug. Nur nicht mit nach Hause, sonst fand ich nie ein Ende. Um kurz nach halb neun hatte ich gestern Abend meine Bürotür hinter mir zugezogen. Mit müden Augen von der langen Bildschirmarbeit. Benommen von den Spalten mit Prämien, Kosten, Ausschüttungen und Prognosen.

Gijs, mein Kompagnon, und ich hatten das ganze Wochenende gearbeitet und am Sonntagabend spät gegessen, indonesische Reistafel in einem Restaurant in der Vijzelstraat, bei ihm um die Ecke. Die scharfe Variante, *Padang*, war genau stark genug, um die Erschöpfung nach einem langen Tag im Büro wegzubrennen. Danach hatten wir am Rembrandtplein, oben in der *Kroon,* noch ein paar Gläser Bier zum

Löschen getrunken. Um kurz nach zwölf war ich auf mein Fahrrad gestiegen. Und eines wusste ich ganz genau: Meinen Laptop hatte ich nicht dabei gehabt. Den ganzen Abend nicht. Weder im Restaurant noch in der Kneipe. Zu Hause hatte ich mich ins Bett gelegt und war praktisch sofort eingeschlafen. Ohne Laptop.

Ich blickte auf meinen Schreibtisch und fluchte.

»Wo ist mein Computer?!«, brüllte ich. Keine Antwort, es war noch keiner da. Ich war der Erste im Büro.

Ich hasse es, wenn Leute an meine Sachen gehen. Das ist meine Firma, mein Büro, mein Schreibtisch; zusammen mit Gijs bin ich hier der Chef. Zwar ist die Firma klein – wir haben nur drei Mitarbeiter: zwei Assistenten und eine Sekretärin –, aber an den Verhältnissen ändert das nichts.

Wer hatte meinen Computer mitgenommen?

Gijs und ich hatten gestern Abend unsere Räume abgeschlossen. Die Zwischentür verriegelt, die Alarmanlage eingeschaltet. Im übrigen Gebäude hielten sich noch Leute auf. Wir waren Untermieter bei *The Pattern,* einer Softwarefirma voller Supernerds, die oft bis mitten in der Nacht arbeiteten. Aber warum sollte einer von ihnen meinen Computer brauchen? Es war ein einfacher Laptop, mehrere Jahre alt, nicht mal mit der neuesten Technik oder einer besonders hohen Speicherkapazität; ein Einheitsgerät mit klappernder Tastatur. Ich mochte dieses vertraute Geräusch bei der Arbeit. Meine komplette Arbeit steckte in der Kiste, all meine Berichte, Briefe, Rechnungen, Stundenlisten, Memos, E-Mails, Diagramme und Grafiken, Notizen, Inventarisierungen und so weiter.

Mein Laptop stellte das Archiv meines Lebens dar, und wenn ich morgens ins Büro kam, erwartete ich, es dort auch vorzufinden. Ordentlich. Wo ich es zurückgelassen hatte. In unmittelbarer Reichweite.

Natürlich besaß ich Kopien. Alle aktuellen Arbeitsunterlagen und Aufträge hatte ich auf einen Stick gespeichert. Und der steckte in meinem Rucksack. Der vollständige Inhalt meiner Festplatte war als Kopie auf dem Server von *The Pattern* gespeichert. Dort wurden die Back-ups von allem, was wir taten, sowie die zugehörigen Programme und Konfigurationen aufbewahrt. Wenn ich einen neuen Laptop anschloss, konnte ich alles wieder vom Server holen. Bei *The Pattern* hatten sie bestimmt noch einen PC oder Laptop übrig, dort fraßen sie Computer. Es war unwahrscheinlich, dass sich einer der Programmierer meinen Rechner genommen oder ausgeliehen hatte. Sie hatten mehr als genug, und zwar viel bessere. Außerdem konnten sie unseren Teil des Gebäudes nicht betreten. Nur Karl konnte das, der Besitzer von *The Pattern* und diesem Gebäude.

Ich blickte durch das große Fenster hinaus auf den IJ. Das fahle Licht der Morgendämmerung trieb über das Wasser in die Stadt hinein. Es war noch vor sieben, ich war früh gekommen, um ungestört arbeiten zu können. Die Zeit war kostbar und jetzt stand ich nutzlos hier herum und schaute aus dem Fenster.

Ich kehrte zurück zum Eingang unserer Firma. *BON Consult* vereinnahmte vier Zimmer am Ende eines Flures in dem riesigen Firmensitz von *The Pattern,* einer alten Lagerhalle auf einem ehemaligen Hafengelände in Amsterdam-Noord. Karl hatte die Immobilie und das umliegende Gelände zu einer Zeit erworben, als niemand in diese Gegend wollte. Inzwischen war das Anwesen ein Vermögen wert. Seine Firma wuchs von Jahr zu Jahr und vor Kurzem hatte er die ersten Aufträge aus dem Ausland akquiriert. Er hatte sogar ein Team nach Russland beordert, für große Netzwerkprojekte. *The Pattern* verfügte über die besten Programmierer, Leute mit unbegrenzter Intelligenz und unstillbarer Neugier. Leute, für die ein Computer mehr war als ein praktischer Gegenstand. Für sie bedeutete der Computer einen Zugang zur digitalen Welt, ein Tor. Durch dieses Tor gelangte man in den Maschinenraum unserer Gesellschaft. Die Computernerds sorgten für die Verbindungen, bauten die Maschinen und sicherten die Tore ab. Sie beschäftigten sich mit Gedanken, denen ich nicht folgen konnte, starrten auf Zahlen und Formeln, und meist erntete ich nur verständnislose Blicke, wenn ich sie etwas über Computer fragte. Sie konnten nichts erklären, denn sie verstanden nicht, was ich nicht verstand.

In der Kantine traf man meistens jemanden an, egal zu welcher Uhrzeit. Designer und Programmierer halten sich nicht an Bürozeiten, sie leben mit ihren Computern und den Dingen, die sie damit erschaffen. Und sie leben von Junkfood. Ganzen Kühltruhen voll. Karl versuchte, seine Mitarbeiter allmählich an gesünderes Essen zu gewöhnen, aber die Menge an Pizzen, die jede Woche vertilgt wurde, blieb unverändert immens.

In einer Ecke des großen Raumes saßen zwei junge Männer an einem kleinen Tisch. Kaffeebecher vor sich, die Augen aufgerissen, als sei Schließen verboten. Der eine stützte sich mit den Ellenbogen auf den Tisch, das Kinn in den Händen. Der andere notierte sich etwas auf einem Schreibblock.

»Seid ihr schon lange hier?«, fragte ich.

»Stunde, anderthalb.«

Ich fragte sie, ob sie etwas über den Laptop aus meinem Büro wüssten. Eine dumme Frage, das war mir klar. Trotzdem stellte ich sie.

Sie sahen mich an und schüttelten die Köpfe.

»Ist in der Zeit noch jemand anders hier gewesen?«, fragte ich sie.

»Hier nicht.«

Ich hatte keine andere Antwort erwartet. Dennoch musste ich fragen, wenn auch nur, weil mir nichts anderes einfiel.

Wo war das Ding?

Mit einem Becher Kaffee aus dem Automaten setzte ich mich an den Schreibtisch unserer Sekretärin. Josien kam erst gegen neun Uhr, also hatte ich genügend Zeit, ungestört an ihrem Computer zu arbeiten. Wenn alle da waren, würde ich weiterfragen. Ich schaltete Josiens PC ein und trank meinen Kaffee, während ich darauf wartete, dass der Rechner sich hochfuhr. Nach etwa einer Minute erschien der Startbildschirm.

Benutzername:

Passwort:

Ich tippte: Benutzername: josienvdk. Passwort: bonc2005. Klickte O.K. an und wartete. Das Bild auf dem Monitor veränderte sich und ich konnte anfangen zu arbeiten. Glücklicherweise hielt sich niemand an die Vorschrift, einmal im Monat das Passwort zu ändern. Bei der Gründung unserer Firma *BON Consult* hatten wir das Passwort ›bonc2005‹ ausgewählt und auf allen Computern eingestellt. Dass jeder dasselbe Passwort benutzte, war praktisch, denn dadurch konnte man sich jederzeit in jeden Computer einloggen. In den wenigen Jahren seit der Gründung hatte es keinen unmittelbaren Anlass gegeben, das Passwort zu ändern. Obwohl ich persönlich durchaus Grund zur Vorsicht gehabt hätte, da vor gut einem Jahr meine Identität gestohlen und missbraucht worden war. Seitdem war ich wachsamer geworden. Von Zeit zu Zeit veränderte ich die PIN-Codes meiner Bankkarten und ich trieb mich nicht mehr in allen möglichen sozialen Netzwerken herum, in denen man persönliche Daten hinterlegen musste. Kein *LinkedIn,* kein *Facebook,* kein *Schulbank.nl,* kein *Myspace.* Nur noch meine Webmail, die Bank, die Versicherungen, die Steuer, Reisebuchungen, Bestellungen für Kino- und Theaterkarten und all die anderen Dinge, die inzwischen fast nur noch über das Internet erhältlich waren. Und während der ganzen Zeit blieb das Passwort auf unseren Computern unverändert.

2

Die Zeichen stehen nicht gut

Niemand wusste etwas. Mein Computer schien sich in Luft aufgelöst zu haben.

»Vielleicht war das Haltbarkeitsdatum abgelaufen«, meinte Ahmed.

Alle außer mir lachten. Ahmed Amrani war mein Assistent. Vor knapp einem Jahr hatte ich ihn eingestellt und konnte inzwischen nicht mehr auf ihn verzichten. Er war zehn Jahre jünger als ich und universell einsetzbar. Ein perfekter Stellvertreter. Er drängte sich nicht auf, doch ihm entging nichts. Dabei besaß er ein besonderes Talent für die Beurteilung von Positionen und Interessen. Er achtete auf Blick und Körperhaltung seines Gegenübers, lauschte dem Klang der Stimme, der Atmung und dem Schweigen. Und er konnte unglaublich überlegen lächeln.

Dieses Lächeln lernte ich gleich bei unserer ersten Begegnung kennen.

»Amrani, schöner Name«, sagte ich.

Und er lächelte: ironisch, freundlich und höflich, doch zugleich unverkennbar spöttisch.

»Habe ich etwas Falsches gesagt?«

»Im Gegenteil, das war sehr freundlich von Ihnen. Aber ›schön‹ bedeutet nicht für jeden das Gleiche.«

»Gefällt Ihnen Ihr Name nicht?«

»Doch, natürlich.« Wieder dieses Lächeln. »Es ist mein Name und ich mag ihn. Ahmed Amrani, das bin ich. Das ist schön. Aber das meinten Sie nicht.«

»Ich meinte, dass Amrani ein schöner Name ist.«

»Genau.« Lächeln.

Wortlos sah ich ihn an.

»Frank de Boer konnte ausgezeichnet Fußball spielen. Sehr, sehr gut. Er hatte Fans in aller Welt. Er ist auch stolz auf seinen Namen. Und mit Recht: Frank de Boer, das ist er. Er ist DER Frank de Boer. Klasse. Aber hier, in diesem Land, würde niemals, wirklich niemals, jemand zu ihm sagen …« Er schwieg.

»De Boer, schöner Name.«

Lächeln. »Und ich kann nicht mal Fußball spielen.«

So war er, er hörte, was anderen entging. Er achtete auf die feinen Nuancen und wusste immer, was gemeint war, selbst wenn etwas ganz anderes gesagt wurde. »Bei uns«, pflegte er zu sagen, und dabei wusste man nie genau, ob er seine Familie meinte, die Marokkaner im Allgemeinen oder vielleicht ganz Marokko, »bei uns lernt man, genau zuzuhören. Von klein auf. Wenn man sprechen lernt, lernt man auch zuhören, denn die Worte erzählen immer nur die Hälfte der Geschichte. Oft nicht mal die wichtigere Hälfte.«

Lächeln.

Gijs hatte keine Ahnung, was mit meinem Laptop passiert war, genauso wenig wie Ahmed und Josien. Sacha, Gijs Assistentin, hatte ein paar Tage Urlaub, weil sie gerade umzog.

»Er kann doch nicht einfach verschwunden sein?«, fragte ich. Je länger ich darüber nachdachte, desto besorgter wurde ich. »Das Kabel und die Maus sind auch weg.«

In diesem Augenblick entdeckte ich in einer Ecke des Zimmers die Laptoptasche, an ihrem angestammten Platz, in einer kleinen Nische zwischen Bücherschrank und Wand. Wenn man nicht wusste, dass sie dort stand, sah man sie fast nicht. Ich holte sie und legte sie auf den Tisch.

»Wenn ich meinen Laptop mitnehme, stecke ich ihn hier rein.« Ich öffnete den Reißverschluss der Tasche. Sie war leer.

»Dann hat hier also jemand eingebrochen und nichts mitgenommen außer deinem Computer«, stellte Gijs fest. »Das glaubst du doch selbst nicht.«

»Nein, hier ist niemand eingebrochen«, erwiderte ich. Gemeinsam kontrollierten wir die Türen, aber nirgendwo war ein Schloss defekt oder etwas beschädigt. »Der Alarm wurde auch nicht ausgelöst, das wüssten wir längst.«

Das Gebäude war mit Bewegungsmeldern gesichert, und selbst wenn jemand mit einem Schlüssel hereinkam, musste er zusätzlich den Code der Alarmanlage auf einer Kontrolltastatur eingeben. Unterließ man das, wurde in der Zentrale der Sicherheitsfirma ein stiller Alarm ausgelöst und einer der Mitarbeiter rief Karl, mich oder Gijs an. Wir waren die Kontaktpersonen, doch wir waren nicht von der Zentrale benachrichtigt worden.

Das Gebäude war in drei verschiedene Zonen unterteilt: Die Räumlichkeiten von *BON Consult,* die Büros von *The Pattern* und der Gemeinschaftsbereich, darunter die Kantine, die Flure und die Toiletten. Wir, die fünf Mitarbeiter von *BON Consult,* hatten einen Code für unsere Büros und den Gemeinschaftsbereich. Die Mitarbeiter von *The Pattern* hatten einen anderen Code für ihre Firmenräume und den Gemeinschaftsbereich. Nachts, wenn die Alarmanlage von *BON Consult* aktiviert war, konnte niemand von *The Pattern* einfach so zu uns hereinspazieren. Außer Karl. Der hatte einen eigenen Code, womit er das ganze System auf einmal ausschalten konnte. Gijs hatte am Abend zuvor die Alarmanlage eingeschaltet und die Tür hinter uns geschlossen. Automatische Handlungen, über die wir gar nicht mehr nachdachten. Vier Zahlen, ›Enter‹ und warten, bis das rote Lämpchen aufleuchtet. Es war ein Automatismus in dem Maße, dass ich nicht einmal mehr mit Sicherheit hätte sagen können, ob er es wirklich getan hatte.

Ich rief die Sicherheitsfirma an und bat um einen Bericht über die letzten vierundzwanzig Stunden. Jede Veränderung wurde registriert und eine gewisse Zeit lang aufbewahrt. Im Laufe des Nachmittags sollte ich eine E-Mail mit der Übersicht erhalten.

Mit Ahmed zusammen arbeitete ich weiter an der Präsentation für die Versicherungsgesellschaft, denn gemeinsam konnten wir einen Teil der verlorenen Zeit aufholen. Wir arbeiteten ernst und konzentriert, aber dennoch lenkten mich die hartnäckigen Grübeleien über den verdammten Computer ab. Andauernd malte ich mir aus, was passiert sein konnte. Noch hatte ich den Gedanken nicht verworfen, dass ich ihn irgendwo abgestellt und vergessen hatte. Wenn ich nur gründlich genug nachdachte, müsste mir wieder einfallen wo.

Im Schrank?

In einer Schreibtischschublade?

In einem anderen Büro?

Solche Orte kamen nicht infrage.

»Wann muss die Präsentation fertig sein?«, fragte Ahmed. Dabei wusste er es ganz genau. Es war seine Art, mich daran zu erinnern, dass ich mich auf meine Arbeit konzentrieren sollte.

Die Mail von der Sicherheitsfirma kam nachmittags um halb drei: eine Liste, die anzeigte, wann die Alarmanlage für unseren Teil des Gebäudes seit Sonntagnachmittag ein- und ausgeschaltet worden war. In der linken Spalte stand ein Code, daneben eine Kontrollnummer, dann eine Zonennummer, danach der Zeitpunkt des Ausschaltens, dann der des Einschaltens und anschließend wieder der Code. Es dauerte einen Moment, bis ich mich in den Zahlen- und Codekolonnen zurechtgefunden hatte. Ich sah in die Spalte ›Zeit: aktivieren‹ und fand 20:32 Uhr, der Moment, in dem Gijs und ich gestern Abend die Firma verlassen hatten. So weit, so gut. Direkt darunter stand 03:29 Uhr. Auch unter ›Zeit: aktivieren‹. Heute Nacht um eine Minute vor halb vier hatte jemand das Gebäude verlassen und den Alarm wieder eingeschaltet. Ich sah in die Spalte daneben, in der der Code aufgelistet war. Es war der richtige. Daran war nicht zu rütteln. Ich blickte in die Spalte auf der anderen Seite, ›Zeit: deaktivieren‹: 03:22 Uhr. Jemand war um acht Minuten vor halb vier hereingekommen und um eine Minute vor halb vier wieder gegangen. In sieben Minuten rein und raus. Mithilfe des richtigen Codes und offenbar auch eines Schlüssels, denn das Sicherheitssystem meldete, dass alles ordnungsgemäß verlaufen war.

Kein Alarm.

Die Liste enthielt noch eine letzte Meldung, ›Zeit: deaktivieren‹: 06:43 Uhr. Das war ich gewesen, als ich frühmorgens ins Büro gekommen war und die Tür von *BON Consult* geöffnet hatte.

Ich starrte auf die Übersicht.

Wer war hier drin gewesen?

Sacha war die Einzige von unserer Firma, mit der ich noch nicht gesprochen hatte, aber ich hielt es für unwahrscheinlich, dass sie mitten in der Nacht hierhergekommen war.

Karl vielleicht oder jemand von der Sicherheitsfirma? Dort hatten sie alle Codes und Schlüssel.

Der Vollständigkeit halber rief ich Sacha an, die gerade einen Umzugskarton in ihre neue Wohnung schleppte. Keuchend antwortete sie, sie sei nicht mal in der Nähe der Firma gewesen. Übermorgen käme sie wieder.

»Dachte ich mir schon«, sagte ich und wünschte ihr noch viel Glück beim Umzug.

Es war also niemand von *BON Consult* gewesen.

Es sei denn, einer log. Aber wer? Gijs nicht. Josien? Ahmed? Nein, daran wollte ich nicht einmal denken.

Ich saß noch immer mit dem Hörer in der Hand da. Josien steckte den Kopf herein. »Bist du fertig?«, fragte sie. »Ich habe hier nämlich eine Dame für dich in der Leitung. Sie wollte ihren Namen nicht nennen. Es ginge um Mittwoch. Dann wüsstest du schon Bescheid.«

Schwiegermutter 0.5. Die Mutter meiner Freundin Guus, die vor zehn Monaten ins Gefängnis gewandert war. Guus und ich waren uns vor etwas über einem Jahr unter den denkbar ungünstigsten Umständen begegnet. Im Juli 2006 wurde ich als Verursacher eines Autounfalls mit Todesfolge verhaftet. Kameras hatten den Unfallhergang – ein Fahrradfahrer wurde angefahren – und die anschließende Fahrerflucht des Unfallverursachers aufgezeichnet. Den Unfallwagen, einen bronzefarbenen BMW, hatte ich noch nie gesehen, aber er war auf meinen Namen zugelassen. Mein Wort stand gegen das der Polizei und in der Zelle in Monster erfuhr ich, dass das Wort der Polizei mehr gilt. Die Einzige, die mir zur Seite stand, war meine Pflichtverteidigerin, Rechtsanwältin Guus van Donee, die mir anfangs jedoch auch nicht geglaubt hatte.

Ich nahm das Telefon und drückte auf den Knopf neben dem blinkenden roten Lämpchen. Ich wollte Schwiegermutter 0.5 freundlich begrüßen, aber sie kam mir zuvor.

»Könntest du mich bitte abholen, Mik? Hier am Boot? Das würde mir vieles erleichtern. Ich könnte zwar auch nach Amsterdam kommen, die Verbindungen sind eigentlich sehr gut, aber die Zeichen stehen schlecht.«

Ich konnte mir ein Lächeln nicht verkneifen. Nullpunktfünf ließ sich von Symbolen, Geburtsdaten, Namen, Energiebahnen, Knoten und Auren leiten. Ein größerer Unterschied zwischen Mutter und Tochter war kaum vorstellbar. Guus war rational, eine Rechtsanwältin, die mit Fakten und

Beweisen arbeitete. Ich selbst saß quasi zwischen zwei Stühlen, denn für mich waren die meisten Fakten nur postuliert. Ein bekanntes Phänomen in Politik und Wirtschaft. Und nun war Nullpunktfünf offenbar beunruhigt wegen irgendetwas, was sie gesehen oder gespürt hatte.

»Aber ich dachte, die Vorzeichen seien so günstig?«, warf ich ein.

»Für Guusje schon, aber nicht für mich. Für mich sieht es nicht so rosig aus.«

»Und wie ist es mit mir? Gibt es für mich auch Zeichen?«

Sie lachte. »Mit dir beschäftige ich mich momentan nicht. Ich habe genug mit mir selbst zu tun.«

Willkommen im Club, dachte ich und schlug ihr vor, sie am Dienstagnachmittag abzuholen und in einem Hotel in Eindhoven zu übernachten, damit wir uns am Mittwochmorgen nicht durch den Berufsverkehr quälen mussten.

»Sehr vernünftig«, sagte sie.

»So bin ich.«

3

Hier klicken

Mir wurde geholfen. Thomas, ein junger Mann von *The Pattern,* brachte mir einen PC mit Funkmaus, Funktastatur, Neunzehn-Zoll-Flachbildschirm, einer Megafestplatte, mehr Gigahertz, als ich für möglich gehalten hätte, und mucksmäuschenstill.

Ein wunderbares Gerät, neuer als mein gestohlener Laptop und viel schneller und leistungsfähiger.

Thomas lud die Back-up-Kopie meiner Festplatte vom Server und installierte alles. Nach einer Stunde konnte ich wieder arbeiten. Ich war online und erreichbar. Ich änderte die Zugangscodes zu meinen Bankkoten und sorgte dafür, dass meine Daten wieder sicher waren. Bonc2005 wurde Bellol2007.

»Heute Nachmittag kümmere ich mich um etwas Tragbares für dich«, versprach Thomas.

»Dann habe ich zwei Computer und weiß schon bald nicht mehr, was auf welchem gespeichert ist.«

Thomas schüttelte den Kopf. »Nein. Diese Computer kommunizieren miteinander und synchronisieren sich über den Server. Ganz egal, wo du bist, du arbeitest immer mit denselben Daten. Du holst sie ab, und wenn du fertig bist, speichert er sie für dich.«

»Das Ding ist also permanent online?«

»Nicht nötig. Sobald du alles hast, was du brauchst, kannst du offline gehen, wenn du willst.« Er schwieg einen Moment. »Aber wozu? Offline ist Quatsch.«

»Weil wir oft mit sensiblen Daten unserer Kunden arbeiten«, erklärte ich. »Und dann halte ich es für sicherer, wenn ich nicht online bin.«

Über solche Probleme hätte sich vor zehn Jahren kein Mensch Gedanken gemacht. Brauchte man auch nicht. Doch die Technologie entwickelte sich immer weiter. Während ich versuchte, unsere Arbeit und unsere persönlichen Daten abzuschirmen, wurden über das Internet immer mehr Systeme aneinandergekoppelt und der Informationsaustausch erleichtert und beschleunigt.

»Wie du willst«, sagte Thomas, »aber unser Server ist sicherer als dein Laptop.« Er kontrollierte noch ein paar Einstellungen und zeigte auf einen kleinen glänzenden Knopf in der Mitte des oberen Bildschirmrands. »Das ist die Webcam«, erklärte er. »Dadurch können wir uns sehen, falls du mich brauchen solltest.« Er schob die Maus hin und her und klickte ein Icon an. »So bedienst du sie. Siehst du?«

Er erklärte mir, wie ich die eingebaute Webcam benutzte, sodass ich auch bewegliche Bilder von mir versenden konnte. Er klickte auf ein paar Buttons und das Bild veränderte sich. Auf dem Monitor erschien das Gesicht einer seiner Kolleginnen, einer Frau Ende zwanzig. Verstört blickte sie auf.

»Ja?«, fragte sie.

»Nur ein kleiner Test«, sagte Thomas.

»Bist du noch beim Nachbarn?«

»Er steht hier neben mir.« Thomas fasste mich am Ärmel und zog mich zu sich hin, sodass sich unsere Köpfe dicht nebeneinander vor dem Bildschirm befanden. »Sag mal schnell unserer Überfliegerin guten Tag, wir teilen uns ein Büro.«

»Hallo«, sagte ich, winkte und kam mir sehr dämlich vor. »Ich bin Michael.«

Sie winkte zurück. »Ich bin Sterre. So, und jetzt reicht's.« Sie unterbrach die Verbindung und verschwand vom Monitor.

Thomas protestierte, klickte ein paar Mal und kurz darauf war sie wieder im Bild.

»Was ist denn nun schon wieder?«, fragte sie.

»Soll ich dir etwas aus der Kantine mitbringen? Ich komme sowieso daran vorbei.«

»Ja, ich nehme eine Orangenlimo.«

»Okay. Bis gleich.« Ein weiterer Klick und sie war weg.

»Sterre?«, fragte ich.

»Eltern!«, seufzte Thomas. »Sie wollen das ganze Universum für ihr Kind, und wenn man das wörtlich nimmt, kommt Sterre dabei heraus. Toll.« Er zuckte mit den Schultern. »Letztendlich ist es egal, der Name richtet sich nach dem Menschen.« Er packte seine Sachen zusammen. »Letztendlich haben ihre Eltern also recht behalten.« Er lachte. »Falls du noch Fragen hast ...« Er deutete auf ein kleines Icon, ein winziges Foto von ihm. »Anklicken, und schon wird automatisch eine Verbindung zu mir hergestellt.«

Ich saß allein in meinem Büro, Tür zu, kein Telefon, mein Bildschirm wie ein Fenster, durch das die digitale Welt sichtbar wurde.

Ich dachte an Guus. Sie saß jetzt seit zehn Monaten wegen Urkundenfälschung und Betrug im Gefängnis, in einer Stadt an der Grenze zwischen Noord-Brabant und Limburg. Sie hatte ihre Strafe fast abgesessen, noch zwei Nächte schlafen, dann würde ich sie abholen. Zusammen mit ihrer Mutter, meiner Beinaheschwiegermutter. Beinahe, denn Guus und ich kannten uns noch nicht sehr lange, bevor sie eingesperrt wurde. Ihre Mutter hatte ich erst während des Prozesses kennengelernt. Ich hätte Guus lieber allein abgeholt, aber ich konnte Schwiegermutter 0.5 schwerlich von ihrer Tochter fernhalten. Wenn ich sie nicht mitnähme, würde ich alles nur schlimmer machen. Und komplizierter. Nullpunktfünf ließ sich nicht übergehen, niemals. Trotz ihres Hangs zum Spirituellen war sie sehr resolut.

Ich seufzte. Durch die Zwischenfälle hatte ich wertvolle Zeit verloren. Zum ersten Mal an diesem Vormittag konnte ich ungestört arbeiten und die Arbeit begann mit der Durchsicht der E-Mails. Ich öffnete die Startseite meines Providers und gab meine Daten ein. Die würde ich auch noch ändern müssen. Der Computer reagierte mit einem Piepton.

Benutzername oder Passwort ungültig

Ich wiederholte die Prozedur mit demselben Ergebnis. Es ist immer der gleiche Mist, wenn man es eilig hat, kann die Welt nicht mithalten. Alles, was man sonst mit verbundenen Augen erledigt, die Hände auf dem Rücken gefesselt, funktioniert auf einmal nicht mehr.

Passwort ungültig. Blödsinn. XXXXXXXX. Was kann daran falsch sein?

mbelli
XXXXXXXX

Es gibt Tage, da kommt man einfach nicht rein, weil der Server streikt – zu viele Pornos, Spamattacken oder ein neues Virus. Das passiert. Oder der Bagger einer Baufirma hat ein Kabel durchtrennt. Wäre nicht das erste Mal gewesen. Aber nicht heute. Nicht jetzt.

Bitte nicht jetzt.

Ich schob meinen Stuhl zurück und zählte bis zehn. Dann schaute ich durch das Fenster hinaus auf den IJ, die Boote und das Wasser. Es regnete in Strömen. Wie aus Eimern. So heftig, dass fast kein Übergang mehr zwischen Kai, Wasser und Luft erkennbar war. Der Oktober, oft ein schöner Monat, war vollkommen verkorkst. Ich schaltete meinen Computer aus und ging Kaffee holen. Manchmal reicht es, zehn Minuten Pause einzulegen und neu zu starten, um wieder in das System hereinzukommen.

Aber nicht heute. Was ich auch versuchte, es klappte nicht. Ich war von meinen E-Mails abgeschnitten. Wahrscheinlich hatte dieser Computer eine besondere Schutzvorrichtung oder eine Einstellung stimmte noch nicht. Ich klickte das Thomas-Icon an und sofort erschien sein Gesicht auf dem Bildschirm.

»Jetzt schon?«, fragte er.

Ich sah ihn an. »Kannst du mich jetzt auch sehen?«, fragte ich.

Er nickte. »Geht alles von selbst. Was ist denn los?«

»Mit dem Computer stimmt etwas nicht.«

»Quatsch«, erwiderte er.

»Ich bin doch nicht blöd? Mit diesem Computer kann ich meine Mails nicht abholen.«

Thomas schüttelte den Kopf. Ich sah es auf dem Monitor. Genau wie den mitleidigen Blick in seinen Augen.

»Nein, nein, nein«, sagte er. »Du kommst nicht in deine E-Mails rein. Der Computer kann alles.« Er sah mich aus dem Bildschirm an. »Kannst du sonst noch was nicht?«

Bellilog 17.10.07

Ich kann das nicht ertragen. Schon seit zwei Tagen arbeite ich mit Leihcomputern. Es ist, als wäre ich plötzlich erblindet oder verstummt. Ich fühle mich amputiert. Nicht, als sei mir etwas gestohlen, sondern als sei etwas abgehackt worden. Nur mein Blog funktioniert noch.

Und niemand hat die geringste Ahnung, was passiert ist. Unschuldige Gesichter, die das alles eher lustig finden.

Ha, ha.

Aber es macht mir nichts aus, das ist der eigentliche Witz. Es dauerte eine Weile, bis ich das erkannt hatte. Die Arbeit geht ungestört weiter, mir wird von allen Seiten geholfen. Die anderen springen für mich ein und ich brauche nicht einmal darum zu bitten. Der Auftrag läuft, Probleme werden gelöst.

Was will ich mehr?

Morgen Guus und eine Woche frei. Nichts, außer Guus.

Das ist mehr als genug.

4

Noch zwei Minuten

Die Umgebung war schön und fast kahl. Bäume, die ihre Blätter verloren, Gras, Asphalt, Straßenpflaster, Backsteine und Beton, Laternenpfähle und Kameras hoch oben an Mauern und Zäunen. Manche Sträucher waren noch dicht belaubt, doch ansonsten versperrte kaum etwas die Sicht. Der Wind konnte ungehindert hindurchpfeifen. Alles hier drehte sich um die Sicherheit, da war für Natur kein Platz. Flache Aussicht über platte Ebenen. Wir standen neben dem Auto auf einem fast verlassenen Parkplatz, Regentropfen im Nacken, der Eingang zum Gefängnis lag direkt gegenüber. Nullpunktfünf und ich waren in den Südosten der Niederlande gereist, um Guus abzuholen. Die Mutter mit einem Strauß Blumen, ich mit einer Schachtel *Slim Panatellas,* Guus Lieblingszigarillos. Guus rauchte nicht, nie, aber sie fühlte sich wohl, wenn sie einen Zigarillo hatte. Es lag am Duft des Tabaks und an der Form. Sie mochte es, einen Zigarillo zwischen den Lippen zu halten, bis das Mundstück auseinanderfiel. Eine Schachtel mit zehn Stück reichte für einen Monat.

Die Aussicht, sie endlich wieder in Freiheit zu sehen, hatte mich in den letzten zwei Wochen immer mehr erfüllt. Ich dehnte mich aus und füllte ganze Straßen mit Verlangen und Ungeduld. Ihre Mutter hatte diesen Tag hundertmal analysiert und für Guus standen alle Zeichen gut. Das würde ein wunderbarer Tag werden. Es war Viertel vor zehn.

»Komm, wir gehen«, sagte ich.

Sie legte die linke Hand in meine rechte Armbeuge. Ich ließ sie gewähren, ohne darüber nachzudenken. Zusammen gingen wir zum Eingang. Das Gefängnis befand sich in einer

Gruppe von mehreren verschiedenen Gebäuden auf einem großen, umzäunten Gelände: einem alten Kloster, einer ehemaligen Kirche und einem großen Holzgebäude. Hier saßen über zweihundert Frauen ihre Strafe ab. Früher gehörte der Komplex zu einer Art Dorf, einem Wohnheim der Arbeiter, die im Auftrag der Behörde für öffentliche Arbeiten in der Gegend Torf abbauten. Jetzt war das Terrain von Zäunen und Mauern umgeben, auf denen sich in drei Metern Höhe Stacheldraht entlangzog. Jeder Quadratzentimeter des Schutzwalls wurde von Kameras beobachtet. Auf hohe Pfähle montiert, wachten die kleinen schwarzen und grauen Apparate über den abgesperrten Bereich. Jeder Besucher wurde aus mindestens zwei Perspektiven gefilmt. Ich blickte schräg nach oben, lächelte, winkte kurz und wartete, bis sich das erste Tor öffnete. In den vergangenen Monaten war ich jede Woche hier gewesen. Man kannte mich. ›B für D‹ wurde ich genannt.

Die alten Gebäude waren Teil eines Gefängniskomplexes geworden. Daneben hatte man einen schmucklosen Neubau mit kleinen Fenstern und deplatziert fröhlichen Farben errichtet – das neue Hauptgebäude. Die Einrichtung umfasste verschiedene Abteilungen, für schwere und weniger ernste Straftaten, Betrügerinnen und Diebinnen. Guus saß in einer Abteilung mit vierundzwanzig Frauen, die aus ganz unterschiedlichen Gründen hier waren: misshandelte Hausfrauen, die zurückgeschlagen, Prostituierte, die ohne Genehmigung gearbeitet hatten, die Angestellte einer Reinigungsfirma, die die Kasse hatte mitgehen lassen, eine Bankangestellte, eine Frau, die elf Jahre lang die Rente ihres verstorbenen Mannes kassiert hatte und dann natürlich sie, die Anwältin. Sie saß wegen Urkundenfälschung. Sie hatte anderen dabei geholfen, mit einer gestohlenen Identität Immobilien zu kaufen und zu verkaufen. Die gestohlene Identität war meine. Das

Auto, mit dem in Monster der tödliche Unfall verursacht worden war, war auf meinen Namen gekauft worden. Deswegen glaubte die Polizei, ich wäre schuld. Doch die Sache mit dem Auto war nur der Anfang. Es stellte sich heraus, dass ich Eigentümer eines viel zu teuer bezahlten Gartenbaubetriebs mit alten, verwahrlosten Treibhäusern war, ich wurde vom Nachrichtendienst gesucht und terroristischer Aktivitäten verdächtigt. Durch Guus und ihre Mandanten war ich in fast unübersehbare Schwierigkeiten geraten. Guus hatte es nicht absichtlich getan, denn sie hatte geglaubt, ein Michael Bellicher existiere nicht. Falsch. Als sich herausstellte, dass es mich doch gab, geriet sie in einen schwerwiegenden Konflikt, denn die Polizei von Monster beauftragte sie mit meiner Verteidigung. Sie hatte getan, was sie konnte, ohne sich zu verraten. Mit dem Zigarillo in der Hand. Guus wusste sich unter den Gartenbauern im Westland zu behaupten und wurde auch mit einem Unternehmensberater aus Amsterdam spielend fertig.

Inzwischen konnte ich darüber lachen, damals ehrlich gesagt nicht.

In den ersten Wochen ihres Gefängnisaufenthalts besuchte ich sie fast täglich und gemeinsam starrten wir aus dem Fenster oder sahen uns an. So oft wie nur möglich zogen wir uns in den abgesonderten Raum zurück, in dem Paare ihre körperliche Beziehung aufrechterhalten konnten, und nach einer Weile war Sex das Einzige, was wir einander zu bieten hatten. Zu erzählen hatten wir uns immer weniger. Meine Arbeit, ihre Zelle. Ich erzählte, so viel ich konnte, aber immer öfter strauchelten meine Worte über meine Sehnsucht, sie in den Armen zu halten. Zu besitzen. Sex war ein Freihafen, doch auch der verlor nach einer Weile seine Bedeutung. Wir wollten unsere Beziehung nicht aufgeben, waren fest entschlossen, durchzuhalten, und machten uns weis, es hätte sich nichts verändert. Bis ich merkte, das mein Verhalten nach außen hin wunderlich wirkte. Auch auf Guus. Sie zog sich zurück, sie konnte nicht anders, im Gefängnis passt man sich an, sonst schmerzt das Eingesperrtsein umso mehr. Als ich das erkannt hatte, kam ich nur noch einmal pro Woche, später noch seltener. Es hatte sich durchaus etwas verändert.

Ihre Mutter und ich warteten darauf, eingelassen zu werden. Geduldig, Seite an Seite, als würden wir uns schon Jahre kennen. Liesbeth Inderlaan behandelte mich wie einen vollwertigen Schwiegersohn.

»Ihr erster Freund war auch so ein Schlappschwanz.«

»Danke.«

»Neurotische Beziehung, wenn du mich fragst.«

»Ich habe dich aber nicht gefragt.«

Sie war die Mutter, die einzige Verwandte, die Guus noch hatte. Wenn sie also auf Distanz gehalten werden sollte, musste Guus das nach ihrer Freilassung übernehmen. Alles schön der Reihe nach.

Zum ersten Mal begegneten wir uns nach der Verhandlung, in der Guus verurteilt wurde. Liesbeth setzte sich in einem Café mir gegenüber an den Tisch. Sie trug ein zeitloses, modisches Kostüm, *Chanel*, schick. Es stand ihr hervorragend und sie bewies damit ein Stilgefühl wie sonst nur selten. Sie war höflich, nahm aber kein Blatt vor den Mund. Ihr Augen suchten ständig die meinen und stets sah sie mich ein wenig länger an, als angenehm war. Als wolle sie etwas von mir, als erwarte sie etwas, was ich erraten musste. Guus ähnelte ihr. Sie hatte die gleichen glatten, blonden Haare und die gleiche Selbstsicherheit in ihrem Auftreten.

»Michael Bellicher«, sagte Guus' Mutter, hob die Handtasche auf, die neben ihrem Stuhl auf dem Boden stand, und zog ein Heft heraus, ein normales grünes Schulheft mit biegsamem Einband. Auf dem Etikett stand nur eine Nummer: 26. Später sah ich bei ihr zu Hause fünfundzwanzig ältere Exemplare, gefüllt mit ihren Aufzeichnungen und Berechnungen. Ihre Hefte waren ihre Gedächtnisstütze. Wenn sie eines aufschlug, fand sie dort schwarz auf weiß alle Ideen und Erkenntnisse, die sie beschäftigten.

Sie hantierte mit ihren Sachen, bis alles genauso war, wie sie es wollte. Heft, Stift, Brille, Taschenrechner, Tasse Kaffee beiseitegeschoben. Sie notierte sich etwas. »Schreibst du dich so?«, fragte sie kurz darauf.

Sie drehte das Heft zu mir um. Dort stand mein Name, die Buchstaben auffällig weit auseinander.

»Keine anderen Namen? Nur Michael? Nicht zusätzlich Petrus, Johannes oder Maria? Die Katholiken hängen ihren Kindern ja oft die halbe Bibel an.«

Ich schüttelte den Kopf. Meine Mutter war sehr fromm, aber nicht katholisch.

»Geburtsdatum?«

»Zweiter Mai neunzehnhundertzweiundsiebzig.«

»Natürlich, ein Stier.« Sie seufzte. »Ein Mann ohne Tiefgang.« Auch mein Geburtsdatum schrieb sie auf. Schweigend blickte sie Namen und Datum an, als ginge eine Strahlung davon aus, die sie auf sich wirken ließ. Schließlich nahm sie ihren Stift und begann, allerlei Zahlen hintereinander zu setzen und Berechnungen auszuführen, die ich nicht verstand. Nach einigen Minuten lehnte sie sich zurück und sah mich an.

»Doppelacht«, sagte sie und lehnte sich zurück, als sei damit alles klar. »So, so, so, eine Doppelacht.«

»Klingt wie eine Rudermannschaft«, bemerkte ich.

»Typisch. Ein Stier lernt sehr langsam. Doppelacht bedeutet, dass dein Lebensweg und dein Name zusammenfallen.

Dass dein Schicksal und das, was dir deine Eltern in die Wiege gelegt haben, sich ergänzen und verstärken. Ich deinem Fall heißt das, dass du noch eigensinniger bist, als ich dachte.«

Am Abend zuvor waren wir von Zeeland nach Eindhoven gefahren, um den Berufsverkehr am nächsten Morgen zu vermeiden. Übernachtung in einem *Van der Valk*-Hotel. Nicht zu teuer, viel Platz. Eine Freizeitfabrik am Rande der Stadt. Eine Ferienkolonie, brechend voll. Im geschlossenen Saal mit voller Beleuchtung kam es uns so vor, als seien wir auf dem bedeutendsten Fest des Jahres gelandet. Funkelnde Geselligkeit, Riesenportionen, große Weingläser bis zum Rand gefüllt. Ein Übermaß an Mittelmaß. Nullpunktfünf und ich hatten uns bestürzt umgesehen.

»Hier sollen wir bleiben?«, fragte sie.

»Morgen früh werden wir wissen, ob es die richtige Entscheidung war.«

Was wir gemeinsam hatten, war eine Art praktischer Vernunft. Sie wusste, was zwischen Guus und mir vorgefallen war, und sie wusste, was Guus getan hatte. »Das liegt in den Genen«, hatte sie bemerkt, womit sie nicht ihre eigenen meinte. Sie war schon vor Jahren aus dem Westland fortgezogen, weil sie den Druck der gesellschaftlichen Zwänge dort nicht mehr ertrug. Ihr Mann, Willem van Donee, hatte zu einem erlauchten Kreis erfolgreicher Gartenbauer und ihrer studierten Kameraden gehört. Männer, die zusammenhielten und durch dick und dünn gingen. Er war ihr Anwalt, ein Mann des Gesetzes nach ihrem Geschmack. Als er, zu jung, an Verfettung und dem jahrelangen Stress starb, die die Arbeit mit den Treibhausbesitzern und Spediteuren mit sich gebracht hatte, standen die Kerle auf einmal bei Liesbeth Schlange. Angeblich, damit sie nicht vereinsamte. In Wirklichkeit kamen sie, um zu kontrollieren, ob ihre Interessen und Geheimnisse noch sicher waren. Ohne Willem standen sie auf einmal vor einem akuten Problem. Liesbeth wollte solche Männern nicht mal in ihrer Straße sehen, geschweige denn in ihrem Wohnzimmer. Sie bot ihnen Jenever und Pils an, etwas anderes verstanden sie nicht, und hörte ihnen abwesend und mit aufgesetztem Lächeln zu. Ihre Augen sagten ihr alles, was sie wissen musste. Sie verkaufte ihr Haus und verwies alle an ihre Tochter, Guus, die die Kanzlei ihres Vaters übernommen hatte: die Rechtsanwaltskanzlei van Donee in Monster. Lies zog sich auf eine luxuriös ausgebaute Tjalk in einem Jachthafen in der Nähe von Brouwershaven zurück. Dort fand sie alles, was sie brauchte: einen klaren Sternenhimmel, ihre Bücher, ihre spirituellen Utensilien und einen schnellen Internetanschluss. Schwiegermutter 0.5 machte mich für den Gefängnisaufenthalt ihrer Tochter verantwortlich. Mein Anwalt hatte Guus wegen der Fälschung von Dokumenten und Akten verklagt, womit sie mich in große Schwierigkeiten gebracht hatte. Von mir aus wäre das unnötig gewesen, ich war nicht auf Vergeltung aus, doch es musste sein, um meinen guten Ruf wiederherzustellen. Nullpunktfünf hatte keinen Schimmer davon, was ein Unternehmensberater genau machte, war aber sehr froh, dass ich kein Gartenbauer war.

»Deinetwegen sitzt Guus jetzt im Gefängnis«, sagte sie. »Hauptsächlich natürlich wegen ihrer eigenen Schummelei, aber ohne deine Anzeige hätte sie keine Freiheitsstrafe bekommen. Dann hätten die Anwälte das untereinander geregelt, wie immer. Diesmal aber nicht und in gewisser Weise ist das ein Segen.« Daraufhin griff sie meinen Arm, drückte und rubbelte an mir herum und sah mich mit funkelnden dunklen Augen an. Sie war nicht sentimental, keineswegs, aber sie konnte ihre Hände nicht bei sich behalten. Von dem Tag an, an dem Guus ihre Strafe antrat, hatte sie mir das Herz über ihre unaufgearbeitete Vergangenheit und die unerwarteten Entwicklungen in der Gegenwart ausgeschüttet. Ihre Tochter im Gefängnis – das hätte sie sich niemals träumen lassen. Ihr Mann hätte sitzen müssen, und weil er nicht mehr war, musste Guus es ausbaden. Das war nur gerecht, jemand musste dafür büßen. Willem van Donee hatte sich und seine Westland-Freunde reich gemacht, indem er illegale Transaktionen auf Kosten Dritter organisierte. Guus hatte versucht, die schlimmsten Betrügereien auszubügeln, allerdings auf eine ebenfalls vollkommen illegale Weise. Und ich war einer von denen, die die Rechnung bezahlen durften. Sie hatte es nicht absichtlich getan, schließlich kannte sie mich nicht einmal. Ich war nichts weiter als ein Name, den sie benutzte, um daran ein paar Akten aufzuhängen. Sie dachte, mein Name gehörte zu keiner real existierenden Person, und ging davon aus, dass ihre Mandanten ihren bankrotten Gartenbaubetrieb an jemanden verkauften, den es gar nicht gab. Aber es gab mich. Mir wurden ein baufälliges Haus und fünf Hektar einsturzgefährdeter Treibhäuser aufgehalst. Damit wurde ich zugleich stolzer Besitzer einer Hypothek von mehreren Millionen mit dem dazugehörigen Ärger. Die Suppe durfte ich auslöffeln. Als Guus erfuhr, dass der benutzte Name meiner war und sie die Probleme ihrer Mandanten nicht gelöst, sondern nur weitergereicht hatte, hatte sie alles getan, um mich zu unterstützen. Das musste man ihr lassen. Und als ich dann irgendwann dahinterkam, dass ich dank ihr in der Tinte saß, hatte ich mich schon längst in sie verliebt. Dieses Gefühl überwog den Ärger über das mir angetane Unrecht, und als sie ins Gefängnis musste, war es an mir, für sie da zu sein. Einen Tag, nachdem Guus ihre Haftstrafe angetreten hatte, begannen die Anrufe ihrer Mutter.

»Wir müssen uns doch näher kennenlernen. Das ist doch das Mindeste.«

Das war einer ihrer Lieblingsausdrücke, »das ist doch das Mindeste«.

Das Tor sprang auf und wir wurden in die Sicherheitsschleuse eingelassen. Niemand war hier, nur die Kameras, die uns aus vier Ecken beobachteten. Hinter uns schloss sich das Tor wieder und das nächste öffnete sich erst, nachdem das erste verriegelt war. Wir hörten die Schlösser im Stahl klicken. Hier drinnen lief alles verzögert ab. Jeder Schritt wurde kontrolliert und der nächste wurde nur widerwillig zugelassen. Ich hatte selbst einmal mehrere Tage in der Zelle eines Polizeipräsidiums verbracht, aber das war nichts im Vergleich zu einem echten Gefängnis gewesen. In eine Polizeizelle wird man vorübergehend eingesperrt. Hier verlässt man die Welt und der Verlust des gewohnten Leben geschieht langsam und wohlüberlegt.

Eine Minute später durften wir weitergehen, von einem Raum in den anderen. Hier trafen wir auf Leute, uniformiertes Wachpersonal, größtenteils Frauen, die uns begrüßten und kontrollierten. Die meisten kannten mich von meinen Besuchen her. Wir gingen zum Empfang, um uns anzumelden, Michael Bellicher und Lies Inderlaan für Mevrouw van Donee.

»Die Anwältin«, sagte die Frau an der Anmeldung. Mit erstauntem Blick sah sie uns an, die Augenbrauen hochgezogen, den Kopf leicht zurückgeneigt. Sie hatte dunkelblonde, rötlich schimmernde Haare und trug ein Pflaster um den Ringfinger ihrer linken Hand. Ich sah es, registrierte es aber nur am Rande. Ich war viel zu sehr auf den Moment fixiert, in dem Guus hereinkommen würde.

»Heute sind die zehn Monate um«, sagte ich. »Heute geht sie mit uns durch diese Tür.« Mit theatralischer Geste zeigte ich zum Ausgang, zu der Tür, die über die Sicherheitsschleuse zum Parkplatz führte. »Um Punkt zehn Uhr«, fügte ich hinzu und schaute auf die Uhr an der Wand. »Noch drei Minuten.«

»Ich befürchte, hier stimmt etwas nicht«, sagte die Frau am Schalter.

Nichts konnte mir die gute Laune verderben. Strahlend behielt ich den Sekundenzeiger im Auge, der unwiderruflich die Zeit wegtickte. »Noch zwei Minuten.«

»Meneer Bellicher?«

»Ja?«

»Mevrouw van Donee wurde schon heute Morgen um acht Uhr entlassen. Gleich nach dem Frühstück.«

5

Ihre Sache

Vor zwei Stunden, nein, vor hundertneunzehn Minuten war sie aufgebrochen. Während ihre Mutter und ich bei van der Valk frühstückten, war Guus zum Tor hinausspaziert

»Das kann nicht sein«, sagte ich wider besseres Wissen. Doch die Frau vom Wachdienst hatte keinen Grund zu lügen. »Das kann nicht sein!«, wiederholte ich.

Guus und ich hatten so oft über diesen Tag gesprochen. Donnerstagmorgen um zehn Uhr. Zehn Uhr. Nie hatte Guus eine andere Zeit genannt und nie hatte ich ihre Auskunft überprüft. Warum sollte ich? Wenn jemand wusste, wann sie freigelassen wurde, dann Guus selbst. Schon seit Monaten hatte ich mir diesen Tag freigehalten: keine Termine, keine Kunden, keine Deadlines, keine Besprechungen und eine ganze Woche im Anschluss an diesen Tag keine Arbeit, keine Sitzungen und keine Präsentationen. Ich wollte absolut frei sein, wenn Guus aus dem Gefängnis kam. Und das war mir gelungen.

Eine der Frauen drehte ihren Bildschirm zu mir hin und zeigte mir den Eintrag. Entlassungszeit: elf Minuten nach acht, digital gespeichert in den Systemen der Justiz. Mevrouw van Donee hatte das Gebäude verlassen.

Ich war wie vor den Kopf gestoßen. Immer wieder dachte ich an die Verabredung zurück, die Guus und ich getroffen hatten. Unablässig stammelte ich das Datum und die Zeit, bis die Damen vom Wachdienst mir nicht mehr antworteten. Ihr Schweigen machte mich verrückt. Von sich aus sagten sie nichts, sie antworteten nur auf Fragen. So kam ich nicht weiter. Völlig verwirrt rief ich Guus auf ihrem Handy an. Doch noch bevor ein Freizeichen ertönte, wurde ich an ihre

Mailbox weitergeleitet. Wahrscheinlich hatte sie ihr Handy noch nicht einmal eingeschaltet und nach den vielen Monaten musste wohl sowieso erst der Akku aufgeladen werden. Ich hinterließ eine verworrene Nachricht und unterbrach die Verbindung. Ich stand unter Schock. Guus war nicht da und ich konnte sie nicht erreichen. Halsstarrig klammerte ich mich an das fest, was Guus und ich besprochen hatten. Ich wurde wütend und fing an, herumzuschreien. Damit verschwand bei den Wachdamen jegliche Bereitschaft, mir zu helfen.

»Sie können hier ruhig noch ein bisschen warten«, sagte eine der Frauen, »ich kann Ihnen einen Kaffee holen lassen, wir haben hier hinten einen Automaten. Aber ich befürchte, dass ich ansonsten nichts weiter für Sie tun kann.«

Sie zeigte auf die Plastikstühle, die an der Wand standen, hart, unbequem und unbenutzt. Niemand blieb hier länger als unbedingt nötig. Schweigend sahen die Angestellten mich an. Ich hatte nicht übel Lust, die Frau an ihrer Uniform über den Empfangstresen zu zerren, als sei das alles ihre Schuld. Ich fluchte.

Mutter Lies stand mit dem Blumenstrauß in der Hand neben mir. »Beherrsch dich, Mik«, mahnte sie.

Falsche Bemerkung.

»Warum sollte *ich* mich beherrschen?« Ich war derjenige, dem hier ein herber Schlag versetzt wurde. Meine Enttäuschung war so groß, dass sie in unvernünftige Wut umschlug. Ich fuchtelte mit den Armen, wurde hektisch.

»Jetzt reicht's«, sagte Lies. Sie wollte mich schnellstmöglich dort rausbringen und fasste mich am Arm. Mit knappen, energischen Bewegungen lotste sie mich durch die Schleuse nach draußen. Ein paar Minuten später standen wir wieder auf dem Parkplatz. Der Wind pfiff durch die Umzäunung. Die Kameras hielten alles fest, jeden unserer Schritte, unsere

Unschlüssigkeit, meinen Ausbruch mit den fuchtelnden Armen. Der Parkplatz erschien mir jetzt zehn Mal so groß, die Leere überwältigte mich, vor allem, weil ich ohne Guus dort stand. Die kleinen Häuser des umliegenden Dorfes sahen dunkel und abgeschottet aus. Ein ehemaliges Torfabbaugebiet bietet keine rosigen Zukunftsaussichten.

Wir fuhren zurück, über Eindhoven in Richtung Westen. Im Auto herrschte bleiernes Schweigen. Auf diesen Tag hatte ich hingelebt, heute hatte ich mit Guus zusammen durch dieses Tor gehen wollen. Gemeinsam. Was danach geschehen würde, entzog sich meiner Vorstellungskraft, aber mit dem Gefühl der Vorfreude lebte ich seit Wochen. Fertig zum Genuss. Ich wusste, wie, wann und wo sich meine Vorfreude in Wirklichkeit auflösen würde. Nur noch Guus hinzufügen und gut schütteln. Schon bei der Vorstellung, wie wir durch das Tor schritten, hatten Guus und ich Tränen vergossen. Na ja, ich jedenfalls, und jetzt wurde das alles infrage gestellt. Alles, was wir gesagt hatten, musste ich noch einmal rekapitulieren, und bevor ich damit fertig war, konnte ich kein Wort herausbringen. Ich hatte Gips in der Kehle und Dichtschaum im Hirn.

»Ich brauche jetzt einen Kaffee«, sagte Nullpunktfünf. »Da.« Sie zeigte auf eine Tankstelle in der Ferne, Ausfahrt in zwölfhundert Metern.

Ich parkte hinter dem Gebäude. Draußen war es kalt und windig. Drinnen herrschte Raststätten-Gemütlichkeit: viele Leute, ohne die Absicht, länger zu bleiben. Wir warfen ein paar Münzen in den Kaffeeautomaten und hielten kurz darauf einen dampfenden Becher in der Hand. Das Gedränge in der Raststätte war ziemlich groß, aber schließlich fanden wir ein ruhiges Plätzchen neben den Sexmagazinen. Eine ganze Reihe runder, junger Brüste glotzte uns an. Wir waren die Einzigen, die ihre Gesellschaft suchten.

Lies blies über den Rand ihres Bechers und trank mit kleinen Schlucken. Der heiße Kaffee zwang uns zum Nichtstun. Wir blickten uns um, sahen einander an und beobachteten die Leute, die zielstrebig und eilig ihre Getränke hinunterschütteten, Brötchen aßen, zahlten und wieder verschwanden. Ein unablässiger Strom von Männern und Frauen, lachend, redend, telefonierend, alle unterwegs, kommunizierend, nützlich, einige im Anzug, andere in Jeans und Jacke oder Overall. Lkw-Fahrer, Vertreter und Manager bunt durcheinandergewürfelt.

An den Automaten weiter hinten im Lokal standen zwei Motorradpolizisten und unterhielten sich. Ihre Helme lagen auf einem Stehtisch neben Zuckertütchen, Kaffeeweißer und Servietten. Ganz normal.

»Ich hatte schon so ein komisches Vorgefühl«, behauptete Lies.

»Da stimmt was nicht«, sagte ich. Dieser Gedanke beherrschte mich, ansonsten war ich vollkommen blockiert. »Da ist doch etwas oberfaul. Hast du nicht gesagt, das würde ein guter Tag werden?«

»Für Guus«, antwortete sie. »Ein guter Tag für Guus.«

»Und?«

»Vielleicht ist er das ja auch.«

Dieser Gedanke war zu schmerzlich. Die Vorstellung, dass Guus mich absichtlich zu spät einbestellt hatte, dass sie ihre Entlassung ohne mich seit Wochen geplant hatte, dass sie mich die ganze Zeit absichtlich belogen hatte, nur um sicherzugehen, dass sie schon weg war, bis ich am Gefängnis eintraf, war schon schlimm genug. Den Gedanken, dass sie das glücklicher machte, als mich zu sehen, weigerte ich mich zuzulassen. Ich schüttelte den Kopf.

»Wo soll sie denn hingegangen sein?«, fragte ich. »Nach Hause? Nach Monster?«

Wir blickten uns schweigend an. Wir wussten beide, dass Guus nicht unterwegs nach Hause war. Das wäre völliger Unsinn gewesen. Wenn sie nach Hause gewollt hätte, hätte sie auf uns warten und mit uns fahren können. Das wäre logisch gewesen und Guus dachte logisch. Also war sie anderswohin unterwegs.

»Und wie denn eigentlich?«, fragte ich. »Zu Fuß? Fährt da ein Bus? Hat sie ein Taxi gerufen? Hatte sie Geld dafür? Ich meine, wie ist sie vom Gefängnis weggekommen?« Durch mein idiotisches Benehmen hatten wir das Gefängnis verlassen, ohne eine einzige Frage gestellt und ohne irgendetwas erfahren zu haben. Von meinen Gefühlen überwältigt, hatte ich nicht an das Nächstliegende gedacht. Ich stampfte auf, schmiss meinen leeren Kaffeebecher in den Mülleimer und packte Lies am Arm.

»Wir fahren zurück«, sagte ich.

Sie waren sehr nett und, nachdem ich mich mehrmals entschuldigt hatte, auch sehr hilfsbereit. Wobei sie nicht viel wussten. Was sie zu berichten hatten, machte die Sache im Grunde noch schlimmer. Meine Fragen warfen neue Fragen auf. Wie war sie aufgebrochen? Mit dem Bus? Mit dem Taxi?

»Nein, Mevrouw van Donee wurde erwartet. Zwei Männer sind gekommen und haben sie abgeholt.«

»Und sie ist einfach so mitgegangen? Ohne sich zu wehren? Ohne Zwang?«

»Ja, sicher. Nein, keineswegs.« Sie überschlugen sich fast, um mir zu versichern, dass Guus aus freiem Willen mitgegangen war. Wer die Männer waren, wussten sie nicht; Personen, die Entlassene abholten, mussten sich nicht ausweisen. Unmittelbar nach der Entlassung beginnt die Freiheit.

»Männer?«, hakte ich nach.

»Ja, zwei.«

»Was für Männer? Waren sie groß, klein, alt, jung?«

»Schwarz. Ganz schwarz.«

»Afrikaner?«

Sie lachten auf. »Nein, im Gegenteil. Es waren Weiße. Sie waren sogar sehr weiß. Richtige Bleichgesichter. Auffällig blass. Aber sie haben von Kopf bis Fuß schwarze Kleidung getragen. Schwarze Anzüge, schwarze Schuhe, schwarze Hemden, schwarze Krawatten, schwarze Ledermäntel. Alles war schwarz.«

Ihre Kollegin nickte zustimmend. »Ganoven«, sagte sie und wieder fingen beide an zu lachen. »Aber nette Ganoven. Geradeheraus, immer einen guten Spruch auf Lager. Sie haben Niederländisch gesprochen, aber mit starkem Akzent. Wahrscheinlich Russen.«

»Hat Mevrouw van Donee sie gekannt?«, fragte ich.

»Das nehme ich an. Sonst wäre sie ja nicht mit ihnen gegangen. Meinen Sie nicht?«

Ich hatte keine Meinung mehr.

Ich konnte mir nicht mal vorstellen, dass Guus mit anderen Männern verschwunden war, zumal mit solchen, die ich nicht kannte.

Wer waren diese Männer? Waren sie Freunde? Mandanten? Geschäftspartner?

»Wie haben sie sich denn begrüßt?«, fragte ich. »Überschwänglich, distanziert, fröhlich? Sind sie sich um den Hals gefallen?«

Die Frauen schüttelten den Kopf. »Nein, das nicht. Ich glaube, sie haben sich einfach nur die Hand gegeben. Höflich eben.«

»Sind die Männer vorher schon einmal hier gewesen? Als Besucher?«

»Keine Ahnung«, sagte die eine und fragte ihre Kollegin: »Hast du sie schon einmal gesehen?«

»Könnte sein.« Die Kollegin überlegte kurz. »Wir arbeiten in Schichten, sind also nicht täglich hier. Sie könnten an einem Tag hier gewesen sein, an dem ich nicht im Dienst war.«

»Waren sie groß? Oder eher klein?«

»Kräftig waren sie. Größer als Sie. Und deutlich breiter.«

»Haben sie noch irgendetwas gesagt? Können Sie sich an irgendetwas erinnern?«

Sie schüttelten den Kopf. Es war nichts Besonderes vorgefallen. Guus war hereingekommen, hatte den Männern die Hand geschüttelt, hatte die nötigen Dokumente unterschrieben, ihre Sachen genommen und die Männer hinausbegleitet.

»Sie hat auf Wiedersehen gesagt«, erinnerte sich eine der Frauen. »Ganz nett, wie sie nun mal ist. Und das war's. Fertig. Danach sind sie gegangen.«

»Sind die Männer mit dem Auto gekommen?«

»Sehr wahrscheinlich.«

»Das können Sie doch von hier aus sehen, oder, über die Monitore?«

Die Frau nickte, erwiderte aber: »Ich kann mir nicht alles merken. Man schaut hin, sieht ein Auto, Leute, nichts Ungewöhnliches, alles normal. Nur darauf achtet man, ob alles normal ist. Erst wenn etwas Ungewöhnliches passiert, schaut man genauer hin. Den Rest vergisst man wieder. Das geht auch gar nicht anders.«

»Sie wissen also nicht, was für ein Auto es war? Welches Modell?«

Sie schüttelte den Kopf. »Nein, auf so etwas achte ich wirklich nicht. Manchmal steht hier der ganze Parkplatz voll und da soll ich mir Automarken merken? Ich habe wirklich anderes zu tun.«

»Und die Farbe?«

»Wir sehen hier alles in schwarz-weiß.«

»Aber ihre Ankunft wurde aufgezeichnet, registriert«, bohrte ich weiter. »Da könnten wir doch mal nachsehen.«

Die Frauen schwiegen und die eine schüttelte den Kopf.

Dabei war doch ganz klar, wie wir weiter vorgehen mussten. Alles, was die Kameras beobachteten, wurde irgendwo digital gespeichert.

Wir brauchten uns nur die Aufnahmen des Parkplatzes zwischen zehn vor acht und Viertel nach acht anzusehen, schon könnten wir die Männer, ihr Auto und sogar das Kennzeichen identifizieren.

»Erstens kann ich die gespeicherten Aufnahmen nicht von hier aus abrufen«, erklärte die Frau. »Der Kontrollraum liegt im Inneren des Gebäudes. Wir haben hier nur ein paar kleine Monitore, daran lässt sich nicht mal etwas einstellen. Die Aufnahmen kann man sich nur im Kontrollraum ansehen. Nirgendwo sonst. Und dazu habe ich keine Befugnis.«

Wie sehr ich mich auch bemühte, sie war nicht bereit, irgendeinen Kontakt zum Kontrollraum herzustellen.

Es gab eine ganze Reihe von Vorschriften und Regeln, die ein solches Vorgehen praktisch unmöglich machten. Die Aufnahmen der Überwachungskameras waren im Prinzip für niemanden zugänglich. Nur wenn etwas passierte, eine Unregelmäßigkeit, ein Aufstand, ein Ausbruch oder Ähnliches, konnte ein Anwalt, ein Richter oder die Polizei einen Antrag auf Einsicht stellen, und selbst das war kompliziert.

»Aber die Dame ist ihre Mutter«, erklärte ich.

»Ich weiß«, sagte die Frau und sah Lies freundlich an. »Ich kenne Sie, Sie sind ein paar Mal hier gewesen. Ich erinnere mich noch an den Tag, an dem diese anderen Leute hier waren und es so ein Durcheinander gab, weil sie nicht mit Ihnen zusammen zu Ihrer Tochter wollten, wissen Sie noch?«

Lies nickte. Ja, sie wusste es noch. Gezwungenermaßen kramte sie eine Erinnerung hervor, der sie keinerlei Bedeutung beimaß.

»Wissen Sie noch, wer diese Leute waren?«, fragte ich.

»Nein, nicht auswendig.«

»Und du?«, fragte ich Lies.

Sie schüttelte den Kopf. »Ich erinnere mich an sie, habe aber weder mit ihnen geredet noch sonst mit ihnen zu tun gehabt.«

Wieder wandte ich mich an die Frauen hinter dem Empfang. »Sie waren Besucher, also wurden sie registriert und Sie könnten in Ihrem System nachsehen, wer sie waren.«

»Das könnte ich, aber ich darf diese Information nicht an Sie weitergeben. Aus Datenschutzgründen.«

Wir prallten immer wieder an denselben Regeln ab. »Wir sind extra von weit her gekommen, um Mevrouw van Donee abzuholen«, erklärte ich. »Ich bin ihr Freund. Wir haben doch das Recht, zu wissen, wohin sie verschwunden ist?«

Wieder schüttelte die Frau den Kopf und erwiderte: »Nicht einmal die Familie hat ein Recht, es zu erfahren. Solange wir keine Beweise dafür haben, dass Mevrouw van Donee gegen ihren Willen mitgenommen wurde, und das wurde sie nicht, ist es allein ihre Sache.«

»Wir sind ihre Sache!« Ich schrie fast.

»Natürlich sehen Sie das so, ich will Ihnen gar nicht widersprechen. Aber wenn Sie Ihnen nichts gesagt hat, bedeutet das, dass sie nicht will, dass Sie es erfahren. Und das ist allein ihre Sache.«

6

Auch eine schöne Zahl

Es regnete, dicke Tropfen hämmerten auf den Asphalt. Der Parkplatz wirkte noch trostloser und die Aussicht verschwamm in grauer Nässe.

Wir saßen nebeneinander im Auto und starrten durch die Windschutzscheibe auf die kaum noch erkennbare Umgebung. Ich zögerte, den Motor anzulassen, denn ich war sicher, dass ich etwas übersehen hatte.

Guus Abwesenheit hatte mich derart paralysiert, dass mir das Denken schwerfiel. Mein Gehirn arbeitete mit einer halben Stunde Verzögerung.

Ich rief den besten Anwalt an, den ich kannte, Wouter Klasman in Amsterdam. Er hatte mich einmal aus einer hoffnungslosen Situation gerettet, und wenn es jemanden gab, der Einsicht in die Aufnahmen der Überwachungskameras erhalten konnte, dann er.

Er hörte mich ungeduldig an und ließ mich nicht einmal ausreden.

»Ich würde das nur machen, wenn es einem guten Zweck diente. Einem sehr guten Zweck. Verstehst du? Wenn ich damit etwas sehr Wichtiges erreichen könnte. Aber das ist nicht der Fall, ganz und gar nicht. Du willst die Aufnahmen sehen, mehr nicht. Vergiss es.«

Er sagte weder »tut mir leid« noch »leider« noch »schade« und schlug auch keine Alternative vor. Nichts. Ich hatte ihn mit einer kurzen Frage gestört und erhielt eine kurze Antwort. Wenn ich mehr wollte, würde ich mich schon melden. An einem Mittwochmorgen konnte sich Klasman keine nette Unterhaltung leisten. Seine Mandanten zahlten ihm siebenhundertfünfzig Euro die Stunde. Ich nicht.

Ich starrte die Tropfen auf der Scheibe an. Plötzlich legte mir Nullpunktfünf die Hand auf den Arm. Sie hatte eine ganze Weile lang geschwiegen.

Sie sagte: »Wenn Guusje sich etwas in den Kopf gesetzt hat, kann man sie nicht aufhalten. Das ist schon immer so gewesen. Das hat nichts mit dir oder mir zu tun. Und es liegt auch nicht daran, dass sie uns nicht sehen will. So ist sie nicht. Es muss einen bestimmten Grund haben. Wenn sie mitten in einem Fall steckt, kann sie so sein. Dann gibt sie einem manchmal das Gefühl, man sei Luft für sie.« Sie schüttelte den Kopf und fügte hinzu: »Das hat sie von ihrem Vater. Eine unmögliche Art.«

Ich dachte nach, versuchte, irgendwo einen Anknüpfungspunkt zu finden. »Weißt du wirklich nicht, wer die Leute waren, die Guus nicht mit dir zusammen besuchen wollten?«

»Nein, ich kannte sie nicht, ich hatte sie noch nie zuvor gesehen. Ordentliche Leute. Ein Mann und eine Frau. Gepflegt. Er war ein bisschen jünger als ich, vielleicht Ende fünfzig. Gut gekleidet. Ich habe sie für Anwälte gehalten. Wahrscheinlich von der Kammer, um etwas mit Guus zu besprechen, was nicht für andere Ohren bestimmt war. Sie waren lästig, aber ich konnte sie schon verstehen. So ist das eben.«

Es klang logisch, konnte aber nicht stimmen. Guus war keine Anwältin mehr. Schon vor Beginn der Verhandlungen war sie aus der Kammer ausgetreten. Zwar hatte sie noch allerhand abzuwickeln, aber sie arbeitete an keiner Akte mehr. Sie hatte keine Mandanten und keine Fälle mehr. Dennoch schien es jetzt, als sei sie durchaus noch mit etwas beschäftigt gewesen.

Was das anging, hatte ihre Mutter recht. Wenn Guus sich einmal in etwas hineinstürzte, rückte alles andere für sie in den Hintergrund. Wenn sie vollständig konzentriert für einen Mandanten arbeitete, jeden Schritt plante und vorbereitete, war sie am schönsten. Unnahbar und leidenschaftlich. Und unerreichbar.

»Ich fühle mich wie aufs Abstellgleis geschoben«, gestand ich.

»Ja, so ist sie«, sagte ihre Mutter. Einen Moment lang schien sie an mir vorbeizublicken. »Es ist keine böse Absicht, aber sie tut es trotzdem ...«

»Womit könnte sie sich denn beschäftigen?«, fragte ich.

»Keine Ahnung. Guus findet immer etwas. Das hat sie von mir.«

Ich reagierte nicht, es war zu offensichtlich. Die schlechten Charakterzüge stammten von ihrem Vater, die guten von ihr. Was das betrifft, sind alle Mütter gleich.

»Setze sie mitten in der Wüste aus und sie findet zwei Familien, die sich um eine Oase streiten. Wirklich. Dann wählt sie mit sicherem Instinkt diejenige Familie aus, die sie am nötigsten braucht. Und dann kämpft sie für sie.«

»Oder schick sie ins Gefängnis.«

»Oder schick sie ins Gefängnis«, wiederholte Lies. Erst ein paar Sekunden später fiel der Groschen und sie sagte: »Ach so.«

Möglich war es. Sogar sehr wahrscheinlich. Guus war zehn Monate lang mit anderen Frauen eingesperrt gewesen. Manche waren schon da, als sie kam, andere waren nach ihr gekommen. Wir hatten von ihnen gesprochen, aber ich hatte immer nur mit halbem Ohr zugehört, weil mich die anderen Frauen herzlich wenig interessierten. Sie waren ihre Schicksalsgenossinnen, in gewisser Weise Mitbewohnerinnen. Sie sahen sich jeden Tag, redeten miteinander.

Für mich waren sie Gefangene, Frauen, die wahrscheinlich Schlimmeres getan hatten als Guus. Ich erinnerte mich allerdings daran, dass Guus die meisten Verurteilungen als lächerlich bezeichnet und sich mehrmals darüber aufgeregt hatte, wie manche Frauen im Knast behandelt wurden.

Sie war empört gewesen. Wütend. Wütender, als sie je über ihre eigene Strafe sein würde. Sie wusste, warum sie einsaß, und auf einer abstrakten Ebene war sie sogar damit einverstanden, obwohl sie natürlich lieber nicht gesessen hätte. Andere Frauen dagegen waren nach ihrem Dafürhalten misshandelt, missverstanden oder Opfer von Verfahrensfehlern geworden.

Davon hatte sie erzählt, so leidenschaftlich und engagiert, dass ich sie fragte, ob das vielleicht ihre Freundinnen seien. Daran erinnerte ich mich noch genau, es musste etwa vier Monate her sein.

Und ich erinnerte mich an Guus Reaktion.

Hasserfüllt schnauzte sie mich an: »Von ihrer Freundschaft habe ich hier mehr als von deiner.«

Es war nur ein Satz gewesen, eine Bemerkung, mehr nicht. Guus war erschrocken von ihrer eigenen heftigen Reaktion gewesen und die übrige Besuchszeit hatten wir verlegen geschwiegen. Es war eine Distanz entstanden, die wir beide nicht gewollt hatten.

»Möchtest du ein Brötchen?«, fragte ich.

»Versuche lieber nicht, sie aufzuspüren«, riet Nullpunktfünf. »Guus geht, wohin sie will, und manchmal können ihr andere nicht folgen.«

»Im Moment möchte ich nur erfahren, warum sie mir absichtlich die falsche Uhrzeit genannt hat.«

Ich startete den Wagen und fuhr los, suchte eine Sandwichbar und fand einen Imbiss, der seit ein paar Minuten geöffnet hatte. Wir bestellten ein Brötchen mit jungem Gouda und eines mit Krabbensalat.

Tief in meinem Inneren wusste ich, dass Nullpunktfünf recht hatte, aber trotzdem hätte ich am liebsten sofort die Verfolgung aufgenommen. Ich hatte den Drang, Guus zu überholen, sie anzuhalten und zu fragen: Warum?

Zehn Monate lang hatte ich sie treu besucht. Natürlich weil ich selbst es so wollte, ich ging um meinetwillen, weil ich sie sehen wollte, so oft wie möglich, aber ich ging. Sehr viel Besuch erhielt sie nicht. Ihre Mutter fuhr drei, vier Mal zu ihr, ein paar Freundinnen waren ein Mal gekommen. Ein Mal. Das war es so ungefähr gewesen.

Im Gefängnis zeigt sich, wie wenig wahre Freunde man hat. Das galt auch für Guus. Nur war es bei ihr extremer, denn eine Anwältin im Gefängnis kennt plötzlich keiner mehr.

»Das ist ja wohl das Mindeste«, sagte Nullpunktfünf und kaute langsam auf dem Krabbensalatbrötchen herum. »Aber es geht nicht um Ehrlichkeit, das weißt du selbst.« Sie legte einen Zettel auf den Tisch und begann wieder, Berechnungen anzustellen. »Das Datum stimmt, zweifellos«, sagte sie. »Und das verstehe ich nicht. Schau mal.«

Sie schrieb zunächst den Namen ihrer Tochter auf. *Guusje van Donee.* Darunter schrieb sie eine Zahlenreihe: *733115 415 46555.* Die addierte sie zu 20 10 25. Diese Reihe vereinfachte sie wiederum zu 2 1 7 und zählte diese Zahlen zusammen.

»Zehn«, sagte sie, »eine Zehn ist eins plus null und das macht eins. Darauf bin ich immer stolz gewesen. Mein Guusje ist eine Eins.« Sie deutete auf das Papier, als hätte sie einen unumstößlichen Beweis erbracht. »Und heute ist der achtzehnte Oktober.« Sie schrieb auf: *18 10 2007,* vereinfachte das zu 9 1 9 und addierte die drei Zahlen. »Neunzehn. Das ist eins plus neun, macht zehn, und eins plus null ist eins.«

»Ich dachte, man müsste den vollständigen Namen zugrunde legen?«, warf ich ein.

»Da gehen die Meinungen auseinander«, erwiderte sie. »Manche sagen, der ganze Name sei wichtig, aber für mich ist das Erbsenzählerei. In Guusjes Geburtsurkunde steht Augusta, weil ihr Vater sie unbedingt nach seiner Großmutter nennen musste. Aber niemand nennt sie so. Vom ersten Tag an hieß sie Guusje. Sogar ihr Vater rief sie so. Das ist der Name, den wir ihr gegeben haben, das ist unser Vermächtnis und das berechne ich. Du bist Michael, und wenn du noch zehn andere Namen hättest.«

»Warum hast du mich dann danach gefragt?«

»Aus Neugier.« Sie lachte und tippte bekräftigend mit dem Zeigefinger auf den Tisch. »Heute ist ihr Tag, Mik, und das ist das Entscheidende. Nicht nur die Zahlen deuten darauf hin. Ich weiß, dass du das alles für Unsinn hältst, aber wir bewegen uns innerhalb von Kraftfeldern, die uns miteinander verbinden. Die Logik ist nur eine mögliche Art und Weise, die Welt zu betrachten. Die Kräfte der Natur eine andere. Aus dieser Perspektive wird der Mensch als Teil des Lebens auf anderen Ebenen, in anderen Schichten und Dimensionen reflektiert. Dass man etwas nicht sehen kann, heißt nicht, dass es das nicht gibt. Schwerkraft, Magnetismus, Elektrizität, dass alles kann man nicht sehen. Würde alles, was wir nicht sehen können, nicht existieren, gäbe es kein Leben.«

»Diese Kräfte kann man nicht sehen, aber man kann sie nachweisen«, entgegnete ich. »Die Kräfte, von denen du redest, kann man nicht nachweisen.«

»Du nicht, ich schon. Ich fühle den Unterschied.«

»Du fühlst den Unterschied?«

»Wie den Alkohol in einer Flasche Wodka. Du siehst ihn nicht, du riechst ihn nicht und du schmeckst ihn nicht. Aber wenn du die halbe Flasche ausgetrunken hast, spürst du ihn. Oder habe ich damit etwa auch Unrecht?« Kopfschüttelnd sah sie mich an. »Ich habe dich durchschaut. Wenn ich dir erzähle, was ich wirklich denke, hörst du mir nicht einmal mehr zu. Dir muss man alles in homöopathischen Dosen verabreichen.«

Ich schwieg und versuchte zu verstehen, was ich gerade gehört hatte.

Sie hatte irgendetwas gesagt, wodurch in meinem Kopf ein Schalter umgelegt wurde. Ich wusste nur nicht, was es war, es war zu kurz gewesen.

Du siehst es nicht, du riechst es nicht und du schmeckst es nicht.

Gedanken wirbelten mir durch den Kopf, zu schnell, um sie festzuhalten.

Ich musste noch einmal genau analysieren, was ich erfahren hatte, der Ausgangspunkt musste irgendwo im Gefängnis liegen.

Wer war noch dort gewesen?

Guus hatte andere Frauen kennengelernt, niederländische Frauen und zwei Russinnen, Elena und noch eine andere. Prostituierte, die sich illegal in den Niederlanden aufhielten und nun wegen Diebstahls eine Strafe absaßen, nach deren Verbüßung sie abgeschoben wurden.

Ich hatte sie einmal gesehen, nur von Weitem. Junge, freudlose Frauen. Gewissermaßen sahen alle Insassinnen freudlos aus und ich hatte nie verstanden, was Guus an ihnen so interessant fand.

»Da waren zwei Russinnen«, sagte ich. »Mit denen hatte Guus sich angefreundet. Vielleicht weiß eine von ihnen, was passiert ist. Sie muss doch mit irgendjemandem über ihre Pläne geredet haben? Wo sollen die beiden Männer denn plötzlich herkommen?«

Ich schaute auf meine Armbanduhr, es war Viertel vor zwei. Die Besuchszeit begann um zwei.

»Wir müssen noch einmal zurück«, sagte ich.

»Wir sind doch schon zwei Mal da gewesen«, erwiderte sie.

»Dann fahren wir eben ein drittes Mal«, sagte ich. »Eins plus zwei plus drei macht sechs. Ist doch auch eine schöne Zahl.«

7
Männerfantasie

Den Bewacherinnen stand der Stress schon ins Gesicht geschrieben, als wir zum dritten Mal hereinkamen. Noch bevor ich etwas sagen konnte, begannen sie bereits, auf mich einzureden. Sie könnten wirklich nichts für mich tun, sie verstünden ja, dass es schlimm für mich sei, und ich täte ihnen durchaus leid, aber sie hätten jetzt definitiv alles getan, was möglich sei und ich solle lieber nach Hause fahren und in Ruhe über alles nachdenken.

»Besuch für Elena«, sagte ich.

»Elena, und wie weiter?«

»Ihren Nachnamen weiß ich nicht, aber wie viele Elenas gibt es denn hier?«

Wir wurden der Prozedur unterzogen, die ich inzwischen schon auswendig kannte. Nullpunktfünf und ich wurden in den Besucherraum geführt und dort warteten wir an einem kleinen Tisch, bis Elena zu einer anderen Tür hereingebracht wurde. Sie war eine junge Frau, die ich von dem einen Mal, als ich sie gesehen hatte, gar nicht so jung in Erinnerung hatte. Je näher sie kam, desto mehr fiel ihre jugendliche Art, sich zu bewegen, auf. Ihre Bewegungen passten nicht zu ihrem misstrauischen Blick. Dunkle Augen sahen uns aus einer unauslotbaren Tiefe heraus an. Sie war höchstens zwanzig. Drei Schritte von dem Tisch entfernt blieb sie stehen. Sie sagte nichts. Ich wusste nicht einmal, ob sie Niederländisch sprach. Nach ein paar Sekunden blickte sie zu dem Schließer auf, der sie begleitet hatte, und zuckte mit den Schultern.

»Besuch«, sagte der Wachmann. »Für dich, nicht für mich.«

Nullpunktfünf stand auf und ging behutsam auf sie zu. »Ich bin Lies«, sagte sie. »Die Mutter von Guus.«

Sofort leuchteten Elenas Augen auf. »Gus«, sagte sie, über die niederländische Aussprache des Namens, »Chüüs«, stolpernd. Dann zeigte sie auf mich. »Du auch bei Gus.«

Ich nickte und setzte mein freundlichstes Gesicht auf.

»Gus weg«, sagte Elena mit einer ausladenden Bewegung ihres rechten Arms. »Gus weg.«

Sie lachte und plötzlich erkannte man ihr wahres Alter. Wenn sie lachte, wurde sie zu einem Mädchen, einem Kind, das es mit der ganzen Welt aufnahm. Aus ihrem Lachen sprach überschäumende Lebenslust. Sie war keine ausgesprochene Schönheit, aber sie besaß etwas Aufreizendes. Sie sah mich an, als hätte ich sie etwas gefragt. Mit nervösen Gesten strich sie sich die kurzen, blonden Haare hinter die Ohren. Das Lachen hielt nicht lange an. Kurz darauf blickte sie sich wieder furchtsam um und wirkte, als wolle sie lieber gehen. Ihre Augen huschten hin und her, von mir zu Lies, zur Tür, zum Tisch, zum Stuhl, zum Boden, zur Decke und wieder zu mir.

Lies fasste sie am Arm und führte sie zum Tisch. »Komm, setz dich ein bisschen zu uns«, sagte sie und rückte ihr vorsichtig einen Stuhl heran.

Elena setzte sich und stützte ihre Ellbogen auf den Tisch. Sie sah sich noch drei, vier Mal um und entspannte sich dann. Plötzlich wurde sie Frau, beugte sich zu mir und schien für jede Geste ihren ganzen Körper einzusetzen. Sie sagte nichts und dennoch überkam mich unwillkürlich das Gefühl, dass sie mich zu sich herlockte. Ich rückte meinen Stuhl an den Tisch, lehnte mich nach vorn und sah sie an. Sie lachte kurz auf und seufzte. Ich fühlte die Spannung in meinem Bauch, ganz unmittelbar. Sexuelle Provokation sprach aus allem, was sie tat: Wenn sie ein Stäubchen vom Ärmel schlug, war das das Vorspiel. Ich brachte kein Wort heraus. Sie war fünf Personen zugleich, die sich ständig abwechselten. Jedes Mal, wenn ich etwas sagen wollte, hatte sie sich schon wieder verändert. Plötzlich wurde mir klar, dass ich keine Ahnung hatte, mit wem ich es hier zu tun hatte. Ich war gekommen, um der Frau mir gegenüber einige Fragen zu stellen, um etwas über Guus zu erfahren – über Elena selbst hatte ich mir keinerlei Gedanken gemacht. Jetzt, wo wir uns gegenübersaßen, wusste ich nicht mal mehr, wo ich anfangen sollte.

Sie blickte deprimiert zu Boden.

Lies setzte sich neben mich und nickte dem Mädchen lächelnd zu. Sie wusste genau, was vor sich ging. Sie sah, wie Elena ihren Körper benutzte, um mich zu manipulieren, und merkte, wie ich spontan reagierte. Automatisch. Willenlos.

»Elena«, sagte sie.

Das Mädchen blickte auf. »Okay.«

»Wie geht es dir?« Lies begann eine Unterhaltung, eine Plauderei, wie ich es nicht konnte. Nicht in diesem Fall.

»Okay«, wiederholte Elena. Sie blickte jetzt gelangweilt von Lies zu mir.

»Bist du schon lange hier?«

»Hier?«, fragte sie und zeigte nach unten, auf den Boden. Sie zuckte mit den Schultern. »Drei Monate. Vier.« Sie lachte. »Nicht schlecht, hier. Bisschen blöd.« Sie lehnte sich über den Tisch und legte ihre Hand auf meine. »Gus weg«, sagte sie.

Ich nickte. Dann fragte ich sie: »Habt ihr euch verabschiedet?«

»Ja.« Sie lachte wieder. »Ich geweint! Geweint! Oh!« Sie legte eine Hand flach auf die Brust und schien gleich wieder in Tränen ausbrechen zu wollen. Doch sie lächelte und schüttelte den Kopf. »So ist Gus weg, ja, schöne Frau.« Sie sah Lies an und nahm ihre Hand. »Gus deine Tochter? Ja? Schöne Frau. Sie ist ehrlich, ja, ehrlich, starke Frau. Ich ...« Langsam kullerte ihr eine Träne über die Wange. Und noch eine. Sie wischte sie nicht weg, sondern ließ sie einfach laufen. Sie tropften von ihrem Kinn auf den Tisch. Elena schämte sich nicht für ihre Tränen. »Ist Aufregung, ja«, sagte sie.

Wieder hatte ihr Verhalten eine sofortige Wirkung auf mich; was sie fühlte, fühlte ich auch. Schon bei ihrer ersten Träne weinte ich mit. Schniefend versuchte ich, meine Tränen wegzuwischen und zu verheimlichen. Vor mir selbst. Den anderen konnte ich sowieso nichts vormachen.

»Wann?«, fragte Lies. »Heute Morgen?«

»Ja, und gestern auch. Mit Lulu. Sie ist okay.« Sie nickte.

Schweigend sahen wir einander an. Elena war jetzt ruhiger, ihre Augen flackerten nicht mehr so nervös. Sie hatte die Arme auf den Tisch gelegt und stützte das Kinn darauf. Jetzt war sie wieder klein.

»Lulu?«, fragte ich.

Sie nickte, ohne den Kopf von den Armen zu heben.

»Woher kommt Lulu?«

»Aus Adjessa. Wie ich.«

»Woher?«

»Adjessa.«

»Liegt das in Russland?«

Sie musste lachen. »Nein, Adjessa! Nicht in Russland, in Ukraina, ja! Ist auch Russland, ja. Ich«, sie schlug sich mit der flachen Hand auf die Brust, »*ich*, ich bin Russin. Russin. In Adjessa sind wir Russen. Ukraina ist Mist. Bauern.« Sie spuckte das Wort mit äußerster Verachtung aus und fuhr mit den Armen über den Tisch.

»Guus«, sagte ich.

»Gus, ja.«

»Guus wurde von zwei Männern abgeholt.«

Elena sah mich an, ihr Blick wurde hart. Wieder überraschte mich die Geschwindigkeit, mit der ihre Launen wechselten. Sie sagte nichts.

»Sie ist heute Morgen um acht Uhr von zwei Männern abgeholt worden.«

»Gus?«

Ich nickte.

»Gus war zwei Monate hier, ja?«

»Zehn Monate«, erwiderte ich.

»Nein, nein. Ich zuerst hier, dann Gus.« Sie schwieg und blickte ins Leere, fast, als nähme sie uns gar nicht mehr wahr. »Letztes Jahr«, sagte sie dann plötzlich, »Gus kam erste Mal. Im April.«

»Guus war hier?«, fragte ich. Jetzt verstand ich gar nichts mehr. Letztes Jahr im April hatte ich Guus noch gar nicht gekannt. Hatte sie damals schon Kontakt zu Elena gehabt?

»Nein, nicht hier. In, in … Ich weiß nicht. Irgendwo.«

»In Monster?«

»Gus weg hier letzte Woche.« Plötzlich wirkte sie sehr bestimmt. »Nein, Montag.«

Ich schüttelte den Kopf und wiederholte noch einmal, was ich bereits gesagt hatte. »Heute Morgen«, sagte ich. »Heute Morgen.«

Sie sah mich glasig an, ohne jede Gefühlsregung. Ein kleines, bedrücktes Mädchen in einem niederländischen Gefängnis.

»Oh«, sagte sie.

Stille.

»Wann kommst du denn raus?«, fragte Lies.

»Bald«, antwortete Elena. »Nächste Woche. Dienstag.« Sie strahlte. »Dienstag.« Ein Wort, ein Gedanke genügte und ihre Stimmung kippte schon wieder. »Dienstag«, wiederholte sie nochmals, als würde an diesem Tag alles gut werden. »Lulu auch.«

»Fährst du dann nach Hause?«

»Nach Hause?«, fragte sie und fing an zu lachen. »Ja, nach Hause.« Sie lachte, als wäre das der beste Witz, den sie seit Jahren gehört hatte. »Mein zu Hause ist überall. Ich gehe nach Amerika, zu Freund, sehr gutem Freund. Er bringt mich zum Film. Wir wohnen bei seinen Eltern.«

Das Gespräch ging hin und her. Manchmal sagte Elena etwas, was offensichtlich nicht stimmte, zum Beispiel, wann Guus angekommen und gegangen war. Sie warf verschiedene Ereignisse durcheinander. Es schien, als sei ihr Zeitgefühl hoffnungslos verquer. Tage und Monate purzelten übereinander und tauschten die Plätze. Völlig zusammenhanglos. Wir unterhielten uns noch eine Weile, aber sie wusste nichts über die Männer, die Guus abgeholt hatten. Oder sie wollte nichts sagen. Jedes Mal, wenn ich damit anfing, änderte sich ihre Geschichte. Guus sei schon vor Tagen gegangen, sie sei mit niemandem mitgegangen, sie sei von der Polizei oder von ihrer Mutter abgeholt worden.

»Ich bin ihre Mutter«, bemerkte Lies.

»Letzte Woche«, sagte Elena.

Nach einer halben Stunde standen wir auf und verabschiedeten uns. Lies schüttelte Elena die Hand, die beiden Frauen sahen sich an und es war schwer auszumachen, ob sie sich sympathisch waren oder nicht.

»Halt die Ohren steif«, sagte Lies, »nur noch sechs Tage.«

Elena lachte. »Ja, Mittwoch!«

Ich schüttelte ihr ebenfalls die Hand und mit einer plötzlichen Bewegung schmiegte sie sich an mich. Sie schlang die Arme um meinen Nacken und ihr Körper schien sich an meinem festzusaugen. Unwillkürlich legte ich ihr den Arm um den Rücken. Um sie festzuhalten, machte ich mir weis, aber ich wusste, dass ich mir etwas vormachte. Ich legte ihr den Arm auf den Rücken, weil auf diese Weise meine Hand knapp über ihrem Po lag und ich den unbezwingbaren Drang verspürte, ihren Körper zu fühlen. Sie küsste mich voll auf den Mund.

»Für Gus«, sagte sie und ließ von mir ab. Sie ging zur Tür, sah sich noch ein letztes Mal um und war im nächsten Augenblick verschwunden. Der Wachmann begleitete sie zurück in ihre Zelle, ihr Zimmer.

»Jetzt mach den Mund wieder zu«, sagte Lies. »Du siehst aus wie ein Idiot.«

Ohne es zu merken hatte ich Elena mit offenem Mund hinterhergestarrt. Mit einer Erektion in der Hose. Lies konnte es von außen nicht erkennen, aber wahrscheinlich war das nicht mal nötig. Ich schloss den Mund, wischte mir über die Lippen und rang um Fassung.

»Mein Gott«, sagte ich. Ich seufzte.

»Männerfantasie«, sagte Lies. »Diese Frau ist fünfzig Kilo reine Männerfantasie. Und sehr, sehr verwirrt.«

8

Passwort

Code, mindestens acht Zeichen. Schutz. Abschirmung. Sechs Mal klopfen, drei Mal, zwei Mal. Der Club der Schwarzen Hand. Für Unbefugte kein Zutritt. Für jeden dasselbe und für jeden anders. 5591mita. 9515mati. 1559itma. Meine eigene Exklusivität verborgen hinter Zahlen und Buchstaben, technisch, unpersönlich, eine nichtssagende Reihe. Ich bin wer ich bin in meiner eigenen Domäne. Eine Mauer schützt besser als ein Code. Beides ist noch besser.

9

Ein ordentlicher Absacker

»Sie redet nur zusammenhangloses Zeug«, meinte Lies.

Ich starrte durch die Windschutzscheibe auf die verregnete Autobahn vor mir. Die Scheibenwischer schlugen in schwindelerregendem Tempo hin und her. Es herrschte dichter Verkehr und der Regen und das Spritzwasser stoben teilweise in so dichtem Sprühnebel auf, dass ich kaum noch etwas sehen konnte. Die Deiche hätten brechen können, man hätte fast keinen Unterschied gemerkt. Alles schien dieselbe Farbe zu haben, grau, dunkelgrau. Die Verwirrung, in die Elena mich gestürzt hatte, ließ allmählich nach, wenn auch nur deswegen, weil ich mich auf den Verkehr konzentrieren musste.

»Sie hat bestimmt viel mitgemacht, das will ich gerne glauben, aber sie spinnt sich etwas zurecht«, fuhr Lies fort. »Sie weiß es nicht, deswegen denkt sie sich einfach etwas aus.«

So schien es tatsächlich. Elena hatte alles Mögliche gesagt, doch ich konnte mich an nichts richtig erinnern, weil sie ständig etwas anderes behauptet hatte. Sie kannte Guus, so viel wusste ich, denn Guus hatte mir von ihr erzählt. Das schien das Einzige zu sein, was Elena bestätigen konnte, der Rest war Chaos. Sie manipulierte und verdrehte, sie tat alles, um uns zufriedenzustellen, mich zumindest. Jedes Mal, wenn ich zweifelte, überzeugte sie mich mit ihren Augen und ihrem Körper. Darin war sie unübertroffen. Auf Lies hatte ihr Verhalten keine Wirkung gehabt, aber Schwiegermutter Nullpunktfünf hatte natürlich gesehen, wie untertänig ich wurde. Ich hatte getan, was Elena wollte, von dem Moment an, in dem sie hereingekommen war.

»Ich glaube nicht, dass sie lügt«, sagte Lies. »Das ist ja das Seltsame. Es ist, als könnte sie nicht anders. Als wäre sie sich dessen nicht einmal bewusst.«

Je weiter wir uns vom Gefängnis entfernten, desto weniger konnte ich mich an das Gespräch erinnern. Als ich das Auto schließlich im Hafen von Brouwershaven parkte, war Elena schon zu dem geschrumpft, was sie in Wirklichkeit war, nämlich eine Prostituierte aus der Ukraine, die irgendwie in die Niederlande geraten war. Arm dran? Ich war mir nicht sicher. Sie war eine kleine Nutte, so benahm sie sich, sogar im Gefängnis. Sie schien sich nichts daraus zu machen. Ich war ein Kerl, also musste sie mich einwickeln. Das war ihr Beruf. Sie war unsere einzige mögliche Verbindung zu Guus, aber sie war unzuverlässig.

Nullpunktfünf wohnte in einem Jachthafen, jenseits der Straßen und Ampeln, der Stadtviertel und Schulen und Einkaufszentren, jenseits der mächtigen Maschinerie, die jeden Tag Millionen Menschen zwischen Arbeit und zu Hause hin und her schob. Sie hatte keinen Garten, sondern einen Horizont, sie schwamm auf der Welt. Sie wohnte, wie sie dachte. Wir rannten durch den Regen über den Steg zu ihrem Boot. Das Schiff lag etwa hundert Meter vom Parkplatz entfernt, eine große, lang gestreckte Tjalk mit einem Aufbau, der sich fast über die ganze Länge zog. Die *Muladhara* besaß ein Wohn-Esszimmer mit offener Küche und Büroecke, zwei Schlafzimmer, ein Badezimmer und eine Toilette, Strom, Heizung, ADSL, fließend warmes Wasser, alles.

Im Inneren befand sich die Welt der Liesbeth Inderlaan. Warme Farben, weiches Licht und Stille. Zirkel und Pyramiden. Hier war alles auf die Befreiung der spirituellen Energie angelegt. Bei meinem ersten Besuch ließ sie mich auf einem Sessel genau gegenüber eines großen Posters Platz nehmen, auf dem auf einem nackten Frauenkörper sämtliche Chakren eingezeichnet waren. Das Westland wirkte hier weiter entfernt denn je. Nullpunktfünf fühlte Spannungen und sah Energiebahnen. Für die meisten Menschen war ich ein normaler Mann, doch Lies sah in mir ein Durcheinander von Knoten, Strömen und Blockaden. Bei mir gab es viel zu tun.

»Dein Herzchakra ist in Ordnung, dein Sexchakra ist gehörig aus dem Gleichgewicht, und was mit deinem Scheitelchakra los ist, ist nicht mehr normal. Wirklich nicht.«

Die *Muladhara* war ihre Basis. Ihre Tjalk trug den Namen des ersten Chakras, das des Urvertrauens und der Stabilität. »Dies hier sind meine Grenzen«, sagte Lies über ihr Schiff. »Von hier aus kann ich wachsen.« Lies fühlte, ohne zu berühren. Sie sah mit geschlossenen Augen und erspürte Auren, Ausgeglichenheit und Glück. Sie sah Spannungen und Schmerzen. Auch mit offenen Augen nahm sie andere Phänomene wahr als ich. Sie sah Zusammenhänge und fühlte Energien. Wenn sie mich anschaute, dann immer mit einem etwas mitleidigen Blick, als könne sie sich nicht vorstellen, wie jemand so viel entbehren könne.

Heute sah sie nichts. Sie stapfte durch die Tür und knallte sie hinter sich zu. Von ihrem sonst so einfühlsamen, sanften Verhalten war wenig übrig. Den ganzen Tag, während jedem der drei Besuche im Gefängnis und auf der ganzen Rückfahrt, hatte sie sich zusammengerissen und jetzt, wo sie sich endlich in ihrer eigenen Umgebung befand, ließ sie ihren Gefühlen freien Lauf. Sie schimpfte und fluchte. Anschließend entschuldigte sie sich.

Ich stand neben dem Tisch und wurde Zeuge dieser kontrollierten Explosion. Ihre Dämme brachen langsam, nach und nach. Sie marschierte rastlos auf und ab, sie wollte nicht tatenlos sein und suchte nach irgendeiner Beschäftigung. Sie ging zur Anrichte, wo das Geschirr von gestern noch im Abtropfgestell stand, griff nach einem Handtuch und begann, einen Teller abzutrocknen. Zwei Mal rieb sie fest mit dem Tuch darüber und stellte dann den Teller wieder hin.

Auf einmal schrie sie: »Es ist einfach nicht zu fassen!«

Ohne eine Antwort abzuwarten, drehte sie sich um, griff nach dem nächsten Teller, rieb zwei Mal darüber und legte los.

»Es ist immer dasselbe Theater mit diesem Kind! Immer und ewig! Immer muss Mevrouw ihren Kopf durchsetzen. Immer. Alles dreht sich nur um sie. Andere sind ihr schnuppe. So war sie schon mit fünf Jahren und mit der Zeit ist es immer schlimmer geworden. Zum Verrücktwerden ist das, Mevrouw Manipura! Ich habe noch nie jemanden mit einem so starken Nabelchakra erlebt wie mein Guusje. Von wem sie das wohl hat? Keine Ahnung. Nicht von mir jedenfalls. Und auch nicht von ihrem Waschlappen von Vater. Dem haben sie bei der Geburt den Nabel so fest abgebunden, dass seine Eier erst mit zwanzig rausgekommen sind. Ich schwöre es!«

Sie warf einen Blick auf den Teller in ihren Händen und schmiss ihn auf den Boden. Er zerbrach mit einem hellen Klirren.

In der plötzlichen Stille starrten wir die Scherben an.

»Sie ist ein liebes Mädchen, wirklich, aber sie kann doch mal den Mund aufmachen? Da lässt sie uns den ganzen Weg aus Zeeland kommen, du holst mich noch vorher ab, und dann ist Mevrouw einfach nicht da. Ohne irgendeine Erklärung! Vor allem das, diese Sprachlosigkeit, die kann mich wahnsinnig machen! Das ist …«

Sie schüttelte wütend den Kopf, nahm noch einen Teller vom Abtropfgestell und warf ihn auf den ersten. Die Scherben flogen durch die Gegend.

»Das hilft uns natürlich auch nicht weiter«, unkte sie.

»Aber trotzdem keine schlechte Idee«, sagte ich.

Sie nickte. »Manchmal kann man das Gleichgewicht nur durch Gewalt wiederherstellen.«

Sie ging zur Anrichte und riss mit einem energischen Ruck das ganze Abtropfgestell auf den Boden. Gläser, Tassen, Untertassen, Teller und Schüsseln zersprangen. Keuchend stand sie daneben und sah sich ihr Zerstörungswerk an.

»Lass es einfach liegen«, sagte sie. »Bin gleich wieder da.«

Mit dem Fuß schob ich die Scherben beiseite. Unter der Anrichte fand ich Handfeger und Kehrblech und eine Rolle Müllsäcke. Ich fegte den größten Teil der Scherben zusammen und warf sie in einen Sack. Das Abtropfgestell stellte ich wieder an seinen Platz und kurz darauf stand ich unschlüssig da und sah mich um. Ich fühlte mich verlassen. Meine erste Enttäuschung und die Wut waren von den unmittelbaren Notwendigkeiten verdrängt worden: Nullpunktfünf nach Hause bringen, erledigt. Ein bisschen aufräumen, auch erledigt. Jetzt stand ich auf einer Wohntjalk in Zeeland und auf einmal gab es nichts mehr zu tun. Lies hatte ihre Wut herausgeschrieen, laut und mit Gefühlen aus einer Vergangenheit behaftet, von der ich nichts wusste. Ich kannte Guus seit etwas über anderthalb Jahren und in dieser Zeit hatte sie mich mit ihrer kompromisslosen Leidenschaft aus meinem früheren Leben gezerrt. Sie hatte mich demontiert und zurückgelassen und darin erkannte ich genau das, was ihre Mutter gesagt hatte. Guus tut, was Guus will. So war sie. Guus schmiedete einen Plan, und wenn ich mitmachen wollte, würde sie es schon merken. Eine so extreme Unabhängigkeit hatte ich noch nie erlebt. Durch sie wurden meine eigenen Entscheidungen klarer und ich wurde mir meines Selbst stärker bewusst. Denn so funktionierte es. So war Guus. Der Ärger und die Wut ihrer Mutter unterschieden sich von meinen Gefühlen. Ich konnte mich gut in Lies hineinversetzen, wenn ich auch die Interaktionen zwischen Mutter und Tochter aus vierzig Jahren gemeinsamen Lebens nicht restlos erfassen konnte. Dennoch erkannte ich Guus in Liesbeths Worten. Das ist etwas Merkwürdiges: Man wählt zwei halbe Sätze aus irgendetwas aus, was ein anderer sagt, klebt sie mit einem Gedankenblitz aus der eigenen Erinnerung zusammen und schon steht ein ganzer Mensch vor einem. Ich sah Guus lebendig vor mir, sah sie mit einem ihrer Zigarillos spielen, die sie nie anzündete, sah sie zu ihrem Auto gehen, Lederjacke, Pferdeschwanz, und sah, wie sie zu mir herüberblickte.

Erneut rief ich sie auf dem Handy an. Während ihrer Zeit im Gefängnis hatte sie ihren Vertrag nicht gekündigt, sondern jeden Monat brav weiterbezahlt. Ich hatte selbst dafür gesorgt, dass ihr Konto das nötige Guthaben aufwies. Sie hatte das Handy bei ihrer Inhaftierung abgeben müssen, musste es aber bei ihrer Freilassung wieder zurückerhalten haben, zusammen mit ihren anderen Sachen. Wieder wurde ich sofort mit der Mailbox verbunden. Ich sprach eine kurze Nachricht auf, unterbrach die Verbindung und sandte noch eine SMS hinterher:

Wo bist du? Vermisse dich. mb

Zum ersten Mal spürte ich überall in meinem Körper die Blockaden und Knoten, von denen Lies gesprochen hatte. Wobei ich nicht hätte sagen können, wo genau sie zu verorten waren. In meinem Magen, in meinen Armen. In meiner Brust. Dort war der größte, dort empfand ich einen Druck, von dem ich nicht wusste, wie ich ihn verringern sollte. Ich wusste weder, welche Muskeln ich entspannen noch welche Bewegungen ich ausführen sollte.

Dampf ablassen war das Einzige, was mir einfiel. So wie Lies, mit Geschirr um mich werfen. Das hätte ich jetzt am liebsten auch getan, aber erstens waren es nicht meine Sachen und außerdem war das Geschirr schon kaputt.

Mein Blick fiel auf das Bild an der Wand, das Chakra-Poster. Ich starrte auf den Fleck, wo bei mir der Druck saß, das Herzchakra. Dort sah man die Zeichnung eines Symbols oder einer Figur. Darunter stand etwas. Ich musste einen Schritt näher gehen, um die Schrift zu entziffern. Die Verbindung zwischen den Instinkten und dem Bewusstsein, stand da.

»Okay«, sagte ich laut zu mir selbst. Das traf auf den Knoten zu, den ich fühlte. Es bestand keine Verbindung mehr zwischen meinem Bewusstsein, meinem Verstand und dem Impuls, der meinen Körper vorwärtstrieb. Verbindungen, um die ging es. Sobald diese Verbindungen unterbrochen waren, fing man an, um sich zu schlagen, zu treten und zu beißen. Oder mit Geschirr zu werfen.

Die Vorstellung, nach Hause zu fahren, behagte mir nicht. Ich hatte keine Lust, die Wände meiner Wohnung anzustarren. Oder fernzusehen. Endlos zwischen den siebenunddreißig Sendern hin und her zu schalten. Auf keinem dieser Sender lief, was ich sehen wollte, dafür brauchte ich die Glotze nicht einmal anzumachen.

Nein, ich blieb lieber hier, bei einer Person, die verstand, wie mir zumute war, und mit der ich daher nicht zu reden brauchte, anstatt zu Hause zu hocken, wo es keinen gab, mit dem ich hätte reden können.

Der Alkoholvorrat von Nullpunktfünf bot keine große Auswahl. Ein paar Flaschen Rotwein, eine Flasche Sherry und eine Flasche Wodka. Ich ließ Eiswürfel in ein Glas fallen und goss mir einen doppelten Wodka ein. Mit dem Glas in der Hand setzte ich mich an den Tisch.

Das tat gut.

Ein ordentlicher Absacker, der rauschte direkt durch zum Knoten. Der nächste Schluck floss gleich hinterher. Geruchlos. Bevor das Eis geschmolzen war, war das Glas leer. Ich griff zur Flasche und schenkte mir nach.

»Prost«, sagte Lies. »Schenk mir auch einen ein.«

10

Eine Art Mischform

Durch das kleine Fenster schimmerte frühes Tageslicht. Zu früh für meinen benebelten Kopf. Ich blieb liegen, bis die Sonne aufging. Ich blickte mich in der kleinen Gästekajüte um. Alles bestand aus glänzend lackiertem Holz: der Fußboden, die Wände, die Decke, das Bett, das Fensterbrett und der Schrank. Nirgends ein Splitter, nirgends eine abgestoßene Stelle. Ich lag in einem Bretterkokon, treibend auf dem leise plätschernden Wasser.

Der gestrige Tag hatte mit etwas zu viel Alkohol geendet. Dieser Tag begann mit der nüchternen Erkenntnis, dass ich im Grunde vollkommen ahnungslos war und dass Alkohol das Gefühl der Einsamkeit nur noch verstärkte. Ich zog mich an und suchte in der Küche nach Utensilien zum Kaffeekochen. Ich fand eine altmodische Kaffeemaschine mit Filter. Lies war nirgends zu sehen oder zu hören. Während die Kaffeemaschine blubberte, öffnete ich die Tür und schaute hinaus. Es war ein wundervoller Tag. Kalt und klar. Über Nacht hatten sich die Wolken verzogen. Die Sonne stieg gerade aus dem Wasser und warf lange rote Strahlen auf den Hafen. Ich ging hinaus und lauschte der Stille. Die Boote lagen reglos an den Stegen, kein Mensch weit und breit. Donnerstagmorgen, Mitte Oktober. Guus war weg und ich war an einem Ort gelandet, an dem ich noch nie zuvor gewesen war. Dabei waren Natur und Ruhe das Letzte, was ich gebrauchen konnte. Es schien, als würde mein Gehirn hier immer langsamer arbeiten. Ich brauchte das Gedränge und die Hektik der großen Stadt, um auf Touren zu kommen. Hier fühlte ich mich aus meinem Rhythmus und meiner Umgebung herausgerissen. Zwangsläufig, denn ich hatte Lies nach Hause gebracht und anschließend hatten wir lange darüber diskutiert, was mit Guus los sein konnte. Wir hatten Dutzende Theorien und Hunderte Ideen gewälzt, tappten aber letztendlich im Dunkeln. Während Lies die Zahlen und Zeichen zu interpretieren versuchte, forschte ich in meiner Erinnerung nach irgendetwas, was Guus bei meinen Besuchen in letzter Zeit gesagt hatte. In den zehn Monaten war ich mehr als vierzig Mal bei ihr gewesen, wobei mir vor allem die letzten Wochen wichtig erschienen. Wenn sie etwas von ihren Plänen gesagt, wenn sie etwas hätte durchschimmern lassen, musste es in dieser Phase gewesen sein. Doch wie sehr ich mich auch anstrengte, ich erinnerte mich nur der Worte, die ich persönlich abgespeichert hatte. Gesteuert von meiner Sehnsucht, meinen Erwartungen, meinen Plänen.

»Hast du ihr denn gar nicht zugehört?«, fragte Lies.

Doch, natürlich hatte ich ihr zugehört. Stundenlang hatte ich Guus' Erzählungen gelauscht. Ihren Gefängnisgeschichten über die Frauen dort, über die Probleme, die Streitigkeiten untereinander, die Hackordnung innerhalb der Mauern, die Rivalitäten um Aufmerksamkeit und um Macht sowie die üblen Scherze, die die Frauen miteinander trieben, um andere in ihre Schranken zu weisen. Anfangs war Guus gnadenlos zur Schnecke gemacht worden. Sie war die Neue, die sich ihren Platz innerhalb der straffen Hierarchie erkämpfen musste. Chefin der Gruppe war eine kleine, mit allen Wassern gewaschene Puffmutter aus Rotterdam gewesen. Sylvia Koper. Ende fünfzig, Anfang sechzig. Sie wurde niemals laut, sondern blickte die anderen lediglich herablassend an und gab ihre vernichtenden Kommentare ab. Dabei benutzte sie häufig französische Ausdrücke, um ihre Überlegenheit zu demonstrieren. Wie keine andere verstand sie es, die Schwachstellen anderer zu erkennen und sie daraufhin bloßzustellen. Zynisch und schneidend. Von dem Tag ihrer Ankunft an war Guus nur die AM, die Aktenmuschi. Ordinär und knallhart.

»*Ça va, ma petite?*«, hatte die Koper gefragt, als Guus nach dem Duschen vergeblich nach ihrer Kleidung suchte, die plötzlich verschwunden war. »Du solltest dich mal fragen, was wir hier genau von dir oder deinen schönen Gesetzen haben. Du kannst es hundert Mal erklären, aber du bist und bleibst eine Fotze. Verstanden? Genau wie ich und alle anderen Fotzen hier. Wir rackern uns mit dem bloßen Hintern ab, während ihr, du und deine Freunde, mit unseren Verfahren herumpfuscht.«

»Sylvia, ich ...«

»Mevrouw Koper, wenn das nicht zu viel verlangt ist.«

Guus blieb die Aktenmuschi. Sie beschwerte sich nicht, sie wehrte sich nicht. Sie ließ es über sich ergehen und nahm es hin, wie es kam. Solange die anderen nicht handgreiflich wurden. Das war für sie die Grenze. Mehrmals hatte sie erzählt, wie die Spannungen derart eskalierten, dass eine Prügelei unausweichlich schien. Doch stets hatten sich die Frauen im letzten Moment zurückgehalten, als fürchteten sie die Folgen eines Angriffs auf eine Anwältin.

Bei solchen wusste man ja nie.

Und so hatte sich Guus jedes Mal unversehrt aus den Beleidigungen, Spotttiraden und Gewalttätigkeiten herausgewunden. Sie schaffte es, ihre Persönlichkeit zu wahren, obwohl sie immer wieder erniedrigt wurde. Bis sie eine der ukrainischen Nutten vor den Übergriffen der Wachleute rettete. In den Augen des Gefängnispersonals waren Huren quasi Untermenschen und die Mädchen, die aus Asien und Osteuropa kamen, um hier mit unseren Männern Geld zu machen, standen noch darunter. Ein großer Teil der Bevölkerung hielt diese Mädchen für sündig, obwohl sie selbst womöglich noch nie eine Kirche von innen gesehen hatten. Vor allem Frauen reagierten so und daher wurden illegale Huren im Knast noch gröber und härter angefasst als die anderen. Brutal und gemein.

Guus sah es und reagierte. Ruhig, direkt und zielstrebig. Sie zitierte die entsprechenden Verfahrensweisen, Vorschriften und Strafen für solche Übertretungen mit all ihrem Hintergrundwissen, für das die anderen sie so sehr hassten. Sie nannte Namen und Verantwortlichkeiten. Sie drohte nicht, blieb sachlich und nüchtern, ja, sogar freundlich, ohne auch nur eine Sekunde lang ein freundliches Gesicht zu machen. Mit emotionslosen Sätzen ließ sie die Aggression verpuffen und sog die Gewalttätigkeit der Vollzugsbeamten in sich auf, bis nur noch die Menschen übrig waren.

»Es ist nichts geschehen«, sagte sie, als sich niemand mehr rührte. Sie nahm das Mädchen an der Hand und wartete, bis alle Bewacher verschwunden waren. Erst dann kehrte sie mit dem Mädchen zu den anderen zurück, die sie schweigend beobachtet hatten.

»Gute Arbeit, Frau Anwältin«, hatte die Koper gesagt.

Das war nach drei Monaten geschehen und danach waren mir kaum noch Klagen zu Ohren gekommen. Vorher hatte sie mir alles erzählt, alles, was ihr widerfuhr, alle Demütigungen, die sie ertragen musste. Nach dem Zwischenfall mit der Prostituierten war sie in die Gruppe aufgenommen worden und sah sich plötzlich in der Rolle der Ratgeberin und Vermittlerin. Sie erzählte mir zwar immer noch vieles, aber ich behielt es nicht mehr, weil es nichts mehr mit ihr zu tun hatte. Es ging um die anderen, um ihre Prozesse und ihre Urteile, um das erlittene Unrecht und die Zukunftsaussichten der Frauen. Sie freute sich, wenn eine entlassen wurde, freute sich, als sie erfuhr, dass Sylvia Koper wieder zurück an ihrem angestammten Platz in Rotterdam war, und zugleich machte sie sich Sorgen. Jede einzelne dieser Frauen lief Gefahr, erneut verhaftet, verurteilt und eingesperrt zu werden. Guus erzählte von den anderen, doch ich war ihretwegen gekommen.

Lies hatte mich am Abend zuvor auf ihre Art mit Fragen überhäuft, die ich teilweise nicht einmal verstand. Ich sah keine Auren oder Strahlungen. Dennoch wusste ich genau, dass Guus irgendetwas Entscheidendes gesagt haben musste, wenn auch nicht bewusst. Das Problem war, dass ich selektiv zugehört hatte. Wie sehr ich mich auch abmühte, ich konnte mich an nichts erinnern. Ich konnte Sylvia Koper fragen, die wusste natürlich alles. Aber dazu musste ich sie erst einmal finden.

Lies kehrte mit frischem Brot, sechs Eiern und einer Packung Saft auf das Boot zurück.

»Gegen Kater hilft viel Fett und Vitamin C«, erklärte sie, gab ein großes Stück Butter in die Pfanne und fing an zu brutzeln. Der aufdringliche Bratgeruch verbreitete sich rasch in der ganzen Kajüte und kurz darauf saßen wir einander gegenüber draußen am Tisch. Jeder mit einem doppelten strammen Max. Das Brot tunkten wir in die geschmolzene Butter und die weichen Eidotter. Die Sonne stand schon ein wenig höher. Wir schenkten Kaffee nach. Lies zog sich in die Kajüte zurück und setzte sich an den kleinen Schreibtisch in der Büroecke, wo ihr Computer stand. Sie hantierte mit der Maus und loggte sich mit ein paar Klicks in ihre Website ein.

»Das muss jetzt mal kurz sein«, sagte sie. Auf ihrer Website publizierte sie Artikel über spirituelle Energie, Chakren und Auren. Sie beantwortete Fragen per E-Mail, erstellte Horoskope und interpretierte sie auf Anfrage. Etwa einmal pro Woche schrieb sie über die Art und Weise, in der kosmische Kräfte, die Erdenergie, Zahlen und astrologische Zeichen uns beeinflussen. Im Laufe der Zeit hatte sie einen Kreis treuer Besucher aufgebaut, die auf der Grundlage ihrer Analysen dachten und handelten.

»Geh nur«, sagte sie, nachdem sie wieder an Deck erschienen war. »Ich mache schon klar Schiff.« Sie räumte die Teller ab und trug sie hinein. »Wenn ich etwas von ihr höre, gebe ich dir sofort Bescheid.«

Sie umarmte mich und schubste mich praktisch vom Boot. Nullpunktfünf war ein guter Mensch. Oft konnte ich ihre Ideen und Theorien nicht nachvollziehen; zwischen uns stand mehr als nur eine Generation Altersunterschied. Im Westland hatte sie eine tiefe Abneigung gegen jede Form des irdischen Materialismus entwickelt. Inmitten jener Männer, die nur für ihren Besitz lebten, für ihr Land und ihre Treibhäuser, ihre Hektar und ihre Maschinen, ihr Obst und Gemüse. Inmitten dieser Männer, die immer mehr wollten, damit für die nächsten drei Generationen mehr als genug da sein würde, hatte sie sich nach einer tieferen Bedeutung gesehnt, einer Verbundenheit mit der Natur, die im Westland nur in Tonnen pro Hektar gemessen wurde, und das auch nur, wenn alles ordentlich hinter und unter Glas steckte. Doch ihr Körper und ihr Geist hungerten nach anderer Nahrung.

Sie hatte sich auf ihr Boot zurückgezogen, von dem aus sie das Meer vor der Küste Zeelands überblickte. Von diesem Ort aus stand sie in Kontakt mit Menschen in aller Welt. Sie glaubte an Zahlen und Zeichen, an Strahlen und Energiebahnen und an noch viel mehr, wovon ich nichts verstand. Doch wenn Nullpunktfünf einen einmal akzeptiert hatte, dann auch bedingungslos.

Wie viel sie auch manchmal an mir auszusetzen hatte, ich war jederzeit willkommen.

»Du bist eben eine nette Art Mischform«, hatte sie einmal gesagt.

Nicht schlecht für einen Mann.

Auf dem Rückweg fuhr ich über Monster, wo Guus zu Hause war. Die Anwaltskanzlei van Donee war verlassen. An der Fassade hing ein großes Schild: *Zu vermieten.* An einem der Fenster stand eine vertrocknete Zimmerpflanze. Leerstand in guter Lage, wenn man sich denn in Monster niederlassen wollte. Doch auch hier gab es einen Überschuss an Gewerbefläche.

Ich schaute durch die Fenster, rüttelte an der Tür, ging außen herum zu dem kleinen Parkplatz, der gerade groß genug für drei Autos war. Durch eines der hinteren Fenster blickte ich in ihr ehemaliges Büro, das sie sich mit ihrer Gehilfin geteilt hatte. Nur ein Schreibtisch und ein Stuhl standen noch darin, zur Dekoration. Sämtliche Schränke und Ordner waren verschwunden. Keine Telefone, keine Computer. Staubige Spinnweben hingen an den Wänden, hinter der Eingangstür türmten sich die kostenlosen Werbeprospekte.

Das sicherste Indiz, dass niemand zu Hause ist.

Ich fuhr weiter zu ihrer Lagerhalle etwas außerhalb von Monster, inmitten der Treibhäuser. Dort standen ihre Autos. Guus besaß drei alte amerikanische Schlitten: einen roten Mustang, einen weiß-grünen Thunderbird und eine goldgelbe Corvette. Das Geräusch eines röhrenden, klappernden V-8-Motors gehörte einfach zu ihr.

Hinter der Halle befand sich ein kleines Arbeiterhäuschen, in dem ich einige Monate lang gewohnt hatte, bevor ich wieder nach Amsterdam zurückgekehrt war. Zwei Zimmer, eine Wohnküche, ein Bad mit Toilette und eine kleine Terrasse mit Aussicht auf die Treibhäuser des Westlands.

Die Halle war verschlossen, die Tore mit einem schweren Vorhängeschloss gesichert. Ich hatte den Schlüssel, weil ich mich während ihres Gefängnisaufenthalts um ihren Besitz gekümmert hatte. Ich hatte die Rechnungen bezahlt, ab und zu das Häuschen reinigen lassen, Unkraut zwischen den Terrassenplatten weggekratzt, immer mit der Vorstellung, dass Guus bald wieder hier sein würde. Nach ihrer Verurteilung hatte sie alles verloren. Sie musste Schadensersatz leisten und Geldstrafen bezahlen. Im Grunde war sie pleite; nur die Lagerhalle besaß sie noch, weil sie sie auf den Namen ihrer Mutter hatte eintragen lassen.

Die Autos standen unberührt an ihrem Platz und auf einer Seite lagerten ein wenig Hausrat, ein großes Bett und ein Schrank, die auf keinen Fall in die kleinen Zimmer des Häuschens gepasst hätten. Ich durchquerte die Halle und betrat das Haus durch die Zwischentür. Alles stand an Ort und Stelle, wie nicht anders zu erwarten, und trotzdem schien sich etwas verändert zu haben. Ich kontrollierte die Schubladen und Schränke in der Küche sowie den Schlafzimmerschrank. Viel mehr an Mobiliar gab es nicht, abgesehen von einigen Stühlen und einem Tisch. Das Gefühl ließ sich dennoch nicht vertreiben. Vielleicht war eine der Schubladen in der Küche nicht richtig geschlossen gewesen, wer weiß. Eine Viertelstunde später stand ich draußen. Hier hatte ich nichts mehr verloren.

Meine Wohnungstür klappte hinter mir zu. Ich stand in der Diele und blickte durch die offene Wohnzimmertür zum Fenster hinaus. Von hier oben im siebten Stock hatte ich eine wunderbare Aussicht auf den IJ in Richtung des Amsterdamer Hauptbahnhofs. Seit einem halben Jahr wohnte ich hier. Das neue Viertel auf dem KNSM-Eiland hatte in den letzten Jahren an Profil gewonnen und entwickelte langsam ein Eigenleben. Manchmal fragte ich mich, ob ich hierher gehörte oder nicht. Meine Firma lag in Amsterdam-Noord, in einem großen Gebäude auf einem ehemaligen Hafengelände am anderen Ufer des IJs. Dort arbeitete ich zusammen mit meinem Kompagnon – Bellicher und van Olde Nieland. Zusammen waren wir *BON Consult*, spezialisiert auf die Begleitung von Fusionen, Umstrukturierungen und strategische Kommunikation.

Mein leerer Terminkalender kam mir jetzt ungelegen. Ziellos schlenderte ich durch meine drei Zimmer und fand nirgends einen Grund zum Verweilen. Im Kühlschrank wartete eine Flasche Champagner auf die, die nicht da war. Einen Moment lang war ich versucht, die Flasche zu öffnen und sie allein auszutrinken, doch das wäre noch trauriger gewesen. Ich sah die Post durch, die ich mit heraufgenommen hatte: Kontoauszüge, die Telefonrechnung, die Reklame einer Autofirma und ein Zettel von TNT, dass sie ein Paket abliefern wollten und es noch einmal versuchen würden. Ich brauchte nichts zu tun. Schön. Ich faltete den Zettel zusammen, steckte ihn in die Tasche, setzte mich auf das Sofa im Wohnzimmer, schaute aus dem Fenster und wartete.

Sie rief nicht an, sie schickte keine SMS und keine E-Mail. Was sie tat, wusste ich nicht, aber ich spielte dabei jedenfalls keine Rolle.

Ich hielt es keine Viertelstunde lang aus.

Bellilog 19.10.07

Ein Zeichen, ich will ein Zeichen von Guus. Mehr nicht. Einen Hinweis, eine Abweisung, einen Befehl, ein Signal. Ein Zeichen, dass sie da ist, irgendwo, egal wo, wenn ich das nur wüsste. Eine Nachricht.

Ich rede schon wie Nullpunktfünf.

11

Nicht nicken

Das Wochenende nahte und drohte eine Einsamkeit mit sich zu bringen, die mir zuwider war. Jede Minute eine enttäuschte Erwartung. Dann lieber ins Büro und sich mit Arbeit ablenken. Ein wenig Verdrängung konnte nicht schaden, vor allem nicht in meinem Fall. Meine Hormone brauchen nicht viel, um meinen Gefühlshaushalt durcheinanderzubringen. Nullpunktfünf hat so ihre eigenen Ansichten darüber. Mein Scheitelchakra ist ihrer Meinung nach kein Verbindungspunkt, sondern ein Brunnendeckel, wodurch ich niemals über mein Bewusstsein hinauswachsen könne und sich alles in meinem Körper fortwährend diametral gegenüberstehe. Das sind ihre Worte. Sie glaubt, durch dieses Ungleichgewicht gerieten auch meine Hormone durcheinander. Wenn ich emotional in der Klemme stecke, werde ich hibbelig. Dann muss ich etwas unternehmen, sonst stehe ich schnell am Rande einer Depression. Da ich keine Ahnung hatte, wie ich den Brunnendeckel öffnen sollte, ging ich lieber ins Büro. Guus war nicht da und ich musste akzeptieren, dass sie es mir nicht angekündigt hatte. Ob mir das nun passte oder nicht. Geduld war vermutlich angebracht. Aber nicht zu viel. Wenn ich bis Sonntag nichts von ihr gehört hatte, würde ich mich auf die Suche begeben.

Im Büro war viel zu tun. Nach der ersten Bestürzung über Guus' Verschwinden trat die Arbeit schnell wieder in den Vordergrund. Sacha war zurück, ihr Umzug war überstanden, die Kisten standen in ihrer neuen Wohnung und die Hälfte war schon ausgepackt. Ahmed war fast fertig mit der Präsentation für die Versicherungsgesellschaft, am Dienstag sollte er sie der Direktion vorführen. Gijs nahm einen Termin mit einem potenziellen Kunden wahr, einer Buchhandelskette mit Niederlassungen in allen größeren Städten der Niederlande. Die Unternehmensleitung beschäftigte sich mit der Frage, ob sie sich in ihren vielen großen Geschäften rein auf Bücher konzentrieren oder es anderen Ländern gleichtun und das lukrative Non-Book-Segment stärker ausbauen sollten.

Josien telefonierte, mailte und organisierte. Alle waren froh, dass ich da war, und versuchten, mich zu beruhigen. Leute verschwanden nicht einfach so, Guus würde bestimmt wieder auftauchen. Ganz sicher. Zwar konnten sie mir meine Zweifel nicht nehmen, aber ihre Unterstützung tat mir gut.

Am letzten Tag der Woche ging die hektische Aktivität des Vormittags nach dem Mittagessen in fröhliche Vorbereitungen auf den Freitagabend über. Ab half fünf hingen alle im großen Aufenthaltsraum von *The Pattern* herum. Die Softwarefirma konstruierte Metasysteme, Plattformen, Infrastrukturen, Applikationsintegrationen und andere IT-Anwendungen, die sich immer auf einem anderen Niveau bewegten, als ich dachte. Die Mitarbeiter verständigten sich in einer Sprache, von der ich nur die Hälfte begriff, weil sie zur anderen Hälfte aus Formeln und Zahlen bestand. In den Fluren der Firma türmten sich Fitnessstepper, Frisbees, Rucksäcke, Inliner und Laufschuhe, vor der Tür standen Rennräder und Mountainbikes. Mathematik und sportlicher Wettbewerb gehörten wohl zusammen. Alle möglichen Gadgets und anderer Krempel lag auf Schreibtischen, Tischen und Stühlen herum. Am Ende der Woche, falls nicht noch zwanzig Deadlines eingehalten werden mussten, versammelten sich alle in der *Chill Factory,* einem alten Teil des Gebäudes, der zur Video-Spiel-Ess-und-Trink-Lounge ausgebaut war. An diesem Ort begann das Wochenende.

Ich saß an einem der langen Tische neben einigen Programmierern, Systemanalytikern und Unternehmensberatern. Sacha war nach Hause gegangen, den Rest ihrer Kartons auspacken. Ahmed trieb jeden Freitagabend Sport, deswegen sah er so unausstehlich fit aus. Gijs war nach seinem Termin direkt zu seiner Familie in Zeist gefahren. Die Besprechung war positiv verlaufen, sehr positiv. Es winkte ein Auftrag für eine strategische Umorientierung. Der Kunde war von Gijs Vermögen, die Firmengeschichte und die neuen Ziele sofort zu erfassen und klar zu formulieren, äußerst beeindruckt gewesen – und natürlich nicht zuletzt von seiner Herkunft.

Gijs van Olde Nieland stammte aus einer Familie, die bereits seit zwei Jahrhunderten wichtige Schlüsselpositionen in den Niederlanden einnahm, Politiker, Unternehmer und Vorstände stellte. Wer mit Gijs arbeitete, hatte Zugang zu einem der einflussreichsten Netzwerke der Niederlande, ja, ganz Europas: seiner Familie. An diesem Wochenende trafen sich die Verwandten, um den Geburtstag von Gijs' Vater zu feiern. Van Olde Nieland senior wurde siebzig, ein Alter, in dem er von seinen Vorstandsposten und damit seinem direkten Einfluss auf die nationale Führungsebene zurücktreten musste. Er hatte mit fröhlicher Stimme verkündet, es würde auch langsam Zeit und er wünsche sich nichts sehnlicher, als sich zurückziehen und die guten Dinge des Lebens genießen zu können. Seine Augen sprachen jedoch eine andere Sprache. Sie huschten hin und her, als suche er Halt. Mit diesem Geburtstag würde er aus dem Kreis der Macht ausscheiden. Das tut niemand freiwillig.

In der *Chill Factory* ließ mein Frust wegen Guus für kurze Zeit nach. Die meisten Leute bei mir am Tisch kannten sie nicht und die ausgelassene Stimmung wirkte ansteckend. Ich trank ein paar Bier und danach Weißwein. Ich schüttete den

Alkohol nur so in mich hinein. Mir gegenüber saßen Thomas und Sterre, die mich konsequent mit ›Herr Nachbar‹ ansprach. Thomas schien mit seinem Handy verwachsen zu sein, tippte darauf herum und starrte fortwährend auf sein leuchtendes Display.

»Um elf Uhr in Diemen«, sagte er. Die Leute um ihn herum nickten.

»Cool«, sagte einer.

»Chill«, sagte ein anderer.

»Wo?«, fragte Sterre. Sie stand auf, ging zu Thomas und schaute mit auf das Display seines Handys. Sie war auf jungenhafte Weise schön, hochgewachsen, bedächtig. Wache Augen hinter einer Brille mit dünnem, schwarzem Rahmen. Ihre Bewegungen wirkten wie in Zeitlupe, die dunklen Haare trug sie sehr kurz geschnitten. Sie sah mich an und lächelte. Ein Hardcore-Technikfreak.

›In Diemen‹ stellte sich als besetztes Bürogebäude mit Lagerhalle heraus. Keine Nachbarn. Der perfekte Ort für eine wüste Party – die perfekte Art, den Arbeitsstress hinter sich zu lassen und herauszuschwitzen.

»Von halb elf bis halb zwei«, erklärte Thomas. »Absolut illegal, es kann also auch schon früher vorbei sein.«

»Fährst du mit, Herr Nachbar?«, fragte Sterre, beugte sich über den Tisch und sah mir mit forschendem Blick in die Augen. »Du siehst aus, als könntest du etwas Illegales gebrauchen.«

Mehr Ermunterung war nicht nötig – die Aussicht auf eine Party vertrieb die letzten Reste meiner aufkommenden Depression. Ich hatte beschlossen, ein paar Tage zu warten, und dies erschien mir als die beste Art, sie hinter mich zu bringen.

Gegen acht Uhr nahmen wir die Fähre ans andere Ufer und zogen in die Stadt. Unterwegs aßen wir erst Saté-Spießchen mit Brot und Pommes frites, dann Unmengen von Pizza und anschließend fuhren wir alle zusammen in einem Kleinbus zu dem verlassenen Büropark in Diemen.

In der Lagerhalle hinter einem Bürogebäude war die Party schon in vollem Gange. Überall tanzende, schwitzende Leute. Dröhnende Beats ersetzten meinen Herzschlag. Ich bewegte mich zu den Schallwellen, die aus den Boxen wummerten. Unsere Gruppe zerstreute sich allmählich, einige gingen nach Hause, andere verschwanden in der Menge. Schließlich waren wir nur noch zu zweit, Sterre und ich. Wir tanzten, manchmal allein, manchmal zusammen. Mit ihren langen Armen und Beinen schien sie überall zu sein; egal wie schnell der Rhythmus war, sie bewegte sich wie eine Schlange, wellig, gleitend. Um uns zu verständigen, mussten wir uns direkt ins Ohr schreien. Die Unterhaltungen waren kurz.

»Ich dachte, du wärst mit Thomas zusammen?«, fragte ich.

»Manchmal«, rief sie und war drei Beats später wieder in der Menge verschwunden. Ich hüpfte auf und nieder, halb betäubt und froh, nicht zu Hause herumzuhocken, obwohl ich nie gedacht hätte, hier zu landen. Sterre war nett, wenn auch ein bisschen schroff und unberechenbar. Sie ließ sich vom Rhythmus der Musik treiben. ›*Friendly take-over*‹ nannte sie das und zeigte auf ihren Kopf. »Du hast keine Ahnung, wie es hier drin aussieht. Es gibt nur eine Einstellung: *Go!*« Sie hungerte fortwährend nach Fragen, Problemstellungen und Aufgaben. Nur extreme körperliche Aktivität, am liebsten zu ohrenbetäubender Musik, konnte die Fabrik in ihrem Kopf stilllegen. Das brauchte sie ab und zu. Sie dachte wie eine Professorin und bewegte sich wie ein Kind. Manchmal sah sie mich an, als sei ich ein alter Mann, aber sie blieb konstant in meiner Nähe. Tanzend, wippend.

»Hier«, sagte sie und gab mir eine Pille. Ich fragte nicht mal nach, was es war. »Fünf Minuten, dann bist du komplett dicht.«

Zwanzig Minuten später kauerte ich draußen an einer Wand des Gebäudes auf dem Boden. Ich hatte keine Ahnung mehr, wo ich war oder warum, mein Kopf warf alle Funktionen durcheinander. Atmen klappte gerade noch so, stehen und laufen dagegen waren unmöglich. Ich wusste nicht mehr, wie das ging. Meine Beine lagen wie fremde Körperteile auf dem Bürgersteig. Ich ging nicht k.o., blieb gerade so bei Bewusstsein, konnte aber nichts mehr machen. Dabei war ich unglaublich klar im Kopf. Ich saß auf dem Bürgersteig, lehnte an einer Mauer und fand das weder gut noch schlecht. Ich fand gar nichts. Ich war. Und zwar ganz weit weg.

Sie zog an meinen Armen, erst ganz vorsichtig, dann etwas fester. Wie sie es anstellte, weiß ich nicht genau, aber ich muss mitgeholfen haben, denn sonst wäre es ihr nicht gelungen, mich aufzurichten. Kurz darauf stand ich an die Wand gelehnt da, meine zwei Beine wieder unter mir. Sie hielt mich fest.

»Geht's einigermaßen?«, fragte sie.

Sie rüttelte an meiner Schulter und ohne, dass ich irgendetwas dagegen tun konnte, kippte ich nach vorn, gegen sie. Ich wusste, was geschah, auf einer bestimmten Ebene war ich mir der Situation sehr stark bewusst. Ich sah sie, ich spürte sie, ich roch ihren Schweiß und einen Hauch ihres fast verflogenen Eau de Toilettes. Ich roch die kühle Nachtluft, in der sich alle Stadtgerüche auflösten. Ich wusste auch, wer sie war – sie war die Frau, die mir die Pille gegeben hatte. Ich kannte sie, wusste aber nicht mehr, wie sie hieß. Ich hatte ein unglaublich starkes Gefühl für Räumlichkeiten. In meinem Kopf sah ich hell erleuchtete Zimmer, Straßen und Häuser. Fast greifbar, ich hätte hineingehen und darin herumspazieren können. Herrliche Farben.

Mit beiden Armen fing sie mich auf und lehnte mich wieder gegen die Wand.

»Okay«, sagte sie, »es geht also nicht.« Sie blickte sich um, es war niemand zu sehen. »Ich glaube, wir müssen etwas unternehmen.«

Mit einer Hand hielt sie mich fest, mit der anderen suchte sie in ihrer kleinen Handtasche nach ihrem Handy. Mit dem Daumen fuhr sie über das Display und hielt kurz darauf das Gerät ans rechte Ohr. Eine bläuliche Glut beschien ihre Wange.

»Taxi?«, fragte sie.

Ein Auto hielt direkt neben uns. Mit einem Leuchtschild auf dem Dach. Ein Mann lehnte sich aus dem Fenster.

»Sie haben angerufen?«, fragte er.

Die Frau sah mich an. Ihr Blick bohrte sich in meinen.

»Stehen bleiben!«, befahl sie. »Ich werde dich jetzt kurz loslassen, aber du bleibst stehen.«

Ich nickte und wäre beinahe umgefallen.

»Nicht nicken«, mahnte sie.

Sie ging zwei Schritte bis an den Bordstein, lehnte sich in das offene Fenster hinein zu dem Fahrer und sagte: »Ich glaube, Sie müssen mir mal eben helfen.«

Der Fahrer öffnete die hintere Tür und zusammen schleiften sie mich von der Wand auf den Rücksitz des Autos. Es dauerte eine Weile, bis sie meine Arme und Beine hineinbugsiert hatten. Ich musste darüber lachen, es war einfach zu dämlich.

»Sind Sie sicher, dass das gut geht?«, fragte der Fahrer. »Ich will keine Sauerei auf meinem Rücksitz. Wenn er kotzen muss, kann er die Schweinerei selbst wegmachen, verstanden?«

»Das klappt schon, keine Sorge«, beruhigte sie ihn.

Das klang mir übertrieben optimistisch.

Sie rutschte neben mich. Der Fahrer blickte sich um.

»Und, wo soll's hingehen?«

Sie zog mein Portemonnaie aus der Innentasche meines Jacketts, sah den Inhalt durch und fand eine Visitenkarte mit meiner Adresse. Ich sah alles, hörte alles, konnte mich nur nicht bewegen.

Der Weg vom Taxi zum Aufzug war eine Reise für sich. Meinen Arm um ihre Schultern gelegt, schleppte sie mich Schritt für Schritt ins Haus. Zwischendurch musste sie immer wieder ausruhen, weil ich mit meinem vollen Gewicht an ihr hing. Auf halbem Wege lehnte sie mich gegen die Wand, stützte mich mit einer Hand und zündete sich mit der anderen eine Zigarette an. Das KNSM-Eiland war still um halb vier morgens.

»Was habt ihr bloß für einen bescheuert langen Hausflur«, bemerkte sie.

Der schicke, vom Bürgersteig weit entfernte Eingangsbereich war einer der Pluspunkte des Gebäudes. Er vermittelte Weite und Privatsphäre zugleich.

»Nicht nicken«, erinnerte sie mich und zog noch einmal an ihrer Zigarette. Der Rauch kringelte sich um ihren Mund und ihre Nase. Sie inhalierte.

Ich fühlte mich vollkommen glücklich. Zufrieden. Alles war gut. Ich konnte nichts tun und befand mich dadurch in einem Zustand allumfassender Ruhe. Meine Sinne erfassten nur das, was mit mir und unmittelbar um mich geschah. Das Gestern existierte nicht mehr, das Morgen war ein Wetterbericht.

Sie blies Rauch aus.

»Kannst du eigentlich sprechen?«

Ich murmelte Worte, die ich selbst deutlich verstehen konnte.

»Was hast du gesagt?«

Mit großer Anstrengung steuerte ich Zunge, Lippen, Kehlkopf und Lungen, um in einer konzertierten Aktion etwas Verständliches hervorzubringen.

»Wa ... swar ... dasn ... fürnzeug?«, fragte ich.

»GH ... und noch was. Ich weiß nicht mehr genau.« Sie lachte. »Was ganz Neues und ziemlich heftig, glaube ich.«

»Dir machdasnix ... aus.«

»Ich habe nichts genommen«, erwiderte sie. »Ich dachte, vielleicht wirst du geil davon. Das hat man mir gesagt, dass Männer davon geil würden. Fand ich keine schlechte Idee.«

Ich stöhnte.

Sie lachte wieder und sah mich an. »Also nicht. Das hat man nun davon. War noch dazu ziemlich teuer, das Zeug.« Sie wedelte mir mit einer Hand vor den Augen herum. »Hallo, noch jemand zu Hause?«

Im Aufzug lehnte sie mich wieder gegen die Wand.

»Welcher Stock?«, fragte sie.

»Sss ... ieben.«

Sie drückte auf den Knopf und der Aufzug glitt lautlos und kaum wahrnehmbar nach oben. Die einzige merkliche Bewegung bestand im Wechsel der Zahlen über dem Tastenfeld. Der Aufzug hielt und die Tür glitt auf. Erneut legte sie meinen Arm um ihre Schultern und schleifte mich hinaus. Sie blickte nach links. Eine Halle mit einem großen Fenster und Blick über das Wasser.

Lichter, ein Schiff, der Bahnhof, die Stadt, helle Nacht. Es war schön, immer wieder.

»Funktioniert alles mit unserer Software«, bemerkte sie und führte mich ans Fenster. »Die Laternen, die Ampeln, das ganze Gedöns, das steuern alles wir. Macht Spaß. Kommunizierende Apps, ein bisschen K.I., selbstlernend und so, damit man nicht alle vierzehn Tage den ganzen Quatsch updaten muss. Funktioniert perfekt.«

Wir schauten hinaus, aber wie sehr ich mich auch anstrengte: Ich sah nicht, was sie sah.

»Schön, oder?«

Wunderschön, hätte ich gerne geantwortet.

Sie drehte mich um und schleppte mich zur anderen Seite des Foyers. Der Flur zog sich über die ganze Länge des Gebäudes.

»Und du wohnst natürlich ganz am Ende?«, fragte sie.

Sie wartete meine Antwort nicht ab, sondern zog meinen Arm noch etwas höher über ihre Schultern und marschierte mit mir los. Ich hatte das Gefühl, auf Reisen zu sein.

Ich lag auf dem Sofa im Wohnzimmer. Sie stand daneben und betrachtete mich.

»So besser?«, fragte sie.

Ich stöhnte.

»Denn dann gehe ich jetzt mal.« Schweigend blieb sie stehen. »Meistens wirkt so eine Pille zwölf Stunden, länger nicht.«

»O … kay.«

»Bleib einfach liegen. Das geht von allein weg.« Sie beugte sich nach vorn und legte mir eine Hand auf die Wange.

Ich hörte alles, was sie sagte, sie sprach in grellen Neonworten. Zu reagieren fiel mir aber noch immer schwer. Sie sah mich noch einmal an und strich mir über die Stirn. Kurz darauf war sie fort. Ich hörte die Haustür leise ins Schloss fallen.

12

Auch ohne Pillen

Nach und nach kam wieder Leben in meine Glieder und die Klarheit im Kopf verschwand. Vollkommen. Mein Gehirn zog sich in eine zunehmende Dumpfheit zurück. Jeder Gedanke erstarb, bevor er Gestalt annehmen konnte. Zombie. Dead man walking. Keine Chance. Meine Kleider waren schmutzig und eines meiner Hosenbeine hatte einen Riss. Ich steckte den Finger hinein und zog. Der Stoff riss weiter auf, bis ans Knie. Einfach so. Ich zog mich aus und ging unter die Dusche. Durch das warme Wasser entspannten sich meine Muskeln und allmählich hatte ich das Gefühl, wieder die Kontrolle über meinen Körper zu gewinnen. Ich atmete tief ein, wappnete mich und drehte den Thermostat mit einer Bewegung bis zum Anschlag in die andere Richtung. Kaltes Wasser prasselte auf mich nieder. Der Schock kam erst eine Sekunde später. Meine Haut zog sich zusammen, dass sie spannte, danach reagierte der Rest meines Körpers. Ich warf den Kopf in den Nacken und ließ das kalte Wasser über mein Gesicht strömen, bis der Schrecken nachließ und nur noch das Kältegefühl blieb.

Ein paar Aspirin und drei Tassen Kaffee taten das Übrige. Stück für Stück eroberte ich den Tag. Leichte Tätigkeiten. Ich checkte meine E-Mails – keine Nachricht von Guus, obwohl ich ihr meine neue Adresse geschickt hatte. Ich rief Lies an, aber auch sie hatte nichts gehört. Ich rief bei Guus zu Hause in Monster an, aber niemand nahm ab. Von gestern auf heute war sie nicht dorthin zurückgekehrt. Ich kontrollierte mein Handy – keine Nachrichten. Ich schickte ihr eine weitere SMS, nur zur Sicherheit und weil ich das Gefühl hatte, irgendetwas tun zu müssen.

Guus' Schweigen dauerte an und von Stunde zu Stunde wuchs mein Misstrauen. Da war etwas faul. Die Aufnahmen der Gefängnisüberwachungskameras waren der einzige Anhaltspunkt, den ich hatte, aber diese Bilder konnte ich nicht einsehen. Doch ich musste wissen, mit wem Guus fortgegangen war. Irgendjemand musste doch wissen, wie man so ein Sicherheitssystem knackte, damit man im Archiv herumstöbern konnte. Alles funktionierte digital, ich brauchte nur eine Telefonverbindung und einen Zugangscode.

Die Programmierer von *The Pattern* konstruierten die Systeme, mit denen in öffentlichen Einrichtungen alles gesteuert wurde, das hatte Sterre mir gestern erzählt. Ich rief Karl an. Obwohl er inzwischen Chef eines erfolgreichen Softwareunternehmens mit Verantwortung für seine Mitarbeiter und Kunden war, war er im Herzen immer noch der anarchistische Nerd geblieben. Die virtuelle Welt war frei. Vielleicht war er an einem Samstagvormittag bereit, für einen Augenblick über die legalen Beschränkungen hinauszudenken. Ich fragte ihn, ob er sich in derartige Systeme einloggen konnte.

»Warum?«, fragte er. Karl besaß die Neigung, eine direkte Antwort zu übergehen.

Ich setzte zu einer möglichst plausiblen Erklärung an.

Er unterbrach mich nach zwei Sätzen. »Ich verstehe, was du willst, aber ich möchte wissen warum. Was willst du erreichen?«

»Ich will die Männer sehen, die Guus abgeholt haben.« Er kannte Guus, sie war öfter bei mir im Büro gewesen.

Er schwieg.

»Wenigstens das Kennzeichen ihres Wagens.«

Karl antwortete noch immer nicht.

»Was wäre so schlimm daran, wenn ich es erfahren würde?«, fragte ich. »Was für einen Sinn hat es, alles mit Kameras aufzuzeichnen, wenn sich später keiner die Aufnahmen ansehen darf? Da könnte man es ja gleich bleiben lassen.«

»Ja und nein«, sagte Karl.

»Ja, du könntest in das System reinschauen, und nein, du tust es nicht.«

»Das auch«, sagte Karl. »Ich meinte aber, ja, ich verstehe, warum du es willst, aber ich würde es an deiner Stelle bleiben lassen.«

»Vielen Dank.«

»Du begibst dich auf dünnes Eis«, sagte er. »Wenn sie dich erwischen, bist du dran. Bis Montag.« Er legte auf.

Auf dünnes Eis? Das war nicht die Antwort, die ich mir erhofft hatte. Ich konnte doch nicht einfach tatenlos herumsitzen? Ich liebte Guus und sie liebte mich, das hatte sie wenigstens in den vergangenen Monaten immer wieder behauptet. Wobei Worte in einem Gefängnis schnell eine tiefere Bedeutung erhielten als beabsichtigt. Ab und zu hatte sie sich ziemlich über mein mangelndes Interesse an ihren Mitgefangenen aufgeregt, aber ich hatte ihre Wut immer relativiert. Sie saß im Knast, nicht ich. Zehn Monate lang. Das war jetzt vorbei. Jetzt war sie frei und ich blieb zurück.

Wenn ich schon nicht an die Aufnahmen der Überwachungskameras herankam, musste es einen anderen Weg geben. Irgendjemand musste etwas wissen. Nicht Elena, die die halbe Zeit nicht mal wusste, was sie redete. Aber Sylvia Koper. Die hielt ich für die Art Frau, die kein Geschwätz duldete. Ich hockte mich an meinen Laptop und googelte, bis ich eine Telefonnummer hatte, unter der ich sie vielleicht erreichen konnte.

Es klingelte drei Mal, da brüllte mir eine laute Frauenstimme ins Ohr: »Ja?«

Nur dieses eine Wort.

»Spreche ich mit Mevrouw Sylvia Koper?«

»Wer ist da?«

»Michael Bellicher.«

»Kenn ich nicht.«

»Der Freund von Guus van Donee.«

Stille. Ich wartete auf eine Reaktion.

»Was willst du?«

»Ich bin auf der Suche nach ihr.«

»Der Rechtsanwältin?«

»Ja. Sie ist vor zwei Tagen entlassen worden und seitdem verschwunden. Ich dachte, vielleicht wissen Sie etwas.«

Wieder Schweigen.

»Nicht am Telefon«, sagte sie schließlich. Ich könne nach Rotterdam kommen. »Dann kann ich dir in die Augen sehen und selbst entscheiden, was ich dir erzählen will.«

»Wann?«, fragte ich.

»Jetzt.«

Ich zog meine Schuhe an und nahm meinen Mantel von der Garderobe. Auf dem Tischchen neben der Tür lag ein Zettel: *Sterre, auch ohne Pillen.* Daneben stand ihre Handynummer.

Ich lächelte, faltete das Papier zusammen und steckte es in mein Portemonnaie.

13

Weicheier

Der Bahnhof von Rotterdam existierte im Grunde nicht mehr. Stattdessen gab es nur noch eine Baustelle mit Gleisen. Genau wie in Amsterdam. Es schien, als sei die Bahn bestrebt, so viele Leute wie möglich vom Bahnfahren abzuhalten. Schon seit Jahren mussten wir uns damit zufriedengeben, dass irgendwann einmal alles fantastisch werden würde. Aber bis jetzt war davon nichts zu sehen.

Der Zukunft, megalomanisch in Glas und Stahl, gingen Bauzäune und provisorische Kioske, Bauwagen und Container, Löcher im Boden und Betonplatten voraus. Auf dem provisorischen Gehweg waren Pfützen und Sandhügel, und Bagger verunzierten das Stadtzentrum.

Das neue Mittelalter.

Wir hatten uns in einer Kneipe an einem der Kais verabredet. »Ganz leicht zu finden«, hatte Sylvia erklärt. »Du gehst aus dem Bahnhof raus und geradeaus durch die Stadt, immer weiter, ohne abzubiegen, bis du ans Wasser kommst. Zu Fuß eine Viertelstunde. Wird dir guttun.« Die klare Nacht war in einen bewölkten Tag übergegangen. Es regnete stark genug, um vollkommen durchnässt zu werden.

Durchweicht bis auf die Knochen stieß ich zwanzig Minuten später die Kneipentür auf. Das Regenwasser lief mir in Rinnsalen aus den Haaren in den Kragen. In der Kneipe saß nur eine Frau, allein an einem Tisch. Hochtoupierte, rote Haare. Gefärbt. Make-up in starken Farben, grünblau, violett und schwarz. Tiefe Falten um die Augen. Bleiche Haut, knallrote Lippen. Sie trug schwarze Kleidung, schwarze Jacke, schwarze Hose. Goldene Ohr- und Fingerringe, darunter einen mit einem großen, grünen Stein. Sie war kräftig und saß da, als sei sie hier zu Hause. Vor ihr auf dem Tisch stand ein Schnapsglas, halb leer.

Es war Viertel nach elf vormittags.

Ich ging auf sie zu. »Mevrouw Koper?«, fragte ich.

»Wenn du so anfängst, kann du gleich wieder gehen«, sagte sie. Sie drehte sich zu dem Wirt um. »Kees, bring diesem begossenen Pudel hier einen Jungen.« Dann sah sie wieder mich an. »*Allez*, zieh die Klamotten aus und setz dich, Mann.«

Sylvia Koper prägte ihre eigenen Regeln. Im Gefängnis wollte sie höflich angesprochen werden, dort war die Hierarchie wichtig. Hier mochte sie keine umständlichen Anstandsfloskeln und erstickte jeden Anflug von Umgangsformen im Keim. Sie bestimmte das Spiel, nicht ich. Sie bestimmte, wann etwas gesagt wurde, und es dauerte eine Weile, bis ich feststellte, wie sie mich mit ihrem ordinären Ich-nehm-kein-Blatt-vor-den-Mund-Gerede manipulierte.

»Sie kennen doch meine Freundin Guus?«, fragte ich.

»Sie?«, fragte sie herausfordernd und sah mich an. »Was soll das hochtrabende Gerede? Ich nenn dich doch auch nicht Professor, oder?«

»Nein.«

»Oder hättest du das gerne? Bist du so einer, der Professor genannt werden will? Kein Problem. Von mir aus. *Monsieur le professeur*«, fügte sie in theatralischem Französisch hinzu. Sie wandte sich wieder an den Barkeeper. »Kees, bekommt der Professor noch was oder muss er zu Hause anrufen, dass man ihm was bringt?«

Ich schwieg, bis Kees ein bis zum Rand mit jungem Jenever gefülltes Schnapsglas schwungvoll vor mich hinstellte.

»Für Exzellenz«, sagte er.

Ich wurde von zwei Seiten auf meinen Platz verwiesen und der befand sich irgendwo unter dem Dielenboden. Schon von Guus hatte ich erfahren, dass die Hackordnung für Sylvia Koper sehr wichtig war. Guus hatte fast drei Monate gebraucht, um die unterste Stufe zu überwinden und eine Ebene zu erreichen, auf der sie respektiert wurde. So viel Zeit hatte ich nicht. Außerdem hatte ich gar kein Interesse daran, irgendeine soziale Leiter raufzuklettern, und schon gar nicht in einer Kneipe mit Sylvia und Kees. Ich erhob das Glas, sagte: »Prost!«, und kippte den Inhalt in einem Zug hinunter.

Nach der Pille von gestern Abend war Alkohol keine gute Idee. Das Zeug brannte im Hals. Aber dieses eine Mal musste es sein.

Sylvia wies mit einem langen, rot lackierten Fingernagel auf mein Glas. »Kees, der Professor hat Durst«, sagte sie.

Kees lachte und machte keinerlei Anstalten, mir nachzuschenken. Sylvia trank ihrerseits den letzten Rest Schnaps aus. Jede ihrer Bewegungen war abgemessen, ihr Panzer stahlhart. Sie hielt mich auf Distanz und es war an mir, eine Öffnung in ihrem Verteidigungswall zu finden. Jeder Angriff schien zum Scheitern verurteilt. Sylvia hatte lebenslange Übung im Abschmettern unerwünschter Schnüffler. Machte ich einen Fehler, erntete ich Hohn und Spott. Sylvia Koper war eine Frau, für die man ein Passwort brauchte. Nur sie kannte es, und wenn ihr die Situation nicht passte, konnte sie es jederzeit ändern. Ich musste sie mit ihren eigenen Waffen schlagen, denn mit meinen erreichte ich nichts.

»Die AM«, sagte ich.

Keine Reaktion.

»Die Aktenmuschi.« Das Wort hatte einen schiefen Klang, als käme es quer aus meinem Mund.

»Meine Aktenmuschi.« Schon ging es leichter, man gewöhnt sich an alles. »Sie ist weg.«

Sylvia sah mich reglos an.

Ich winkte Kees und bestellte noch zwei Junge.

Kees sah Sylvia und mich an. Er wartete auf eine Reaktion von ihr. Als sie ausblieb, nahm er die Flasche, trat an unseren Tisch und füllte unsere Gläser nach. Schweigend.

»Zweite Runde«, meinte er.

Sylvia reagierte noch immer nicht. Starr blickte sie mich an.

Schließlich sagte sie: »Dann musst du dir eine neue Muschi suchen.«

Ich lächelte. Ihre Reaktion kam zu spät. Ich wusste es und sie wusste es.

»Die Rechtsanwältin«, sagte ich.

Sylvia nickte und zog die Lippen zusammen, als müsse sie sich zwingen, keine Bemerkung zu machen. »Und?«, fragte sie.

Ich erzählte ihr, was geschehen war: dass Guus schon weg war, als ich ankam. Ohne Nachricht, ohne Zeichen. Abgeholt von zwei Männern in schwarzen Anzügen.

Sylvia nickte.

»Weißt du etwas darüber?«, fragte ich.

Sie schüttelte den Kopf. »Wieso sollte ich etwas darüber wissen?«

»Gute Frage«, meinte ich. »Irgendjemand muss etwas wissen, ich weiß nur nicht, wer, und du hast alle dort gekannt. Deswegen.«

Wieder nickte sie.

Ich sagte: »Ich habe mit Elena gesprochen, und die hat gesagt, dass …«

»Mit wem?«

»Elena, aus der Ukraine. Sie war oft mit Guus zusammen. Eine Freundin von Lulu.«

»Du meinst Gracie?«

»Eine schöne Frau. Dunkelhaarig.«

»Ja, ja. Mageres Ding. Gracie. Was hat sie gesagt?«

»Alles Mögliche, es war vollkommen zusammenhanglos.«

Sylvia lachte. »Ja, so ist sie. Gracie bringt alles durcheinander. Sie fantasiert. Wenn man das nicht weiß, versteht man sie nicht. Seitdem Lulu weg ist, ist es noch schlimmer geworden.«

Lulu hieß eigentlich Lyudmila und war einen Monat zuvor entlassen worden, ein paar Tage, bevor Sylvia nach Hause gehen durfte.

»Kaum war Lulu durch die Schleuse«, erzählte Sylvia, »fing Gracie an zu reden. Ganze Geschichten erzählte sie, völlig wirr. Dass sie nach Amerika gehen würde, wo sie gute Kontakte hätte. Ein Bruder ihres Freundes wohne dort. Dass sie Karriere machen und uns alle holen würde. Sie hörte gar nicht mehr auf.«

Sylvia trank einen Schluck von ihrem Schnaps und stellte das Glas wieder ab. »Sie wünschte es sich eben so sehr. Eigentlich traurig. Das arme Mädel.« Sie schwieg. »Gracie wird nächste Woche entlassen. Dass sie Lulu und Gracie nicht zusammen haben gehen lassen, ist lächerlich. Verrückt. Die beiden gehören zusammen.« In ihrer Stimme lag ein fast unmerkliches Zittern, doch es genügte, um zu verraten, dass ihr die beiden Ukrainerinnen mehr bedeuteten, als sie zugeben wollte.

»Haben Guus und Gracie einander vertraut?«, fragte ich.

»Gracie vertraute Guus«, antwortete Sylvia. »Guus Verhältnis zu Gracie hatte mit Vertrauen nichts zu tun. Guus hat sie beschützt. Das ist etwas anderes.«

»Man kann nur jemanden beschützen, dem man vertraut«, entgegnete ich.

Sylvia schüttelte den Kopf. »Was weißt du schon? Meneer Professor. Du bist schon genauso wirr wie die kleine Ukrainerin. Hör gut zu, ich erklär's dir nur einmal. Man beschützt jemanden, wenn es notwendig ist, und vertraut demjenigen, den man beschützt.«

Ich nickte und fragte: »Brauchte Gracie Schutz?«

»Gracie braucht alles Mögliche. Glaub mir, du könntest eine Armee einsetzen, um Gracie zu beschützen, trotzdem würde sie Mist machen.« Sie schwieg und drehte ihr Schnapsglas zwischen den Fingern. Ihre langen, lackierten Fingernägel tickten dagegen.

»Und Lulu?«, fragte ich.

»Die auch«, sagte Sylvia. »Nur anders. Lulu ist anders.« Sie sah mich an und ihr Blick hatte sich verändert. Sie machte sich Sorgen, das konnte sie nicht verbergen. Sie fragte: »Willst du einen strammen Max?«

»Wofür hast du eigentlich gesessen?«, fragte ich.

»Geht dich nichts an.«

»Weiß ich.«

Sylvia schob sich den letzten Bissen in den Mund und kaute übertrieben lange auf dem weichen Weißbrot herum. Sie legte ihr Besteck neben den Teller. Wenn sie mehr erzählen wollte, würde sie es schon von selbst tun. Sylvia ließ sich nicht drängen oder zwingen.

»*Ah, les filles*«, seufzte sie. Wenn sie Französisch sprach, veränderte sich ihr Gesichtsausdruck und spiegelte ein Echo aus der Vergangenheit wider, eine Zeit, die nur in ihrer Erinnerung noch lebendig war. »Diese Mädels kommen von weiß Gott woher in unser Land.«

Sylvia nahm eine Serviette, beugte sich nach vorn über den Tisch und tupfte mir das Kinn ab, knapp unter der Lippe.

»Ei«, sagte sie. »Sie haben alle Kerle, Abschaum, aber es sind ihre Kerle, verstehst du.« Sie wartete meine Antwort nicht ab. »Nein, du verstehst es nicht, aber so läuft es. Wenn einer dieser Kerle etwas mit mir anfangen würde, würde er es nicht überleben. Oder ich nicht. Könnte auch sein.«

»Waren die Männer, die Guus abgeholt haben, auch solche Kerle?«

Sylvia zuckte mit den Schultern. »Männer eben«, antwortete sie ausweichend.

»Russen?«

»So ähnlich.«

»›Abschaum‹ hast du gesagt.«

»Zuhälter. Händler.«

Ich nickte. Luden. Möglich war es. Die Frauen, die hier in die Niederlande kamen, brauchten Kontaktpersonen, eine Wohnung, einen Arbeitsplatz, es sei denn, sie gingen gleich auf die Straße. Was natürlich eine Katastrophe war. Das sah man an Elena.

»Glaubst du, Guus ist bei Lulu?«, fragte ich.

»Da müsste sie schon verrückt sein«, erwiderte Sylvia und lachte. »Von der könnte ich noch was lernen, von deiner Rechtsanwältin.«

»Geht Elena dorthin, wo Lulu ist?«

Sylvia verneinte. »Lulu ist nur unter der Voraussetzung vorzeitig entlassen worden, dass sie an einem Programm teilnimmt. Sie wurde ausgewiesen. Sie musste zurück nach Hause. Als sei das eine Lösung.« Sie schwieg. Die Verachtung für das System stand ihr ins Gesicht geschrieben. »Ich glaube, dass Guus die beiden Mädchen nicht mehr allein lässt. Und das ist nicht gut. Man kann so hart sein, wie mal will, aber man muss wissen, wann man loslassen muss. Immer. Mitgefangen, mitgehangen.«

Wenn Guus es auf sich genommen hatte, Elena und Lyudmila zu beschützen, würde sie alles für sie tun. Sie würde sich für sie aufopfern. Gracie und Lulu. Es würde Guus ähnlich sehen.

»Weißt du, wo Lulu ist?«, fragte ich.

»Nein, keine Ahnung. Sie wurde in die Ukraine zurückgebracht, wo sie angeblich in ein Schutzprogramm aufgenommen wird. Aber mir braucht man nichts zu erzählen, ich weiß, wie das funktioniert. Man gibt ihr ein Zimmer und einen miesen Job, in dem sie nichts verdient. Zurück in die Armut. Ich bin gespannt, wie lange sie das aushält.«

Schweigend saßen wir einander gegenüber.

»Wird Gracie auch in dieses Programm aufgenommen?«, fragte ich.

Sylvia schüttelte den Kopf. »Nein, sie wird nicht ausgewiesen. Hat sie jedenfalls behauptet. Warum aber Lulu und sie nicht, weiß ich nicht. Jedenfalls wird sie von irgendjemandem abgeholt.« Sie schwieg und ihr Blick wurde härter. »Ich kenne diese Kerle nicht und will auch gar nicht wissen, wer sie sind.«

Sie sah mich an und erkannte, was ich dachte. Noch bevor ich mir selbst dessen bewusst war.

»Tu's nicht«, warnte sie. »Denk nicht mal dran. Du hast keine Ahnung, was für Typen das sind.«

Lachend erwiderte ich: »Ich bin einiges gewöhnt.« Vor anderthalb Jahren war ich verhaftet und unbarmherzig verhört worden. »Ich habe mal Ärger mit dem militärischen Abschirmdienst gehabt.«

»*Ah, oui*«, sagte Sylvia. »Diese Weicheier.«

Bellilog 21.10.07

Zwischen Rotterdam und Amsterdam brach die Sonne durch die Wolken. Ein herrliches Licht, hell und klar. Ist das ein Zeichen? Bewege ich mich in die richtige Richtung? Oder gibt es keine Zeichen? Keine Straßenschilder, nur Straßen? Immer mehr Straßen, in alle Richtungen, und alle verstopft. Schilder, Anzeigen und Pfeile geben nur Hinweise auf Zwischenstopps, Informationen über die nächsten zehn Kilometer, zwanzig Kilometer, hundert Kilometer. Das scheint eine ganze Menge, aber jedes Schild ist gleich. Nur die Namen und die Entfernungsangaben unterscheiden sich. Endgültige Ziele gibt es nicht, höchstens eine Kiste unter der Erde. Nicht, weil man irgendwo angekommen wäre, sondern weil das Benzin aufgebraucht und weit und breit keine Tankstelle ist. Das ist der Endpunkt. Ohne Tod keine Deadline. Vielen Dank. Nicht loslassen. Niemals loslassen. Das tut das Leben schon, wenn es so weit ist, und das ist früh genug.

Keine Zeichen.

Keine Guus.

14

Einer ist immer der Dumme

Sechsundachtzig neue Nachrichten im Posteingang. Alles Reaktionen auf meine neue E-Mail-Adresse. Ich hatte noch immer keine Ahnung, was mit der alten geschehen war. Thomas hatte es nicht geschafft, den Zugang wiederherzustellen, und jeder Versuch, mit dem Provider Kontakt aufzunehmen, war gescheitert. Wenn ich anrief, geriet ich in eine endlose Warteschleife, bis ich irgendwann aufgab. Weil der Kundenkontakt aktiv erschwert wurde, war es einfacher gewesen, einen neuen Account einzurichten und von vorn anzufangen. Mithilfe der Adressbücher von Josien und Gijs hatte ich alle Kunden und Geschäftsfreunde erreicht und die Adressen meiner Verwandten und der meisten meiner Freunde wusste ich auswendig.

Mein jüngerer Bruder Peter meldete sich aus Australien. Vor vierzehn Monaten war er für ein halbes Jahr Urlaub dorthin aufgebrochen. Drei Monate wollte er umherreisen, drei Monate bei Winzern und Schafzüchtern arbeiten. Doch als das halbe Jahr um war, wollte er nicht wieder weg. Die Weite des Landes hatte ihn in ihren Bann gezogen und immer wieder fand er einen neuen Weg, noch ein paar Monate länger zu bleiben. Die australische Mentalität kam ihm zupass: unkompliziert, nicht zimperlich, mit derbem Humor und dem Hang, ab und zu eine Weile zu verschwinden. *Gone walkabout,* ein Streifzug durch die Wildnis, durch die ausgedehnten Gebiete, um das Land kennenzulernen, es in sich aufzunehmen, eins zu sein mit der Natur und seinen Platz im großen Ganzen zu erfahren. So war Peter. Sein ganzer Aufenthalt dort war ein großer *walkabout.* Er liebte das Gefühl der Grenzenlosigkeit. Gleich in mehrerer Hinsicht hatte es ihn auf die andere Seite der Welt verschlagen. Am Stadtrand von Dordrecht, wo wir aufgewachsen waren, drohte eine beklemmende Zukunft, diktiert von meiner frommen Mutter und ihren Gleichgesinnten. Nach ihrer Vorstellung war unser Leben von vornherein festgelegt und vorherbestimmt; von uns wurde nur verlangt, dass wir unser Bestes gaben. Für Gott, Familie und Gesellschaft. Nur durch wirtschaftlichen Erfolg und Tugendhaftigkeit konnte man sich sein Glück verdienen. Die Sache hatte nur einen Haken: Der Tarifvertrag war seit zweitausend Jahren nicht überarbeitet worden. *No worries, mate*, schrieb Peter, und noch etwas: *Pa kommt mit Miranda und beauty case. Nach down under. Kannst du dir das vorstellen? Pass auf dich auf.*

Miranda war die Freundin meines Vaters, schon seit anderthalb Jahren. Eine blondierte Den Haagerin mit vielen Rüschen und blinkendem Schmuck – und einem Herz aus Gold. Sie liebte meinen Vater über alles und durch sie war er wieder jung geworden. Wir Kinder hatten zunächst zurückhaltend reagiert, denn nach dreißig Jahren hatten wir uns an die bestehenden Verhältnisse gewöhnt. Ich stellte fest, dass ich in meinen eigenen Vorstellungen gefangen war. Dabei war alles möglich. Miranda auf ihren Pumps im australischen Outback war ein weiteres Indiz für den zweiten Frühling, den sie erlebten.

Meine Eltern hatten sich vor knapp drei Jahren getrennt. Ihre Differenzen überwogen schon seit Jahren ihre Liebe zueinander, und als meine Mutter eines Tages ihren religiösen Eifer über ihren Mann und ihre Kinder stellte und mich an die Polizei ausliefern wollte, zerbrach die Familie.

Mein Vater verließ sie und zog nach Den Haag. Peter blieb noch über ein Jahr bei meiner Mutter in Dordrecht, ihret- und seinetwillen. Er steckte in einer Selbstfindungsphase ohne klares Ziel, bis er seine große Reise antrat. Meine

Mutter folgte dem Ruf Gottes und schloss sich einer Sekte in Kanada an. Die Glaubensgemeinschaft bewohnte ein großes Haus in British Columbia, eine Farm mit unfassbar viel Land irgendwo zwischen den Rocky Mountains und dem Küstengebirge. Dort fand sie ihr Glück und wir blieben von ihren guten Absichten verschont.

Auch von ihr erhielt ich eine Mail, denn die Sekte war nicht so weltabgewandt, als dass sie keinen Internetanschluss gehabt hätte. In Kanada setzte der Winter ein, die Jahreszeit, in der die Fensterläden zugeklappt wurden und die Gruppe für viele Wochen innere Einkehr hielt. Meine Mutter hatte meine Nachricht gerade noch rechtzeitig erhalten, um reagieren zu können. In einer Woche ging sie in Klausur. Sie schrieb, dass sie sich nach den Wochen der Stille sehne, und plötzlich erkannte ich die Gemeinsamkeiten zwischen ihr und meinem Bruder. Peter suchte nach dem Grenzenlosen, meine Mutter nach einem Rückzugsort. Beide sehnten sich nach Freiräumen, der eine konkret, die andere spirituell. Darin ähnelten sich die beiden. Die Glaubensgemeinschaft meiner Mutter lebte nicht umsonst in Kanada, wo die Natur ebenso überwältigend war wie in Australien.

Nullpunktfünf blickte von ihrer Tjalk aus über das Grevelingermeer. Schouwen-Duiveland kann man zwar nicht mit Ontario vergleichen, doch wenn die untergehende Sonne über das Wasser scheint und die Möwen auf Luftströmungen segeln und einander zurufen, um ihre Position zu orten, dann wird die kleinste Kajüte unermesslich groß.

Nach und nach rief ich jede einzelne Mail ab. So viele Reaktionen auf eine einfache Adressänderung überraschten und freuten mich. So viel Aufmerksamkeit, Interesse, Bestätigung: Ich konnte ein Lächeln nicht unterdrücken.

Ahmed wollte die Präsentation noch ein letztes Mal durchgehen. »Jetzt, wo du schon mal hier bist«, meinte er. Gemeinsam sahen wir uns die Berichterstattung an. Inventarisierung und Analyse waren gut, die Empfehlungen unumgänglich. Zielgruppen, Marketing, Policen und Prämien mussten besser aufeinander abgestimmt werden. Viele Policen, die die Versicherung verkaufte, passten nicht zu den typischen Merkmalen der jeweiligen Zielgruppe, was zwangsläufig Verluste zur Folge hatte. Im Grunde war es schwer vorstellbar, dass ein derart von Statistiken abhängiges Unternehmen einen solchen Fehler beging. Dennoch war es so. Es war ein schöner Auftrag und Ahmed und ich wussten, dass wir eine potenzielle Bombe in den Händen hielten. Durch unsere Berichterstattung würden die Prämien für zahlreiche Policen neu berechnet werden müssen, leider in einer für den Auftraggeber unvorhergesehenen Art und Weise. Prämienberechnung ist immer ein besonders heikles Feld. Erhöhungen werden von den Kunden unmittelbar abgestraft, Verbraucherorganisationen gehen auf die Barrikaden und bald darauf nehmen die Politiker Stellung. Unternehmensführung. Vorschriften. Rahmenbedingungen. Wir hatten gute Gründe dafür, unsere Schlussfolgerungen so vorsichtig wie möglich zu formulieren, doch wie wir es auch drehten und wendeten und uns abmühten, uns möglichst nuanciert auszudrücken, das Resultat war niederschmetternd: Vor allem Frauen mussten für eine ganze Reihe von Policen höhere Prämien bezahlen. Gerade weil es um Frauen ging, war das Ergebnis besonders problematisch. Normalerweise galt es, Unterschiede zwischen den Geschlechtern tunlichst zu vermeiden.

Die Präsentation fand am nächsten Tag statt und Ahmed versuchte, mich zu überreden, doch mitzugehen. Zu zweit würden wir unseren Ergebnissen mehr Gewicht verleihen. Damit hatte er durchaus recht. Andererseits hatte ich zwar meinen Anteil durch die Analyse und die Untermauerung geleistet, doch Ahmed hatte die Diskrepanzen entdeckt. Es waren seine Ideen, es war sein Werk. Deswegen wollte ich, dass er allein zu dem Kunden ging. Er konnte es, daran zweifelte ich keine Sekunde.

»Ich gehe nicht mit, um dir das Händchen zu halten«, erklärte ich. »Ich habe mich zwar zwei Mal dort blicken lassen, aber nur pro forma. Du dagegen bist inzwischen bekannt, denn du gehst schon seit Monaten dort ein und aus. Du bist die Kontaktperson. Außerdem kann ich nicht, denn ich habe Urlaub.«

Ahmed schwieg und sah mich lange an, allerdings nicht spöttisch, wie er es sonst so gut konnte. Er blickte ernst, fast feierlich.

»Okay«, sagte er nach einer Weile, »ich glaube, das ist der Moment.«

Er hatte recht. Es war der Moment, sein Moment, in dem er die Verantwortung für einen Kunden übernahm. Er allein. Damit erklomm er eine höhere Ebene. Es war die Bestätigung, dass er auf Augenhöhe mit einem Auftraggeber reden konnte, nicht mehr nur als Untergebener oder Assistent. Es war die Bestätigung für die einfache Tatsache, dass die Leute auf ihn hörten.

»Bei uns …«

Ich unterbrach ihn. »Ich bin nicht dein Vater.«

Er stand auf, legte mir die Hände auf die Schultern und hielt seine Wange an meine.

Links, rechts.

Danach legte er die flache Hand aufs Herz und neigte den Kopf, ganz kurz. Schweigend. Ein paar Sekunden später verzog er das Gesicht zu einem breiten Grinsen und hob die Hand zu einer *high five.*

Ich hatte Urlaub. Mit diesem Gedanken ging ich in die Kantine und holte mir Kaffee. Ein seltsamer Urlaub: Ohne Guus schienen meine freien Tage auf einmal sinnlos. Ich setzte mich mit meinem Kaffeebecher an einen Tisch ans Fenster und schaute hinaus, wo der starke, kalte Wind in rauen Böen über den IJ peitschte und kurze, straffe Wellen über die Wasseroberfläche trieb. Mir spukte das Gespräch mit Sylvia über Guus und die beiden Ukrainerinnen noch durch den Kopf. Elena und Lyudmila hießen hier Gracie und Lulu. In einer anderen Stadt, in einem anderen Land würden sie sich wieder andere Namen zulegen. Junge Frauen, Mädchen, die unter dem Diktat ihrer Männer von einem Ort zum anderen bugsiert wurden. Bis sie im Gefängnis Guus begegnet waren. Für Sylvia war es klar: Guus hatte es sich zur Aufgabe gemacht, Gracie und Lulu zu beschützen. Aber wie? Was tat sie jetzt? Und wo? Mit wem?

»Hast du eine Minute Zeit?« Karl zog einen Stuhl heran und legte einen Stapel Blätter auf den Tisch. Seine Nachforschungen hinsichtlich meines Laptops hatten nichts ergeben. Streng genommen war es nicht einmal ein Einbruch gewesen. »Jemand ist mit einem Schlüssel und dem richtigen Code hier hereingekommen. Das Einzige, was derjenige gestohlen hat, war dein Laptop. Ansonsten ist nichts weggekommen. Pech für dich, aber zu unwichtig, um sich weiter damit zu beschäftigen. Deshalb lassen wir die Sache ab jetzt auf sich beruhen. Wir erstatten auch keine Anzeige, das dauert zu lange, verursacht zu viele Kosten und bringt sowieso nichts. Das ist alles, was wir haben. Hier, sieh es dir an.« Er schob mir den Papierstapel zu.

Ich blätterte ihn rasch durch. Gesprächsprotokolle, Ausdrucke der Sicherheitsfirma, Listen von Leuten mit einem Schlüssel und von denen, die den Zugangscode kannten.

»Und jetzt?«, fragte ich.

»Wir verändern die Codes, den Generalcode, den von *The Pattern* und den von euch. Das Schloss wird ausgewechselt und wir hängen an mehreren Stellen Webcams auf, die an den Server angeschlossen sind. Vierundzwanzig Stunden am Tag. Dazu installieren wir ein paar kräftige Leuchten mit Bewegungsmeldern und jeder, der nachts hier reinkommt, steht im Scheinwerferlicht, klar und deutlich erkennbar. Sehr effektiv und kostet keine tausend Euro.«

Seine Entscheidung war nachvollziehbar. Ich konnte nichts dagegen einwenden.

»Nur ich bleibe auf meinen Fragen sitzen«, erwiderte ich.

Karl nickte und entgegnete: »Irgendeiner ist immer der Dumme. Und diesmal hat es eben dich erwischt.« Er lachte. »Und mich natürlich auch. Die Vorstellung, dass hier jemand eingedrungen ist, jemand, den ich nicht kenne, behagt mir überhaupt nicht. Das ist mein Laden.«

Aus diesen letzten vier Worten hörte ich eine Entschlossenheit heraus, die nur eines bedeuten konnte: Karl hatte die Sache noch nicht zu den Akten gelegt. Was genau er weiter unternehmen wollte, erzählte er mir nicht. Er hielt sich bedeckt und wurde auf einmal wieder geschäftsmäßig.

»Computer sind ersetzbar«, sagte er, »und alle Daten werden automatisch als Back-up auf dem Server gespeichert.« Er stand auf. »Behalte einfach die Listen und schau sie noch mal durch, wenn du Lust dazu hast. Vielleicht entdeckst du etwas, was mir entgangen ist. Morgen kommt jemand, der das Schloss ersetzt, und dann erhalten wir alle neue Schlüssel. Fünf sind für euch. Ich gebe sie Josien, in Ordnung?«

Und schon war er aufgestanden und hatte die Kantine verlassen. Für diesen ganzen Schlamassel rund um den Einbruch hatte er im Grunde gar keine Zeit. Computer waren Gebrauchsgegenstände, die man abschreiben, ersetzen oder einfach wegwerfen konnte, weil die Informationen, die sie enthielten, durch Kopien und Back-ups erhalten blieben. Der Gegenstand selbst war nicht mehr als eine Sammlung von Eigenschaften: soundsoviel GHz, soundsoviel GB, RAM, USB-Anschlüsse und so weiter. Ich sah wieder hinaus, die Listen konnten warten. Papier war betrügerisch. Was nutzte es mir, tagelang Unterlagen zu studieren und mir einzubilden, ich leiste unglaublich sinnvolle Arbeit, wenn ich dabei nur die ganze Zeit auf einem Stuhl saß und der, die ich suchte, nicht einen Schritt näher kam?

15

Ein simpler Plan

Sechs Autos standen auf dem Parkplatz, darunter meiner, ein unauffälliger grauer Seat Ibiza. Auf dem Beifahrersitz neben mir lag das neueste Navigationsgerät mit Karten und Routen für ganz Europa. Ich wusste nicht, wo ich heute hinfahren würde, und wollte problemlos den Rückweg finden. Egal, wohin es mich verschlagen würde. Heute Morgen um fünf war ich aufgebrochen und noch im Dunkeln am Gefängnis angekommen. Leichter Regen fiel und der schwarze Asphalt glänzte im gelblichen Licht der Straßenlaternen. In der Parktasche vor dem Eingang stand schon ein Wagen, der einzige weit und breit. Ich hatte etwas entfernt geparkt, den Motor ausgeschaltet und das Fenster einen Spalt geöffnet. Etwa zehn Minuten später war ein weiteres Auto auf den Parkplatz eingebogen. Eine Frau war ausgestiegen, zum Eingang des Gefängnisses gerannt und eingelassen worden. Der Wind pfiff um die Zaunpfähle.

Ich wartete.

Zwischen sieben und halb acht trafen kurz hintereinander drei Autos ein. Kleine Modelle und stets mit nur einem Insassen. Gefängnismitarbeiter, so schien es, denn sie gingen hinein, als sei es ihre tägliche Routine. Um zwanzig vor acht hielt ein rotes Auto genau vor dem Eingang. Die Beifahrertür ging auf und eine Frau stieg aus. Sie winkte dem Fahrer zu und schellte am Gefängnistor. Das Auto fuhr weg.

Ich wartete.

Um zehn vor acht fuhr ein größerer Wagen auf den Parkplatz, ein dunkler Mercedes. Schwarz oder dunkelblau, im fahlen Licht war es nicht zu erkennen. Zwei Männer stiegen aus. Groß, der eine breiter als der andere, in langen, dunklen

Mänteln. Ohne Eile gingen sie durch den Regen zum Eingang. Nach drei, vier Schritten drehte sich der eine um und richtete den Schlüssel auf das Auto. Vier orangefarbene Scheinwerfer leuchteten vier Mal auf, begleitet von dem charakteristischen Piepton. Kurz darauf waren die Männer durch das Gefängnistor verschwunden. Der Parkplatz war wieder verlassen.

Ich wartete.

Keine halbe Stunde später, gegen Viertel nach acht, traten sie wieder heraus. Der Regen hatte aufgehört und der Himmel war ein wenig heller geworden. Zwischen den beiden Männern ging Elena. Gracie. Draußen, auf dem weiten Platz, sah sie noch kleiner und dünner aus. Einer der Männer hielt sie am Arm fest, ein Bär von einem Mann. Der andere ging einen Schritt voraus, öffnete eine der hinteren Türen und ging sofort weiter auf die andere Seite. Elena wurde auf die Rückbank gedrängt und ihr Begleiter stieg zu ihr ein. Der zweite Mann setzte sich ans Steuer und kurz darauf fuhren sie langsam los. Ich folgte in größtmöglichem Abstand.

Mein Plan war simpel: Ich war davon überzeugt, dass die Männer, die Guus abgeholt hatten, auch Elena abholen würden. Alles wies darauf hin und Sylvia Koper hatte es mir mehr oder weniger bestätigt. Guus hatte sich der Ukrainerinnen angenommen. Um zu wissen, wo Guus war, brauchte ich ihnen nur zu folgen.

Das war schon der ganze Plan. Wenn ich wusste, wo sie sich aufhielt, würde mir schon noch einfallen, was ich als Nächstes unternehmen sollte. Hoffte ich jedenfalls. Ein Schritt nach dem anderen. Der erste stand für mich schon fest: Ich musste herausfinden, wo sie untergetaucht war.

Über Eindhoven fuhren wir nach Breda und von da aus nach Rotterdam. Je dichter der Verkehr wurde, desto mehr verringerte ich den Abstand, damit ich sie nicht verlor. Auf dem Ring um Rotterdam wäre es fast passiert. Plötzlich hatten sich drei dunkle Mercedes-Limousinen eingefädelt und dadurch, dass sie ständig die Spur wechselten, folgte ich einer Weile der falschen. Bis ich das Kennzeichen kontrollierte und den Irrtum bemerkte. Hundert Meter vor mir bog der Wagen mit Elena auf die A13 nach Den Haag ab. Ich schlängelte mich durch den Verkehr, bis ich ihnen wieder auf den Fersen war, und ließ mich dann etwas zurückfallen.

Wir passierten Delft und bei Den Haag nahm der Mercedesfahrer die Abfahrt zu einem Neubauviertel am östlichen Stadtrand. Ich bemühte mich, nicht zu dicht aufzufahren, doch nachdem wir die Autobahn verlassen hatten, herrschte kaum noch Verkehr. Am Ende der Abfahrt stand eine Ampel auf Rot und ich musste unmittelbar hinter dem Mercedes halten. So nahe, dass ich Elena und den Mann durch die Heckscheibe beobachten konnte. Ich gab mir Mühe, sie nicht anzusehen, drehte bewusst den Kopf weg und schaute durch die Seitenscheibe hinaus.

Das Wohnviertel war noch nicht einmal fertig, links und rechts wurde noch überall gebaut. Einige Straßenzüge waren bereits bewohnt, wohingegen in anderen erst noch Rohbauten standen, vor denen sich Fliesen und Backsteine stapelten. Draußen war es kahl und windig, aber wenigstens regnete es nicht mehr. Im trüben Licht wirkte alles monoton.

Ich vergrößerte den Abstand zwischen mir und dem Mercedes und tat so, als suche ich eine Adresse. Bei jeder Seitenstraße verlangsamte ich das Tempo, um das Straßenschild zu lesen, dann ging es nach links und wieder nach rechts. Der Mercedes kreuzte durch ein bereits fertiggestelltes Viertel. Wir passierten einen Ortskern mit Einkaufsmöglichkeiten, einer Bank, einem Bistro, einem Chinarestaurant und einem Pizzaservice. Landschaftsarchitekten hatten bereits mit der

Bepflanzung von Kübeln und Freiflächen begonnen; hier und da ragten magere Bäumchen aus dem nackten Bürgersteig. Es war noch immer Vormittag, kurz vor halb elf. In diesem Teil des Viertels herrschte jedenfalls schon ein wenig Leben; es waren Leute auf der Straße und in den Geschäften. Im Bistro saßen sogar Gäste beim Kaffee.

›Geselligkeit‹ war ein dehnbarer Begriff.

Jenseits des Platzes bog der Mercedes links in eine Seitenstraße mit etwas größeren Gebäuden ein, Doppelhäusern mit einem Carport zu beiden Seiten und kleinen Vorgärten. Auch hier stand noch einiges leer. Ich folgte dem Mercedes nicht unmittelbar, sondern beobachtete, welche Route er einschlug. Als er rechts abbog, wartete ich erst einen Moment, bis ich denselben Weg wählte.

Die Straße war verlassen, keine Menschenseele zu sehen. Weder auf dem Bürgersteig noch in den Häusern. Es war, als seien die Bewohner der Gegend kollektiv zu einem Wandertag aufgebrochen, jedoch nicht in den nahe gelegenen Ortskern. Ich hatte nicht erwartet, dass die Männer eine solche Umgebung ansteuerten. Stattdessen hatte ich damit gerechnet, dass sie in ein altes Großstadtviertel oder ins Ausland fahren würden, nach Antwerpen oder nach Deutschland, schließlich lag das Gefängnis ganz in der Nähe der deutschen Grenze. Die Spießbürgerlichkeit dieser Umgebung passte nicht zu meiner Vorstellung von Zuhältern. Wahrscheinlich lag das an mir. Dass sich Guus hier in einem dieser Häuser aufhalten sollte, erschien mir lächerlich. Das Viertel lag keine fünfzehn Kilometer von Monster entfernt, sie hätte notfalls nach Hause laufen können.

An der Einmündung zu der Seitenstraße hielt ich an, ich wollte nicht ohne Weiteres einbiegen. Ganz langsam ließ ich mein Auto an der Ecke vorbeirollen. Ich schaute die Straße entlang. Sie war ziemlich kurz und die Häuser glichen alle den anderen, nur dass sie noch ein wenig größer waren. Der Mercedes stand in einem Carport drei Häuser weiter. Alle Insassen waren ausgestiegen.

Der erste und einzige Teil meines Plans war ausgeführt – ich war dem Wagen gefolgt bis zu einer Adresse in einem Neubauviertel. Je länger ich darüber nachdachte, desto sinnloser kam es mir vor. Es gab keinerlei Hinweise darauf, dass auch Guus sich hier aufhielt. Das Einzige, was ich hatte, war ein Ausgangspunkt. Ein möglicher Ausgangspunkt. Mehr nicht. Ich konnte noch einmal vorbeifahren und versuchen, vom Auto aus etwas zu erkennen. Ein zweites Mal vorbeizufahren wäre schon verdächtig gewesen, in diesem Viertel fuhr niemand irgendwo zwei Mal vorbei.

Im ersten Gang bog ich in die Straße ein. Alle Gebäude sahen gleich aus, sie unterschieden sich höchstens dadurch, dass im einen Gardinen, im anderen Jalousien vor den Fenstern hingen. Das war es aber auch schon. Ich starrte auf das betreffende Haus und rollte so langsam daran vorbei, dass ich fast stehen blieb. Es war nichts zu sehen, nichts rührte sich. Vor allen Fenstern hingen geschlossene Jalousien.

Nach höchstens zehn Sekunden hatte ich das Haus bereits passiert. Ich schaute wieder geradeaus, bog am Ende der Straße rechts ab und blieb stehen. Ich hatte nichts gesehen. Gar nichts. Ich war keinen Schritt weiter.

Verzweifelt blickte ich mich um und zig Fragen schossen mir durch den Kopf. Was sollte ich tun? Was konnte ich tun? Was taten diese Männer hier, in diesem Neubauviertel, mit diesen Frauen? Huren assoziierte ich mit roten und violetten Lampen, mit Gold, Schwarz und billigem Flitter und nicht mit grauen Steinen und beigefarbenen Tür- und Fensterrahmen. Wie sollten sie hier Kunden anlocken? Waren sie Callgirls? Eskortdamen? Wie funktionierte das eigentlich? Eine Frage nach der anderen und sie alle waren nichts weiter als Ausflüchte. Ich wusste schon längst, was ich zu tun hatte. Wenn ich weiterkommen wollte, wenn ich wirklich herausfinden wollte, wo Guus steckte oder gesteckt hatte, musste ich irgendwie in dieses Haus eindringen. Das war der einzig logische nächste Schritt, doch den schob ich lieber noch ein wenig vor mir her.

Ich stieg aus und ging ein Stück die Straße entlang. Ich war in einem Neubauviertel aufgewachsen und wusste daher, dass es fast immer Brandgassen gab, um die Häuser von hinten durch die Gärten erreichen zu können. Diese schmalen Wege mündeten zwischen den Häusern in einer der Seitenstraßen. In diesem Viertel waren alle Straßen schnurgerade, der Entwurf folgte einem einfachen Raster, daher fand ich die Gasse ziemlich schnell. Es war ein langer, gerader, gepflasterter Weg. Der Mercedes stand vor Nummer sechs, also vor dem dritten Haus von der Ecke aus. Ich ging durch die Gasse bis ganz ans andere Ende, drehte um und zählte. Jedes Haus besaß einen kleinen Gartenschuppen und daneben ein Törchen, das zu einem erstaunlich großen, an die zwanzig Meter tiefen Garten führte. Einige Gärten waren gepflastert, andere mit Gras und Rasen begrünt, alles frisch angepflanzt. Die Grundstücke waren durch gleichförmige Bretterzäune voneinander getrennt. Am dritten Haus blieb ich hinter der Schuppenwand stehen, unschlüssig, was ich jetzt tun sollte. Ich lehnte mich nach vorn und schaute über das Tor. Das Haus war zu weit entfernt, um etwas erkennen zu können. Im Erdgeschoss führte eine Hintertür mit großer Glasscheibe in die Küche, daneben befand sich die Glasschiebetür des Wohnzimmers. Auch hier verhinderten geschlossene Lamellenjalousien den Einblick.

In der Küche war eine Frau an der Anrichte beschäftigt. Soweit ich aus der Entfernung erkennen konnte, war es weder Guus noch Elena. Ich starrte intensiv hin und versuchte, Einzelheiten zu erkennen. Ich sah eine Bewegung im Rücken der Frau in der Küche und plötzlich ging die Hintertür auf. Ein Mann trat heraus. Schwarzer Anzug, schwarzes Hemd, schwarze Krawatte. Sofort zog ich mich wieder hinter den Schuppen zurück. Mit angehaltenem Atem suchte ich nach einer Ausrede, falls mich der Mann hier finden sollte, doch alle erschienen mir höchst fadenscheinig.

Nichts geschah. Nach ungefähr einer halben Minute hörte ich jemanden reden, in einer Sprache, die ich nicht verstand. Vorsichtig spähte ich wieder um die Ecke. Der Mann stand auf der Terrasse und telefonierte. Ab und zu sagte er etwas, aber größtenteils hörte er zu. Er nickte und drehte kleine Runden auf der Terrasse. Nach etwa vier Minuten beendete er das Gespräch und ging wieder hinein. Er blickte sich nicht um. Ich sah ihn noch ein paar Sekunden lang durch das Küchenfenster. Kurz darauf war er im Haus verschwunden. Auch die Frau hatte die Küche inzwischen verlassen.

Das erste Stockwerk war über den Carport hinausgezogen und damit breiter als das Erdgeschoss. Es gab vier Fenster, wovon eines auf Kipp stand. Die Jalousie bewegte sich leicht, wahrscheinlich durch den Windzug. Es war niemand zu sehen. In dem Haus und ringsherum herrschte die gleiche Stille wie im ganzen übrigen Viertel. Wenn ich nicht gewusst hätte, dass jemand drinnen war, hätte man glauben können, das Haus sei unbewohnt.

Ich ging zurück zum Auto und fuhr um den Häuserblock herum, bis ich wieder auf der anderen Seite der Straße herauskam. Dort parkte ich den Wagen im Carport eines leer stehenden Hauses. Von da aus konnte ich unauffällig das Haus mit dem Mercedes beobachten. Mein Plan hatte sich noch weiter vereinfacht: Ich würde abwarten, bis etwas geschah. Einfacher ging es nicht, es sei denn, ich fuhr weg und ließ die Sache auf sich beruhen. Aber das war unmöglich. Ich musste wissen, wo Guus war. Dass sie sich nicht bei mir meldete, konnte nur bedeuten, dass irgendetwas faul war. Ich konnte mir einfach nicht vorstellen, dass sie mich absichtlich im Ungewissen ließ.

Ich saß im Auto und schaute durch die Windschutzscheibe. Irgendwann würden die Männer wieder herauskommen. Es war erst Viertel nach elf, ich hatte den ganzen Tag Zeit. Und die ganze Nacht.

16

Gleichbleibende Aussicht

Observieren ist ermüdend. Nach einer Stunde wurde ich verrückt von der unverändert gleichbleibenden Aussicht. Die Straße war die Straße, die Häuser waren die Häuser. Das Tageslicht wurde von immer dunkleren Wolken gedämpft und es fing wieder an zu regnen. Wind kam auf. In jedem anderen Viertel wären Blätter durch die Straßen gewirbelt. Hier nicht. Die Bäume waren noch nicht groß genug. Was sie an Laub getragen hatten, war schon längst verweht. Ich schaltete das Radio ein und hörte einen Nachrichtensender. Gespräche zwischen dem Moderator und einem Journalisten. Ein Interview. Ein Kommentar. Ankündigung der folgenden Themen. Wieder ein Gespräch. Die Diskussionen gingen mir allmählich auf die Nerven. Warum musste jeder immer zu allem eine Meinung haben? Was war so interessant an Meinungen? Ich wechselte den Sender und lauschte ein paar Minuten einer niederländischen Schnulze. Die näselnde Amsterdamer Stimme schien wie gemacht für die kleinen Lautsprecher. Ich schaltete das Radio aus.

Nach zwei Stunden konnte ich die Augen kaum mehr offen halten. Ich hatte Hunger und Durst. Mein Plan war einfach, meine Vorbereitung dramatisch schlecht. Ich hatte nicht einmal etwas zu essen mitgenommen. Allmählich tat mir der Hintern weh vom Sitzen und mein Rücken und meine Beine brauchten Bewegung. Ich nahm das Navigationsgerät und gab den Straßennamen ein: *Lauriertuin.* Die Straßen wurden hier ›Gärten‹ genannt, ich war im Kräuterviertel gelandet. Lorbeer, Kerbel, Estragon, Pfeffer, Salbei und Safran. Der Lauriertuin verlief vom Kerveltuin zum Dragontuin, dann kamen der Pepertuin, der Salietuin und der Saffraantuin. Ich betrachtete die ordentlichen Häuser und die Grundstücke mit der noch spärlichen Bepflanzung.

Die Hoffnung stirbt zuletzt.

Um fünf vor eins wurde die Haustür geöffnet. Einer der Männer kam heraus, stieg in den Mercedes und fuhr weg. Nach fast zweieinhalb Stunden absoluter Stille war ich auf kein wie auch immer geartetes Ereignis vorbereitet. Ich stand unter Schock. Warum hatte ich nicht besser aufgepasst? Was war geschehen? Sollte ich den Mann verfolgen? Oder lieber nicht? Das Adrenalin befeuerte meine Gedanken, sodass sie über ihr Ziel hinausschossen. Ich erwog diverse Optionen und Möglichkeiten, die nicht existierten. Lauter Ideen, die mir nichts nützten. Der Mann war allein gewesen und im Haus waren mindestens noch drei andere, wahrscheinlich sogar mehr. Natürlich fuhr ich nicht hinter einem einzelnen Mann her, ich musste in der Nähe des Hauses bleiben.

Fünfundzwanzig Minuten später bog der Mercedes wieder in den Carport des Hauses ein. Der Mann stieg aus und trug eine Plastiktüte vom Supermarkt zur Haustür. Er schellte und wartete gelassen. Er sah sich nicht um. Kurz darauf wurde geöffnet, er trat ein und die Tür wurde wieder geschlossen. Die Einkäufe waren erledigt. Sonst war nichts geschehen.

Die Stille kehrte zurück. Die Straße war verlassen, ein Stück Plastikplane von einer Baustelle wehte über den Bürgersteig. Ein paar Meter weiter kam eine Frau mit einem Fahrrad aus einem Tor. Sie stieg auf, fuhr die Straße entlang und verschwand. Dreiundvierzig Minuten lang geschah absolut nichts. Ich observierte. In meinem ganzen Leben hatte ich noch nie so lange menschenleere Straßen betrachtet. Den Lauriertuin und den Dragontuin würde ich nie mehr vergessen. Die Häuser waren weder hübsch noch hässlich, sie waren alle identisch, immer zwei miteinander gespiegelt. Die in dieser Straße waren ein wenig größer als die anderen, doch die Architektur war dieselbe. Ich blickte geradeaus, ich blickte nach links und blickte nach rechts. Es war egal, wohin ich schaute.

Ein Mann bog in die Straße ein. Er hielt einen Koffer in der rechten, einen Zettel in der linken Hand. Alle paar Meter sah er auf den Zettel. Er blieb stehen und blickte sich um, ging ein paar Schritte zurück, sah sich wieder um, machte kehrt und kam auf mich zu. An der Ecke zur nächsten Seitenstraße blieb er stehen. Lauriertuin. Dragontuin. Er hatte sich in einem Viertel verlaufen, wo die Straßen noch nicht lange genug existierten, um bekannt zu sein.

Der Mann drehte sich langsam um die eigene Achse und sah in alle Richtungen. Den Zettel in der Hand trug er wie einen Pass vor sich her. Endlich zückte er sein Handy und rief jemanden an. Ich sah ihn reden, er stand höchstens fünfzehn Meter von mir entfernt. Er trug eine schwarze Hose, glänzend schwarze Schuhe mit langen Spitzen und eine dunkle, bis obenhin zugezogene Winterjacke. Er stellte seinen Aktenkoffer hin, gestikulierte, ging ein Stück die Seitenstraße entlang und zeigte auf ein Straßenschild, als ob derjenige, mit dem er telefonierte, es sehen konnte. Er zeigte auf ein anderes Schild. Seine Hilflosigkeit wirkte ansteckend. Je länger ich ihm zusah, desto elender fühlte ich mich selbst. Nach einem hitzigen kurzen Gespräch unterbrach er die Verbindung und steckte das Handy in die Jackentasche. Mit frischem Tatendrang blickte er sich um und sah mich im Auto sitzen. Er zögerte keine Sekunde, hob seinen Koffer auf und marschierte auf mich zu.

Ich ließ die Seitenscheibe herunter. Der Mann beugte sich nach vorn. Er hatte eine auffällig große Nase, dunkelbraune Augen und einen Silberblick. Dichtes Haar, buschige Augenbrauen. Er sagte nichts, sondern hielt mir nur den Zettel hin.

Kokkeldreef, stand darauf, Herzmuschelallee.

»Sie suchen eine Allee«, sagte ich. »Hier sind Sie aber im Kräutergartenviertel.«

Verzweifelt sah er mich an und fragte mit starkem Akzent und breitem ›W‹: »Wissen Sie, wo ist Kokkeldreef?«

»Augenblick«, sagte ich und gab den Straßennamen in das Navigationssystem ein. Der Kokkeldreef lag ganz am anderen Ende des Viertels. Ich drehte das Display des Navis zu ihm hin und zeigte ihm den Weg. Er setzte eine Brille auf, beugte sich noch weiter zu mir hinein, um besser sehen zu können, stützte sich auf meine Schulter und verlor beinahe das Gleichgewicht. Er hielt sich am Türrahmen fest und zog sich daran hoch.

»Entschuldigung«, sagte er.

»Macht nichts«, sagte ich und hielt das Navi ins offene Fenster, damit er besser sehen konnte. »Sie müssen wieder zurückgehen bis zur Kreuzung mit der nächsten großen Straße, dort rechts ab und weiter geradeaus am Einkaufszentrum vorbei.«

Ich ging die Route zwei Mal mit ihm durch, bis ich den Eindruck hatte, dass er sie verstanden hatte. Er nickte ungefähr zehn Mal, dankte mir überschwänglich und spazierte zurück, den Dragontuin entlang bis zu der großen Straße, die sich quer durch das ganze Viertel zog. Ich schaute ihm nach und sah, wie er am Ende der Straße links statt rechts abbog. Ich hatte den Impuls, ihm hinterherzufahren und ihn in die richtige Richtung zu lotsen, aber ich tat es nicht. Ich blieb, wo ich war, an der Ecke zwischen Lauriertuin und Dragontuin.

Um halb drei piepte mein Handy. SMS von Ahmed.

Präsentation großer Erfolg!!! Kunde will weitermachen!!! Wo bist du?

Seine Begeisterung strahlte förmlich vom Display. Ich schickte einen Glückwunsch zurück und fügte hinzu, dass ich momentan nicht gestört werden wollte. Dabei hätte ich nichts lieber getan, als über Kunden und Projekte zu reden, mitgerissen von der Freude über die gelungene Präsentation und der Aussicht auf neue Aufträge. Nur der Gedanke daran eröffnete mir Perspektiven, von denen ich hier nur träumen konnte. Deswegen blieb ich auf Distanz. Hier passierte nichts und ich wollte nichts verpassen. Ich schaltete mein Handy aus, um garantiert nicht von Anrufen oder SMS gestört zu werden, und sah hinaus auf die stillen Straßen und die Wolken, die hoch über den Häusern durch die Luft segelten. Dunkel und nass. Ich musste dringend pinkeln.

Mit neu erwachtem Interesse erkundete ich die Umgebung. Nirgendwo stand ein Baum oder ein Strauch, der mir die nötige Deckung verschafft hätte. Alles war offen und kahl, und einfach mitten auf die Straße zu strullen, ging mir zu weit. Ich startete das Auto, fuhr aus dem Dragontuin hinaus in den Salietuin und suchte nach der Rückseite des leeren Hauses, vor dem ich die ganze Zeit gewartet hatte. Ich ging in den Garten und wollte eigentlich in der Ecke neben dem Schuppen das tun, was ich tun musste. Zur Sicherheit ging ich zum Haus und kontrollierte die Türen. Die Küchentür war abgeschlossen, wie nicht anders zu erwarten, doch zu meinem Erstaunen glitt die Glasschiebetür des Wohnzimmers mühelos auf.

Die Toilette war auf dem Flur. Es gab kein Toilettenpapier und das Wasser war abgestellt. Abziehen würde jemand anders müssen. Später. Zurück im Wohnzimmer spähte ich durch das Fenster hinüber zum Haus im Lauriertuin. Der

Mercedes stand noch im Carport. Mit den Händen in den Taschen starrte ich durchs Fenster.

Ein Kaffee hätte jetzt gutgetan.

Ich sah in alle Küchenschränke. Nichts. Unter der Fensterbank, in einer Ecke der Anrichte, lag ein Schlüssel, der zur Küchentür passte. Ich steckte ihn in die Hosentasche. In Neubauvierteln werden Türen und Schlösser gleich zu Hunderten geliefert und viele Schlösser waren gleich. Es bestand die Möglichkeit, dass ich mit diesem Schlüssel auch die Hintertür von Lauriertuin Nummer sechs würde aufschließen können. Ich wanderte durch das Haus, durch alle Zimmer. Nackte Betonböden, ungestrichene Wände, leere Einbauschränke. Meine Schritte hallten einsam wider, das Echo jedes Geräuschs verfolgte mich durch die leeren Räume. Im Wohnzimmer setzte ich mich vor dem Fenster auf den Boden. Über die niedrige Fensterbank hinweg schaute ich in den Lauriertuin. Der Beton war viel härter als mein Autositz, aber ich war froh über die Veränderung. Hier konnte ich sitzen, aber auch aufstehen, herumlaufen und mich bewegen. Wenn ich mehr Platz hatte, konnte ich mich besser konzentrieren.

Die Stunden vergingen. Allmählich wurde es dunkel, die Laternen leuchteten auf und ein gelber Schein fiel über die Straßen und Bürgersteige. Zwischen fünf und halb sieben kamen die Leute von der Arbeit wieder, einige mit dem Auto oder mit dem Motorrad, andere zu Fuß, wahrscheinlich von der Straßenbahnhaltestelle. Das Licht der Autoscheinwerfer schwebte durch die Straßen und nach und nach füllten sich die Carports. Nach Viertel vor sieben kehrte wieder Ruhe ein. Im Lauriertuin Nummer sechs war niemand zur Tür heraus- oder hineingegangen. Durch die geschlossenen Jalousien sickerten feine Lichtstreifen. Ich wusste nicht mehr, worauf ich wartete. Die Nacht erschien mir unüberwindlich lang. Ich konnte mir nicht vorstellen, bis zum nächsten Morgen hierzubleiben. Nichts zu tun und vergeblich zu warten, dass etwas geschah, war extrem anstrengend. Ich überlegte, zu meinem Auto zurückzukehren, eine Runde zu fahren, die Heizung warm laufen zu lassen und den Diskussionen im Radio zu lauschen. Irgendetwas.

Um Viertel nach acht hielt ich es nicht mehr aus. Ich verließ das Haus durch die Hintertür der Küche, die ich von außen abschloss, ging zu meinem Auto zurück und fuhr zu dem Imbiss in der Ortsmitte. Er war voll flirtender Teenager, Jungs und Mädels, eine Dose Cola in der Hand, Fritten, Roller vor der Tür auf dem Parkplatz. Der Geruch der Friteuse, das grelle Licht und der Lärm waren eine Erleichterung. Hier war Leben.

»Einmal Fritten mit Erdnusssoße«, bestellte ich. »Und eine Frühlingsrolle mit Sambal.«

17

Er roch nach Zigarre

Mit vollen Magen fällt es leichter, Entscheidungen hinauszuschieben. Ich wusste, dass ich nicht die ganze Nacht in diesem Viertel verbringen würde, aber ob ich nun um neun nach Amsterdam zurückfuhr oder um elf, war egal.

Ich ließ mein Auto vor dem Imbiss stehen, legte die paar hundert Meter bis zum Dragontuin zu Fuß zurück und bog links ab in den Lauriertuin. Allmählich erkannte ich die Straßen wieder, die Häusersilhouetten, die Vorgärten. Es war kurz nach neun, ich war bereits seit fünfzehn Stunden unterwegs und im Grunde rechnete ich nicht damit, dass noch etwas passieren würde. Umso mehr überraschten mich die drei Autos, die vor dem Haus auf dem Bürgersteig standen.

Rasch überquerte ich die Straße und versteckte mich in einem der Carports auf der anderen Seite. Von meinem dunklen Beobachtungsposten aus hatte ich freie Sicht auf die Haustür von Nummer sechs. Ich schaltete mein Handy ein und versuchte, eine Aufnahme zu machen. Aber es war zu dunkel. Was sich direkt unter der Laterne befand, konnte man gerade noch erkennen, aber alles darüber hinaus war zu undeutlich. Während meiner Versuche vibrierte mein Handy. Vier neue Nachrichten.

Noch bevor ich die erste lesen konnte, wurde auf der anderen Seite die Haustür geöffnet. Zwei Männer und eine Frau kamen heraus. Die Frau trug eine kleine Tasche. Die Männer ließen sie hinten in einen Wagen einsteigen. Ein Mann blieb beim Auto, der andere ging wieder hinein. Kurz darauf erschienen drei Männer, begleitet von je einer Frau, die je eine Tasche trug. Die Frauen wurden auf die Autos verteilt. Es ging schnell. Die Männer hielten die Frauen fest, bis sie im Wagen saßen. Erneut kehrten sie ins Haus zurück und holten noch zwei Frauen. Ingesamt sechs Frauen. Zwei in jedem Auto. Tür zu. Neben jedem Auto ein Mann. Für kurze Zeit geschah nichts. Vor der Haustür beschäftigten sich zwei Männer mit einem Gegenstand, der wie ein Handy aussah. Gespannt starrten sie auf ein Display und deuteten in verschiedene Richtungen. Nach ein paar Minuten ließ einer der Männer das Gerät in seine Manteltasche gleiten und gab den anderen mit einer Armbewegung ein Zeichen, dass sie aufbrechen konnten. Die drei Autos auf dem Bürgersteig fuhren langsam los, in einer Reihe hintereinander. Zwei Männer blieben auf dem Bürgersteig zurück und blickten den Autos nach, bis sie um die Ecke gebogen und im Dragontuin verschwunden waren. Danach drehten sie sich um und kehrten zurück ins Haus. Die Tür ließen sie offen. Ich sah, wie in einem Zimmer nach dem anderen die Lichter gelöscht wurden. Von oben nach unten verdunkelte sich das Haus, bis die Männer schließlich wieder herauskamen. Sie warfen noch einen Blick auf das Gerät, nickten, zogen die Tür ins Schloss, stiegen in den Mercedes und fuhren los. Vier Autos, fünf Männer, sechs Frauen. Guus hatte ich nicht gesehen.

Der Lauriertuin erschien mir jetzt noch stiller als während des ganzen übrigen Tages. Vorsichtig trat ich aus dem Schatten des Carports heraus. Es war keine Menschenseele zu sehen. Die Autos waren schon lange weg. Sie zu verfolgen wäre sinnlos gewesen. Bevor ich meinen Wagen erreicht hätte, hätten sie das Viertel längst hinter sich gelassen.

Langsam ging ich auf Nummer sechs zu. Im ganzen Haus war es dunkel. Ich drückte auf die Klingel und rannte zu meinem Versteck im Carport. Nichts geschah. Es hielt sich niemand mehr in dem Haus auf. Durch das endlose Warten und Beobachten kostete es mich Überwindung, auf einmal aktiv zu werden. Eine Observierung ist schwer zu durchbrechen; je länger man auf seinem Beobachtungsposten sitzt, desto mehr verlieren die wichtigen Dinge an Bedeutung. Immer wieder musste ich mich daran erinnern, warum ich hier war. Ich wollte wissen, ob Guus in diesem Haus gewesen war, ich wollte einen Hinweis, eine Spur, die mich zu ihr führen würde.

Ich lief um den Block herum und durch die Brandgasse zum Garten. Bei den Nachbarn fiel Licht durch das hintere Fenster, allerdings nur im Erdgeschoss. Auf der anderen Seite des Hauses lag der Carport. Da war der Abstand zu den Nachbarn größer und ich lief weniger Gefahr, gesehen zu werden. Ich blickte mich zu den Häusern auf der anderen Seite der Brandgasse um. Auch dort war alles ruhig. Das Wetter war schlecht. Selbst wenn jemand hinausschaute, war ich kaum zu sehen.

Der Schlüssel, den ich aus dem anderen Haus mitgenommen hatte, passte nicht auf die Hintertür, und das Schiebefenster war abgeschlossen. Ich warf einen Blick in den Gartenschuppen und tastete auf gut Glück nach einem Reserveschlüssel. Vergeblich. In dem Schuppen stand nur ein Besen und ganz am anderen Ende fand ich eine Trittleiter. Die nahm ich mit. Ich stellte sie an die Rückwand des Hauses und kletterte über die Balkenkonstruktion des Carports zum gekippten Fenster im ersten Stock. Durch den Spalt konnte ich den Hebel erreichen. Ich kletterte über die Fensterbank und war schneller drin, als ich zu hoffen gewagt hatte.

Bestimmt eine Minute lang rührte ich mich nicht. Ich lauschte angestrengt. Allmählich gewöhnten sich meine Augen an die Dunkelheit und ich erkannte, wo ich mich befand. Ich stand in einem kleinen Zimmer mit einem Bett, einem Tisch und einem Stuhl. Das Bett war nicht gemacht, die Bettdecke lag zusammengedrückt an der Wand, das Kissen auf dem Boden. Über der Rückenlehne des Stuhls hing eine lange Hose.

Vorsichtig durchquerte ich das Zimmer und öffnete die Tür. Draußen auf dem Flur war es stockdunkel. Ich schloss die Tür hinter mir und tastete mit einer Hand an der Wand entlang, bis ich einen Schalter gefunden hatte. Sollte ich die Lampe einschalten oder nicht? Die Jalousien vor den Fenstern ließen nur wenig Licht durch, das hatte ich selbst festgestellt. Eine brennende Lampe im Flur würde kaum auffallen. Dennoch hatte ich Angst, hier ertappt zu werden, ich traute den Männern in Schwarz nicht über den Weg. Nicht einen Meter. Sie hatten mit Prostitution zu tun und wahrscheinlich mit Pornografie. Viel Geld für wenig Arbeit. Dieses Haus konnte ein Bordell sein, ein Massagesalon oder ein Privatclub. In einem Neubauviertel am Rande von Den Haag, warum nicht? Doch das eine kleine Zimmer, das ich gesehen hatte, erinnerte mitnichten an ein Bordell. Dafür war es zu kahl und unpersönlich. Von Erotik keine Spur. Vielleicht war das aber ganz normal. Vielleicht waren nur die Luxusbordelle mit rotem Samt und goldenem Flitter dekoriert. Was wusste ich schon? Tatsache war, dass ich in einem Haus stand, in dem ich nichts zu suchen hatte. Ich schaltete das Licht dennoch ein und sah einen geräumigen Flur, von dem noch vier weitere Türen abgingen. Am Ende führte eine Treppe auf den Speicher. Rasch sah ich mir die übrigen Zimmer an. Drei Schlafzimmer, eine Toilette, ein Bad und eine Art großer Dielenschrank. Die Schlafzimmer waren größer als das erste Zimmer, aber genau so schlicht eingerichtet. Ein Bett, ein kleiner Tisch, ein einfacher Stuhl und ein Schrank. Zwei Zimmer verfügten über ein eigenes

Waschbecken. Überall lagen Kleider und Krimskrams herum, Ohrringe, Armbänder, Wimperntusche, Lippenstifte, Päckchen mit Watte und Pflastern, halb ausgedrückte Tuben mit Salben und Cremes, leere Tiegel, Packungen mit Vitamintabletten. Und in jedem Zimmer stand ein fast voller Aschenbecher. Der Geruch von Zigarettenrauch hing überall. Es herrschte Chaos. In der Abstellkammer im Flur fand ich Plastikmülltüten voller Kleidung. In einem großen Regal an der Wand standen drei schwere Ledertaschen. Ich zwängte mich zwischen den Mülltüten hindurch, holte eine der Taschen aus dem Regal und stellte sie auf den Boden.

Noch bevor ich sie öffnete, war mir klar, was ich finden würde. Ich fühlte es.

Schwer. Metallisch. Hart.

Ich öffnete den Reißverschluss und erblickte ein Arsenal von Pistolen. Verschiedene Modelle, einfach so in die Tasche geworfen, fünfzehn bis zwanzig Stück. Ich nahm eine heraus. Sie war schwerer als gedacht. Massiv, solide, nicht neu, aber in gutem Zustand, soweit ich das beurteilen konnte. Gebrauchtwaffen, die sicher noch eine ganze Weile ihren Zweck erfüllen würden.

Vorsichtig legte ich die Pistole zurück in die Tasche, machte ein Foto mit meinem Handy und stellte die Tasche wieder zurück ins Regal. Drei Taschen, über fünfzig Waffen. Was wollten sie damit?

Das Bild, das ich mir von diesen Männern gemacht hatte, wandelte sich allmählich. Waffenhandel. Es war leicht, kleine Stückzahlen über die Grenze zu schmuggeln. Für mich waren fünfzig Pistolen viel, für andere waren sie ein Monatsumsatz. Vermutlich konnte man die Dinger in den ehemaligen Sowjetländern für ein Butterbrot kaufen. Ein Geschäft mit großen Gewinnspannen. Frauen und Waffen. Beide für denselben Markt: Männer.

Ich schob die Müllsäcke zurück an ihren Platz und schloss den Schrank. Ich war in eine fremde Welt geraten, deren Codes und Gebräuche ich nicht verstand.

Rasch überquerte ich die Diele und ging noch einen Stock höher. Ich wollte mir das ganze Haus angesehen haben, bevor ich es wieder verließ, doch jetzt hatte ich es eilig. Denn die Taschen mit den Waffen bedeuteten, dass die Männer zurückkehren würden.

Je eher ich weg war, desto besser.

Im Dachgeschoss befanden sich zwei weitere große Zimmer, eines mit zwei, ein anderes mit drei Betten. In diesem Haus konnten neun Leute schlafen und es schien, als seien alle Betten benutzt worden. Unterm Dach gab es noch ein weiteres, kleineres Badezimmer nur mit Dusche und Toilette. In den Bädern lagen die Handtücher auf dem Boden und große Behälter mit Shampoo, Spülung und Duschgel standen herum. Überall lag so viel Krempel, aber nirgendwo fand ich eine Spur von Guus oder irgendetwas, was mich an sie erinnerte.

Ich schaltete alle Lichter wieder aus und ging die Treppe hinunter. Die Küche war unauffällig. In der Spüle standen schmutzige Tassen. Im Kühlschrank fand ich verpackte Lebensmittel aus dem Supermarkt im Ortskern, alkoholfreie Getränke, Bier. Auf dem Flur war eine Toilette. In dem L-förmigen Wohnzimmer standen ein Ecksofa und ein moderner Fernseher mit Flachbildschirm. Die Essecke bestand aus einem Tisch mit sechs Stühlen. Alle Möbel waren von der billigsten Sorte. Im Bücherschrank an der Wand fehlten die Bücher. Daneben stand ein Computer auf einem Tischchen. Ein ganz normaler, aber ziemlich neuer PC mit Maus, Tastatur und Flachbildschirm. Auf dem PC lag ein Kästchen mit blinkenden grünen LED-Leuchten und kurzer Antenne – ein Router.

Verzweifelt wanderte ich umher. Ich war noch nie in einem Haus gewesen, das so wenig von seinen Bewohnern geprägt war. Dies hier war ein Aufenthaltsort, eine Adresse, unter der niemand wohnte, ein reines Nutzgebäude, ein Übergangswohnheim. Ein Büro besaß mehr Charakter. Die persönlichen Gegenstände, die oben in den Schlafzimmern zurückgelassen worden waren, verstärkten den Eindruck eines Durchgangslagers. Ohrringe waren liegen geblieben, aber weder ein Päckchen Zigaretten noch ein Feuerzeug. Auf der Flucht keine Accessoires.

Ich schaltete den Computer ein, ein einfaches, nicht vernetztes Gerät, das nicht mit einem Passwort gesichert war. Der Desktop zeigte bunt durcheinander Icons von Dateien und Programmen. Ein Ordnungsprinzip war nicht zu erkennen. Ich starrte den Bildschirm an und wusste im ersten Moment nicht, was ich tun sollte. Ich hatte es eilig, von hier wegzukommen, aber ich musste einen Blick in den Computer werfen. Alle Dateien zu durchsuchen war sinnlos, dazu war ich nicht hier. Ich betrachtete den Monitor und sah das Auge der Webcam. Ich lächelte. Wäre doch nett, wenn ich von meinem eigenen Computer zu Hause oder vom Büro aus in dieses Zimmer schauen könnte, ohne dass jemand etwas davon ahnte. Ich erinnerte mich an die Selbstverständlichkeit, mit der Thomas und Sterre gegenseitig ihre Webcams bedienten: Sobald sie in Kontakt mit einem anderen Computer traten, konnten sie aus der Distanz alle Funktionen ansteuern. Ich suchte nach dem E-Mail-Icon und klickte es an. Das Programm öffnete sich und trat in Kontakt mit dem Server. Durch die offene ADSL-Verbindung brauchte ich mich nicht einmal einzuloggen. Im nächsten Augenblick hatte ich einen proppenvollen Posteingang mit Hunderten von Nachrichten vor mir, die Hälfte ungeöffnet. Ich schickte eine E-Mail an mich selbst, wartete, bis die Nachricht versendet worden war und löschte sie anschließend im Postausgang und im Papierkorb, um keine Spuren zu hinterlassen. Sobald ich die Mail abrief, erhielt ich automatisch die Adresse des Users, der diesen Computer benutzte. Die würde Thomas reichen, um einen Kontakt herzustellen.

Ich unterdrückte den Impuls, die Mails im Posteingang zu lesen. Es waren zu viele. Ich schaltete den Computer aus, arrangierte alles so, wie ich es vorgefunden hatte, und kontrollierte noch ein letztes Mal, ob ich nichts übersehen hatte, was meine Anwesenheit verraten könnte. Oben stellte ich das Fenster wieder auf Kipp. Ich ging die Treppe hinunter, schaltete die letzte Lampe aus und wollte gerade die Haustür öffnen, als ich noch einmal innehielt.

Irgendetwas hatte meine Aufmerksamkeit erregt. Kurz bevor ich das Licht im Flur gelöscht hatte, hatte ich etwas Vertrautes entdeckt, im Bruchteil einer Sekunde, zu kurz, um sagen zu können, was es war.

Ich schaltete das Licht noch einmal ein und blickte mich um. Neben der Tür stand ein kleiner Ablagetisch. Auf dem Boden darunter stapelten sich Reklamebroschüren, Prospekte und Wochenblättchen. Oben auf dem Tischchen lagen ein Paar Handschuhe, ein Kamm und daneben ein Zigarillo. Eine *Slim Panatella*, die Sorte, die Guus immer dabei hatte. Es konnte ein Zufall sein. Alles war möglich. Ich nahm den Zigarillo in die Hand und roch daran.

Er roch nach Zigarre.

18

Um jede Ecke

Ein Kaffeeautomat an einer Tankstelle, der wievielten in meinem Leben? Ein fester Ort, kein Ziel. Warme Milch schäumte und dampfte im Pappbecher. Fast beruhigte mich dieser Duft. Solange sich Männer an Orten trafen, an denen Brennstoff verkauft wurde, hatte sich noch nicht so sehr viel verändert.

Ich stellte den Becher auf einem kleinen Tisch ab und rief die neuen Textnachrichten in meinem Handy auf. Inzwischen waren es sechs, fünf davon von der Firma. Diese betrafen allesamt Fragen wegen Terminen oder Kunden und konnten bis morgen warten. Die letzte Nachricht stammte von Nullpunktfünf und das war bemerkenswert, denn von ihr hatte ich noch nie eine SMS empfangen. Ich hoffte, dass das nicht der Grundstein zu einem neuen Hobby war. Spiritueller Rat per Textnachricht war wirklich das Letzte, was ich gebrauchen konnte. Ich öffnete die SMS.

Ruf an!

Immerhin war sie kurz. Ich sah auf die Uhr, zehn vor elf. Bestimmt nicht zu spät, um meine Möchtegern-Schwiegermutter anzurufen. Nachts war sie in Topform. Wenn die Sterne am Himmel standen, blickte sie ins Universum. »Der Tag ist ja ganz nett«, hatte sie einmal gesagt, »aber man sieht einfach nichts.« Für sie war die Sonne ein Störenfried.

Ich rief sie an. »Ja, hallo!«

Im Gegensatz zu meiner eigenen Mutter, die Gespräche immer mitten in einem Thema anfing, sodass man erraten musste, worum es ging, begann Nullpunktfünf stets am

Anfang. Am liebsten noch etwas davor. Zeit war für sie kein Faktor, Effizienz spielte keine Rolle. Bevor sie den Grund nannte, weshalb ich sie anrufen sollte, fragte sie mich aus. Wo ich sei. – An einer Tankstelle. Was ich mache. – Kaffee trinken. Wie es mir ginge. – Gut, mehr oder weniger. Warum ich nicht ans Telefon gegangen sei. – Ich hätte es ausgeschaltet. Mit ihren Erkundigungen pirschte sie sich geschickt an die Frage heran, was ich den ganzen Tag gemacht habe, doch ich bemerkte, wie ich mich innerlich dagegen sträubte, es ihr zu erzählen. Vorläufig brauchte niemand zu erfahren, dass ich eingebrochen hatte, wobei ich ja nicht mal wusste, bei wem. Bei den Männern, die Elena abgeholt hatten und von denen ich vermutete, dass es dieselben waren, die Guus erwartet hatten. Das klang zu dämlich, um es laut auszusprechen. Der einzige Beweis für meine Theorie war ein Zigarillo, den ich im Haus gefunden hatte. Ein DNA-Test hätte zeigen können, ob Guus diesen Zigarillo tatsächlich in der Hand oder im Mund gehabt hatte, doch die Polizei hatte keinen Grund für einen solchen DNA-Test, und abgesehen davon besaß ich keine DNA-Probe von Guus. Der Zigarillo war nicht nur ein magerer Beweis, sondern auch ein vollkommen nutzloser.

»Ich habe dich etwas gefragt«, sagte Nullpunktfünf.

»Du fragst mich die ganze Zeit etwas.«

»Du weichst mir aus.« Sie kannte sich nicht nur mit Zeichen, Energiebahnen, Zahlen und Symbolen aus, sondern besaß auch eine ausgezeichnete Menschenkenntnis. »Das bedeutet entweder, dass du meine Frage dumm findest, es aber nicht zugeben willst. Oder es bedeutet, dass du mir nicht antworten möchtest. Wahrscheinlich Letzteres, denn es war eine ganz normale Frage. Warum war dein Handy ausgeschaltet?«

»Weil ich beschäftigt war.«

»Ach so.« Sie schwieg, nicht sehr lange. Dann sagte sie: »Komm doch her, dann kannst du es mir in allen Einzelheiten erzählen.«

»Lies, ich bin schon fast zu Hause. Morgen, okay?« Nullpunktfünf besaß die Fähigkeit, ohne Umschweife den wunden Punkt zu erwischen, egal wo er lag und bei wem. Ich hatte keine Lust, mit irgendjemandem zu reden. Typisch Unternehmensberater: Solange ich mit einem Auftrag beschäftigt bin, rede ich darüber nicht mit Außenstehenden. Diese Einstellung war mir in Fleisch und Blut übergegangen. Für meine Arbeit ist es unerlässlich, dass man mir vertraut, sonst erfahre ich nie, was ich wissen muss. Solange ich schweige, kann ich niemanden in Verlegenheit bringen. Das ist essenziell. Es ist ein Code, eine Verhaltensweise, die tief in mir verwurzelt ist. Nichts sagen, einfach weitermachen.

Ich trank den letzten Schluck Kaffee und warf den Becher in den Abfalleimer. An den Zapfsäulen war wenig los. Männer mit geistesabwesenden Mienen hielten die Zapfpistole in die Tanköffnung ihres Autos und starrten vor sich hin. Ein Übermaß an grellem Kunstlicht erhellte auch den Umkreis der Überdachung.

Kurz vor dem Verlassen des Tankstellengeländes sah ich einen geparkten Mercedes von demselben Typ wie der der Männer, die Elena abgeholt hatten. Der Wagen stand an einer Ecke des Restaurantparkplatzes neben der Tankstelle. Mit ausgeschalteten Scheinwerfern. Auch im Auto brannte kein Licht. Ich konnte auf die Schnelle nicht erkennen, ob jemand darin saß, und das Kennzeichen konnte ich auch nicht so rasch lesen. Einige Sekunden später fuhr ich auf die Autobahn auf. Sobald das Auto außer Sicht war, kam ich mir lächerlich vor. Es gab Hunderte, ja, Tausende Autos dieses Modells, und warum hätte dieses eine ausgerechnet dort stehen sollen? Ich versuchte, nicht weiter darüber nachzudenken. Wenn ich jede Zufälligkeit ernst nahm, würde ich vollkommen den Verstand verlieren.

Auf dem Amsterdamer Ring herrschte noch ziemlich viel Verkehr. Ich fuhr durch den Piet-Hein-Tunnel in den neuen Teil der Stadt. Während ich vor einer Ampel wartete, warf ich einen Blick in den Rückspiegel und sah hinter mir ein Auto sehr langsam aus dem Tunnel kommen.

Der Mercedes.

Ich erschrak. Jetzt brauchte ich das Nummerschild nicht mehr zu lesen – ich wusste, dass es der Wagen war. Ihr Wagen. Direkt hinter mir, so wie ich an der Ampel am Ende der Abfahrt Den Haag hinter ihnen gestanden hatte. Das durfte nicht wahr sein. Wenn sie mir folgten, dann wussten sie, was ich getan hatte. Dann hatten sie mich abgepasst. Ich schlug mit beiden Händen auf das Lenkrad und überlegte krampfhaft, was ich unternehmen konnte. Geradewegs nach Hause zu fahren, schien mir keine gute Idee zu sein. Ich musste irgendwie versuchen, sie loszuwerden.

Die Ampel sprang auf Grün.

Ich fuhr langsam an und bog rechts ab. Eines war klar: Ich würde nicht wie ein Verrückter durch Amsterdam rasen, um sie abzuschütteln. Das war von vornherein aussichtslos. So gut konnte ich nicht Auto fahren und der Mercedes war viel schneller als mein kleiner Seat. Der Versuch hätte außerdem verraten, dass ich sie bemerkt hatte. Auch das erschien mir nicht sinnvoll. Je länger sie glaubten, ich hätte sie nicht gesehen, desto besser.

Ich fuhr zu Gijs auf der Keizersgracht. Es war eine fast unbewusste Entscheidung. Gijs und ich hatten zusammen die Firma gegründet und gemeinsam hatten wir damals bei der großen Unternehmensberatung gekündigt, bei der wir uns kennengelernt hatten. Diese Firma existierte inzwischen nicht mehr – sie war am grenzenlosen Ehrgeiz und der alles verzehrenden Machtgier der Geschäftsleitung zugrunde gegangen. In dieser Phase hatten Gijs und ich einander zu vertrauen gelernt, wie es nur unter extremen Umständen möglich war. Ich rief ihn an.

Gijs war nicht da.

Ahmed war nicht da. Kirsten, meine Schwester, war auch nicht da, aber das war sie fast nie. Meistens hielt sie sich bei ihrem Freund irgendwo im Ausland auf. Zurzeit in Südafrika. Ich rief meine Verwandten und Freunde an, einen nach dem anderen, aber es war niemand zu Hause. Verzweifelt fuhr ich zum Waterlooplein und weiter durch den IJ-Tunnel in Richtung Amsterdam-Noord. Der Mercedes ließ sich weit zurückfallen, folgte mir aber um jede Ecke. Ganz ruhig. Sie hatten keine Eile.

Ich schon. Ich hatte keine Ahnung, was ich tun sollte, und das musste sich ändern.

Der Parkplatz neben der Firma war fast leer. Ich parkte mein Auto so nahe wie möglich am Eingang und wollte hineingehen. Doch wie sehr ich es auch versuchte, ich bekam meinen Schlüssel nicht mehr ins Schloss. Erst dachte ich, es läge an meiner Nervosität, bis mir wieder einfiel, dass heute die Schlösser ausgewechselt werden sollten. Genau an dem Tag, an dem ich nicht im Büro gewesen war, hatten alle neue Schlüssel bekommen. Ich konnte gar nicht rein.

Hilflos blickte ich mich um. Der Mercedes stand vor dem Parkplatz am Straßenrand. Meine Möglichkeiten waren langsam erschöpft. Hoffentlich wollten sie mir nur klarmachen, dass sie mich entdeckt hatten. Das wäre ihnen damit gelungen. Doch ich hatte das unangenehme Gefühl, dass sie es nicht dabei bewenden lassen wollten.

Ich fuhr zu meiner Wohnung auf dem Eiland und parkte meinen Wagen vor dem Einkaufszentrum am anderen Ufer.

Von dort aus ging ich die letzten siebenhundert Meter zu Fuß nach Hause. Kurz bevor ich das Haus betrat, sah ich den Mercedes nicht weit entfernt am Straßenrand stehen. Die Scheinwerfer ausgeschaltet, mit Blick auf den Eingang des Gebäudes.

Oben in meinem Apartment schaltete ich die Lichter ein, nahm eine Dose Cola aus dem Kühlschrank und trank sie vor dem Fenster stehend zur Hälfte aus. Gut sichtbar für jeden, der mich beobachten wollte. Ich griff nach dem Telefon, drehte dem Fenster den Rücken zu und tat so, als telefoniere ich. Nach ein paar Minuten legte ich das Telefon wieder weg und stellte die Dose in die Küche. Ich schaltete das Licht im Schlafzimmer ein und das im Wohnzimmer aus, packte etwas saubere Kleidung, meinen neuen Laptop und das Ladegerät meines Handys in meinen Rucksack und fuhr mit dem Aufzug hinunter in die Tiefgarage. Der Ausgang lag auf der anderen Seite des Blocks. Dort verließ ich unbemerkt das Gebäude, überquerte die Brücke und kehrte zu meinem Auto zurück. Keine zwanzig Minuten, nachdem ich ausgestiegen war, fuhr ich dieselbe Strecke wie eben wieder zurück, Richtung stadtauswärts. Diesmal aber gab ich richtig Gas.

19

Mit Respekt erreicht man gar nichts

Der Jachthafen lag in tiefer Stille. Nirgendwo brannte Licht, außer auf dem Schiff von Nullpunktfünf. Es war ein abwegiger Wohnort und unerlaubt noch dazu, aber Lies scherte sich nicht um Verbote. Sie hatte eine Abmachung mit dem Besitzer des Jachthafens getroffen, über deren Inhalt Stillschweigen vereinbart worden war.

Das Schiff lag am letzten Steg, verborgen hinter zahlreichen anderen Booten. Die Tjalk war weder vom Eingang des Jachthafens noch von außerhalb des Geländes aus zu sehen.

Zu dieser Jahreszeit, in der letzten Oktoberwoche, war der Hafen besonders verlassen. Die Boote waren abgedeckt und vor dem nahenden Winter geschützt, nackt und abgetakelt, stählerne Stage glitzernd im schwachen Licht. Nur am Eingang brannten ein paar Lampen, doch für Beleuchtung sorgten hauptsächlich die Straßenlaternen außerhalb des Geländes.

Der Hafen lag gegenüber einem kleinen Neubauviertel; das eigentliche Dorf befand sich weiter weg, etwa eine halbe Stunde zu Fuß. Neben dem Eingang zum Hafen gab es eine Bushaltestelle und einen kleinen Supermarkt. In der Hochsaison war der Laden an sieben Tagen die Woche bis zum späten Abend geöffnet, im Winter hatte er drei Tage pro Woche geschlossen.

Ich stellte mein Auto auf dem kleinen Parkplatz neben dem Supermarkt ab. Mit dem Rucksack über der Schulter ging ich durch den Hafen und über den Steg zu Liesbeths Boot. Es wehte nur leichter Wind. Auf halbem Wege blieb ich kurz stehen und lauschte dem Wasser, den Booten, die leicht hin und her schaukelten, und dem Ächzen der Taue, mit denen sie befestigt waren. Wasser ist niemals still, selbst in der Ruhe ist es immer in Bewegung, als atme es.

Nullpunktfünf wunderte sich nicht im Geringsten darüber, dass ich doch noch gekommen war.

»Ich hatte dich darum gebeten«, sagte sie nur.

»Aber ich hatte abgelehnt.«

Sie schüttelte den Kopf und erwiderte: »Von dir war nicht die Rede.« Ohne mich zu fragen, stellte sie ein Glas auf den Tisch und schenkte einen Fingerbreit Wodka ein. Ihr Lieblingsgetränk. »Ab und zu braucht die Seele Alkohol«, behauptete sie, »sonst gerät man ganz durcheinander.«

Zum zweiten Mal innerhalb einer Woche saß ich in der Kajüte der *Muladhara.* Lies pflegte normalerweise ständig an ihrer nüchtern veranlagten Tochter herumzukritteln. Sie hasste ihren materialistischen Beruf, das Geld, die Häuser und Immobilien, die Interessen und den Neid, der immer irgendwie eine Rolle spielte. Doch ihre Klagen waren im Grunde nur oberflächlicher Natur. Guus war ihre Tochter, und wenn ein anderer es wagte, sie zu kritisieren, verteidigte Lies sie mit Klauen und Zähnen. Das hatte dann nichts Spirituelles mehr.

Wir tranken schweigend. Unausgesprochene Fragen lagen in der Luft. Nicht lange, denn Lies mochte keine liegen gebliebenen Fragen. Sie könnten ja faulig werden. In ihrer Vorstellung glich eine Frage einem lebenden Wesen. »Fragen müssen sich bewegen, dafür sind sie geschaffen«, meinte sie. »Das Fragezeichen ist das Pendel, an dem sie hin und her schwingen.« In Lies' Gesellschaft brauchte man nicht zu befürchten, dass etwas unausgesprochen blieb. Egal, wie spät es war, Zeit zum Reden war immer. Sie bohrte so lange, bis ich schließlich doch nach und nach erzählte, was ich getan hatte. Lies fragte mich aus, bis sie alles erfahren hatte. Sie nahm ihr Heft und schrieb die Adresse auf: Lauriertuin sechs, führte ihre numerologischen Berechnungen durch und stieß einen Seufzer aus. Sie drehte das Heft um, sodass ich mitlesen konnte: 3 1 3 9 9 5 9 2 3 9 5 = 58 = 13 + 6 = 19 = 10 = 1.

»Guus' Zahl«, stellte sie fest.

Ich zog den Zigarillo aus der Vordertasche meines Rucksacks und legte ihn neben das Heft auf den Tisch.

»Guus' Marke«, sagte ich.

Lies war nicht mehr zu halten, am liebsten wäre sie sofort zu dem Haus gefahren und hätte sich dort vor die Tür gelegt. Es kostete mich die größte Mühe, sie zu beruhigen. Zusammen versuchten wir, eine Antwort auf die Kernfrage zu finden: Warum hatte Guus uns nicht Bescheid gesagt? Wollte sie wirklich nicht, dass wir ihren Aufenthaltsort erfuhren, wie die Gefängnismitarbeiterinnen angedeutet hatten?

»Wenn sie es nicht will, müssen wir das respektieren«, meinte Lies.

»Wenn ich es aber wissen will, muss sie das respektieren«, erwiderte ich. »Mit Respekt erreicht man gar nichts. Es ist eine Relation mit lauter gleichen Elementen.« Ich fluchte.

»Es ist ihr Leben.«

»Und wenn sie in Gefahr schwebt?«

Das war die entscheidende Frage. Wie weit durfte man jemanden gehen lassen? Wenn sie in Gefahr schwebte, durften wir ihr dann helfen, auch wenn sie uns nicht darum bat?

»Wenn, wenn, wenn!«, schnaubte Lies. »Wir wissen doch gar nicht, ob ihr Gefahr droht.« Jetzt war sie diejenige, die die Ruhe bewahrte. »Du gehst nur davon aus, weil du diesen Männern nicht über den Weg traust.«

»Es sind Zuhälter«, betonte ich.

Lies schwieg.

»Nicht gerade die Sorte Mann, von der Frauen profitieren.«

So umkreisten wir einander. Wenn die eine Seite beschwichtigte, fand die andere neuen Grund zur Sorge. Tief in der Nacht stand ich auf und zog mich in die Gästekajüte zurück.

Dort setzte ich mich aufs Bett und versuchte, einen klaren Gedanken zu fassen. Aber es gelang mir nicht, mir schwirrte zu viel im Kopf herum. Ich zückte mein Handy und las die letzten Nachrichten. SMS von Ahmed, mein neuer Schlüssel liege bereit. Ansonsten sei alles in Ordnung.

Wunderbar.

Ich loggte mich ins Internet ein und schrieb in meinen Blog.

Bellilog 23.10.07

Ich tue nichts. Ich kann nichts. Ich weiß nichts.

Meine Beine und Arme drängen zum Einsatz. Und zwar sofort. Sie stehen bereit, warten nur auf mein Kommando. Mein Kopf weiß nur nicht, welches.

Ein ernster Leitungsschaden.

20

Zu nah beieinander

Der nächste Morgen begann erst gegen Mittag. Es war nach halb zwölf, als ich mich aus dem Bett schälte. Lies saß mit einer Zeitung und einer Tasse Kaffee am Tisch. Sie ließ mich gewähren. »Ein guter Tag fängt damit an, dass man ihn mit sich anfängt«, sagte sie, und so platt ich das fand, recht hatte sie gewissermaßen schon. Je enger man zusammenwohnte, desto mehr Freiheiten musste man dem anderen lassen. Lies gab mir diese Freiräume ganz selbstverständlich, wodurch ich mich wohler fühlte, als wenn sie mich von hinten und vorn bedient hätte. Die Freiheit ging allerdings nicht so weit, dass ich mich ihr gegenüber an den Tisch hätte setzen und telefonieren können, denn damit hätte ich ihre Grenze überschritten. Im Prinzip sollte einfach jeder morgens die Klappe halten.

Ich nahm meinen Kaffee und ging nach draußen. Auf dem schmalen Bootsdeck blieb ich stehen und sah mich um.

Die *Muladhara* wiegte sich sanft unter meinen Füßen, so leicht, dass ich es kaum spürte. Fahles Licht fiel durch den Hochnebel. Im Jachthafen herrschte absolute Ruhe, die Boote lagen in dicht gedrängten Reihen nebeneinander.

Nach ein paar Minuten setzte ich mich ins Cockpit, die Hände um den warmen Becher gelegt. Das ungute Gefühl des vergangenen Tages war verschwunden und das Bedürfnis nach körperlichem Einsatz hatte sich gelegt. Zurück blieb das Wissen, dass ich Guus vermisste.

Ich fühlte mich von ihr verraten. Um sie zu verstehen, suchte ich nach Beweggründen, Geschichten, durch die ihr Verschwinden logisch erklärt würde. Doch das funktionierte nicht, ich musste mich auf die Fakten beschränken.

Sie war aus freien Stücken mit zwei unbekannten Männern fortgegangen, sie war vermutlich in dem Haus im Lauriertuin gewesen, und wo sie sich momentan aufhielt, wusste ich nicht. Die Männer kannte ich nicht und sie hatten niemandem etwas getan. Sie waren Zuhälter, aber die Frauen schienen sich nicht gegen sie zu wehren. Ich war gestern Abend verfolgt worden, nachdem ich bei ihnen eingebrochen hatte. Aber was war schlimmer: bei jemandem einzubrechen oder hinter jemandem herzufahren? Bisher war ich der Einzige, der eine Straftat begangen hatte.

Vom Cockpit aus, mit Blick über das Wasser, rief ich in der Firma an. Ich sprach mit Ahmed über die Präsentation, seinen Erfolg und die weitere Arbeit. Mit Gijs beredete ich Allgemeines. Er würde kommende Woche nach China reisen, um für einen Auftraggeber zu inventarisieren, wie viele Unternehmen Flaschengas lieferten, in welchen Gebieten sie aktiv waren und welche dieser Unternehmen sich am besten für eine Übernahme und einen Ausbau der Marktposition eigneten. Gijs hatte Verständnis dafür, dass ich für eine Weile nicht ins Büro kam, außerdem hatte ich immer noch offiziell Urlaub.

Kein Problem.

»Aber wenn ich nächste Woche weg bin, muss ich mich darauf verlassen können, dass du anwesend bist«, verlangte er. »Wir können die Firma nicht zwei Assistenten und einer Sekretärin überlassen.«

»Du würdest staunen, was die alles schaffen«, erwiderte ich.

»Meinst du damit, dass du länger wegbleibst?«

»Damit meine ich erst mal nur das, was ich gesagt habe. Je mehr Verantwortung wir Ahmed übertragen, desto besser wird er.«

»Bis etwas schiefgeht.«

Ich lachte und entgegnete: »Das haben wir doch alle durchgemacht, auch du.«

Gijs schwieg.

»Mir geht es hier gut«, fuhr ich fort. »Ich sitze im Cockpit eines kleinen Bootes, die Füße hochgelegt, ein bisschen Sonne nach tagelangem Regen.« Ich blickte über das offene Wasser. »Es könnte tatsächlich ein bisschen länger dauern. Ich möchte mir genügend Zeit nehmen, ob du nun im Ausland bist oder nicht. Außerdem, was heißt schon länger? Eine Woche? Zwei? Ahmed und Sacha wissen, was sie tun, und was sie noch nicht wissen, lernen sie schneller, wenn wir mal für eine Weile nicht da sind.«

Gijs machte sich immer Sorgen. Das war auch gut so. Er achtete auf die Details, sorgte dafür, dass nichts vergessen wurde. Gijs war ein mathematisches Genie, in dessen Kopf alle Informationen und Daten fest verankert waren, jederzeit auffindbar und abrufbereit. Er dachte am liebsten in Formeln, auf abstraktem Gebiet war er unschlagbar. Der Nachteil war, dass er den alltäglichen Ablauf in der Firma manchmal auch auf diese Weise regeln wollte, was in sinnloser Kontrollwut ausartete. Daher überließ er die interne Leitung der Firma am liebsten mir und mochte es nicht, wenn ich abwesend war.

»Sobald Ahmed und Sacha in der Lage sind, die Geschäfte selbstständig zu führen, haben wir eine Sorge weniger«, argumentierte ich. Dabei klang ich selbstsicherer, als ich tatsächlich war. Mit meinen Argumenten versuchte ich nicht nur Gijs, sondern auch mich selbst zu überzeugen.

Verantwortung abzugeben fiel schwer. Es fühlte sich nicht richtig an. Schließlich waren es unsere Kunden, unsere Aufträge. Doch Ahmed hatte zum ersten Mal einen Folgeauftrag akquiriert und ich wusste aus eigener Erfahrung, wie sehr das motivieren konnte. Und ich wusste ebenfalls, wie frustrierend es war, wenn der Chef diesen Auftrag an sich riss. Wir waren an einem Punkt angelangt, an dem sich die Verhältnisse wandelten, und darüber hätten wir froh sein sollen.

»Dann bekommt er jetzt sicher eine Gehaltserhöhung?«, fragte Gijs.

»Das finde ich noch ein bisschen früh«, erwiderte ich und wir mussten beide lachen.

»Sind wir denn schon so alt?«, fragte Gijs.

Die Antwort blieben wir uns schuldig. Solange wir uns gegenseitig immer wieder den Spiegel vorhielten, würde schon alles gut gehen.

Hofften wir.

»Trotzdem wäre es mir lieber, du würdest das Geschäft im Auge behalten«, entgegnete Gijs.

Der Vormittag ging in den Nachmittag über. Lies und ich versuchten noch einmal, unsere Sorgen wegzudiskutieren. Doch immer wieder gelangten wir an denselben Punkt, dieselben Ängste. Sie verstand es wie keine andere, ihre Befürchtungen in Worte zu fassen, ohne zu übertreiben.

»Du kannst da doch nicht wochenlang vor der Tür stehen«, gab sie zu bedenken. »Angenommen, sie kommen gar nicht mehr wieder. Was dann?« Sie schwieg.

Mit dem Gedanken an die Taschen voller Waffen antwortete ich: »Du kannst Gift drauf nehmen, dass sie zurückkommen.«

»Trotzdem sollten wir warten, bis Guus sich meldet. Und das wird sie, glaub mir.«

»Aber wann?«

»Das entscheidet sie selbst.« Sie sah auf ihre Armbanduhr. »Könntest du vielleicht rasch etwas zu essen einkaufen? Um halb fünf macht der Laden schon zu.«

Ich schloss mein Handy an das Ladegerät an und ging über den Steg zum Hafeneingang. Lies' Auto stand in der Nähe, ein alter kleiner Astra, dessen gelber Lack über die Jahre sandfarben geworden war. Ein weicher Farbton, durchbrochen von dunklen Rostflecken, die wie Melanome wucherten. Lies fuhr so gut wie nie Auto. Sie mochte es nicht. Seitdem sie hier wohnte, war sie allerdings auf ein Fahrzeug angewiesen und hatte sich diese alte Rostlaube angeschafft. Der Besitzer des Jachthafens hatte ihr einen Parkplatz unter einem Vordach neben seinem Büro zugewiesen. Dort stand die Karre zwar einigermaßen geschützt, aber die salzige Luft fand in dem wehrlosen Blech ein leichtes Opfer.

Mein Auto stand noch neben dem Supermarkt. Auf dem Rücksitz lag der Müll, den ich in den letzten Tagen über die Schulter nach hinten geworfen hatte: ein paar leere Kaffeebecher und Brötchentüten. Ich betrat das Geschäft und kaufte mehrere Schalen Fertigbami, zwei Portionen Satéspießchen mit Erdnusssoße, ein Glas scharfe rote Atjarwürze, einige Tüten Kroepoek und ein Glas Sambal. Die junge Frau an der Kasse zog die Artikel über den Scanner und die Preise erschienen nach und nach piepend auf dem Display.

Hinter mir stellte ein Mann Waren aus einem Korb auf das Band. Er hatte nur zwei Artikel, eine Dose Cola und eine Tüte Chips. Seine große Nase, die buschigen Augenbrauen und der leichte Silberblick hinter einer Designerbrille erinnerten mich an jemanden. Er trug Anzug, Hemd und Krawatte.

»Guten Morgen«, grüßte ich.

Er nickte und lächelte.

»Siebzehn fünfundachtzig«, sagte die junge Kassiererin.

Ich zog meine Karte durch das Lesegerät und gab meinen PIN-Code ein. Während ich darauf wartete, dass der Bezahlvorgang abgeschlossen wurde, fiel mein Blick auf die Schuhe des Mannes. Glänzende schwarze Schuhe mit langen Spitzen. Blitzartig sah ich dieselben Schuhe auf dem Bürgersteig im Kräuterviertel vor mir, an der Ecke zwischen Dragontuin und Lauriertuin. Der Mann war anders gekleidet und trug eine Brille, deswegen hatte ich ihn nicht wiedererkannt, aber er war derjenige, der mich nach dem Weg gefragt hatte, als ich im Auto wartete. Der Mann, der den Kokkeldreef suchte. Derselbe Kerl stand hier neben mir im Tante-Emma-Laden am Jachthafen. Reglos starrte ich zu Boden.

»Die Zahlung ist erfolgt«, sagte die Kassiererin.

»Kann ich eine Tüte haben?«, fragte ich.

»Kostet zehn Cent.«

Ich grub eine Münze aus der Hosentasche und packte meine Einkäufe ein, als sei alles in bester Ordnung. Ohne mich umzusehen verließ ich den Laden. Mir schwirrte der Kopf. Jegliche Versuche von Lies, Guus' Verschwinden zu verharmlosen und die Sache nüchtern zu betrachten, wurden mit einem Schlag hinfällig. Vernunft war nicht angebracht. Dieser Mann gehörte zu den anderen Männern, eine andere Erklärung gab es nicht, und ich war mir sicher, dass er hinter mir her war. Dass er hier war, bedeutete, dass sie mir bis zum Jachthafen gefolgt waren. Aber wie war das möglich? Ich hatte niemanden gesehen, keinen Mercedes weit und breit.

Gehetzt überquerte ich das Hafengelände und eilte den Steg entlang zum Boot. Ich hatte keine andere Wahl. Telefonieren konnte ich nicht, mein Handy hing in der Kajüte am Ladegerät, der Autoschlüssel lag daneben auf dem Tisch. So geräuschvoll wie möglich betrat ich das Boot.

»Lies!«, rief ich. Ich öffnete die Tür. Sie war nicht da. »Lies!«, rief ich erneut. Ich stellte die Tasche mit den Einkäufen auf die kleine Anrichte und hämmerte an die Tür ihrer Kajüte. »Lies!« Endlich reagierte sie. Sie öffnete die Tür einen Spalt und funkelte mich an.

»Ich war mitten in der Meditation«, protestierte sie. »Wenn ich nicht reagiere, wenn man mich ruft, muss man mich in Ruhe lassen, das sind hier die Regeln und ...«

Ich ließ sie nicht ausreden, packte sie am Ärmel, schleifte sie mit und zischte: »Es gibt ein Problem!«

Immer wieder sah ich hinaus. Bisher hatte sich noch keiner dem Boot genähert.

»Wahrscheinlich warten sie, bis es dunkel wird«, spekulierte ich. »Wir haben also noch zweieinhalb Stunden Zeit. Bis dahin müssen wir einiges in Erfahrung bringen.«

Lies saß mir schweigend gegenüber. Ihre Augen brannten mir Löcher in den Kopf. Sie trank Kaffee und hörte mir zu.

»Zuerst muss ich wissen, ob es wirklich dieselben Männer sind, und dann, wie sie mich gefunden haben. Denn das kann eigentlich gar nicht sein.«

Lies nahm ihr Heft und begann mit einer numerologischen Berechnung. Ich sah es, ging aber nicht darauf ein. Ich wollte mich nicht von meinem Gedankengang ablenken lassen. »Ich habe in Amsterdam das Gebäude, in dem meine Wohnung liegt, verlassen, ohne dass sie mich gesehen habe. Dessen bin ich mir sicher. Ich bin in mein Auto gestiegen und unbemerkt losgefahren. Dessen bin ich mir ebenfalls sicher. Es war niemand in der Nähe und es hat mich keiner verfolgt. Hundertprozentig nicht.«

»Du musst irgendetwas übersehen haben«, entgegnete Lies. Sie schrieb und rechnete. »Den Mann mit den spitzen Schuhen hast du ja auch nicht bemerkt.«

»Sie können mich also verfolgen, ohne dass ich sie sehe.« Ich ging alle Möglichkeiten durch, eine nach der anderen. So viele waren es nicht, und der logischste Schluss schien, dass irgendetwas an meinem Auto war, wodurch sie mir folgen konnten – ein Peilsender. Solche Geräte waren leicht erhältlich. Vermutlich hatte der Mann mit den spitzen Schuhen diesen Sender irgendwo im Auto angebracht, als er sich hineingelehnt und das Gleichgewicht verloren hatte. Das war reines Theater gewesen, ein Ablenkungsmanöver. Ich war mir sicher, dass ich beim Aufräumen meines Rücksitzes irgendeinen kleinen Apparat zwischen dem Müll finden würde. Es war die einzig logische Erklärung. Jetzt erinnerte ich mich auch daran, wie die beiden Männer vor dem Haus im Lauriertuin gestikulierend auf das Display geschaut hatten. Wahrscheinlich war das der Empfänger gewesen. Darauf hatten sie gesehen, dass mein Auto immer noch in der Nähe des Imbisses stand. Um ungesehen aufbrechen zu können, kontrollierten sie immer wieder, wo ich mich befand. In diesem Fall wussten sie wahrscheinlich nicht, dass ich in ihrem Haus gewesen war.

Die Erklärung war schlüssig.

»Und?«, fragte Lies.

»Eine gute und eine schlechte Nachricht«, antwortete ich. »Die gute ist, dass ich glaube zu wissen, wie sie es angestellt haben. Die schlechte ist, dass sie, wenn ich recht habe, viel gefährlicher sind, als wir angenommen haben.« Ich betrachtete die Berechnungen vor ihr auf dem Tisch. »Und was hast du?«, fragte ich.

»Nicht viel«, sagte sie. »Aber eines ist auffällig. Der Tag, an dem Guusje verschwunden ist, war der achtzehnte Oktober. Also achtzehn, zehn, zweitausendsieben. Das macht neun plus eins plus neun, das ergibt neun plus eins, macht zehn, und eins plus null ist eins. Die Zahlen liegen viel zu nah beieinander.«

21

Besser, man streitet sich

Wir packten alles ein, was wir brauchten. Lies hängte eine Reisetasche um. Es war fast nichts darin.

»Ist das alles?«, fragte ich. »Bist du sicher?«

Sie nickte. »Alles, was ich brauche, habe ich hier.« Sie legte die flache Hand aufs Herz. »Der Rest liegt auf der Bank.«

Ob die Männer auf das Boot kommen würden oder nicht, war nicht mehr von Bedeutung. Lies und ich hatten beschlossen, dass wir nicht so lange warten würden. Auf dem Boot saßen wir in der Falle. Im Notfall konnten wir uns nur ins Wasser retten und dort hatten wir keine Chance. Sobald es dunkel wurde, kletterten wir aus dem Cockpit heraus über die Reling und auf das benachbarte Boot. Ich wollte es vermeiden, den Steg zu benutzen, das wäre zu auffällig gewesen. Vorsichtig kletterten wir so von einem Boot aufs andere, dass uns niemand beobachten konnte, bis wir den Anfang des Steges erreicht hatten. Von dort aus war es nur ein kleines Stück bis zu Lies' Auto. Plötzlich hielt sie mitten in der Bewegung inne, öffnete ihre Tasche und fing an, darin herumzukramen.

»Mik, hast du mein Portemonnaie?«

»Nein, natürlich nicht.«

»Dann habe ich es auf der Anrichte liegen gelassen«, seufzte sie. »Ich gehe noch mal schnell zurück.«

Ich hielt sie auf. »Nein, geh du weiter«, entgegnete ich. »Wir sehen uns in deinem Auto. Unternimm nichts. Setz dich rein und warte auf mich.«

Lies kletterte auf das nächste Boot, und sobald sie außer Sicht war, kehrte ich um. Geschmeidig ließ ich mich ins Cockpit der Tjalk gleiten. Lies hatte die Gardinen vor den

Fenstern zugezogen und das Licht eingeschaltet, sodass es aussah, als sei jemand zu Hause. Ich öffnete die Kajütentür und ging die Treppe hinunter. Ihr Portemonnaie lag genau da, wo sie gesagt hatte, auf der Anrichte. Ich steckte es in die Jackentasche und blickte mich noch ein letztes Mal in der Kajüte um, der Welt von Nullpunktfünf, betrachtete das Poster mit den Chakren, das einen immer ansah. Was immer ich davon halten mochte: Hier war ich jederzeit willkommen, das spürte ich. Ich warf einen raschen Blick in die beiden Schlafkajüten, um zu überprüfen, ob wir wirklich nichts vergessen hatten, und stieg dann die Treppe zum Deck hinauf. Im Cockpit hielt ich inne und lauschte. Die Boote lagen reglos auf dem Wasser.

In dem Moment, als ich mich aufrichten wollte, hörte ich ein Geräusch. Flüsternde Stimmen. Ganz kurz nur, vier oder fünf Wörter, die ich nicht verstand. Danach war es wieder still. Auf dem Steg tauchten drei Gestalten auf, etwa fünfzehn Meter vom Boot entfernt. Wenn ich jetzt in das Nachbarboot geklettert wäre, hätten sie mich gesehen. Bäuchlings ließ ich mich über den Rand des Cockpits gleiten und wartete. Sie näherten sich ohne einen Laut. Neben dem Boot blieben sie stehen und blickten zur Kajüte. Einer von ihnen ging weiter zur Vorderseite. Dort lehnte er sich nach vorn und versuchte, durch einen Spalt zwischen den Gardinen zu schauen. Er sah nichts, zuckte mit den Schultern und kehrte mit unhörbaren Schritten zu den anderen zurück. Die Männer sagten nichts, sondern verständigten sich mit Gebärden. Einer von ihnen machte eine Bewegung und kurz darauf flackerte die Flamme eines Feuerzeugs auf. Schützend hielt er die andere Hand darum. Ich lag dicht am Rand des Bootes, zwanzig Zentimeter weiter, und ich wäre ins Wasser gefallen. Vorsichtig robbte ich auf dem Bauch hinter die Kajüte. Ich sah hinüber zum Nachbarboot und versuchte zu schätzen, ob ich hinüberkriechen konnte. Aus dem Augenwinkel heraus sah ich etwas aufleuchten. Ich schaute näher hin. Erst konnte ich es nicht einordnen, es sah aus, als hätte der Mann eine zusammengerollte Zeitung angezündet. Kleine Flammen züngelten an einem Gegenstand empor, den er in der Hand hielt.

Plötzlich loderten die Flammen auf und ich erkannte eine Flasche. Ich sah das Tuch, das in den Flaschenhals gesteckt worden war. Die Flasche flog in einem flachen Bogen auf das Boot und zerplatzte im Cockpit. Ein Feuerball explodierte dicht hinter mir. Die Hitze versengte meine Sohlen und meine Hände.

Ich sprang auf und rettete mich mit einem Satz auf das nächste Boot. Rannte über den Achtersteven und sprang auf das übernächste Boot. Hinter mir hörte ich die Männer rufen. Drei Boote weiter überquerte ich das Deck, sprang auf den Steg und setzte zum Sprint an. Ich hatte einen Vorsprung, aber nur einen geringen. Ich sah mich nicht um, sondern rannte, ohne innezuhalten, den Blick auf das Ende des Steges geheftet. Mein Herz hämmerte in meiner Brust. Ich rannte und rannte. Fast geschafft. Aus der Dunkelheit huschten Lichtbündel über das Gelände, machten kehrt, erleuchteten die Boote, den Hafen. Am Ende des Steges tauchte Lies Auto auf, die Beifahrertür schwang auf. Ich rannte weiter, warf mich in den Wagen.

»Nicht hinsehen«, befahl Lies, schaltete und fuhr mit quietschenden Reifen los.

Aber ich blickte mich dennoch um, zu den Männern, die sich näherten, und weiter zur *Muladhara.* Im Dunkeln sah ich, wie die Flammen um sich griffen. Das Holzschiff bot ihnen ideale Nahrung.

»Ich will das nicht sehen«, sagte Lies und raste hinaus auf die Straße.

Am Hafenausgang blickte ich mich noch ein letztes Mal um. Auf dem Boot gab es eine Explosion, Flammen und schwarzer Rauch stiegen zum Nachthimmel auf. Das Feuer erhellte den Hafen, drei schwarze Gestalten flüchteten. Schatten der Gewalt.

Ich erschauerte.

Lies war keine geübte Fahrerin, kannte aber die Umgebung wie ihre Westentasche. Sie wohnte hier schon seit Jahren und wusste alle Schleichwege. Sie fuhr durch abgelegene Viertel und Sträßchen, die unsere Verfolger nie wählen würden. Die ganze Zeit über behielt sie ihre Gefühle unter Kontrolle, obwohl ich an der Art, wie sie das Lenkrad mit beiden Händen umklammerte, erkannte, wie viel Anstrengung sie das kostete. Nach einer halben Stunde hielt sie am Straßenrand an, irgendwo mitten auf dem Feld. Keine Häuser, keine Laternen, nur die Nacht. Sie stieg aus und fing sofort an zu schimpfen. Aufgeregt umkreiste sie das Auto, schreiend und mit den Füßen stampfend. Meine eigene Anspannung und Wut verdampften neben ihrer Explosion des Zorns.

Die Nacht nahm alles in sich auf.

»Fahr du lieber«, sagte sie zehn Minuten später.

Schweigend fuhren wir weiter. Ab und zu sagte Lies »links« oder »rechts«. Die Gewalt der Explosion steckte mir noch im Kopf und in den Gliedern. Der eigentliche Schock war aber die Selbstverständlichkeit, mit der das Boot zerstört worden war. Mit uns darin, so war es beabsichtigt. Drei Männer waren schweigend den Steg entlanggegangen und hatten einen Molotowcocktail geworfen. Ungerührt. Mehr war für ein Holzschiff nicht nötig.

Vor ein paar Stunden hatte ich noch geglaubt, Guus sei freiwillig mit diesen Männern gegangen. Jetzt nicht mehr.

Wir kehrten über Utrecht zurück nach Amsterdam. Von Zeeland aus war das ein gehöriger Umweg, aber auf diese Weise fuhren wir aus einer unerwarteten Richtung stadteinwärts.

Je mehr wir uns Amsterdam näherten, desto größer wurden meine Zweifel. Wir konnten nicht in meine Wohnung. Die kannten sie und beobachteten sie vermutlich. Zu meinen Freunden wollte ich auch nicht, denn ich wollte sie nicht in die Sache mit hineinziehen. Die Firma kam ebenfalls nicht infrage.

Ich fuhr in Richtung Südachse und entschied mich für eines der großen Hotels in der Gegend. Lies reagierte auf nichts mehr. Als ich sie fragte, ob sie eines der Hotels bevorzugte, blickte sie mit glasigen Augen die Fassaden an, die ich ihr zeigte. Es interessierte sie nicht. Wir nahmen zwei Zimmer. Lies mit ihrer Tasche, ich mit meinem Rucksack. Dritter Stock. Schweigend fuhren wir mit dem Aufzug nach oben. Ich brachte sie zu ihrem Zimmer, öffnete ihr die Tür, schaltete das Licht ein. Verloren stand sie neben dem Bett, die Tasche in der Hand.

»Versuche, ein bisschen zu schlafen«, riet ich ihr. »Morgen sehen wir weiter.«

Sie reagierte nicht.

Ich nahm sie in die Arme, drückte sie und sagte: »Es tut mir leid.« In weniger als vierundzwanzig Stunden hatte ich ihr Leben über den Haufen geworfen. Wenn ich mich nicht eingemischt hätte, säße sie noch auf ihrem Boot. »Meinst du, du kommst zurecht?«

Sie nickte.

»Wenn irgendetwas sein sollte, ich bin gleich nebenan.«

Sie nickte erneut.

Ich ließ sie allein und ging in mein Zimmer. Ich stellte den Rucksack ab und ließ mich aufs Bett fallen. Sah durch das

Fenster, ein dunkles Rechteck. Stand auf, ging ins Bad, schaltete das Licht ein. Kehrte zurück ins Zimmer. Fernseher an, fünf Mal umschalten, Fernseher wieder aus. Mir war nicht nach fernsehen, jede Sendung schien zu leugnen, was geschehen war. Minibar. Fläschchen Whiskey, Deckel ab, Flasche angesetzt. Leer. Noch eine.

Ich zog mich aus und legte mich hin. Die Augen weit geöffnet. Ich zwang mich, sie zu schließen.

Auf, zu, auf, zu.

Jemand klopfte an die Tür.

Ich schlüpfte in meine Hose und öffnete. Lies stand auf dem Flur, ihre Tasche in der Hand. Einsamkeit umgab sie wie ein Bunker.

»Ich kann das nicht«, sagte sie.

Neben dem Hoteleingang stand ein Taxi. Ich hatte keine Lust, quer durch Amsterdam zu fahren. Wir stiegen ein, Lies hinten, ich neben dem Fahrer. Ich zog einen Zettel aus meinem Portemonnaie.

»Augenblick«, sagte ich und wählte die Nummer.

»Wen rufst du an?«, fragte Lies.

»Kennst du nicht«, antwortete ich. »Jemand, mit dem ich über Computer und das Internet reden kann. Ich möchte heute Nacht noch etwas erledigen und dazu brauche ich jemanden, der in Systeme eindringen und darin herumschnüffeln kann, bis ich gefunden habe, was ich suche.«

Lies sah mich schweigend an. Sie nickte. Ihr standen die Tränen in den Augen. »Das geht alles zu schnell«, sagte sie. »Guus ist weiter weg, als ich gedacht habe.« Sie trocknete ihre Augen und starrte ins Leere. »So viel Gewalt.« Sie schwieg. »Tu, was du für richtig hältst.«

Ich rief an und ließ es klingeln, bis sich jemand meldete.

»Hi«, sagte ich.

Wir standen auf dem Bürgersteig vor ihrem Haus in Tuindorp Oostzaan, Amsterdam-Noord. Ein Viertel mit kleinen weißen Häusern, alle mit einem kleinen Garten und einem angebauten Schuppen. Trotz der groß angelegten Sanierungsarbeiten konnten die engen Straßen ihre deprimierende Vergangenheit nicht verleugnen. Sie erinnerten an die Menschen, die damals sehr hart für zu wenig Geld gearbeitet hatten, in billigen Häusern untergebracht worden und dafür auch noch dankbar waren. Ganz Amsterdam ist auf Pfählen erbaut, außer Tuindorp. Dort schwimmen die Häuser auf Betonplatten. Das war billiger. Allerdings bedeutete es, dass die Bauten nicht zu schwer werden durften, weil sie sonst mitsamt der Bodenplatte im Untergrund versunken wären. Schon beim Bau war ihre Lebensdauer auf nicht mehr als vierzig, fünfzig Jahre angesetzt worden. Heute, nach achtzig Jahren, stehen sie noch immer und gelten inzwischen als Paradebeispiel holländischer Baukunst. Renoviert und isoliert, blieben sie doch die gleichen Häuschen wie ehedem.

Sterre öffnete die Tür und blickte mich von der Schwelle aus an. Ich sah, wie sich ihre Miene innerhalb einer Sekunde verfinsterte.

»So war das nicht gemeint«, sagte sie.

»Ich weiß, aber es geht nun mal nicht anders«, erwiderte ich.

Sie reagierte nicht. Sie blickte über meine Schulter hinweg Nullpunktfünf an, die mit ihrer überdimensionalen Schultertasche hinter mir stand. Ich drehte mich halb um.

»Lies, das ist Sterre«, sagte ich. »Sterre, das ist meine Schwiegermutter.«

»Das wird ja immer schöner«, stöhnte Sterre, wandte sich ab und stapfte wütend ins Haus. Die Haustür ließ sie offen stehen.

»Jemand, mit dem du reden kannst«, bemerkte Lies sarkastisch und drängte mich in die Diele. »Na, dann mal los, rede mit ihr.«

Wir schlichen hintereinander hinein.

Sterre lehnte in der Küche an der Anrichte, ein Glas Wasser in der Hand. Direkt gegenüber stand ein kleiner Tisch mit zwei Stühlen. Neben der Küche befand sich das Wohn-Esszimmer.

Ich redete. Ich erzählte Sterre alles, was geschehen war, wo wir herkamen und warum ich ausgerechnet bei ihr angeklopft hatte.

»Du bist nicht mit mir verwandt, niemand weiß, dass ich dich kenne, mein Bruder ist in Australien, meine Schwester in Südafrika, und bei meinem Vater oder Gijs würden sie mich sofort finden. Außerdem hast du gesagt, ich könnte kommen.«

Wir standen noch immer zu dritt in der kleinen Küche. Es war so wenig Platz, dass wir uns bei jeder einzelnen Bewegung berührten.

»Darf ich mich setzen?«, fragte Lies.

»Natürlich«, sagte Sterre. Damit schien sie unsere Anwesenheit mehr oder weniger zu akzeptieren. »Ich hole noch einen Stuhl.«

Ich folgte ihr ins Nebenzimmer und versuchte noch einmal, ihr zu erklären, was passiert war.

»Schon gut«, fauchte sie mich plötzlich an. »Ich hab's schon kapiert. Ich bin doch nicht blöd.« Sie holte einen Klappstuhl, der in der Zimmerecke an der Wand stand. »Und jetzt wollt ihr sicher auch noch hier übernachten?«

Ich nickte. »Wenn das ginge?«

»Hab ich mir schon gedacht. Ich habe ein Sofa und ein Bett. Mehr nicht.« Sie lehnte sich nach vorn, bis ihr Gesicht keine fünf Zentimeter von meinem entfernt war. »Und ich lege mich nicht mit deiner Schwiegermutter ins Bett, Herr Nachbar.«

»Ich auch nicht«, sagte ich.

Wir sahen uns an. Es war die richtige Antwort auf die falsche Frage, das wussten wir beide. Es ging gar nicht um Nullpunktfünf, es ging ums uns, aber keiner wollte das so deutlich aussprechen.

»Was ihr macht, ist mir egal, ich lege mich aufs Sofa!«, rief Lies aus der Küche. »Und zwar am liebsten ohne einen von euch.«

Sterre sah mich noch immer an. »Dann schläfst du also bei mir«, flüsterte sie.

Ich nickte und sagte: »Ohne Pillen.«

Sie lachte. »Da habe ich tatsächlich noch etwas gutzumachen.«

Sie verließ das Wohnzimmer und kehrte kurz darauf mit einem Arm voller Bettzeug zurück. Sie rollte einen Schlafsack auf dem Sofa aus, legte ein Kissen dazu und ein Handtuch auf das Beistelltischchen.

»Meinst du, das geht so?«, fragte sie Lies.

»Wunderbar, danke dir.«

Sterre ging hinaus auf den Flur. »Die Toilette ist hier.« Sie öffnete eine Tür. »Das Bad hier.« Sie öffnete eine andere Tür. »Der Kühlschrank ist da.« Sie zeigte darauf und öffnete fast gleichzeitig einen der beiden Küchenschränke. »Kaffee findet ihr hier, Tee auch, Zucker. Wasserkocher. Tassen. Teller.« Sie zeigte auf eine Schublade. »Besteck.«

Sie schwieg.

»Danke dir«, sagte Lies. Sie trat einen Schritt nach vorn, umfasste Sterres Gesicht mit beiden Händen, zog sie vorsichtig zu sich hin und küsste sie auf die Stirn. »Danke dir«, sagte sie noch einmal. Dann drehte sie sich zu mir um und sagte: »So ist es besser. Besser als allein zu sein. Viel besser.

Besser man streitet sich, als allein in einem Hotelzimmer zu hocken. Vor allem in der jetzigen Situation.«

»Wir streiten uns nicht«, erwiderte Sterre.

»Das liegt an dir«, sagte Lies. »Und wenn ihr nichts dagegen habt, ziehe ich mich jetzt zurück.«

»Wir werden ganz leise sein«, versprach Sterre.

»Braucht ihr nicht«, erwiderte Lies. »Ich finde es angenehm, euch zu hören.« Sie ging ins Wohnzimmer und schloss die Tür hinter sich.

Sterre und ich standen allein in der Küche.

»Okay, Herr Nachbar, und jetzt wir«, sagte Sterre.

»Gleich«, versprach ich. »Hast du einen Computer im Haus?«

22

Ich bin nicht sauer

Ihr Schlafzimmer war komplett ausgestattet: Fernseher, Stereoanlage, Computer, superschnelle ADSL-Verbindung und ein sehr großes Bett. Es war so breit, dass rechts und links nur ein schmaler Durchgang blieb. Das Kopfende war an die Wand gerückt und das deckenhohe Regal gegenüber enthielt alles Mögliche: Bücher mit kryptischen Titeln, drei alte Laptops übereinander, ein ganzes Brett voller DVDs, Kabel, Stecker, Headsets, Kleider, Schuhe und was man sonst noch braucht.

»Hier wohne ich hauptsächlich«, erklärte sie. »Das andere Zimmer ist reiner Luxus.« Sie zog ihre Jogginghose und ihr Top aus und stieg ins Bett. »Jetzt du«, sagte sie. »Deine Sachen kannst du da irgendwo hinwerfen.« Sie zeigte auf die einzige freie Zimmerecke.

Während ich mich auszog, schaltete sie den Fernseher ein und zappte zu einem Trickfilmkanal. Lautstärke aus. Dann drückte sie auf ihrem I-Pod herum, bis Musik aus den Lautsprechern klang. Dünne Bläser und seltsame Rhythmen. Sie bewegte sich auf dem Bett hin und her, nur in Slip und BH.

»So«, sagte sie, »alle Sinne.« Sie zog den BH aus und drehte sich zu mir um. »Stehst du immer noch da?«

Ob es an der Anspannung lag, an Sterre, an mir oder an meiner Frustration, weil Guus so gar nichts von sich hören ließ – kein Wort, kein Zeichen, nichts – oder doch noch an etwas anderem, es spielte keine Rolle mehr. Ich hatte ein Dreivierteljahr lang auf Guus gewartet und jetzt wollte sie mich nicht mehr. Aber Sterre wollte mich. Eine Frage des Ausgleichs, hätte Lies gesagt. Ich glaube, es war die pure Frustration.

Der Sex war schnell und heftig. Wenig Vorspiel, kein Nachspiel. Keuchend saßen wir nebeneinander auf dem großen Bett.

»Okay«, sagte Sterre, »ich glaube, das war mal nötig.«

Ich sagte nichts. Ich wusste nicht, was ich sagen sollte. Sie hatte recht. Das gab ich schließlich zu.

»Wie schön, dass ich dir behilflich sein konnte.«

»War es so schlimm?«, fragte ich.

Sie lachte und zuckte mit den Schultern. »Macht nichts. Manchmal ist es eben so.« Sie zog ihren Slip wieder an und ein T-Shirt darüber. »Aber eigentlich bist du doch deswegen gekommen, oder?«

Sie holte ihren Laptop und legte ihn aufs Bett. Sie klickte und schob, fuhr mit den Fingern einer Hand durch eine andere Welt. Sie sagte nichts und ließ ihre Enttäuschung in der Zeit versickern.

»Was möchtest du wissen?«, fragte sie. »Oder sollen wir das auf morgen verschieben?«

Ihre Frage war verständlich, aber ich war unruhig und nervös.

Je eher wir durch die Webcam in das Haus am Lauriertuin blicken konnten, desto besser. Ich wusste, dass die Männer in dieses Haus zurückkehren würden, schon allein wegen der Waffen. Aber wie lange würden sie dort bleiben? Die kleine Kamera war meine einzige Hoffnung, mehr in Erfahrung zu bringen. Ich fragte Sterre, ob sie von ihrem Computer aus die Webcam auf einem anderen Computer aktivieren konnte, wie Thomas es mit ihrer Webcam in der Firma getan hatte.

»Ich bin keine Hackerin«, erwiderte sie.

»Das habe ich auch nicht gemeint.«

Ich hatte es aber angedeutet und das reichte. Sie reagierte empört und beleidigt.

»Ich bin IT-Spezialistin, Programmdesignerin, ich weiß Dinge, die du noch nicht mal buchstabieren könntest.«

»Du arbeitest bei *The Pattern,* bei Karl«, entgegnete ich. »Und nicht bei irgendeinem größenwahnsinnigen Softwaremultinational. Ihr habt eure Finger überall drin.«

Sie schwieg. »Erst willst du mich vögeln und anschließend bin ich für dich nichts weiter als ein beschissener Freak mit Computer. Hier, mach's doch selber.« Sie warf mir den Laptop auf den Schoß und drehte sich weg.

Für einen Augenblick saß ich da und machte ein sehr dummes Gesicht. »So war das doch gar nicht gemeint«, sagte ich dann.

Sterre rührte sich nicht.

Vorsichtig stellte ich den Computer auf den Boden. Noch vorsichtiger schmiegte ich mich an sie. Wieder hatte sie recht, ich wusste nicht, wann Schluss war. Mitten in der Nacht hatte ich es noch eilig. Ich musste verrückt sein.

»Entschuldige«, sagte ich.

»Ach, hau doch ab.«

Ich streichelte sie über Rücken und Beine, legte den Arm um sie, kuschelte mich an sie und blieb so liegen.

»Männer«, schnaubte sie.

»Du sagst es«, seufzte ich.

Ich versuchte, sie zu verführen, müde und stümperhaft. Vergeblich. Sterre ignorierte mich und schlief kurz darauf ein. Oder sie tat so, als schliefe sie. Ich lag neben ihr und meine Gedanken ließen mir keine Ruhe. Ich hatte einen Fehler gemacht. Ich hätte es ganz anders anfangen sollen. Sterre konnte unmöglich begreifen, welche Angst, ja Panik mich erfüllte, weil ich ihr kein Sterbenswörtchen davon erzählt hatte. Sie hatte Lies und mich bei sich aufgenommen, als ich sie darum gebeten hatte, und allein deswegen hätte sie etwas Besseres verdient gehabt, als ich ihr gegeben hatte.

Solange ich noch an Guus dachte, hatte ich hier nichts verloren. So einfach war das. Aber ich lag hier. Wenn Sterre und ich einfach nur so zum Spaß miteinander ins Bett gegangen wären, hätte ich zumindest dafür sorgen müssen, dass es auch Spaß machte. Nicht mal das war mir gelungen. Es dauerte eine Weile, bis ich das alles erkannt hatte. Zu viel auf einmal war auf mich eingestürmt, als dass ich noch adäquat hätte handeln und reagieren können. Ich hatte mich zu schnell entschuldigt, genauso hastig, wie ich gekommen war.

Ich erwachte. Sterre lag eng um mich geschlungen. Sie atmete ruhig, war weit weg. Alles schien weit weg. Im Zimmer war es still. Im Schrank neben dem Bett blinkten rote und grüne LED-Leuchten, Geräte mit einem Eigenleben. Ich schlief wieder ein.

Als ich zum zweiten Mal erwachte, war ich allein. Ohne dass ich etwas bemerkt hatte, war sie über mich hinweggeklettert und aus dem Zimmer gegangen. Ich lauschte, aber es war still im Haus. Draußen fuhren Autos und Mopeds vorbei, drinnen herrschte Ruhe. Keine Dusche, keine Waschmaschine, kein Radio. Ich zog mich an und öffnete die Schlafzimmertür. Jetzt hörte ich Stimmen, ganz leise. Die Tür zum anderen Zimmer stand einen Spalt offen.

»Er ist ein guter Junge, weißt du«, hörte ich Lies sagen.

Das hatte mir gerade noch gefehlt – von meiner Quasischwiegermutter als ›guter Junge‹ bezeichnet zu werden. Ich fühlte mich wie elf.

Ich öffnete die Tür und trat in die Küche. Sterre und Lies saßen am Esstisch. Sterre hockte im Schneidersitz auf einem Holzstuhl und löffelte eine Schüssel Joghurt mit Knuspermüsli. Lies hatte eine Tasse Kaffee vor sich stehen.

»Hallo«, sagte ich.

»Wir haben gerade von dir geredet«, sagte Lies.

»Hab ich gehört.«

»In der Küche steht Kaffee«, sagte Sterre.

Kurz darauf saß ich auf dem dritten Stuhl am Tisch. Schweigend tranken wir. Sie redeten nicht mehr über mich, jetzt, wo ich dabei war, und ich konnte kaum so tun, als sei nichts geschehen.

Ich brauchte Sterre noch immer. Ohne sie konnte ich nichts ausrichten. Sie musste etwas für mich erledigen, wozu ich allein nicht in der Lage war.

Ich sagte es ihr.

»Kann es sein, dass du mich ausnutzt?«, fragte Sterre.

Ich nickte. »Aber ich bin wenigstens ehrlich.«

»Macht es das besser? Ist ehrlich ausnutzen besser als unehrlich? Wie funktioniert das eigentlich? Du benutzt mich und dann sagst du: Tut mir leid, das war aber noch nicht alles?«

»Ich habe noch nicht gesagt, dass es mir leid tut.«

Lies trank ihren Kaffee und sagte nichts.

»Ist mir auch schon aufgefallen«, erwiderte Sterre. »Denn die Entschuldigung von letzter Nacht zählt nicht. Vielleicht wäre das schon mal ein Anfang?«

Ich schüttelte den Kopf und entgegnete: »Nein, eben nicht.«

Ich wollte mich nicht zuerst entschuldigen und sie gleich darauf wieder um etwas bitten. Dann sähe es aus, als hätte ich es nur getan, um sie zu überreden. Wenn ich es dagegen hinterher tat, würde meine Entschuldigung ehrlich klingen. Ich hatte also meine Gründe. Einen Plan.

»Du bräuchtest es nur ernst zu meinen«, sagte Sterre.

Sie stand auf, um ihre Schüssel in die Küche zu bringen. Anstatt sie zu beruhigen, hatte ich sie enttäuscht.

Ich lief hinter ihr her und sagte, dass es mir leid tat. Einfach so.

Mir kamen die Tränen.

Sterre ließ mich eine Weile schniefen und riss dann ein Blatt von der Küchenrolle ab.

»Hier«, sagte sie. »Heulsuse.« Sie sah zu, wie ich mir ein paar Mal mit dem Zellstoff über die Augen rieb. »Hör mal, Herr Nachbar, du kennst mich ja nicht mal richtig.«

»Du mich auch nicht.«

»Deswegen habe ich keine vorgefasste Meinung über dich. Ich bewerte nur, was du hier tust und getan hast.« Sie schwieg und fügte nichts mehr hinzu.

Das war auch nicht nötig, ich hatte sie schon verstanden.

Man muss tun, was man tun muss. Erst fällt es einem schwer, später wird es immer leichter.

»Das Weiteste zuerst«, pflegte meine Mutter zu sagen. Wenn sie einkaufte, begann sie mit ihren Besorgungen nie beim ersten Geschäft, an dem sie vorbeikam, denn dann wäre ihre Tasche beim letzten voll gewesen und sie hätte sie den ganzen Weg zurückschleppen müssen. Deshalb ging sie zuerst in das Geschäft, das am weitesten entfernt lag, und erledigte alles andere auf dem Rückweg. Dadurch brauchte sie das schwerste Gewicht am wenigsten lange zu tragen.

Während Sterre und ich uns unterhielten, saß Lies gedankenverloren daneben.

»Macht ihr mal«, sagte sie. »Ich erfahre schon alles zu seiner Zeit.«

Ihre gestrige Wut war verschwunden und tiefer Niedergeschlagenheit gewichen.

Ihre sorgsam aufgebaute und gehegte Existenz war mit einem Schlag zerstört worden. Die *Muladhara* war nicht einfach nur ein Schiff gewesen, sondern ein Teil von ihr, und allmählich erfasste sie das Ausmaß dessen, was geschehen war.

»Guus hat doch noch ihr kleines Haus«, gab ich zu bedenken. »Dort könntest du so lange wohnen, wie du willst.«

Sie schüttelte den Kopf und entgegnete: »Ich gehe nicht nach Monster.« Sie schwieg einen Augenblick und fügte dann hinzu: »Oder kommst du mit?«

Durch ihre Gegenfrage wurde mir schlagartig bewusst, was sie meinte, denn ich würde garantiert nicht mit nach Monster gehen und sie dort allein zurückzulassen, hinter der Lagerhalle, inmitten der Treibhäuser, das brachte ich auch nicht übers Herz.

»Was soll ich denn da?«, fragte Lies. »Es sei denn, du willst mich loswerden.«

»Auf keinen Fall«, antwortete ich. »Ich bin nicht gern allein. Ich brauche die Nähe anderer.«

»Das haben wir gemerkt«, meinte Sterre.

»Du hast mir doch angeboten, zu dir zu kommen«, erwiderte ich. »Sonst hätte ich dich niemals angerufen.«

»Wenn ich es nicht gewollt hätte, hätte ich dir niemals meine Nummer gegeben.« Sie beugte sich zu mir. »Ich habe jetzt noch ein paar Stunden Zeit, aber um halb drei muss ich los. Um fünf Uhr geht mein Flieger. Nach Moskau.«

Sie wurde bei einem der Projekte von *The Pattern* in Russland eingesetzt. Drei oder vier Programmierer waren bereits dort und Sterre sollte zu ihnen stoßen.

»Für mindestens eine Woche«, erzählte sie. »Aber mein Visum gilt einen Monat, es könnte sich also auch etwas länger hinziehen. Hängt ein bisschen davon ab, was ich dort vorfinde.« Sie sah uns an. »Wenn ich euch also helfen soll, müssen wir jetzt bald loslegen. Was wollt ihr?«

»Viel«, sagte ich. »Und zwischendurch müssen wir versuchen, sie wieder wütend zu machen.«

Ich zeigte auf Lies.

»Ich bin nicht wütend«, erwiderte sie.

»Das ist ja das Problem«, sagte ich. »Erst wenn du wütend bist, haben wir die Sterne, Zeichen, Zahlen und Energiebahnen wieder auf unserer Seite. Und du kannst darauf wetten, dass wir die brauchen werden.«

23

We make money for you

Sterre war keine Hackerin, kannte sich aber mit deren Techniken aus. Sie wusste genau, was sie tun musste. Sie benutzte meinen Laptop und während sie arbeitete, erklärte sie mir, was sie tat. »Denn nachher bin ich nicht mehr da und dann musst du auch Bescheid wissen.« Sie würde den Computer im Lauriertuin bedienen können, sobald sie ein kleines Programm eingeschleust hatte. »Das kann ich aber nur, wenn ich eine Adresse habe.«

»Eine E-Mail-Adresse«, sagte ich.

Ich lotste sie zu meiner Webmail und Sterre öffnete die Nachricht, die ich von dem fremden Computer an mich geschickt hatte. Sie sah sich den Absender an, der keinen Personennamen enthielt.

Mit dem Zeigefinger fuhr sie über das Touchpad, bis auf dem Bildschirm eine technische Übersicht oder etwas Ähnliches erschien.

```
Received: from cpbrm-ews02.kpnxchange.com
([10.94.84.133)] by cpsmtpp-ews01.kpnxchange.com
with Microsoft smtpsvc(6.03790.3959);
Tue, 23 Oct 2007 21:37:18 +0100
X-MimeOLE: Produced By Microsoft Exchange V6.5
Content-class: urn:content-classes:message
Mime-Version: 1.0
Content-Type: multipart/mixed;
Boundary=»---_=_NextPart_001_01C97FA5.469D4294«
```

»Was ist das?«, fragte ich und starrte auf die unverständlichen Zeilen, die über den Monitor flimmerten.

»Specs.« Sie las und scrollte weiter durch den Text. »Hier irgendwo finde ich die IP-Adresse des Rechners und noch ein paar andere Informationen.« Sie öffnete das Fenster für eine neue E-Mail, sah mich an und fragte: »Was soll ich schreiben?«

»Du wolltest ihnen doch dieses kleine Programm schicken. Hast du eben selbst gesagt.«

»Ja, aber ich muss dieses kleine Programm in irgendetwas verpacken, sonst würden sie die Mail gar nicht öffnen. Du öffnest doch auch keine Spam. Du musst ihnen etwas senden, was sie für wichtig halten und von dem sie glauben, es sei tatsächlich für sie persönlich bestimmt. Dann brauchen sie es nur einmal anzuklicken und schon bin ich drin. Aber anklicken müssen sie es schon.«

»Sex«, schlug ich vor.

»Fängst du schon wieder an?«, fragte sie.

»Das sind Zuhälter. Ukrainische Kriminelle. Die Jungs in den schwarzen Anzügen. Wenn wir etwas zum Thema Sex schicken, sehen sie es sich bestimmt an.«

»Wo steht denn diese Webcam? In einem Puff?«

Ich nickte.

»Mit russischen Nutten?«

»Ukrainischen.«

»Wie auch immer.«

Sie klickte, schnitt, klebte, schleppte, fügte hinzu und entfernte. Ihre Finger waren ständig in Bewegung und ihre Augen huschten hin und her.

»Ich könnte ein paar von den Frauenseiten plündern, auf denen sich Russinnen anbieten.«

»Ukrainerinnen«, wiederholte ich.

»Es gibt richtige Wichs-und-Lutsch-Seiten, da könnte ich auch etwas ausschneiden. Hier, guck mal, die ist doch gut.« Wieder klickte sie ein paar Mal. »Was sagst du dazu?«

Sie drehte mir den Computer hin. Der Bildschirm war mit geilen Frauen gefüllt: riesige Titten, winzige Höschen, die Münder halb geöffnet, an einem Finger saugend oder mit einer Hand im Slip. In der Mitte die Textzeilen:

Best ladies from Ukraine.

Click here for more.

»Wo hast du die so schnell her?«, fragte ich.

»Aus deiner Spam-Ablage. Da kannst du alles Mögliche rausholen und zusammensetzen. Ich muss nur den Hintergrund abändern. Kinderleicht, ist alles html.«

Ich sah sie verständnislos an.

»Technik«, sagte sie. »Lass nur. Gut so?«

Ich sah auf den Monitor und versuchte, zu beurteilen, ob tatsächlich jemand den Link anklicken würde, den Sterre in die Mitte gebastelt hatte. Es war simpel, direkt, Ukraine kam darin vor und der Text war auf Englisch. Perfekt.

»Zuhälter interessieren sich nicht für Frauen«, wandte Lies plötzlich ein und zeigte auf den Monitor. »Hier geht es um Frauen. Aber was sollen sie damit anfangen? Frauen haben sie schon.«

»Was denn dann?«, fragte Sterre.

»Keine Ahnung. Geld wahrscheinlich. Für sie sind Frauen Ware.«

Wir schwiegen. Lies hatte etwas gesagt, worüber ich noch nie nachgedacht hatte. Natürlich. Eine Prostituierte verdient Geld, von dem sich ihr Kerl seinen Anteil abzweigt. Durch die neue Gesetzgebung war das nicht mehr nötig, die Frauen konnten auch als Freiberuflerinnen in der Prostitution arbeiten, ohne Mann. Doch in der Praxis wurden die Clubs und Bordelle noch immer von Männern betrieben. Das war bekannt. Damit verdiente man Geld. Viel Geld.

»Was hast du gesagt?«, fragte ich.

»Dass diese Frauen Handelsware sind«, wiederholte Lies. »Die Mädchen werden irgendwo abgeholt und hier, in Belgien oder Deutschland abgesetzt. Logistik und Transport, so nennt man das doch in eurer Branche?«

Ich schwieg.

»Ich sehe etwas ganz anderes«, sagte Lies. »Wenn ich mir die Mädchen betrachte, sehe ich Knoten von Energie, mit denen könnte man eine Kleinstadt versorgen. Schrecklich.« Sie erhob sich und wandte sich zum Gehen. »Ich gehe mal ein bisschen an die Luft«, erklärte sie. »Mir die Beine vertreten und die Nase in den Wind halten.«

Kurz darauf hörten wir die Haustür hinter ihr zufallen. Sterre und ich dachten uns einen anderen Satz aus, mit dem wir die Männer anlocken könnten.

We make money for you.
Click here for more.

Auf diesen Satz würden die Männer möglicherweise reagieren, er würde zumindest ihre Neugier wecken. Sobald sie den Link dann anklickten, wurde das kleine Programm aktiviert, mit dem Sterre in ihren Computer eindringen konnte.

»Ich werde einfach als externer User angemeldet. Sie merken nichts davon. Da müssten sie schon sehr gerissen sein.«

»Und in dem Fall?«, fragte ich.

Dann konnten sie die Webcam ausschalten, den ganzen Computer wegschmeißen oder herauszufinden versuchen, was los war und wer sich in ihre Angelegenheiten einmischen wollte.

»Hängt ein bisschen davon ab, wie gut sie sind«, sagte Sterre. »Wenn sie dem roten Faden folgen und sich gut auskennen, gelangen sie hierher, in deinen Computer.«

»Keine angenehme Vorstellung«, bemerkte ich.

Sterre nickte. »Du musst also unbedingt unsichtbar bleiben.« Sie schwieg und beschäftigte sich anschließend eine Stunde lang mit den Sicherheitsmaßnahmen, die sie brauchte, um nicht entdeckt zu werden. Ich zog mich zurück.

Ich holte einen Hocker aus der Küche und setzte mich hinaus in den Garten. Es war frisch; ein kalter Wind fegte zwischen den Häusern hindurch. Mit hochgeschlagenem Kragen blickte ich mich in der Umgebung um. Es gab wenig zu sehen, weder Mensch noch Tier. Daher betrieb ich hauptsächlich Introspektion und fand eine Verbissenheit, die ich noch nie zuvor empfunden hatte. Dabei ging es nicht mehr allein um Guus. Die Kaltblütigkeit, mit der Lies' Schiff in die Luft gesprengt worden war, konnte nur eines bedeuten: Mein Leben war keinen Pfifferling wert. Plötzlich erkannte ich, dass dies der Punkt war, an dem ich aufhören konnte. Wenn ich mich jetzt zurückzog, würde ich wahrscheinlich nie wieder Schwierigkeiten mit den Männern in Schwarz bekommen. Ich hatte die Möglichkeit, mich umzudrehen und wegzulaufen. Lies hätte ihr Boot verloren und müsste eben zusehen, dass die Versicherung den Schaden deckte. Dafür war eine Versicherung schließlich da. Ich hätte Guus verloren, aber dagegen gab es keine Versicherung. Sie hatte den Kontakt zu mir abgebrochen und ich geriet schon nach einer Woche ins Schwimmen. Sterre war sympathischer, als ich mir eingestehen wollte. Doch ich würde mich ohnehin zurückhalten, solange Nullpunktfünf in der Nähe war. Es war besser, die Sache zunächst auf sich beruhen zu lassen. Hier zu bleiben und zu versuchen, Abstand zu gewinnen. Was hatte ich mit ein paar miesen Typen aus der Ukraine zu schaffen? Guus war in ihren Händen, ob freiwillig oder nicht. Sie war in etwas hineingeraten, das ich nicht überblicken konnte, und die Frage war, ob ich mich ebenfalls darauf einlassen sollte. Wie weit sollte ich gehen? Sollte ich Guus gewähren lassen oder nicht? Wie oft noch würde ich es schaffen, der Gewalt zu entkommen?

»Nicht interpretieren«, mahnte ich mich laut. Keine Theorien konstruieren. »Es ist so, wie es ist.«

Jedes Mal aufs Neue erwies es sich als schwierig, allein von dem auszugehen, was ich sah und hörte, meine Vorstellungskraft zu zügeln und nicht zu sehen, was ich sehen wollte, sondern nur das, was tatsächlich geschah. Ich stand auf und kehrte in das Zimmer zurück, in dem Sterre arbeitete. Ich hatte eine Entscheidung getroffen. Ich hatte keine Lust mehr, umherzuhetzen. Ich hatte keine Lust mehr, gehetzt zu werden. Das alles wollte ich schnellstmöglich beenden.

Aber Sterre kam mir zuvor.

»Er ist online«, sagte sie. »Jetzt müssen wir nur noch warten, dass er den Link anklickt.« Das Thomas-Icon am unteren Bildschirmrand hatte sie ohne zu fragen durch ein kleines Foto von sich selbst ersetzt.

Kommentarlos.

24

Schützende Fantasiewelten

Lies war von ihrem Spaziergang zurückgekehrt und hatte durch den Wind ein wenig Farbe auf den Wangen. Sie lächelte sogar. Sie hatte Brötchen und eine Zeitung mitgebracht. Sterre hatte den Laptop beiseitegestellt. Schweigend aßen wir, jeder mit einem Teil der Zeitung beschäftigt, bis Lies eine Seite umschlug und fluchte. Sie legte die Zeitung auf den Tisch und deutete auf einen Artikel: *Brand in Jachthafen.*

Unter der Schlagzeile war ein Foto von einem vollständig ausgebrannten und halb versunkenen Schiff abgedruckt. Das Foto war mit Blitzlicht aufgenommen worden und in dessen grellen Schein war deutlich zu erkennen, wie groß der Schaden war. Sprachlos blickte Lies auf das Werk der Zerstörung. Sie erhob sich und lief hinaus. Sterre und ich hörten die Küchentür hinter ihr zufallen. Ich stand auf.

»Lass sie lieber einen Moment allein«, riet Sterre.

»Das kann ich später noch tun«, erwiderte ich.

Lies stand auf der kleinen Terrasse hinter dem Haus und starrte auf die Bodenplatten. Ich legte ihr den Arm um die Schultern und sagte nichts. Das war auch nicht nötig. Sie wusste es und ich wusste es. Sie lehnte sich an mich und strich sich eine Locke aus dem Gesicht.

»Hier stehe ich nun mit meinem Brötchen«, sagte sie.

Sie hatte das weiche Brötchen zu Mus gequetscht; der Teig quoll zwischen ihren Fingern hindurch. Sie riss ein Stück ab und steckte es in den Mund. Kaute. Wischte sich die Tränen von den Wangen.

»Ich hänge nicht an Besitz«, sagte sie. »Es geht mir nicht um das Schiff oder um Geld. Aber dieses Boot war mein Zuhause, mein Platz auf der Welt. Dort bin ich zu der geworden, die ich bin. Du verstehst das wahrscheinlich nicht, du brauchst andere Leute, das hast du eben noch erzählt. Ich bin anders, ich brauche die Einsamkeit, die Abgeschiedenheit. Ich musste mich von anderen lösen, allen Verpflichtungen entsagen, um zu mir zu kommen. Erst dort auf der *Muladhara* ist mir das gelungen. Daran hänge ich, an dieser Erinnerung. Nicht der Besitz bot mir Sicherheit, sondern der Ort.« Sie schüttelte den Kopf und allmählich breitete sich das Zittern über den ganzen Körper aus, als wolle sie sich von etwas erlösen, was sie im Griff hielt. »Komm«, sagte sie, drehte sich um und öffnete wieder die Küchentür. »Ich muss mir dieses Bild noch einmal ansehen. Ich muss es verinnerlichen. Sonst bleibt ein Loch in meinem Inneren zurück, das ich ständig umkreisen werde.«

Wir beugten uns über das Foto und Lies zeigte uns die verschiedenen Teile des Schiffs.

»Die Explosion hat sie vollständig zerstört«, meinte sie. »Es waren noch an die fünfzig Liter im Tank.«

In dem Artikel zu dem Foto hieß es, auch das Nachbarboot der *Muladhara* sei zu Schaden gekommen.

»Das hat einen Stahlrumpf«, erklärte Lies. »Das Deck, das Cockpit, der Aufbau, alles aus Stahl. Da können höchstens ein paar Plastikteile geschmolzen oder Luken angekohlt sein. Meines war ein Holzschiff. Aus wunderbarem alten Holz, so etwas gibt es heute kaum noch. Vollständig restauriert, es hätte noch hundert Jahre gehalten. Aber brennt natürlich wie Zunder.«

... Unter Verstoß geltender Vorschriften wohnte Mevrouw Inderlaan auf dem Schiff. Einige Stunden vor dem Brand wurde sie noch von Anwohnern im Jachthafen gesehen. Es gab keine Verletzten. Die Bootseigentümerin ist spurlos verschwunden.

Lies begann, ihre Tasche auszupacken. Nach und nach türmten sich die Gegenstände auf dem Küchentisch: Portemonnaie, Kosmetiktäschchen, Tempotaschentücher, Führerschein, Pass, Quittungen, Kuli, Spiegel, Notizbuch, Slipeinlagen und noch vieles mehr. Sie räumte die ganze Tasche aus, drehte sie um, klopfte darauf und schüttelte sie aus. Verzweifelt schaute sie vom Tisch zur Tasche und wieder zurück.

»Ich glaube, ich habe mein Handy auf dem Boot liegen gelassen«, sagte sie. »Da können sie mich natürlich lange anrufen.« Sie ließ die Tasche auf den Boden fallen.

In dem Moment piepte mein Laptop. Zwei Mal kurz hintereinander.

Sterre schob Zeitungsseiten und Brötchen beiseite und stellte das Gerät auf den Tisch. Ihre Finger huschten über die Tasten. »Augenblick«, sagte sie. »Ich muss erst ganz schnell etwas erledigen, das später nicht mehr funktioniert.«

Sie war vollkommen konzentriert. Lies und ich beobachteten fasziniert, mit welcher Geschwindigkeit sie ihre Hände bewegte. Sterre arbcitete so blitzschnell, wie ihre Augen die Geschehnisse auf dem Bildschirm erfassten. Die Abläufe geschahen fast gleichzeitig. Sie arbeitete etwa fünf Minuten lang und lehnte sich dann zurück.

»Fertig«, sagte sie.

Jemand hatte auf die E-Mail reagiert, die wir versendet hatten, und den Link angeklickt, wodurch Sterres Programm eingeschleust worden war.

»Ist das ein Virus?«, fragte Lies.

Sterre schüttelte den Kopf. »Nein, ein Virus besteht aus einem kleinen Programm, das selbst etwas bewirkt. Dies hier ist eigentlich ein Trojaner, ein Programm, mit dessen Hilfe ich etwas unternehmen kann. Von allein richtet es nicht viel aus. Aber jedes Virenschutzprogramm würde darauf reagieren und da musste ich mal eben eingreifen.«

Sie erklärte mir, wie ich von meinem Computer aus den anderen steuern konnte.

»Aber nur, solange er eingeschaltet ist, ansonsten nicht. Du kannst ihn nicht von hier aus starten.«

Das Programm lief jetzt und tat nichts anderes, als Sterre Zugang auf den Fremdrechner zu verschaffen, unter Umgehung der Firewall.

»Es ist allerdings Malware«, sagte Sterre. »Und damit absolut illegal. Sollte irgendjemand dahinterkommen, bin ich in der IT-Branche unten durch.« Sie blickte auf den Bildschirm, bediente die Maus und lächelte. »Sobald sie mit Guus Verbindung aufnehmen, musst du mir sofort Bescheid sagen, denn dann kann ich sie mithilfe meines kleinen Programms ausfindig machen.« Wieder lächelte sie. »Nicht vergessen.«

Dann zeigte sie mir, was sie mit dem Programm anstellen konnte. Es funktionierte einwandfrei.

Sie deutete auf den Mann, der auf dem Bildschirm erschien und fragte: »Ist das der Typ, den du meintest?«

Der Mann war Anfang dreißig, hatte blonde Haare, dunkle Augen, ein rundliches Gesicht und buschige Augenbrauen. Durch die billige kleine Linse der Webcam wurde seine Kopfform verzerrt. Er schien einer der Männer zu sein, die Elena abgeholt hatten, obwohl ich sein Gesicht zum ersten Mal aus nächster Nähe sah. Überrascht starrten Lies und ich auf den Monitor. Der Mann bewegte sich ein wenig ruckartig, was an der Datenübertragung lag, bei der das Bild in kleinen digitalen Paketen versendet wurde. Im Hintergrund sah man das Wohnzimmer, das Sofa, die Essecke und die Tür zum Flur. Die Webcam zeigte uns alles mit Weitwinkel. Am Esstisch saßen zwei Frauen und ein Mann. Auf dem Sofa saß eine weitere Frau.

»Was ist das?«, fragte Lies. »Was sehen wir uns da an?«

»Das Haus im Lauriertuin«, erklärte ich. »Offenbar sind alle wieder zurück.«

Es war, als sähen wir uns eine Reality-Show an, eine Fernsehsendung mit fest installierter Kamera. Der Mann schaute nicht zu der Webcam schräg über ihm auf. Sein Blick war auf die Tastatur und den Bildschirm gerichtet. Er tippte.

»Eine E-Mail«, stellte Sterre fest. In der Ecke unseres Bildschirms konnte man in einem Kästchen mitverfolgen, was der Mann tat. »Wenn du möchtest, kann ich dir die Adresse verschaffen, an die die Mail gesendet wird. Ich kann alles aus diesem Computer herausholen und in den hier kopieren.«

Ich schüttelte den Kopf. »Danke«, sagte ich. »Im Moment will ich sie nur beobachten.«

Ich wollte sehen, welche Leute sich in dem Haus aufhielten und was sie taten. Ich wollte sehen, ob Guus dort war oder nicht. Ich wollte sehen, ob sie Besuch bekamen oder ob jemand das Haus verließ. Ich wollte einfach nur hinsehen.

Spannen.

Nach einer Weile stand der Mann auf und ging zum Tisch, zu einer der Frauen. Er beugte sich über sie und zeigte zu dem Computer. Die Frau stand auf, ging hin und setzte sich vor den Bildschirm. Die Frau auf dem Sofa erhob sich ebenfalls, nahm einen der Stühle vom Esstisch mit und setzte sich neben die erste. Als sie näher kam, erkannte ich sie.

»Das ist Elena«, erklärte ich. Sie legte ihren Arm um die andere Frau, die beiden lehnten sich aneinander. Den Beschreibungen nach musste es sich bei der anderen um Lulu handeln. Lulu und Gracie.

»Oje«, sagte Lies, legte die Hand auf den Mund schüttelte langsam den Kopf. Sie starrte auf den Monitor. »Das sieht aber gar nicht gut aus.«

Sterre und ich betrachteten die beiden Frauen, die nebeneinander saßen und ihrerseits auf den Bildschirm blickten. Wir entdeckten nichts Besonderes.

»Was siehst du denn?«, fragte ich.

»Mädchen, deren Swadhisthana so schlimm zugerichtet ist, dass ihre drei darüber liegenden Chakren fast leer erscheinen. Dadurch kann alle Energie ungehindert hinauf zu ihrem Ajna fließen. Schaut mal.« Sie zeigte auf eine der Frauen. »Ihr drittes Auge ist weit geöffnet. Viel zu weit. Das ist nicht gut.«

Sterre fragte: »Wer ist Anja?«

»Ajna. Nicht Anja, sondern Ajna. Ajna ist das sechste Chakra und …«

»Was ist ein Chakra?«

Lies lehnte sich zurück und schwieg. Schweigend starrte sie ins Leere, nicht auf den Bildschirm, nicht an die Wand, nicht auf die Einrichtung des Häuschens. Ihr Blick war nach innen gerichtet, als suche sie etwas, einen Gedanken, eine Idee, eine Inspiration.

»Was weißt du über Energie?«, fragte sie schließlich.

»Ohm, Ampère, Volt, Watt, Newton. Was willst du wissen? Ich könnte dir ein ganzes Telefonbuch herunterrasseln, lauter Männer, die entdeckt haben, was es mit Energie auf sich hat, oder sich im weitesten Sinne mit Energie beschäftigt haben.« Sterre legte los: »Georg Simon, André-Marie, Allessandro Giuseppe Antonio Anastasio. Der war übrigens Graf, Graf Volta. Wusstest du das? James Presvott, noch ein James, und Isaac. Spannung, Widerstand, Arbeit, Stromstärke. Ich kann dir alles erklären.«

Lies hörte sie geduldig an, die Hände in den Schoß gelegt. Dann sagte sie: »Ich meine Lebensenergie. Die Energie in unserem Körper. In deinem Körper. In meinem Körper.«

»Kalorien?«

Lies schüttelte leicht verwundert den Kopf. »Nein, es hat nichts mit Kalorien zu tun. Die Kundalini, die Energie, die deinen Körper mit der Energie der Erde und des Universums verbindet, die Energie, die dich zu einem Teil des großen Ganzen macht.«

Sterre sagte erst einmal gar nichts. Ich war bereits mit einigen von Lies' Theorien vertraut, Sterre noch nicht.

»Ich spreche Niederländisch, Englisch und ein bisschen Deutsch und ich beherrsche sechs Programmiersprachen, aber diese Sprache kenne ich nicht, tut mir leid«, sagte Sterre. »Was sind denn nun Chakren?«

Lies erzählte von den sieben wichtigsten Energiezentren des Körpers, den Chakren, die Energie empfangen und weiterleiten. »Die Kundalini steigt an deiner Wirbelsäule empor, vom untersten zum obersten Chakra.« Während sie sprach zeigte sie auf die verschiedenen Stellen an ihrem Körper. »Von deinem Wurzelchakra am Steißbein, über das Kreuzbein, wo sich dein Geschlecht befindet, deinen Nabel, dein Herz, deinen Hals und die Stirn bis zum Scheitel.« Sie schwieg und betrachtete die beiden Frauen auf dem Bildschirm. »Aber das alles ist im Grunde gar nicht so wichtig«, fuhr sie fort. »Was zählt, ist, was man erkennen kann.« Sie zeigte auf die Frau links im Bild, Elena. »Ich habe das schon im Gefängnis beobachtet, während wir ihr gegenübersaßen. Schon damals war ihre Aura leicht getrübt, aber lange nicht so stark wie jetzt.«

Sterre und ich blickten wieder auf den Bildschirm, auf die beiden Frauen, die zusammen am PC saßen.

»Sie lachen«, sagte Sterre. »Ich sehe keine Aura.«

»Das Lachen hat nichts zu bedeuten«, entgegnete Lies. »Sogar Menschen mit den schlimmsten Schmerzen können noch lachen.«

»Kannst du uns erklären, was du siehst?«, fragte ich.

»Ich sehe Farben«, antwortete Lies. »Ich kann nichts dafür, ich sehe sie einfach. In Menschen und um sie herum.«

»Auch auf einem Bildschirm?«, fragte ich.

»Egal wo. Auren existieren, und wenn man sie sehen kann, dann immer und überall.«

»Meine auch?«, fragte Sterre.

Lies lächelte, ohne zu antworten. »Farben sind Frequenzen«, sagte sie, »und jede Farbe sagt etwas über Energie aus. Rot, grün, gelb, blau, violett. Je dunkler die Farbe, desto negativer die Energie, vereinfacht ausgedrückt. Farblosigkeit bedeutet: keine Energie. Und was ich bei ihr sehe«, sie zeigte auf Elena, »ist ein intensiv violettes Feld rund um ihr Kreuzbein. Dort.« Sie zeigte auf einen Bereich an Elenas Unterleib. »Nicht leicht zu erkennen, weil die Kamera schräg darüber steht, aber die Farbe ist so dunkel, dass sie alles andere überschattet. Das ist ihr Swadhistana und die Energie dort ist negativ. Das hat etwas zu bedeuten.«

Sterre beugte sich weiter nach vorn und starrte auf den Punkt, den Lies angedeutet hatte. Sie fragte: »Aber was hat es denn zu bedeuten?«

»Das kann ich leider nicht so ohne Weiteres sagen. Dafür müsste ich ihr gegenübertreten. Und schaut mal hier.« Wieder zeigte sie hin, als könnten wir sehen, was sie sah. »Hier sieht man überhaupt nichts. Die Chakren über ihrem Nabel, ihrem Herzen und ihrem Hals haben überhaupt keine Ausstrahlung. Oder seht ihr dort etwas?« Sie schaute uns an. »Nein, natürlich nicht. Und in diesem Fall liegt das nicht an euch.«

»Augenblick mal«, fiel Sterre ein, »wenn du nicht weißt, was es bedeutet, warum schauen wir dann so genau hin?«

»Weil es *irgendetwas* zu bedeuten hat. Diese drei Chakren sind ausgetrocknet. Nabel, Herz und Kehle. Das ist, das ist …« Sie schüttelte den Kopf. »Das ist nicht normal. So viel kann ich auf jeden Fall sagen. Das Nabelchakra verrät etwas über die Persönlichkeit, die Identität, das Selbstwertgefühl. Wenn es ausgetrocknet ist, ist die Persönlichkeit gestört. So viel ist sicher. Das Herzchakra ist von zentraler Bedeutung, denn es stellt die Verbindung zwischen den unteren und den oberen drei Chakren dar, zwischen Instinkt und Bewusstsein. Wenn es leer ist, fehlt das Gleichgewicht im Leben. Das könnt ihr mir glauben. Das Kehlchakra bildet die Schnittstelle zwischen Herz und Kopf, dort vereinen sich Denken und Fühlen. Auch das ist bei ihr verschlossen, es dringt nichts heraus, weder Farbe noch Strahlung. Nichts.« Sie schwieg und betrachtete die Frau. »Aber hier«, sagte sie und zeigte auf Elenas Stirn. »Hier sprudelt es nur so heraus und das bedeutet fast immer dasselbe. Sie träumt so intensiv, dass sie Visionen hat. Fantasien vom Leben, wie es sein könnte. Wenn das Ajna so aktiv ist, so weit offen steht, die anderen Chakren zwischen Swadhistana und Ajna dagegen trocken sind, jagt man alle Energie, die man in sich trägt, ungebremst vom Kreuzbein in die Stirn. Quer durch alles andere hindurch. Das gleicht einer Flucht, einer Flucht in Visionen.« Lies fuhr fort: »Ich weiß nicht, was dort geschieht, aber sie sucht Schutz in ihren Fantasiewelten. Dort ist sie sicher, dort kann ihr niemand etwas anhaben.« Sie blickte auf den Bildschirm und berührte ihn mit den Fingern. »Deswegen lacht sie.«

25

Schön vorsichtig sein, Herr Nachbar

Es gab nicht den geringsten Beweis für das, was Lies uns erzählte. Auf dem Bildschirm sahen wir zwei Freundinnen, junge Frauen, die am Computer saßen. Die E-Mails versendeten, ein bisschen surften. Die kicherten und herumalberten. Lulu und Gracie. Im Hintergrund saßen weitere Frauen. Eine blätterte in einer Zeitschrift, eine andere beschäftigte sich mit ihrem Handy. Die Männer liefen ziellos herum, kamen ins Zimmer hinein und verließen es wieder, um mit einer Flasche Bier oder etwas zu essen zurückzukehren. Die Frauen achteten kaum darauf, was die Männer taten. Wenn wir es nicht besser gewusst hätten, hätte man es für eine Art WG halten können. Ganz entspannt. Keine Spur von Gewalt oder Unterdrückung.

Wir starrten das Bild eine Weile an. Fast eine Dreiviertelstunde lang veränderte sich kaum etwas. Eine der Frauen stand auf, verließ das Zimmer und kehrte mit zwei Bechern Tee zurück. Es geschah sehr wenig.

»Wie lange willst du dir das ansehen?«, fragte Sterre. »Das kann tagelang so weitergehen. Was erwartest du eigentlich?«

»Von wem?«

»Von denen.« Sie zeigte auf den Monitor. »Und von mir. Ich muss gleich weg.« Sie schwieg. »Also, was habt ihr vor? Geht ihr oder wollt ihr bleiben? Wie lautet euer Plan? Habt ihr überhaupt einen?«

»Nein«, antwortete Lies. »Ich weiß nur, dass ich nicht in den Jachthafen zurückkehre.«

»Und sonst?«, fragte Sterre und sah mich an.

»Ich würde gern ein paar Tage unsichtbar bleiben«, antwortete ich. »Dieses Haus über die Webcam im Auge behalten, mailen und ansonsten diese Leute glauben machen, dass ich von der Bildfläche verschwunden bin. Ich glaube, das wäre das Beste.«

Sterre sah mich an. Sie fixierte mich, ihre Augen schienen durch mich hindurchzublicken, auf einen Punkt zwischen meiner Stirn und meinem Hinterkopf. Eine Stelle, von der andere nicht mal wussten, dass sie existiert, geschweige denn, dass sie sie sehen konnten.

»Du hast mir noch nicht geantwortet, Herr Nachbar«, sagte sie. »*Wo* willst du das tun? Hier?«

Sie packte eine Reisetasche und einen Rucksack. Kleider, Pflegeartikel, zwei Laptops, zwei Handys, Bücher, ihren I-Pod, und eine Viertelstunde später stand sie mit ihrem Gepäck an der Haustür. Sie gab mir ihren Zweitschlüssel, öffnete die Tür und ging hinaus. Draußen drehte sie sich noch einmal um.

»Wenn du in einer Woche noch da bist, dann ...« Sie beendete den Satz nicht. »Bleib einfach so lange wie nötig, okay?«

Ich nickte.

»Wenn du gehst, wirf den Schlüssel in den Briefkasten.«

Wieder nickte ich. »Danke«, sagte ich.

Sie lehnte sich nach vorn, als wolle sie mich küssen, und boxte mir in den Bauch. Nicht hart, aber hart genug.

»Schön vorsichtig sein, Herr Nachbar!« Sie lachte. »Jetzt muss ich aber Gas geben.«

Weg war sie. Sterre.

Es ist merkwürdig, in einem fremden Haus zu Hause zu sein. Nach und nach eignet man sich die Dinge an. Zuerst die Espressomaschine, die Tassen, die Teller und die Gläser, dann die größeren Gegenstände, die Stühle und Tische. Ehe man sich versieht, hat man einen Stammplatz: Ich saß auf dem unbequemen Stuhl, Lies auf dem bequemen, ich am langen Tischende vor der Wand, Lies am kurzen. Unmerklich hatte sich das so eingespielt. Zu zweit warteten wir, ohne zu wissen worauf.

»Ich bin einfach hinter dir hergedackelt«, stellte Lies fest. »Wie praktisch, dadurch brauchte ich mich um nichts zu kümmern.« Sie schwieg einen Moment lang. »Wir sind hier, weil ich nicht in ein Hotel wollte. Obwohl es dir nichts auszumachen scheint, oder?« Sie knuffte mich gegen die Schulter. »Jedenfalls sind wir nicht hier, weil du Sterre nicht leiden kannst.«

»Stimmt«, sagte ich. Lies konnte Auren auf einem Bildschirm lesen und ich fragte mich, welche Farben sie zwischen mir und Sterre gesehen hatte.

Sie lachte und sagte: »Nettes Mädchen.«

Dann wartete sie auf meine Reaktion. Sicher hätte sie gewollt, dass ich etwas über Guus sagte, zum Beispiel, dass ich sie noch immer liebte. Ich sah es ihren Augen an, ihrem ganzen Gesichtsausdruck. Aber ich konnte mich in dem Moment nicht dazu durchringen.

»Du musst die Polizei anrufen«, erinnerte ich sie. »Und Bescheid sagen, wo du dich aufhältst. Anzeige erstatten. Die Versicherung benachrichtigen. Diese Männer haben dein Boot in die Luft gesprengt, das kannst du doch nicht auf dir sitzen lassen?«

»Rache und Vergeltung«, seufzte Lies, ballte die Faust und fuhr damit unsicher durch die Luft. »Nicht gerade meine stärkste Seite.«

Bellilog 25.10.07

Was ist das bloß? Geht es um den Kick, die Erfahrung, den großen Moment? Die Höhepunkte und Tiefpunkte, die Feste, die Liebesaffären, die Siege und den Verlust, und ist der Rest zwischendurch nur eine Art Füllsel? Oder geht es ganz im Gegenteil um die Monate und Jahre der Ruhe, in denen nichts geschieht, und sind die aufwühlenden Geschehnisse nichts weiter als eine Störung des Glücks? Und wenn ja, wo bleiben diese Ruhephasen dann?

Ich kenne sie nicht, bei mir gehen Höhen und Tiefen nahtlos ineinander über. Vielleicht muss ich mich daran gewöhnen: keine Ruhe. Kein Aus-Schalter. Ein ungesichertes Katastrophengebiet. Klingt bekannt. Liegt das an mir oder ist die ganze Welt so? Bin ich die Ursache oder geschieht es einfach? Das ist doch nicht normal: Immer wieder gerate ich in ein *disaster area*, ich brauche nur in den Laden an der Ecke zu gehen.

Glück ist eine innere Einstellung, na schön, aber welche?

26

Ein Trekkie?

Bei der Polizei schien man sich kaum für uns zu interessieren. Wir mussten lange warten, bis jemand Zeit für uns fand, und als es endlich so weit war, wollte der zuständige Beamte uns nicht so recht glauben. Er glaubte Lies zwar, dass die *Muladhara* ihr gehörte – was sie auch beweisen konnte –, und hatte davon gehört, dass das Boot abgebrannt und halb gesunken war. Er glaubte sogar, dass es Brandstiftung gewesen war. Die Ermittlungen würden das ohnehin bald belegen, vor allem, wenn tatsächlich ein Molotowcocktail geflogen war. Davon wurden immer Reste gefunden. Nein, es waren die Ukrainer, die ihn störten. Er erhielt auf jede seiner Fragen eine unbefriedigende Antwort.

»Männer aus der Ukraine, sagen Sie?«

»Wahrscheinlich, ja.«

»Sie sind sich also nicht sicher? Dann wissen Sie auch nicht, wer sie sind?«

»Nein.« Ich wusste, wo sie sich aufhielten, und hatte sie über den Steg laufen sehen, aber im Grunde hatte ich nur den Mann mit den spitzen Schuhen wiedererkannt.

»Und warum sollten diese Männer Ihr Boot anzünden wollen?«

Weil ich an Bord gewesen war. Aber wenn ich das sagte, musste ich auch zugeben, dass ich in das Haus am Lauriertuin eingebrochen hatte. Also zuckten wir mit den Schultern und sahen den Beamten wie ahnungslose Opfer an.

»Wir glauben, dass es irgendwie mit meiner Tochter zusammenhängt«, sagte Lies. »Sie ist Anwältin und hat mit ihnen zu tun.«

»Ihre Tochter ist Anwältin?«

»War Anwältin.«

»War?«

»Sie ist aus der Kammer ausgeschieden und eine Weile weggewesen.«

»Weg? Wo denn? Im Ausland? In der Ukraine?«

»Nein, sie …« Lies sprach ihren Satz nicht zu Ende. Guus' Gefängnisstrafe hätte die Polizei nur auf falsche Gedanken gebracht. »Das spielt keine Rolle«, sagte sie schließlich.

»Und wo ist Ihre Tochter jetzt?«

»Das wissen wir nicht.«

Das Gespräch drehte sich im Kreis. Wir wollten nicht alles erzählen und die Polizei wollte nicht alles glauben, es war zwecklos.

»Schon gut«, sagte Lies nach einer Weile. »Ich möchte Anzeige wegen Brandstiftung und Zerstörung meines Schiffs erstatten. Das ist die Hauptsache. Alles andere müssen Sie herausfinden.« Anschließend gab sie ohne mit der Wimper zu zucken Guus' Adresse in Monster als ihre eigene an.

»Warum haben Sie nicht dort Anzeige erstattet?«

»Was spielt das denn für eine Rolle?« Lies wurde allmählich wütend.

»Keine, war nur eine Frage.«

»Wir alle haben Fragen, Meneer.«

Draußen vor dem Polizeipräsidium holte sie ein paar Mal tief Luft, um ihrer Wut Herr zu werden.

»Ich bin es ja gewöhnt, dass mir die Leute nicht glauben«, sagte sie. »Wenn ich von der spirituellen Seite des Lebens erzähle, lässt man mich zwar höflich und geduldig ausreden, aber ohne mir richtig zuzuhören. Du bist da keine Ausnahme.«

»Ich höre dir immer zu!«

»Ja, weil du gut erzogen bist, aber du glaubst mir kein bisschen. Stimmt's?«

Ich schwieg.

»Aber wenn ich mit der Polizei rede, liegt die Sache anders. Ich bin eine ehemalige Mevrouw van Donee, Witwe eines Rechtsanwalts, ich habe über zwanzig Jahre lang unter Bauern, Gärtnern, Stadträten und Bürgermeistern gelebt. Ich weiß, wie das funktioniert. Schon damals haben mich die Kerle mir ihren Regeln und Kungeleien wahnsinnig gemacht und heute kann ich das überhaupt nicht mehr ertragen. Hier, halt mal kurz«, sagte sie und drückte mir ihre Tasche in die Hand.

Sie schwieg, ließ die Arme locker herunterhängen, straffte den Rücken und schloss die Augen. Zwei, drei Minuten lang stand sie vollkommen ruhig da. Um sie herum dröhnten die Mopeds, Autos, Busse, Lkws und Radfahrer von Amsterdam-Noord. Doch die Hektik und der Lärm schienen nicht zu ihr durchzudringen, als hätte sie ein Radio auf stumm geschaltet.

Schon allein, indem ich sie anschaute, schien der Stadtlärm abzuebben. Alles um mich herum wurde bedeutungslos. Lies zog mich mit in einen Augenblick, das Jetzt, das kurz zuvor noch nicht existiert hatte und mich nun nicht mehr losließ.

Dort, inmitten des Gedränges, fehlte mir Guus so über die Maßen, dass ich wusste, wir würden sie finden. Wo immer sie sein mochte.

Die Versicherung verwies Lies auf ihre Webseite. Dort sollte sie die nötigen Formulare herunterladen, sie ausdrucken, anschließend ausfüllen, unterzeichnen und zuschicken. Die *Muladhara* war gut versichert, allerdings mussten vor einer Entschädigung bergeweise Schriftkram, Überprüfungen und andere bürokratischen Notwendigkeiten erledigt werden.

»Gut, dass Sie Anzeige erstattet haben«, sagte die Dame am Telefon. »Das erleichtert die Sache.«

»Für Sie vielleicht«, erwiderte Lies, womit die Verhältnisse geklärt waren. Sie füllte alle Vordrucke aus, tat, was man von ihr verlangte und weigerte sich anschließend, weiter darüber nachzudenken. Einen Gesprächstermin wollte sie auch nicht vereinbaren, das erschien ihr unnötig. »Von jetzt an sollen die allein damit fertig werden«, erklärte sie und zog sich auf das Sofa in Sterres Wohnzimmer zurück.

Der Nachmittag und der Abend erstreckten sich vor mir wie ein kahler Acker. Ich saß am Küchentisch, ging zum Supermarkt um die Ecke, trank Tee, aß Kuchen, schaute aus dem Fenster, trank noch mehr Tee, bereitete eine Mahlzeit zu. Wartete. Lies meditierte und fastete. Sie nahm nur Wasser zu sich und hüllte sich in Schweigen. »Worte verdrängen zu vieles«, erklärte sie und danach sagte sie nichts mehr.

Für mich war das wie ein Wunder. Dass eine Frau, die so intensiv den Kontakt zu anderen suchte und ein natürliches Redebedürfnis besaß, dieses Bedürfnis unterdrücken und den Kontakt zu ihrer Umwelt vorübergehend ganz abbrechen konnte. Wie sie für sich, bei sich sein konnte. In vollkommener Stille. Daraus sprach eine Selbstbeherrschung, die ich bewunderte.

Währenddessen musste auch ich mit der Stille vorlieb nehmen. Lies bewohnte das Wohnzimmer, mir blieben Küche und Schlafzimmer. Ich saß eine Weile auf dem Bett, sah mir ein paar Sendungen an, die mich massiv unglücklich machten, und zappte, bis ich Nachrichten fand. Wissenschaftler plädierten für die Abschaffung der Sommerzeit, Großeinsatz niederländischer NATO-Truppen in Uruzgan, hundertvierzig nigerianische Mädchen in die Prostitution verschleppt, Handel mit jungen Asylanten, PKK droht mit Anschlägen, Türkei führt Angriffe im Irak durch, höhere Gewinne bei den Unternehmen, vermehrte Immobilienverkäufe, Umsatz der Mafia doppelt so hoch wie der von Fiat.

Klasse. Auf keinem einzigen Sender ein Bericht über ein ausgebranntes Schiff in einem Jachthafen in Zeeland. Das Attentat – denn das war es gewesen – war bereits wieder von anderen Neuigkeiten verdrängt worden. So wichtig war die Sache nicht. Ich schaltete den Fernseher wieder aus und griff nach meinem Handy. Ich öffnete das Menu: neue Nachricht schreiben.

An wen?

Nicht mehr an Guus. Das hatte ich inzwischen schon so oft getan und keine einzige Antwort erhalten. Sie reagierte nicht. Es war, als existiere ich nicht mehr für sie. Ich wollte eine Nachricht versenden, auf die ich eine Antwort erhalten würde. Ich sehnte mich nach Kontakt. Zu einer anderen als Guus. Ich hatte das Gefühl, einen Verrat zu begehen, sie im Stich zu lassen, aber es musste sein. Ich brauchte es.

Rasch schrieb ich:

Dein Bett ist sehr groß für einen allein.

Empfänger: Sterre. Ich gab ihre Nummer ein und drückte dann auf Senden. Weg war die SMS. Anschließend starrte ich das Display an. Keine zwanzig Sekunden später piepte mein Handy. Antwort.

Ja, cool, oder?

So schnell. In Moskau war es mitten in der Nacht und sie reagierte sofort. Als würde ich bei ihr im Zimmer stehen. Aus den Zeichen auf dem Bildschirm sprachen ihre Leidenschaft, ihr Wille, ihre Energie.

Spaceship Bed-terprise, on a mission through the galaxy.

Diesmal kam die Antwort noch schneller.

Herr Nachbar! Ein Trekkie?

Unwillkürlich kamen mir Bilder aus der Serie *Raumschiff Enterprise* in den Sinn, die Männer und Frauen in den ›modernen‹ Raumanzügen, die endlose Mission durch den Weltraum, die Farben und Geräusche. Ich schrieb:

Beam me up.

Ich wartete auf ihre Antwort. Sie war kurz.

☺

Mehr nicht. Ich starrte das Display an. Ende der Konversation. Worte verdrängen zu vieles, hatte Lies gesagt, und genau so war es. Gott sei Dank.

Ich drehte mich im Bett um und schlief ein.

Erst am nächsten Tag, kurz nach Mittag, meldete sich mein Computer mit einem Piepton. Im Haus am Lauriertuin tat sich etwas.

27

Alles weicht

Eine Frau saß am Computer. Die Webcam übermittelte immer das gleiche Bild. Das Einzige, was sich veränderte, waren die Personen, die in diesem Bild erschienen.

Die Frau hatte ich schon einmal gesehen: Sie war diejenige, die zusammen mit Elena vor dem Bildschirm gesessen hatte, als die Verbindung zum ersten Mal zustande gekommen war. Lulu. Sie tippte. Rechts unten auf meinem Bildschirm konnte ich mitlesen, was sie schrieb, eine E-Mail in gebrochenem Englisch. Ich hatte das schon so oft gesehen, dass ich nicht einmal mehr hinsah.

Der ganze Plan war sinnlos. Ich schaute als Voyeur in ein Haus hinein, in dem nichts passierte. Sie empfingen keine Kunden, nie. Die Frauen wurden irgendwohin gebracht, wo sie ihre Arbeit taten, und danach kehrten sie wieder zurück. Ihre Arbeitszeiten waren unvorhersehbar, oft abends oder nachts, manchmal aber auch nachmittags oder frühmorgens. Manchmal verließen alle auf einmal das Haus, dann wieder blieben zwei oder drei Frauen zurück, stets mit mindestens einem der Männer.

Ich starrte auf den Bildschirm und versuchte herauszufinden, warum mein Computer gepiept hatte. Sterre hatte eine Reihe von Triggern eingebaut, sodass ich gewarnt wurde, wenn etwas Ungewöhnliches geschah. Wenn im Haus der Computer ein- oder ausgeschaltet wurde, gab mein Rechner ein kurzes Signal. Das musste der Grund sein: Ich hatte schon seit Stunden nicht mehr nachgesehen und in der Zwischenzeit war der Computer wahrscheinlich aus- und jetzt wieder eingeschaltet worden.

Piep.

Erst nach eine Weile wurde mir bewusst, dass ich Löcher in die Luft starrte. Tief in meine Gedanken versunken. Ich sah mich selbst dort sitzen, an einem Tisch in einem kleinen Wohn-Esszimmer, sechsunddreißig Jahre alt. Hatte ich zehn Monate lang auf etwas gewartet, was bereits nicht mehr existierte? Was hatten Guus und ich gemeinsam? Durch bizarre Umstände waren wir zusammengekommen und danach durch die Gefängnisstrafe wieder getrennt worden. Jeder Kontakt mit Guus war heftig, nichts war einfach. Sie tat, was sie wollte, und solange ich mitspielte, lief alles gut. So funktionierte es. Ich war derart auf ihre Freilassung fixiert gewesen, dass ich nichts anderes mehr an mich herangelassen hatte.

Doch jetzt, wo sie nicht da war, wurde mir allmählich klar, dass sie sich schon seit längerer Zeit zurückgezogen hatte. Ich war es gewesen, der unsere Beziehung aufrechterhalten hatte. Das war auch nicht anders möglich gewesen, denn sie saß ja im Knast. Logisch, dass ich keine Mühen gescheut hatte, natürlich musste ich sie besuchen, weil es umgekehrt nicht möglich war. Eine zwingende Logik. Ich hatte getan, was ich wollte und was ich tun musste und hatte ein gutes Gefühl dabei gehabt. Deswegen hatte es auch so lange gedauert, bis ich bemerkt hatte, was los war.

Sterre hatte mich wachgerüttelt, ja, -getreten, aber noch immer weigerte ich mich, die Augen aufzumachen. Ein Teil von mir war schon weiter, fertig mit Guus, und ein anderer Teil konnte sie nicht loslassen.

Ich wünschte, ich hätte mich selbst zurücklassen können, meine Fantasie, meine Sorgen, mein Gefühl. Was ich für sie getan hatte, konnte doch nicht umsonst gewesen sein? Hatte ich es etwa nur für mich getan? Hatte ich nur meinen eigenen Traum gelebt und Guus hatte mich lediglich nicht daran gehindert?

Ich war tief in Gedanken versunken. Meine Grübeleien über Guus wurden zu Grübeleien über mich selbst, die genauso wenig zu einem Ergebnis führten. Aber das war auch gar nicht nötig. Manchmal kann die nächste Frage genauso aufschlussreich sein wie eine Antwort. Zwischen diesen Betrachtungen warf ich ab und zu einen Blick auf den Bildschirm. Die Ansicht veränderte sich kaum. Im Hintergrund verließ jemand den Raum und kurz darauf kam jemand herein. Ich registrierte die Bewegungen, ohne darüber nachzudenken. Wie auf trägen Wellen schwappte ich zwischen dem Bild und meinen Gedanken hin und her, bis sich mein Computer zum zweiten Mal meldete.

Das Signal klang laut und durchdringend. Über den Monitor huschte das Wort *Webcam.* Es leuchtete drei Mal auf und verschwand dann wieder. Der Inhalt des Kästchens am unteren Bildschirmrand veränderte sich: Der E-Mail-Text verschwand und stattdessen war nur noch ein schwarzes Rechteck zu sehen. Die Frau am Computer blickte zu ihrer Webcam auf. Zum ersten Mal konnte ich ihr direkt ins Gesicht sehen. Sie bereitete einen Webcam-Chat vor. Unten im Bild erschien ein Chatbalken und die ersten Sätze erschienen Buchstabe um Buchstabe. Einfach und kurz.

Hi

Same 2 u

Miss u

Me 2, u ok?

Die Kontaktperson kam ins Bild, das schwarze Kästchen auf der rechten Seite hellte sich auf und es erschien: Guus.

Sie blickte genau in die kleine Kamera und lachte. Ihr Lachen traf mich wie ein Faustschlag, mein ganzer Körper reagierte, ein dumpfer Schmerz zog von meinen Augen bis in meine Waden. Guus winkte, und ehe ich mich versah, winkte ich zurück. Erst beim zweiten Mal fiel mir ein, dass sie mich nicht sehen konnte. Sie wusste nicht, dass ich sie sah.

Mein Herz klopfte und ich wurde von einer seltsamen Mischung aus Panik und Begeisterung erfüllt. Am liebsten hätte ich laut geschrien und gerufen. Guus! Ich erkannte zwar nicht viel von ihr, aber sie sah gut aus. Ihr Blick war klar, fröhlich und eindringlich. Wenn sie schrieb, sah sie kurz hinunter auf die Tastatur und danach sofort wieder in die Kamera. Es dauerte einen Moment, bis ich die Fassung wiedergewann.

Sterre hatte mir erklärt, was ich tun musste. Sie hatte ein Icon auf dem Desktop hinzugefügt, das ich nur anzuklicken brauchte. Daraufhin schmuggelte sich ein kleines Programm in den Chat und nistete sich über die Internetverbindungen im Computer des Web-Chat-Partners ein. Dies versetzte Sterre in die Lage, den Aufenthaltsort der jeweiligen Person festzustellen. Und zwar ganz konkret: das Land, die Stadt, ja, sogar die Straße. Ich suchte das Icon, klickte es an, wartete, bis das Programm angelaufen war und schaltete wieder zurück auf das Bild.

»Danach sofort Finger weg!«, hatte Sterre mir eingeschärft.

Guus schrieb kurze Fragen und Bemerkungen, die in einem merkwürdigen Kontrast zu ihrem Gesichtsausdruck standen.

Not good here

Anschließend lächelte sie wieder in die Kamera. Lulu reagierte genauso fröhlich.

U talk to Dmytro
Tomorrow
And my family, my mother
Maybe

Kurze Konversationen in gebrochenem Englisch.

Guus reagierte nicht auf Lulus Bitte, mit ihrer Familie, mit ihrer Mutter zu reden, aber es konnte nur eines bedeuten: Guus musste sich irgendwo in der Ukraine aufhalten. Ich starrte das Bild an und versuchte, der Umgebung irgendwelche Hinweise zu entnehmen.

Soweit ich erkennen konnte, saß sie in einem leeren Raum. Im Hintergrund konnte ich nur nackte Wände ausmachen. In einer Ecke des Raums befand sich eine Tür. Das Zimmer war klein, Guus saß keine drei Meter von der Tür entfernt. Doch so sehr ich mich auch anstrengte, mehr konnte ich nicht erkennen.

Ich griff zu meinem Handy und schrieb Sterre eine SMS.

Sie haben Kontakt aufgenommen!!!

Zehn Sekunden später erhielt ich eine Antwort-SMS.

Ich gehe rein

Wenige Sekunden später kam die nächste.

Nichts anfassen!!!

Auf dem Bildschirm meines Computers tat sich etwas. Ein neues Kästchen öffnete sich in der linken oberen Ecke. Darin erschienen Befehle und Programmzeilen, die Sterre aus Moskau über meinen Computer an Lulus Rechner schickte.

Offenbar konnte sie genauso leicht in meinen wie in Lulus Computer eindringen.

Mein Handy meldete sich.

Ist sie das?

Sterre bediente zwei Geräte zugleich. Vermutlich arbeitete sie nebenbei noch an einem anderen Computer. Sie dachte und handelte schneller, als die Maschinen ihre Eingaben verarbeiten konnten.

Ja, das ist Guus.

Das Kästchen verschwand wieder vom Bildschirm. Guus und Lulu chatteten weiter. Lulu erzählte, sie verdiene inzwischen wieder recht gut, sodass sie einen Teil ihrer Schulden abzahlen könne, und sie seien gerade in Antwerpen auf der Party eines Kunden gewesen.

Schöne Frau!

Ich lächelte. Sterre verstand es oft, genau das Richtige zu sagen. Auch jetzt wieder.

Guus war wirklich eine schöne Frau. Sterre kannte sie nicht und sagte nur etwas darüber aus, was sie sah. Ganz unkompliziert.

Eine schöne Frau. Sobald ich das las, fühlte ich mich gut, obwohl ich kurz darauf nicht mehr hätte sagen können, warum ich mich so gut fühlte. Wo doch alles immer mehr durcheinandergeriet: Computer, Netzwerke, Leute, meine eigenen Gedanken.

Am unteren Bildschirmrand wurde der Chat fortgesetzt.

I stay in my room, my room ok

Be careful

My room ok

»Verdammt und zugenäht, da ist sie ja!« Lies war hinter mich getreten und deutete auf Guus. »Sieh sie dir bloß an! Als sei alles in bester Ordnung!« Sie starrte ihre Tochter an und sagte: »Diese Trulla! Ist sie jetzt auch in diesem Haus?«

»Nein. Sterre versucht gerade herauszufinden, wo sie sich aufhält.«

Lies beugte sich zum Monitor.

»Wie sieht sie aus?«, fragte ich.

»Stark«, antwortete Lies. »Guusje ist immer stark. Das ist ja das Schlimme. Sie ist ein Tempel für ihr Manipura, ihr Nabel- und ihr Herzchakra kreisen wir ein kraftvolles Tandem. Ich kenne niemanden, der so zielstrebig ist wie mein Guusje.« Sie legte die Hand auf den Bildschirm, als könne sie sie berühren. »Alles weicht vor ihr beiseite«, sagte sie. »Alles weicht.«

28

Ich will einen Namen

Guus war in Odessa. Über die IP-Adresse des Computers hatte Sterre sie ausfindig gemacht.

»In Malinovsky Rayon, so heißt das dort«, sagte Sterre. »Es ist keine konkrete Adresse, aber näher komme ich nicht heran. Sie hat eine Verbindung über eine Art Gemeinschaftsnummer. Ich nehme an, es ist ein kleines Stadtviertel. Das müsstest du ohne mich herausfinden.« Sie hatte dazu noch eine E-Mail-Adresse, einen komplizierten Namen bei einem ukrainischen Provider. »Es sieht so aus, als nutze sie die Adresse eines anderen«, sagte Sterre, »denn in ihrem Posteingang liegen Nachrichten, die nicht das Geringste mit ihr zu tun haben. Allerdings verfügt sie offensichtlich über einen Computer mit lateinischer Tastatur, mit den kyrillischen Buchstaben hier kann man nämlich kein normales Englisch schreiben.«

Der Name sagte mir nichts. Malinovsky Rayon klang wie ein Bahngelände, etwas aus einer vergangenen Zeit. Zugleich erweckte der Name Odessa bei mir die romantische Vorstellung von einer schönen Stadt am Schwarzen Meer. Wie das zusammenpasste, wusste ich auch nicht.

Lies und ich saßen einander gegenüber am Küchentisch und sahen uns an. Ich hatte meinen Laptop ausgeschaltet und in den Rucksack gepackt. Jetzt, wo ich Guus Aufenthaltsort kannte, stellte sich mir plötzlich eine ganz andere Frage. Was sollte ich mit dieser Information anfangen? Sollte ich überhaupt etwas unternehmen? Einen Tag zuvor hätte ich noch voller Überzeugung darauf geantwortet, dass wir sie natürlich abholen würden, wo immer sie war. Heute war ich mir nicht mehr so sicher.

Lies schob ihren Stuhl zurück, stand auf und sagte: »Wir sollten langsam aufbrechen. Ich kann hier nicht länger bleiben.« Sie nahm ihre Tasche und meinen Rucksack und stellte beides in den Flur. Dann spülte sie das Geschirr, räumte das Wohnzimmer auf und wies mich an, das Schlafzimmer zu übernehmen.

Eine Viertelstunde später war das kleine Haus sauber und aufgeräumt. Ich schloss die Tür hinter uns ab und steckte den Schlüssel in den Briefkasten, wie Sterre mich gebeten hatte. Mir war, als ließe ich etwas zurück, das größer war als das kleine Stück Metall. Ich blickte mich noch einmal zu der häuslichen Umgebung um, die von Sterre geprägt war, sodass man ihre Anwesenheit in allen Dingen spürte.

»Ich möchte zurück in den Jachthafen«, erklärte Lies. »Ich halte es dort jetzt nicht mehr für gefährlich. Die Männer sind längst wieder zurück in diesem Haus.«

Mit Bus und Bahn, schweigend nebeneinandersitzend, kehrten wir zu dem Hotel auf der anderen Seite der Stadt zurück, um Lies' Auto abzuholen.

Vom Steg aus war der Anblick noch schlimmer, als man anhand des Zeitungsfotos vermutet hätte. Der Aufbau der *Muladhara* war vollständig ausgebrannt, der Mast abgebrochen, der Rumpf halb im Wasser versunken. Dort, wo der Tank gewesen war, gähnte ein großes Loch.

»Bitte lass mich jetzt kurz allein«, sagte Lies.

Ganz vorsichtig kletterte sie vom Steg aus auf den Teil des Schiffes, der noch aus dem Wasser ragte. Sie hielt sich an allerlei hervorstehenden Teilen fest und hangelte sich, einen Fuß vor den anderen setzend, nach hinten, sodass sie ins Innere schauen konnte.

Ich lief über den Steg zurück zum Parkplatz neben dem Eingang. Es war still im Jachthafen. Gut eingepackt warteten die Boote auf die nächste Saison. Vor dem Bürogebäude stand ein Mann, den ich noch nie zuvor gesehen hatte, etwas kleiner als ich, kräftig gebaut, blond. Ich schätzte ihn auf Ende fünfzig.

»Ist Lies da?«, fragte er und zeigte in Richtung des zerstörten Schiffes.

Ich nickte.

Er nickte ebenfalls.

»Ich bin Jens van de Geend«, sagte er. »Das ist mein Jachthafen.«

Ich stellte mich vor. Er hörte mir nicht zu, sah mich nicht einmal an.

»Ich gehe mal eben zu ihr«, sagte er und machte sich auf den Weg.

Ich kehrte zu meinem Auto zurück, das ich zwei Tage zuvor hier stehen gelassen hatte. Ich zog den Schlüssel aus der Tasche und öffnete die Fahrertür. Vorsichtig tastete ich die Innenverkleidung ab, dort, wo sich der Mann hineingelehnt hatte, um nach dem Weg zu fragen. Nichts, nirgendwo fand ich ein verdächtiges Gerät. Ich kniete mich hin und suchte auf dem Boden meines Autos, zuerst unter dem Fahrersitz. Kleine Steine, Papierchen, ein ergrautes, mindestens ein Jahr altes Pfefferminzbonbon. Ich stand auf, öffnete die hintere Tür und hockte mich wieder hin.

Als ich von hinten unter den Fahrersitz schaute, entdeckte ich ein kleines graues Kästchen neben den Schienen des Untergestells, etwa so groß wie ein Feuerzeug. Ich nahm es heraus, betrachtete es bei Tageslicht, drehte es mehrmals herum.

Smart Tracker stand darauf. Mehr nicht.

Hartplastik. Ich schüttelte es hin und her. Seitlich war eine winzige rote Leuchte angebracht. Sie brannte nicht. Wahrscheinlich waren die Batterien leer. Zur Sicherheit ging ich damit an den Kai und ließ es ins Wasser fallen. Es trieb kurz an der Oberfläche und versank anschließend. Im dunklen Wasser verschwand es praktisch sofort. Mich umgaben nur der Wind und die leise ächzenden Stagen.

Das Handy in meiner Hosentasche piepte. Nachricht von Karl.

Ich hab etwas. In der Firma.

Ich schickte sofort eine Antwort.

Was?

Karl wollte es nicht sagen, ich müsse es mit eigenen Augen sehen und dafür unbedingt nach Amsterdam kommen. Am liebsten heute noch.

Lies und Jens kehrten gemeinsam vom Schiff zurück. Jens hatte den Arm um sie gelegt, Lies war still. Er sah sie an, sie sah auf ihre Schuhspitzen oder auf das Wasser.

»Was hast du jetzt vor?«, fragte ich sie.

»Lies bleibt erst mal bei mir«, sagte Jens. »Oder, Lies?«

Sie nickte.

»Ist besser so«, sagte Jens.

Lies sah mich an. Verloren, Halt suchend. Sie sagte: »Hier gibt es noch so viel zu tun. Jemand von der Versicherung ist schon hier gewesen und hat nach mir gefragt, das Wrack muss entsorgt werden, ich muss nachsehen, ob noch etwas zu retten ist. Und was soll ich in Amsterdam? Oder sonstwo?« Sie schüttelte den Kopf und blickte sich nach den Überresten ihres Bootes um. »Wenn man es so sieht, ist es doch …«

Sie schwieg und schaute sich um. Dann wandte sie sich wieder an mich.

»Gehst du Guus holen?«, fragte sie in einem Ton, der kaum Widerworte duldete.

Ich lachte. »Wenn ich es nicht tue, dann bestimmt du, oder?«

So versuchten wir beide, es wie einen Scherz klingen zu lassen, einen missglückten Scherz, denn wir wussten beide, wie ernst es war.

»Ruf an«, sagte ich. »Kauf dir ein neues Handy und ruf mich an, schick mir eine SMS, schreib eine Mail, was auch immer. Halte mich auf dem Laufenden, wie es dir geht. Auch wenn es nichts Neues gibt, melde dich.«

Jens gab mir seine Telefonnummer und seine Adresse. Er wohnte ganz in der Nähe. Kurz darauf verabschiedeten wir uns. Ich verließ den Jachthafen. Lies hatte einen sicheren Ort gefunden.

Und nun zu mir.

»Die Bilder stammen von einer Überwachungskamera an der Straßenecke«, erklärte Karl. »Knapp außerhalb des Firmengeländes.«

Vor einiger Zeit hatte neben unserer Firma eine Art Disco eröffnet, und nachdem es in der Gegend mehrfach zu Krawallen gekommen war, hatte man Kameras installiert. Karl betätigte eine Taste und das unterbelichtete Bild begann, sich zu bewegen. Rechts oben waren Uhrzeit und Datum eingeblendet: 03:12 Uhr, 15. Oktober. Ein dunkler Wagen bog in die Straße ein und parkte an der Ecke. Ein Mercedes. Das Kennzeichen brauchte ich mir gar nicht anzusehen, ich kannte es auswendig. Die Fahrertür ging auf und ein Mann stieg aus. Er verschwand aus dem Bild.

»Für mich wolltest du das nicht tun«, meckerte ich. »Heimlich Aufnahmen von Überwachungskameras einsehen. Man begebe sich auf dünnes Eis, hast du gesagt.«

Er starrte kurz ins Leere, dachte nach und schüttelte den Kopf. »Dafür gibt es keine Entschuldigung«, gab er zu. »Zwar bin ich an dieser Kamera näher dran, kann mir die Aufnahmen leichter beschaffen und bin persönlich betroffen, das stimmt, aber das ist alles keine Entschuldigung. Mein Fehler.«

»Dann ist die Sache hiermit vom Tisch.«

Karl war ehrlich, hundertprozentig. Er hätte mir mit Leichtigkeit irgendeinen technischen Schmus auftischen können, den ich, da ich ihn sowieso nicht kapierte, ohne Weiteres geschluckt hätte. Wenn er einmal in seinen Jargon verfiel, war ich verloren. Das wusste er, aber er nutzte es nicht aus. Er war so geradeheraus wie eine Programmiersprache. Das ist dies und dies ist das. Sobald man Umwege einschlug, musste man lügen und brachte alles durcheinander. Dann funktionierte gar nichts mehr.

Karl spulte die Aufnahme vor auf 03:31 Uhr. Der Mann kehrte mit einem Laptop unter dem Arm zurück und stieg ein. Das Auto fuhr weg. Die Aufnahme war zu Ende. Der Diebstahl meines Laptops war von einer Kamera aufgezeichnet worden. Der Dieb war erkennbar, und es war derselbe Mann, der Elena abgeholt hatte, derselbe Mann, der in dem Haus am Lauriertuin wohnte, derselbe Mann, der Guus abgeholt hatte. Der hatte meinen Laptop gestohlen, und plötzlich war mir klar, wie er hineingekommen war.

»Guus hatte einen Schlüssel«, sagte ich. Vor ungefähr einem Jahr hatte ich ihr einen Schlüssel gegeben, weil ich vorübergehend in meinem Büro wohnte. Jetzt wusste ich auch, woher das merkwürdige Gefühl in ihrem Haus in Monster gerührt hatte. Ihr Schlüssel hätte in einer der Küchenschubladen liegen müssen. »Sie kannte auch den Code.«

Karl schwieg. Seine Augen verrieten seine Wut. »Wie vielen Freunden und Freundinnen hast du einen Schlüssel gegeben?«, fragte er. »Ist das deine Vorstellung von Sicherheit? Dann kann ich das ganze Alarmsystem samt Codes ja gleich wieder abmontieren lassen.«

»Nur eine hatte einen Schlüssel«, erwiderte ich. »Guus.« Ich musste mir Mühe geben, ihn zu überzeugen. Sogar jetzt, wo die Firma neue Schlösser hatte, wollte er sichergehen, dass ich nicht einfach jedem x-Beliebigen einen Schlüssel aushändigte.

Er zeigte auf den Mann auf dem Bildschirm. »Ist das ein Freund von ihr?«

»Sieht ganz so aus«, antwortete ich.

Der Schlüssel und der Code mussten von Guus stammen. Den Code hätte sie ihm einfach verraten können, den Schlüssel musste der Mann aus ihrem Haus in Monster geholt haben. Mit beidem ausgestattet, konnte er mühelos in die Firma hinein- und wieder hinausspazieren. Sie hatte ihn geschickt, das war die einzige denkbare Lösung. Sie hatte ihn gebeten, meinen Laptop abzuholen. Aber warum? Was war in meinem Computer, das sie unbedingt brauchte? Warum hatte sie mich nicht einfach darum gebeten? Ich besaß etwas, was sie haben wollte, aber nicht von mir verlangen konnte. Ich stand vor einem Rätsel. Die Distanz zwischen mir und Guus wurde immer größer.

»Wie kommst du an diese Aufnahmen?«, fragte ich.

»Ich habe sie aus dem Überwachungssystem der Polizei«, gestand Karl mit schuldbewusster Miene. »Es ließ mir einfach keine Ruhe. Ich wollte wissen, wer hier drin gewesen war. Das ist mein Gebäude und ich will nicht, dass Fremde hier einfach so rein- und rausmarschieren können. Gestern habe ich die Kamera dahinten entdeckt. Sie hängt dort schon seit über einem Jahr, aber nach einer Weile sieht man sie gar nicht mehr. Man vergisst sie einfach. Nachdem sie mir aufgefallen war, habe ich also einen Blick ins System geworfen.«

Er schwieg und sah mich an. »Das Letzte habe ich *nicht* gesagt. Verstehst du?«

»Mir ist völlig egal, was du gesagt hast«, antwortete ich. »Ich möchte wissen, was du sonst noch kannst und was du weiterhin unternehmen willst.«

Karl blickte auf den Bildschirm, spulte die Aufnahme zurück, hielt das Bild an und zeigte auf das Auto. »Ich kann das Bild verbessern, aufhellen und schärfen, dann können wir bestimmt das Kennzeichen erkennen.«

»Und dann?«

»Können wir herausfinden, wem der Wagen gehört.«

»Wie denn?«

Er lachte. »Das werde ich dir nicht erzählen. Glaub mir einfach. Wenn ich das Kennzeichen habe, führt es uns direkt zum Besitzer.«

Ich fiel in sein Lachen ein. Und nannte ihm das Kennzeichen. Als Karl nicht reagierte, wiederholte ich es noch ein paar Mal. Bis er loslegte.

Wir lachten beide nicht mehr.

Karl setzte sich an einen Computer und begann einen digitalen Kreuzzug, bei dem ich ihm nicht folgen konnte. Während er klickte und tippte, erklärte er, was er tat. *The Pattern* entwarf viele der Plattformen, auf denen verschiedene Systeme arbeiteten und miteinander verbunden werden konnten. So konnten etwa die Überwachungskameras der Polizei, des Außenministeriums, der Botschaften und Konsulate sowie die zahlreicher Unternehmen und großer, internationaler Organisationen zu einem System verschaltet werden. Sogar die Kamera der Reichswasserschutz- und der Straßenverkehrsbehörde konnten mit einbezogen werden.

»Damit verdienen wir unser Geld«, erklärte Karl. »Jeder kocht sein eigenes Süppchen, gut und schön. Aber wenn sie alle miteinander kommunizieren können, erhält man plötzlich ein Netzwerk, mit dem man viel mehr erreichen kann.« Er lachte. »Kostet ein bisschen, aber es lohnt sich.«

»Und du kennst dich mit all diesen Systemen aus?«, fragte ich.

Er zuckte mit den Schultern. »›Auskennen‹ ist vielleicht zu viel gesagt. Mit einem System kennt man sich erst dann richtig aus, wenn man es nicht mehr braucht.« Er betätigte noch mehrmals die Maustaste. »Aber ich komme überall rein, weil ich in die Plattform reinkomme. Die Plattform haben wir konstruiert, wir warten sie und arbeiten täglich damit. Ich bin vergleichbar mit dem Hausmeister eines Hotels, der einen Universalschlüssel für alle Türen besitzt. Ich gehe überall rein, um Reparaturen auszuführen, sorge dafür, dass alles läuft, und bleibe dabei diskret im Hintergrund.« Er arbeitete weiter. »Was ich jetzt tue, ist natürlich nicht erlaubt, das versteht sich von selbst. Aber wenn ich es nicht tue, tut es niemand. Die haben das System, es ist installiert, es wird täglich erweitert. Jeden Monat kommen neue Kameras hinzu. Alle tun es. Im Bus, in der Straßenbahn, im Zug, im Stadion, auf der Straße, an den verrücktesten Orten hängen Kameras, die alles digital registrieren und die Bilder drahtlos versenden. Wahnsinn. Aber drei Viertel der Aufnahmen sieht sich nie irgendjemand an. Nie. Alle Aufnahmen werden automatisch an einen Speicher weitergeleitet und aufbewahrt. Haben wir auch konstruiert. Interface zu Plattform plus Interface zum Archivdienst, auch auf der Plattform. Fertig. Wenn deine Plattform gut genug ist, läuft alles mit Plug-and-Play.« Auf dem Bildschirm seines Computers erschien ein digitales Formular mit den Daten des Mercedes. »Hier. Das ist er.«

Ich las.

»Dieter Müller?«, fragte ich. So lautete der Name des Besitzers. Aber ich hatte bisher niemanden gesehen, der auch nur im Entferntesten einem Dieter Müller glich. »Wer soll das sein? Wohnt der im Lauriertuin?« Ich hatte nur slawische Typen gesehen, bleich, blond und groß.

»Dem System zufolge wohnt er in Zoetermeer«, sagte Karl und zeigte auf eine Adresse. »Okergeel fünfzehn.«

»Ist das eine Straße?«

»Scheint so. Die Adresse muss existieren, sonst würde das System sie nicht akzeptieren. Die Zulassungsstelle ist mit dem Straßennamen- und Postleitzahlenregister und noch ein paar weiteren Datenbanken verknüpft; bei fiktiven Angaben wird daher die Zulassung verweigert.«

Zoetermeer lag ungefähr zehn Kilometer von dem Haus im Lauriertuin entfernt. Das mochte nichts zu bedeuten haben, aber ich suchte nach einem Zusammenhang, einer Verbindung zwischen den Bewohnern des Hauses und dem Besitzer des Wagens.

»Jetzt haben wir einen Namen ohne Gesicht«, sagte ich. »Ich habe Dieter Müller noch nie gesehen, aber ich bin mir sicher, dass er nicht derjenige war, der da mit meinem Laptop unter dem Arm über die Straße gegangen ist.«

»Vielleicht hat er am Steuer gesessen.«

Ich schüttelte den Kopf. Den Fahrer hatte ich vor dem Gefängnis gesehen. Die beiden waren gemeinsam unterwegs. Da war ich mir ganz sicher. »Hat dieser Dieter noch mehr Autos?«, fragte ich.

Karl zögerte. »Wie weit willst du gehen?«

»So weit, bis ich weiß, wer die Männer im Lauriertuin sind. Oder zumindest, wer derjenige ist, der hier drin gewesen ist. Ich will wissen, mit wem ich es zu tun habe. Bis jetzt sehe ich nur Typen mit Sonnenbrillen und schwarzen Anzügen vor mir. Ich will einen Namen. Einen richtigen Namen.«

29

Einfach so, wie ich es sage

Die Wut traf mich wie ein Grippeinfekt. Die Muskeln schmerzten und das Atmen fiel mir schwer. Bisher hatte ich geglaubt, dass Guus niemals etwas tun würde, womit sie mich gefährdete. Doch da hatte ich mich getäuscht, es ließ sich nicht mehr leugnen. Stinksauer stampfte ich durch die verlassene Firma. Karl arbeitete ungerührt weiter, hangelte sich von einem System zum nächsten und tat, als hörte er mich nicht.

Aus lauter Frust versuchte ich noch einmal, Guus auf dem Handy zu erreichen. Sie meldete sich nicht. Auf meine SMS erhielt ich keine Antwort.

Guus steckte mit diesen Männern unter einer Decke. Etwas anderes konnte es nicht bedeuten. Sie arbeitete mit denselben Männern zusammen, die das Boot ihrer Mutter angezündet hatten. Es war kaum zu fassen.

Guus brachte mich in Gefahr.

Mit dieser Erkenntnis zerbrach meine Liebe zu ihr. Ich wollte es nicht, es durfte nicht sein, aber dennoch geschah es. Ohne dass ich einen Einfluss darauf hatte, tief in meinem Inneren.

Wütend trat ich gegen einen Stuhl, sodass er krachend quer durchs Zimmer flog.

»Du gehst jetzt besser erst mal ein wenig frische Luft schnappen«, sagte Karl. Er stand auf, fasste mich am Arm und brachte mich zur Tür. »Lauf ein paar Mal ums Haus. Es regnet, das wird dir guttun.«

Mit großen, zornigen Schritten ging ich am Firmengebäude entlang zum Kai. Der IJ strömte dunkel und wild unter den dicken Wolken, das kalte Regenwasser peitschte in mein

Gesicht. Ich spürte es, aber es machte mir nichts aus. Ich setzte mich und ließ das schlechte Wetter sein Werk tun. Allmählich legte sich meine Erregung und viel zu spät erkannte ich, wie nass ich geworden war. Zitternd stand ich auf und ging wieder hinein. Ausgekühlt bis auf die Knochen. Und wesentlich ruhiger.

Ich zog mich bis auf die Unterhose aus und hängte meine Kleider über die Heizkörper. Mit einem Becher Suppe aus dem Automaten zog ich mich in mein Büro zurück. In kleinen Schlucken schlürfte ich die heiße, salzige Flüssigkeit.

Ich rief Jens an und fragte nach Lies.

Sie hörte mir zu, ohne mich zu unterbrechen, minutenlang ließ sie mich reden, bis ich nichts mehr zu sagen hatte. Danach schwiegen wir beide.

Ich wartete.

»Morgen«, sagte sie. »Jetzt nicht.«

Karl weckte mich. Ich hatte mich auf den Boden gelegt und war eingeschlafen. Schulter und Hüfte schmerzten von dem harten Untergrund.

»Zieh dich an«, sagte Karl. Er hatte meine Kleider mitgebracht. »Sie sind trocken.«

Mit steifen Gliedern stand ich auf. Meine Hose, mein Hemd und meine Jacke waren behaglich warm und weich. Draußen war es dunkel. Während ich schlief, war es Abend geworden. Karl schaltete die Lichter aus und gemeinsam gingen wir zum Ausgang. Er gab mir einen Zettel mit einer Telefonnummer.

»Das ist die Nummer des Festnetzanschlusses im Lauriertuin Nummer sechs«, sagte er. »Ist auf den Namen Freek Klassen angemeldet. Alles Übrige dauert länger als gedacht. Ich brauche sicher noch ein paar Tage, bis ich einen Namen habe. Irgendwo in einem Mietvertrag, über ein Handy oder einen Internetanschluss muss er zu finden sein.« Er schaltete den Alarm ein. »Wo willst du jetzt hin?«

»Nach Hause«, sagte ich. Wenn Lies im Jachthafen bleiben konnte, warum sollte ich dann nicht in meine Wohnung zurück? Karl öffnete mir die Tür und ich ging hinaus.

»Bitte versprich mir, mit Sterre vorsichtig umzugehen«, sagte er.

»Wie meinst du das?«, fragte ich. Weitere Fragen schossen mir durch den Kopf. Was weißt du von uns? Woher weißt du es? Was hast du dich einzumischen? Hast du mir etwas zu sagen? Ist sie vielleicht psychisch labil? Krank? Irgendetwas anderes? Was?

»Ganz einfach so, wie ich es sage.« Karl schloss die Tür hinter uns und drehte den Schlüssel um. »Ich bitte dich nur, vorsichtig mit ihr umzugehen.« Er sah mich an.

»Sterre ist nicht da.«

»Ich weiß. Ich habe sie selbst nach Moskau geschickt.« Er lachte. »Aber nicht deswegen, keine Sorge.«

»Es ist lange her, dass ich so durcheinander gewesen bin«, gestand ich.

Wieder lachte Karl und klopfte mir auf die Schulter. Zur Beruhigung, wahrscheinlich. Es fühlte sich wie ein Klaps an, um mich wachzurütteln. »Ich dachte, du wärst mit Guus zusammen«, fügte er hinzu.

»Das dachte ich auch.«

30

Passwort

Wenn man denkt, dass niemand versteht, was man tut, denkt man falsch. Man verbirgt daraufhin seine wahren Gedanken. Und weißt du, was ich denke? Ich wünschte, ich wüsste, was du dachtest. Ich wünschte, ich wüsste, was du denkst. Jetzt.

Login.

Klick.

»I'll let you be in my dream if I can be in yours.«

31

You buying?

Ich fuhr nicht nach Hause. Ich ging nicht zu Bett. Ich setzte mich nicht vor den Fernseher. Ich schaute nicht zum Fenster hinaus und trank keinen Alkohol. Ich holte mir weder beim Chinesen noch beim Italiener etwas zu essen. Alles in mir war in Aufruhr.

Ich blieb im Auto sitzen und packte meinen Laptop aus. Sobald ich Verbindung zum Internet hatte, ertönte ein Piepton. Der Computer im Lauriertuin war eingeschaltet. Fast schon automatisch klickte ich eines der Icons an, die Sterre installiert hatte, und das Bild der Webcam erschien. Das Wohnzimmer war leer und niemand saß am Computer. An der Tür standen einige Taschen und Koffer.

Ich grub das Headset aus meinem Rucksack aus, startete Skype und rief die Nummer an, die Karl mir gegeben hatte. Über Skype konnten sie nicht erkennen, von wem sie angerufen wurden.

Das Telefon läutete fünf Mal, bevor die Tür aufging. Ein großer Mann kam herein und eilte mit großen Schritten zum Telefon in der Zimmerecke.

»*Yes?*«, meldete er sich mit starkem Akzent.

Jetzt, wo ich jemanden am Apparat hatte, wusste ich auf einmal nicht mehr, was ich sagen sollte.

Ich hatte Kontakt zu einem Bordell, oder jedenfalls einem Haus mit Callgirls oder Eskortdamen, also konnte ich nach einer Frau verlangen.

»*Yes?*«, fragte er wieder. »Vlodo?«

»Gracie«, sagte ich.

Der Mann schwieg einen Moment lang. »*You want Gracie?*«

»*Yes.*«

Schweigen. Auf dem Bildschirm sah ich, wie er dastand. Er rührte sich nicht, er schien nachzudenken. Langsam drehte er sich um und blickte zur Tür.

»*You want Gracie?*«, fragte er ein zweites Mal.

»*Yes.*«

»*Gracie ist gone*«, sagte er. Ich sah ihn mit dem Telefon am Ohr zur Tür gehen. »Okay?«

»*No. Gracie is good*«, sagte ich. »*I want Gracie.*«

»*No, no!*«, schrie der Mann. »*Gracie no good. No good. You wait.*«

Ich sah, wie er das Telefon in seiner Hand anschaute und auf eine Taste drückte. Es wurde still und dann ertönte eine stumpfsinnige Melodie. Er hatte mich in die Warteschleife geschickt. Er legte das Telefon hin, öffnete die Tür und verschwand im Flur. Kurz darauf kam er mit einem anderen Mann zurück, einem dicken Blonden. Die beiden schrien sich an. Geräuschlos für mich, ich sah nur ihre heftigen Gebärden und wutverzerrten Gesichter. Die Aggression war auf dem kleinen Bildschirm deutlich sichtbar und einen Augenblick lang dachte ich, sie würden aufeinander losgehen.

Ein dritter Mann betrat den Raum und diesen erkannte ich wieder. Er war einer der Männer, die Elena abgeholt hatten. Er zog die beiden anderen Männer auseinander und beruhigte sie. Es sah aus, als erteile er ihnen Befehle und als hörten sie auf ihn. Die Ruhe kehrte wieder ein. Der erste Mann griff wieder zum Telefon.

»*Just one minute*«, hörte ich und wurde danach wieder in die Warteschleife verbannt. Die fröhliche Musik dudelte mir ins Ohr. Der Mann legte das Telefon hin und die drei verließen das Zimmer. Ich lauschte der Kaufhausmelodie. Es war zum Verrücktwerden.

Plötzlich flog die Tür wieder auf und Elena wurde ins Zimmer geschleudert. Auf nackten Füßen, die Arme um den

Oberkörper geschlungen, blieb sie stehen. Die drei Männer kamen herein. Zwei von ihnen blieben an der Tür stehen, der dritte ging auf Elena zu und holte schon im Laufen aus. Durch die verzögerten, ruckartigen Bilder der Webcam wirkte die Szene noch verstörender. Grausamer. Der Mann traf Elena mit voller Wucht seitlich unter dem Arm. Sie taumelte, hielt sich mit knapper Not aufrecht und versuchte, wegzulaufen. Mit ein paar Schritten war er wieder bei ihr, packte sie am Arm und zerrte sie zu den anderen Männern. Er redete mit ihr und stellte sie zwischen die beiden, sodass sie nicht mehr wegkonnte, sagte noch etwas und boxte sie erneut in die Seite.

Der Atem stockte mir in der Kehle, aber ich war machtlos. Er schlug sie, um ihr wehzutun, das erkannte man an seiner Haltung: leicht gespreizte Beine, gut ausbalanciert, ruhig, ein sauberer kurzer, rechter Schwinger. Fast wie einstudiert. Er wusste, was er tat, er hatte es geübt. Dorthin, an diese Stelle, unter die Achsel, ein kurzer, explosiver Schlag, nur einer, aber schön hart, dann die Faust wieder zurückziehen. So, dass es richtig wehtut, und anschließend gleich noch mal. Eine knappe Bewegung des Oberkörpers mit leichtem Schultereinsatz. PUNCH! Und zurück. JAB! Und zurück. Ich starrte hin wie hypnotisiert. Die Musik veränderte sich, jetzt erklang ein fröhliches Lied.

Elenas Körper zuckte und wurde still. Reglos stand sie da und ertrug die Schläge, als wüsste sie, was sie erwartete. Nur das kurze Zusammenzucken ihres Körpers verriet die Wucht der Prügel. Sie schrie nicht, sie versuchte nicht mehr, wegzulaufen, sie schlug nicht zurück. Sie verteidigte sich, indem sie den Schmerz beherrschte, ihre Augen in tränenlosem Starren, während sie gezüchtigt wurde. Sie wurde für etwas bestraft, was ich getan hatte. Mit jedem Schlag erkannte ich es deutlicher. Ich hätte am liebsten geschrien, dass sie aufhören sollten, während die bescheuerte Musik auf mich eindudelte. Mit hilfloser Panik beobachtete ich den Ausbruch roher Gewalt, den ich nicht verstand. Warum wurde sie so misshandelt? Was hatte sie getan? Was hatte ich getan?

Elena sank in sich zusammen. Die Männer neben ihr hielten sie fest, zogen sie wieder hoch und schleiften sie zum Telefon. Sie redeten mit ihr, zeigten auf den Apparat, sagten noch mehr. Es schien, als sei die Gewalt vorüber. Elena schüttelte den Kopf und sofort schlug der Mann sie wieder. Sie fiel rückwärts auf das Sofa. Erneut redete er auf sie ein. Sie nickte. Er sagte noch etwas. Sie nickte. Er wartete, blickte auf sie hinunter und gab ihr das Telefon. Sie drückte auf den Knopf, die Musik verstummte und ihre Stimme ertönte, dünn und zerbrechlich, umgeben von Angst einflößender Stille. Meine Hände und Arme zitterten.

»*Yes?*«

»Elena? Gracie?«

»*Yes?*«

Ich musste etwas sagen, um ihr Vertrauen zu gewinnen, um ihr zu verstehen zu geben, dass alles in Ordnung war, dass ich keine Bedrohung für sie darstellte. Ich sagte: »Ich bin der Freund von Guus.«

Sie schrie auf.

Auf dem Bildschirm meines Computers sah ich, wie sie das Telefon wegwarf, quer durchs Zimmer. Die Männer reagierten blitzschnell. Zwei ergriffen sie und schleppten sie aus dem Raum. Der dritte Mann hob das Telefon auf.

»*Hello?*«

Ich sagte nichts.

»*You buying?*«, fragte er.

»*No*«, antwortete ich, obwohl ich nicht einmal verstand, was er meinte. Was um Himmels willen sollte ich von ihm kaufen?

»*Okay*«, sagte er und legte auf. Ich sah ihn das Telefon auf die Station stecken und den Raum verlassen. Jetzt war niemand mehr da. Kein Laut zu hören.

Ich starrte auf den leeren, stillen Bildschirm und erschrak mich fast zu Tode, als dicht neben meinem Ohr an die Scheibe geklopft wurde. Ein Polizeibeamter musterte mich und bedeutete mir mit einer Geste, die Scheibe herunterzulassen.

»Alles in Ordnung, Meneer?«, fragte er und blickte sich dabei forschend in meinem Auto um. Er sah meinen Computer und lächelte. »Noch ein bisschen chatten?«

Mir ging alles Mögliche durch den Kopf, aber die Wörter blieben mir im Halse stecken. Ich zeigte auf den Laptop, auf das Bild der Webcam, das nun ein ganz gewöhnliches Wohnzimmer zeigte. Es hätte sich überall befinden können. In den Niederlanden gab es Hunderttausende solcher Wohnzimmer.

Der Polizist lächelte noch immer höflich. »Müssen Sie nicht nach Hause?«

Unwillkürlich zeigte ich auf das Gebäude ein paar hundert Meter weiter. Der Polizist sah nicht einmal hin, er lächelte nur, und plötzlich wurde mir die Bedeutung seiner Frage bewusst. Er wollte nicht wissen, ob ich ein Zuhause hatte, ein Haus, eine Wohnung, mit Zimmern, sondern fragte, ob ich zu jemandem gehörte.

Mir fiel auf die Schnelle keine Antwort ein.

32

Wenn du fährst, fahre ich mit

Die Gewalt ließ mich nicht mehr los. Sie pochte hinter meinen Augen, ich spürte sie im eigenen Körper. Misshandlung in der Prostitution war nichts Ungewöhnliches; selbstverständlich hatte ich schon von Huren gehört, die von ihren Zuhältern gezwungen wurden, ihnen zu gehorchen. Wobei manchmal nicht ganz klar war, wo der Zwang anfing, aber Schläge ließen keinen Zweifel offen. So viel war mir klar, aber ansonsten hatte ich keinen blassen Schimmer, wie es in der Branche zuging. Ich musste an die Chakren und verfärbten Auren denken, die Lies gesehen und beschrieben hatte. Jetzt konnte ich mir etwas darunter vorstellen. Ich fragte mich, wie Gracie mit solchen Misshandlungen leben konnte, warum sie nicht fortging. Vielleicht, weil sie dadurch noch Schlimmeres würde erdulden müssen? Eine andere Form von Gewalt? Jeder Gedanke warf neue Fragen auf.

Das leere Wohnzimmer hielt sich wie ein Hintergrundbild auf meinem Monitor. Es geschah nichts. Die Taschen und Koffer, die am vorherigen Abend noch vor der Tür gestanden hatten, waren weg. Ich starrte in ein trostloses Zimmer. Einmal hoffte ich, die Frauen kämen herein und setzten sich an den Tisch oder aufs Sofa, als sei nichts geschehen, dann wieder hoffte ich, sie würden niemals zurückkehren.

Was Guus mit der Sache zu tun hatte, verstand ich immer noch nicht. Ich ging davon aus, dass sie den Frauen helfen wollte. Nach dem, was ich gesehen hatte, gab es genügend Gründe dafür. Aber warum war sie dann in Odessa und nicht bei den Frauen in diesem Haus? Die Männer wussten von Guus, sie kannten sie, hatten sie selbst abgeholt. Hatten sie sie nach Odessa gebracht? Oder geschickt?

Und dann Gracie. Ich hatte ihr gegenübergesessen, sie hatte mich angesehen, berührt, mich umarmt, ihre Lippen auf meine gepresst. Ihre Misshandlung traf mich härter, als ich es für möglich gehalten hätte. Hier in den Niederlanden war so etwas doch verboten? Das war es in jedem europäischen Land. Konnte ich nicht zur Polizei gehen, ihre Geschichte erzählen und Anzeige erstatten? Die Polizei hatte Lulu und Gracie schon einmal festgenommen, sonst hätten sie nicht im Gefängnis gesessen. Sie waren also bereits einmal verurteilt worden. Wahrscheinlich hielten sie sich illegal im Land auf. Alle Umstände in dem Haus am Lauriertuin wiesen darauf hin. Ich starrte den Bildschirm an, das Bild des leeren Zimmers.

Ich konnte Gemeinheit schon als Kind nicht ausstehen. In Dordrecht wuchs ich mit einem starken Bewusstsein dafür auf, was sich gehört und was nicht, basierend auf dem starken Glauben meiner Mutter und den bürgerlichen Anstandsvorstellungen meines Vaters. Seit der Scheidung meiner Eltern hatte ich viel von ihrer verklemmten Moral hinter mir gelassen, aber dort am Stadtrand von Dordrecht war unsere Familie näher bei Gott und weit weg von Huren und Drogen gewesen. Bei uns ging es anständig zu, aber Rotterdam und Amsterdam waren Sodom und Gomorrha. Dort trieben Kriminelle ihr Unwesen, dort herrschte die Gewalt, dort wurden Menschen misshandelt und ermordet. Oberhalb der großen Flüsse nahm die Verkommenheit zu. Wir wohnten zwischen den beiden Flüssen, an der Front gegen die Verderbtheit des Nordens. Meine Mutter machte sich ständig Sorgen – um die Zukunft des Landes und die Zukunft ihrer Kinder. Ihre drei Söhne würden den Anstand und die Sittlichkeit aus Dordrecht in sich tragen und mitnehmen, wo immer sie hingingen. Das war ihre Überzeugung, bis mein jüngerer Bruder ihrem blinden Glauben entfloh und nicht zurückkehrte, bis er seinen inneren Zwiespalt überwunden hatte. Im Ausland unterzog er sich einer Geschlechtsumwandlung, ein Prozess, der Jahre dauerte. Aus Kees wurde Kirsten. Das hatte der Gott meiner Mutter nicht vorgesehen und ihr Glaube wurde auf eine so harte Probe gestellt, dass sie sich entscheiden musste: entweder, ganz damit zu brechen, oder noch tiefer darin einzutauchen. Sie entschied sich für Letzteres.

Durch Kirsten wurde der Bann gebrochen. Unsere Familie brach auseinander, um später wieder enger zusammenzufinden. Wir waren nicht mehr die, die wir hätten sein sollen. Die fremden Maßstäbe, die an uns und unser Leben angelegt worden waren, verloren an Bedeutung. Mein Eltern trennten sich und mein Vater zog nach Den Haag, näher zu seiner Arbeitsstelle. Mein Bruder Peter buchte einen Flug nach Australien und war bis heute dort geblieben. Kirsten hatte in Amsterdam Vince Batte kennengelernt, ein Nerd und Fashion Victim, der eine Weile für *The Pattern* gearbeitet hatte und jetzt nach Südafrika geschickt worden war. Kirsten und Vince waren ständig unterwegs.

Dennoch: Das Gefühl dafür, was sich gehörte und was nicht, blieb trotz allem bestehen. Meine Eltern hatten es mir derart eingetrichtert, dass es zu einem Instinkt geworden war. Dieser Instinkt warnte mich fortwährend. Mein Vater hätte gesagt: Misch dich da nicht ein. Er überließ die Kontrolle der Polizei und anderen Instanzen. Meine Mutter hätte gesagt: Das darfst du nicht zulassen. Sie war der Meinung, jeder müsse Verantwortung übernehmen, egal wo und für wen. Sich einzumischen sei eine Pflicht. Mit dem Finger auf Missstände zu zeigen, mit der Rückendeckung Gottes. Ich ähnelte meiner Mutter und je älter ich wurde, desto deutlicher erkannte ich unsere Gemeinsamkeiten. Los, drauf zu! Prima. Ich muss mich überall einmischen, das liegt in meinem Charakter. Genau deswegen bin ich Unternehmensberater geworden, ein professioneller Besserwisser. Meine Mutter handelt für Gott, ich tue es aus Rechthaberei und für mein Bankkonto. Der Beruf ist mir wie auf den Leib geschneidert. Bei der Arbeit hilft mir meine Erfahrung und meine Fähigkeit, anderen zu raten, was sie tun sollen. Doch mir fehlte die Rückendeckung meiner Mutter: Gott spielte nicht in meiner Mannschaft. Außerdem schlugen die Ukrainer sehr fest zu.

Doch letztendlich war das kein Argument. Dass einem Prügel drohten, war kein Grund, wegzulaufen. Und rechthaberisch zu sein war kein Grund, weiterzumachen. Ich wusste, dass ich ein immer größeres Risiko einging und meine Chancen, der Gewalt zu entgehen, immer kleiner wurden. Doch auch das war kein Grund, zu kneifen.

Meine Gedanken drehten sich im Kreise. Ich versuchte, mich von meinem Vorhaben abzubringen. Natürlich hatte ich nicht die geringste Lust, meine Kraft mit diesen Männern zu messen. Ich hatte genug gesehen, um zu wissen, wie hart sie zulangten, wenn sie sich bedroht fühlten. Guus steckte mittendrin, und was immer ich auch von der Art und Weise hielt, wie sie sich davongemacht hatte, ich glaubte nicht mehr, dass sie freiwillig mit diesen Männern mitgegangen war. Sie mussten sie irgendwie dazu gezwungen haben.

Tief in meinem Inneren wusste ich, was ich zu tun hatte. Die Verantwortung kann man nicht abschütteln, sie bleibt an einem kleben. Das war der einzig wahre Grund, weiterzumachen.

Karl hatte zwei Namen ausfindig gemacht. »Frag mich nicht wie«, unkte er. »Es sind ihre echten Namen, mehr brauchst du nicht zu wissen.« Er war jetzt dabei, nach den Kontaktpersonen dieser Männer hier in den Niederlanden zu suchen, was noch eine Weile dauern konnte. »Diese Leute sind Teil eines losen Netzwerks, an das ich nicht herankomme. So was lässt mir keine Ruhe.«

Er schickte mir die Namen per E-Mail und kurz darauf erschienen sie auf meinem Bildschirm. Dmytro Derdo und Volodymyr Lyulka, inklusive ihrer Adressen in Odessa und ihrer Fotos. Dmytro erkannte ich sofort. Er war der Mann, der Elena am Arm gepackt hielt, als sie das Gefängnis verließ. Er war auch derjenige, der sie gestern so eiskalt verprügelt hatte. Der andere Mann ähnelte dem Fahrer des Mercedes, aber ich hätte es nicht beschwören können, ihn hatte ich weniger deutlich gesehen. Dmytro und Volodymyr. Ich druckte die Informationen aus und hielt das Blatt Papier in den Händen. Zum ersten Mal hatte ich etwas Konkretes, Namen und Adressen.

Ich rief Sylvia Koper in Rotterdam an und vereinbarte ein Treffen mit ihr in derselben Kneipe wie beim letzten Mal. Sie wusste mehr über Dmytro und Volodymyr, als sie mir beim letzten Mal erzählt hatte. Sie hatte die Männer des niederländischen militärischen Abschirmdienstes als Weicheier bezeichnet. Jetzt verstand ich warum und darüber wollte ich mehr erfahren.

Anschließend rief ich Lies an. Sie hörte mir aufmerksam zu und bat mich ungefähr drei Mal, ihr die Namen der Männer zu buchstabieren. Sofort nach unserem Gespräch würde sie die Namen in Zahlen übertragen und ihnen numerologische Werte zuordnen. Meistens glaubte ich, sie sähe Gespenster. Dann wieder wünschte ich, sehen zu können, was sie sah.

»Wenn du fährst, fahre ich mit«, erklärte sie.

»Das halte ich für keine gute Idee.« Ich durfte gar nicht daran denken, mit Nullpunktfünf im Schlepptau in Odessa nach Guus zu suchen. Sie würde mich nur behindern, mir im

Weg sein. Wenn ich schnell reagieren müsste, würde sie mich abbremsen. Ich fragte: »Was willst du denn da?«

Sie antwortete: »Ich will diesem Mann in die Augen sehen.«

»Das würdest du vielleicht nicht überleben.«

»Dann eben nicht.« In ihrer Antwort schwang eine Aggressivität mit, die ich noch nicht von ihr kannte. Sie reagierte nicht aus dem Affekt heraus, sondern war fest entschlossen. »Ich brauche ihn nicht zu bekehren und erwarte auch keine Entschuldigungen, das interessiert mich nicht. Ich will wissen, was für eine Art Mensch er ist. Diese Sorte kenne ich nicht. Ich will sehen, wer er ist. Auf meine Art.«

Sie schwieg. Auch in ihrer Entschlossenheit blieb sie sich selbst treu.

»Wenn ich es nicht überlebe, habe ich wenigstens keine Probleme mehr.« Sie wartete auf einen bestätigenden Laut von mir, und als er ausblieb, fuhr sie fort. »Die Versicherung liegt mir in den Ohren, weil es angeblich eine Menge Ungereimtheiten gäbe. Korinthenkacker. Und bei Jens kann ich auch nicht bleiben. Der erwartet etwas von mir, worauf ich momentan nicht die geringste Lust habe.«

Dafür hatte ich Verständnis. Ich konnte sie nicht an diesem einsamen Ort ihrem Schicksal überlassen.

Sie sagte: »Mik, ich will Guusje zurück. Sie ist meine Tochter.«

Man lässt einander nicht los.

»Und es ist auch nicht so, dass du mich mitnimmst. Ich fahre sowieso.«

»Dann komm erst mal heute Abend nach Rotterdam. Danach kannst du dich immer noch entscheiden.«

Mein Plan war noch nicht mal gereift, schon musste ich ihn ändern.

33

Dmytro und Vlodo

Mit einer großen und einer kleinen Tasche stieg sie am Hauptbahnhof von Rotterdam aus dem Zug. Sie hatte alles dabei, was sie brauchte, konnte jederzeit überall übernachten und am nächsten Tag weiterfahren. Sie war heimatlos und schien sich schon beinahe daran gewöhnt zu haben. In den letzten anderthalb Tagen hatte sich Lies verändert; ich mich auch, aber weniger als sie. Sie hatte kein Zuhause mehr und es war beängstigend, mit anzusehen, wie schnell sie sich angepasst hatte. Sie umarmte mich kurz, verwuschelte mir die Haare und hakte mich unter. Schweigend ging sie neben mir her.

Der Anschlag auf ihr Boot hatte sie tief getroffen und jetzt, wo sie das Wrack gesehen hatte, war ihr die ganze Tragweite des Geschehnisses bewusst geworden. Die Versicherung würde zwar wahrscheinlich den Schaden regulieren, aber damit hatte Lies noch nicht die *Muladhara* zurück. Ein neues Boot mochte noch so schön sein – Lies' Vergangenheit war verbrannt. Ihre Bücher, Fotos, Briefe, ihre Hefte, alles war weg.

Zusammen gingen wir zu der Kneipe am Kai. Ich hielt ihr die Tür auf, drinnen war es warm. Sylvia thronte bereits dick und rothaarig an demselben Tisch wie neulich. Eine Königin in ihrem Reich. Sie begrüßte mich, als würden wir uns seit Jahren kennen, und betrachtete Lies, als sei sie von der Steuer.

»Ich bin die Mutter von Guus«, erklärte Lies.

Sylvia nickte. »Ich hätte es mir denken können. Bitte nehmen Sie Platz, Mevrouw van Donee.«

»Inderlaan«, korrigierte Lies. »Ich habe meinen Geburtsnamen behalten.«

Sylvia sah sie forschend an, als könne sie sie nicht sofort einordnen. »Lies Inderlaan?«, fragte sie schließlich.

Lies nickte.

»Lies Inderlaan, die mit den Aurainterpretationen und Energiebahnen?«

»Unter anderem«, antwortete Lies bescheiden lachend. Sie hatte sich bei einer wachsenden Gruppe von Leuten einen Namen gemacht, die ihre Erkenntnisse und Interpretationen schätzten. Sylvia Koper, der Rotterdamer Haudegen, war jedoch die Letzte, die ich dieser Gruppe zugerechnet hätte.

»Ich bin Eska«, sagte Sylvia. »Es Kaa, Sylvia Koper, das bin ich.« Sie zeigte mit einem glänzend rot lackierten Fingernagel auf ihre Brust.

Lies starrte sie mit offenem Mund an. Auf ihrer Webseite unterhielt sie ein Forum, in dem ihr Leute Fragen stellen und über ihre spirituellen Erfahrungen und Zeichen reden konnten. Lies erteilte ihnen Rat und begleitete sie beim Finden und Lesen der Zeichen, die sich täglich in unserem Leben manifestieren. Die Forenbesucher traten unter einem Pseudonym auf. Eska war eine der treuesten Besucherinnen des Forums.

Sylvia stand auf, umrundete den Tisch und küsste Lies auf die Wange. Die beiden Frauen waren ungefähr gleichaltrig, hätten aber unterschiedlicher nicht sein können.

Die eine war brav-alternativ, trug farbenfrohe Kleidung und Perlenaccessoires, die andere präsentierte Billigchic mit Pfennigabsätzen und Lack auf Haaren, Fingernägeln und Schuhen. Die eine trug kein Make-up, die andere war geschminkt, als gäbe es einen Preis zu gewinnen. Die eine sprach mit sanfter Stimme, die andere übertönte alle. Sie verstanden einander mit viel weniger Worten, als ich brauchte, und redeten über Themen, die für mich böhmische Dörfer waren. Ich fragte mich, wo Sylvia Koper ihre spirituelle

Seite verborgen hatte, denn bisher hatte ich sie noch nicht gesehen.

»Deine Tochter und ich kennen uns aus der geschlossenen Anstalt, wenn ich mal so sagen darf.« Sylvia bestellte Kaffee und Jenever für jeden und legte ihre Hand auf die von Lies. »Lass dich von mir nicht einschüchtern«, sagte sie. »Ich sage immer, was ich denke. *N'importe quoi.*«

Lies lachte. »Damit kann ich schon umgehen.«

Sylvia lehnte sich zurück und sah mich an. »Was kann ich für dich tun? Letztes Mal bist du reingekommen wie ein begossener Pudel, jetzt siehst du aus, als hätte dich ein Tankwagen geknutscht. Geht's dir gut?«

Ich schob ihr den Ausdruck mit den Namen der Ukrainer über den Tisch zu. »Ich möchte gern über diese beiden hier reden.«

Sylvia las. Sie sagte nichts.

»Ich will wissen, wer sie sind, woher sie kommen, was sie tun, mit wem sie hier in den Niederlanden arbeiten und wo sie sich aufhalten, wenn sie nicht im Lauriertuin sind. Alles, was du weißt.«

Sylvia reagierte nicht. Sie legte die Hände auf den Tisch und blieb reglos sitzen.

»Ich habe schon einiges in Erfahrung gebracht«, erklärte ich, »lauter Einzelheiten, aber ich erkenne keinen Zusammenhang. So sehr ich mir auch den Kopf zerbreche, ich habe die ganze Zeit das Gefühl, das Wichtigste zu übersehen.«

»Und du glaubst, ich könne das Rätsel für dich lösen?« Sylvia saß noch immer zurückgelehnt da, als wolle sie so viel Abstand wie möglich zu mir halten. Sie schob das Blatt zu mir zurück. »Dmytro ist ein richtiges Schätzchen. Was willst du sonst noch wissen?«

»Dmytro verprügelt Frauen.«

»Ach ja? Und woher weißt du das?«

»Weil ich es gesehen habe.«

»Aha. Und was willst du dann von mir?«

»Er hat Elena geschlagen.«

Sie reagierte nicht. Ich erzählte ihr, wie schlimm er sie misshandelt hatte. »Absolut brutal. Nicht nur einmal, sondern mindestens zehn Mal.« Ich sprach langsam, die Worte kamen mir kaum über die Lippen. Sylvia sah mich an, den Mund zu einem Strich zusammengepresst.

»Gracie?«

Ich nickte.

Sie schwieg und starrte mir unverwandt in die Augen. Zuckte nicht mit der Wimper, wich mir nicht aus. Sie sah mich an. Sie sog mich in sich auf, vollkommen ruhig und aktiv zugleich.

Schließlich sagte sie: »Ein richtiges Schätzchen eben, dieser Kerl. Und was jetzt?«

»Jetzt sind sie weg.«

»Du hast sie aus den Augen verloren?«

Ich nickte.

»Und Gracie und Lulu?«

»Sind auch verschwunden. Mehr weiß ich nicht.«

Sylvia sah erst mich, dann Lies an. Sie zögerte. Hier befand sie sich auf sicherem Terrain, in ihrer angestammten Kneipe, in ihren vertrauten vier Wänden. Wie in einer Festung. Umgeben von Menschen. Hier hatte sie das Kommando.

»Ihr solltet die Finger von ihnen lassen«, beschloss sie. »Ihr seid anständige Leute.«

Lies fragte: »Aber was will Guusje von solchen Kerlen?«

Sylvia lehnte sich nach vorn. »Im Gefängnis hat sie Gracie und Lulu unter ihre Fittiche genommen. Zwei kleine Nutten. Nette Mädchen, aber vollkommen daneben. Kennt ihr sie? Ihr habt Gracie doch erlebt. Eine Träumerin, nur Flausen im Kopf. Das ist das Traurige bei diesen Mädels. Sie meinen, sie würden die Welt entdecken, oder was weiß ich, was die glauben, dabei landen sie einfach im Gewerbe.« Sie sah mich an. »Wie geht es ihr? Sie ist so ein Liebchen.«

Lies, Sylvia und ich saßen schweigend beisammen. Es war, als sei Gracie anwesend, als berühre sie uns. Manchmal denkt man so intensiv an eine Person, dass sie plötzlich anwesend zu sein scheint. Das schafft eine Verbundenheit, die alles überwindet. Den Verstand, die Tatsachen, die Argumente und das bessere Wissen. Sylvias Augen füllten sich langsam mit Tränen. Ihre Hände lagen flach auf dem Tisch.

»So ist Gracie«, sagte sie. »Bei dem Mädchen geht einem wirklich das Herz auf.« Sie winkte dem Mann am Tresen. »Kommt unser Schnaps noch oder muss ich ihn beim Nachbarn holen?«

Gracie hatte sie berührt, genau wie mich. Das hatten wir gemeinsam, aber sie war noch unmittelbarer betroffen. Sylvia Koper war eine Rotterdamer Puffmutter, eine ehemalige Puffmutter, aus einer Zeit, als ein Bordell noch ein Haus war und Huren noch einen Beruf hatten. Im Maison Koper gingen Hafenbarone und Energietycoone ein und aus, Reeder und Industrielle. Die Mächtigen und Reichen waren bei ihr zu Gast gewesen.

»Wir hatten die besten Mädchen«, erzählte sie. »Mit zwanzig hatte ich mehr Kapital zwischen den Beinen, als ich ahnte. Alle sind sie gekommen.«

Bis die Frauen aus Thailand, Afrika, Osteuropa, Russland und der Ukraine auf einmal überall billig zu haben waren.

»Nichts ist mehr wie früher«, seufzte Sylvia. »Wir hatten ein Haus, wir hielten zusammen. Es war nicht immer alles eitel Sonnenschein, wahrhaftig nicht, aber wir hatten einen Ort, fast ein Zuhause, wo wir hingehörten, wo wir zusammenhielten, wenn es sein musste. Und es musste sein, das könnt ihr mir glauben. Im Notfall konnten wir uns immer aufeinander verlassen.« Sie schlug mit der flachen Hand auf den Tisch. »Das konnten wir. Und heute? Die Mädchen sind Ware, mehr nicht. Sie besitzen keinen Cent, rein gar nichts, und hier werden sie an irgendeinen Kerl verkauft, für den sie dann seine Investition zusammenlutschen und -bumsen müssen.« Sie lachte laut und zynisch. »Investition, dass ich nicht lache! Für fünftausend Euro bekommt man schon ein nettes Mädchen. Fertig ausgebildet.« Für die Mädchen bedeutete das, dass sie nirgendwohin konnten. Sie besaßen keine Papiere, keinen Pass und kein Geld. »Manchmal werden sie von ihren eigenen Brüdern an die Händler verkauft. So fängt es an. Damit die Familie ein bisschen Geld hat. Dorthin können sie also auch nie mehr zurück.«

Jetzt verstand ich erst, was ich die ganze Zeit nicht begriffen hatte.

Are you buying?, hatte mich Dmytro gefragt. *Are you buying?* Er wollte wissen, ob ich Gracie kaufen wollte. Nicht für eine Stunde, einen Nachmittag oder einen Abend. Nein, kaufen. Gracie kaufen. Um sie zu besitzen und für mich arbeiten zu lassen.

Durch meine Aufträge für das Justizministerium wusste ich ein wenig über Frauenhandel, aber nicht viel. Ich hatte Untersuchungsberichte und politische Verlautbarungen gelesen. Ich kannte das Problem und war über die Schwierigkeiten seiner Bekämpfung informiert, aber mein Wissen war abstrakt. Ich hatte Zahlen und Entwicklungen im Kopf, Zunahme und Verflechtung mit anderen Formen von Kriminalität, aber ich hatte keine Menschen vor Augen. Vor allem keine, die ich kannte.

»Meine Mädchen wurden weder gekauft noch verkauft«, fuhr Sylvia fort. »Niemals. Niemand hat mich je gekauft. Das darf nicht sein! Ich habe angeschafft, ich habe immer angeschafft, aber nie bin ich verkauft worden.«

Der Wirt brachte ein Tablett und stellte drei Tassen Kaffee und drei Schnäpse auf den Tisch. Sylvia zögerte nicht. Sie griff nach ihrem Jenever, kippte ihn in einem Zug hinunter und stellte das Glas wieder auf das Tablett.

»Bring mir gleich noch einen«, sagte sie. Während der Jenever seine Wirkung tat, rührte sie in ihrem Kaffee und schmatzte. »Okay«, sagte sie.

Sie traf eine Entscheidung: Ihre Körperhaltung veränderte sich. Sylvia machte keinen halben Sachen, entweder sie reagierte gar nicht oder sie gab alles. Deswegen hielt sie andere so lange wie möglich auf Distanz.

Sie nahm das Blatt Papier mit den Namen wieder zur Hand und sagte: »Diese beiden kenne ich. Dmytro und Vlodo sind ein paar Mal im Gefängnis gewesen. Sie sind eiskalt und den Bullen bisher nicht aufgefallen. Die anderen kenne ich nicht. Lulu und Gracie haben zwar alles Mögliche erzählt, aber die Hälfte davon war wirres Zeug. Sie redeten ständig von irgendwelchen Brüdern und Freunden, die ihnen helfen würden, und so weiter. Alles drehte sich um Männer. Hoffnungslos.«

Ich fragte: »Was für ein Mann ist Dmytro?«

»Ein schöner Mann«, antwortete Sylvia ohne zu zögern. »Groß und männlich. Wenn er reinkommt, zieht er alle Blicke auf sich. Ich kann es nicht anders ausdrücken. Ehe man sich versieht, hat er einen eingewickelt, auch mich, obwohl ich wirklich viele Kerle gekannt habe. Der sieht dich an, als könne er in dich hineinschauen.« Sie bohrte mir den Zeigefinger in die Brust. »Hier. Du kannst nichts dagegen tun. Und er ist der Boss. Alle müssen nach seiner Pfeife tanzen und das tun sie ohne Widerspruch. Selbst wenn sie genau wissen, dass es falsch ist. Sogar dann. Ich finde so was ja attraktiv. Ich kann ihn zwar nicht leiden, aber sehr wohl einschätzen. Er ist ein Machtmensch, der andere dominiert.

So ist Dmytro. Und Vlodo tut einfach alles, was Dmytro sagt.« Sie schwieg und sah mich an. »Verstehst du?«

Ich nickte.

Sylvia sah mich noch eine Weile an, bevor sie den Blick abwandte und sich zu Lies drehte. Sie sagte: »Er versteht es nicht. Du schon, das sehe ich. Er hat gesehen, dass Gracie Prügel bezogen hat, aber du hast etwas ganz anderes gesehen.« Sie beugte sich über den Tisch. »Was hast du gesehen, Lies Inderlaan?«

»Ich habe Gracie gesehen.«

»Ich auch.«

»Ihr Inneres«, sagte Lies.

34

Mädchen

Guus konnte nicht mehr zurück. Nachdem sie Gracie und Lulu einmal näher kennengelernt hatte, wollte sie die beiden Frauen nicht mehr allein lassen und hatte sie, Schritt für Schritt, weiter begleitet. Sylvia hatte es beobachtet. Sie kannte das von sich selbst, diesen Drang, anderen zu helfen und dafür zu sorgen, dass die Misshandlungen und Erniedrigungen ein Ende nahmen.

»Das ist meine Kneipe«, sagte Sylvia. »Mein Eigentum, das alles hier. Ich könnte die beiden Mädchen einstellen, ab morgen, wenn es sein müsste. Sie hätten einen Job und würden ein bisschen Geld verdienen. Alle wären froh außer mir, denn übermorgen würde Dmytro vor meiner Tür stehen.«

»Was tut Guusje in Odessa?«, fragte Lies.

»Dort kommen sie her, Dmytro, Vlodo und die anderen Kerle. Die wohnen nicht hier.«

»Sie haben ein kleines Haus etwas außerhalb von Den Haag.«

»Das gehört ihnen nicht. Niemals. Da halten sie sich nur vorübergehend auf. Sie sind hier, um Geld abzuholen, Ware zu bringen und nach dem Rechten zu sehen. Lulu ist schon weg, Gracie muss folgen. Die beiden haben gesessen, ihre Namen sind bei verschiedenen Behörden registriert und das drückt den Preis. Die beiden haben hier keinen Marktwert mehr. Dmytro will nirgendwo registriert sein. Sein Geschäft existiert nicht. Die Mädchen müssen außer Landes geschafft werden, dorthin, wo sie herkommen. Da werden sie dann zum Schleuderpreis verkauft. Weg damit.«

Nun, wo Sylvia sich zum Reden entschlossen hatte, erzählte sie alles, was sie wusste, und langsam kristallisierte sich die wahre Natur der Geschäfte Dmytros heraus, des Mannes aus Odessa, der unbehelligt überall machen konnte, was er wollte. Er warb die Frauen in der Ukraine an, brachte sie in seinen Besitz und organisierte den Transport in die westlichen Länder der Europäischen Union.

»Sobald sie sich innerhalb der EU-Grenzen befinden, können sie sich frei bewegen«, erklärte Sylvia. Die Polizei war zu langsam oder zu gleichgültig, die Politiker wollten sich nicht die Hände schmutzig machen. »Die Frauen halten sich hier illegal auf, deshalb wollen sie nichts mit ihnen zu schaffen haben. Denn Illegale muss man aufgreifen, wegsperren und dann rausschmeißen. Das gibt schlechte Publicity. Und glaubt ihr, die Händler ließen sich davon einschüchtern?«

Niemand wollte sich kümmern, niemand wollte sich die Finger verbrennen, niemand hatte ein Interesse daran, einzugreifen.

Sylvia sagte: »Sie sind eben nur Nutten. Jeder denkt: Was regst du dich auf? Du wolltest doch die Kohle? Dann jammere jetzt nicht rum. Meinst du, du kannst die Beine breit machen, ohne missbraucht zu werden? Ihr werdet dafür bezahlt, also tut euren Job und heult nicht rum.«

Aufgreifen, wegjagen, einsperren, beschimpfen, von einem Viertel ins andere scheuchen. Ich hatte stapelweise politische Pläne gelesen, einer schöner als der andere. Auch über Frauenhandel. Der war verboten und sollte daher mit allen möglichen Mitteln bekämpft werden.

Mit gewichtigen Worten wurde behauptet, die Niederlande würden Frauenhandel nicht tolerieren. Die Niederlande galten als vorbildlich. Wenn man es nicht besser gewusst hätte, hätte man glauben können, bei uns gäbe es gar keinen Frauenhandel.

Und ich hatte es nicht besser gewusst.

Doch die Realität sah anders aus. Sylvia wusste nichts von solchen politischen Plänen, sie brauchte sich nur die Mädchen und die Clubs anzusehen, die überall in und um Rotterdam eröffnet wurden, eine Weile liefen und dann wieder geschlossen wurden. Sie redete mit den Männern, zu denen sie Kontakt hatte, alten und teilweise auch neuen Bekannten. Der moderne Sexunternehmer operierte auf eine ganze bestimmte Art und Weise. Die legale Prostituierte war für ihn nicht interessant, die Gewinnspannen waren zu gering und außerdem brauchten die Frauen ihn nicht. Deswegen mussten Frauen aus dem Ausland beschafft werden, vor allem außerhalb Europas. Die versprachen dicke Profite. Anwerbung, Bindung, Transport, Import, Einkauf, Verkauf.

Sylvia sagte: »Das ist gar nicht so schwer. Wenn man mit grünen Bohnen aus Kenia handeln kann, kann man auch Lulus aus der Ukraine importieren.«

Lies fragte: »Warum fallen die Frauen darauf herein?«

»Manche wollen es so. Zwar wollen sie natürlich keine Sexsklavinnen werden, aber sie wollen unbedingt ihre Heimat verlassen. So schnell wie möglich. Allerdings haben sie keine Ahnung, was sie erwartet. Sie wollen etwas ganz anderes, als sie bekommen. Ich bin nicht mehr im Geschäft und war nie in diesen Ländern, also weiß ich nicht, wie es dort ist. Aber ich kenne die jungen Mädchen. Ich weiß, was sie denken und träumen, wenn sie jung sind.« Sie sah Lies an. »Wie alt bist du?«

»Dreiundsechzig.«

»Dann bist du ein Jahr jünger als ich. Du weißt, wovon ich rede. Stimmt's?«

Lies nickte. »Wir sind ja selbst noch Mädchen.«

»Du sagst es.« Sylvia warf einen Blick auf die große Tasche, die Lies neben ihrem Stuhl auf den Boden gestellt hatte, und fragte: »Bist du unterwegs?«

Lies antwortete lachend: »So ähnlich.« Dabei beließ sie es. Ich aber nicht.

Damit Sylvia uns bedingungslos unterstützte, musste sie über alles Bescheid wissen. Ich erzählte ihr, was geschehen war: von meiner Verfolgung, dem Anschlag auf die *Muladhara* und unserer Flucht.

Sylvia hörte zu. Sie stellte keine Fragen, sie unterbrach mich nicht, sie ließ mich ausreden und blickte die ganze Zeit abwechselnd mich und Lies an.

Lies zuckte mit den Schultern. »Früher habe ich immer gesagt: Feuer ist schlimmer. Jetzt muss ich mir etwas anderes einfallen lassen.« Sie versuchte, die Sache zu verharmlosen. Lies mochte es nicht, wenn sie zu sehr im Mittelpunkt stand. »Ich finde schon eine Bleibe. Bei Michael auf dem Sofa zum Beispiel.« Sie kniff mich in den Arm.

»Ich nehme das Sofa«, erwiderte ich.

Sylvia wollte nichts davon hören. »Auf gar keinen Fall«, protestierte sie. »Du kommst mit zu mir, Mama Guus. Ohne dich würde ich jetzt noch wie ein kopfloses Huhn hier durch den Hafen irren. Ich habe zwar gesessen, aber dank dir weiß Eska inzwischen viel besser, wer sie ist und was sie tun soll.«

Sie stand auf, ging hinter den Tresen und öffnete einen kleinen Schrank zwischen den Bier- und Weingläsern. Mit einem kleinen Buch in der Hand kehrte sie zurück.

»Meine Bibel«, erklärte sie. Sie holte eine Lesebrille aus der Tasche und blätterte das Büchlein durch, bis sie gefunden hatte, was sie suchte. »Ich glaube, ich kenne dort noch jemanden«, sagte sie. »Wenn man in ein fremdes Land fährt, muss man Kontakte haben.« Sie schlug eine Seite um und schaute durch die Brille auf die kleinen Buchstaben.

»Weshalb hast du eigentlich im Gefängnis gesessen?«, fragte ich.

»Das geht dich immer noch nichts an.« Sie blickte nicht mal auf und fuhr fort, in ihrem Adressbuch zu blättern. »Hatte was mit Genehmigungen zu tun«, sagte sie kurz darauf.

»Schankgenehmigungen?«

Sie schüttelte den Kopf. »Waffenbesitz.«

35

Ich war schon drin

»Ganz klar eine Neun«, verkündete Lies. »Das merkt man sofort. Sie handelt fast immer nach Intuition.«

Ich hatte keine Ahnung, ob das gut oder schlecht war. Meistens richteten sich Lies Einschätzungen auch nicht nach solchen Kategorien. Sie sprach von Deutungen, von Energie, Strömungen und Kennzeichen, die dabei halfen, andere Menschen besser zu verstehen. Lies Inderlaan, Nullpunktfünf und jetzt Mama Guus, steuerte unbeirrt auf ihr Ziel zu.

Sie legte mir ihre Hand auf die Schulter und sagte: »Sylvia ist ein guter Mensch. Sie kann uns helfen.« Sie rieb mir kurz über den Oberarm.

»Dir vielleicht. Ich muss morgen wieder arbeiten.«

Es führte kein Weg daran vorbei. Deadlines nagten an mir, die Aufträge konnten nicht mehr länger warten, die Kunden rechneten mit meiner Rückkehr. Morgen waren die Termine und Besprechungen anberaumt, die ich verschoben hatte, um die vergangene Woche mit Guus verbringen zu können. Der morgige Tag würde mit voller Wucht über mich hereinbrechen. Eigentlich hatte ich ihn strotzend vor Energie in Angriff nehmen wollen, aber das Gegenteil war der Fall. Ich hatte keine Lust, der Kopf stand mir nicht danach und im Herzen war ich nicht bei der Sache. Am liebsten hätte ich alles über Bord geworfen, um nach Guus zu suchen. Den Verpflichtungen der Firma und den Kunden gegenüber nachzukommen, fiel mir schwer. Ich hatte das Gefühl, die Jagd nach dem Geld über alles anderes zu stellen, und fühlte mich mies dabei.

»Morgen früh acht Uhr im Büro, zehn Uhr Justizministerium in Den Haag, Konferenz mit acht Teilnehmern, und um halb drei muss ich in Arnheim sein.« Die darauffolgenden Tage würden mit Konferenzen, Meetings, Vorstellungsgesprächen, Berichten und Feedbacks gefüllt sein. Von morgens früh bis abends spät.

Wir standen auf dem Bürgersteig vor der Kneipe, es war Nacht und es war kalt. »Lass mich wissen, wo du bist«, bat ich Lies. Wenn Lies Sylvia vertraute, würde das schon in Ordnung gehen. Sie ging wieder hinein, ich machte mich auf den Weg zum Bahnhof.

Der Nachtzug nach Amsterdam war fast leer. Ich reiste allein mit meinen Gedanken und Träumereien. Ich dachte über das seltsame Pärchen Lies und Sylvia nach, und wie Menschen sich fanden, allen Widrigkeiten zum Trotz. Zwischen Den Haag und Schiphol schlief ich, unbequem, mit dem Kinn auf der Brust, eng zusammengekauert. Bei Lelylaan erwachte ich wieder, mit Schmerzen im Nacken und dem Gedanken an den nächsten Tag: Arbeit und noch mehr Arbeit, und das bei den wenigen Stunden Schlaf, die mir noch blieben.

Mandanten verlangen einem restlos alles ab. Gut so, denn dadurch kommt man nicht zum Grübeln oder auf dumme Gedanken. Alles ist dringend, alles ist wichtig und alles hat Priorität. Herrlich. Ich tauchte ein in die hektische Bedeutsamkeit und die aufgeregte Zielstrebigkeit einer großen Organisation. Das Justizministerium steckte mitten in einer Umstrukturierung und musste gleichzeitig die politischen Richtlinien für die kommenden Jahre ausarbeiten. Umgang mit Ausländern, Duldung, Immigrationskontrolle, Asylanträge, Ausstellung von Aufenthaltsgenehmigungen, Unterbringung, Ausweisung, lauter Themen, die im Blickpunkt der Öffentlichkeit standen. Tagtäglich. Es wurde immer schwieriger, politische Maßnahmen zu planen und durchzuführen, weil stets Rücksicht auf Zielgruppen, Interessengemeinschaften und finanzielle Mittel genommen werden musste. Intern mussten alle wissen, inwiefern sich die Organisation verändern und welche Konsequenzen das nach sich ziehen würde, extern mussten rechtzeitig die richtigen Leute in die Politik und die Entwicklung der Instrumente zu ihrer Durchführung mit eingebunden werden. Kommunikationspläne wurden aufgestellt, angepasst und geändert, und jeden Tag erwies sich die Fremdenfeindlichkeit im Land als größer als gedacht. Meinungsumfragen ergaben, dass immer mehr Wähler ein hartes, kompromissloses Durchgreifen forderten. Sie verlangten strengere Vorschriften. Richter sollten härtere Strafen verhängen, Verfahrensfehler sollten keinen Einfluss mehr auf einen Prozess haben. Mehr Gefängnisse, größere Polizeipräsenz. Einerseits war das Vertrauen in das System verloren gegangen, andererseits konnten die Mitarbeiter der betreffenden Instanzen die Menge der Regeln und Vorschriften längst nicht mehr bewältigen. Dadurch entstanden jene Löcher im Netz, durch die beispielsweise die Frauenhändler schlüpfen konnten.

Besonders wichtig war die Stärkung der Kommunikation, denn schließlich resultierten zahlreiche Probleme aus falschen Erwartungen und unerfüllbaren Anforderungen. Das war meine Aufgabe. Eine gewaltige Aufgabe. Ich war gut eine Woche weggewesen und während meiner Abwesenheit war alles liegen geblieben. Ich wurde empfangen wie der Messias.

Was wollte ich mehr?

Zwischen den Terminen rief ich einen Mitarbeiter an, der auf Frauenhandel spezialisiert war, die moderne Form der Sklaverei. Ich fragte ihn, was über die Ukraine sowie über die Banden bekannt war, die von dort aus operierten. Meist richtete sich der Fokus auf die afrikanischen Länder wie

Nigeria und Sierra Leone, doch die Frauen stammten von überallher. Russland und die Ukraine waren wichtige Akteure in diesem Geschäft.

Der Fachmann gestand: »Oft wissen wir nicht, wo wir suchen sollen. Jedes Jahr werden schätzungsweise achthunderttausend Menschen verkauft und letztes Jahr haben wir hier in den Niederlanden siebenhundert Opfer registriert. Mehr nicht. Obwohl wir eine wichtige Rolle in diesem Geschäft spielen.«

Aus seiner Stimme sprach eine Mischung aus Verzweiflung und Resignation. Die Niederlande waren noch immer ein offenes Land, attraktiv für Menschenhändler, und das Geschäft mit den Frauen fand in einer Grauzone statt. Die Leute kamen ins Land, verschwanden von hier aus nach Deutschland, Frankreich oder Italien und kehrten ein paar Monate später wieder zurück. In letzter Zeit konzentrierten sich die Ermittlungen auf Serbien und andere mitteleuropäische Länder.

»Aus der Ukraine sind einige konkrete Fälle bekannt«, erklärte er. »Das bedeutet, dass es uns gelungen ist, einige der Frauen zu registrieren. Näheres wissen wir nicht, wir kennen weder die Drahtzieher noch die Handlanger. Wahrscheinlich operieren sie von Polen oder Deutschland aus.« Er versprach, herauszusuchen, was genau bekannt war, und sich zu melden, wenn er etwas gefunden habe.

Der Stapel der Berichte und Dokumentationen auf meinem Schreibtisch konnte nicht länger warten. Ich schaltete meinen Computer ein, und während er bootete, holte ich mir einen Kaffee aus dem Automaten im Flur.

Mit dem Becher machte ich es mir wieder bequem und gab gedankenlos meinen Benutzernamen und mein Passwort ein, um Zugang zu den Datenbanken des Ministeriums zu erhalten.

Das Bild veränderte sich und ein kleines Quadrat erschien in der Mitte des Monitors.

Dieser Benutzer ist bereits eingeloggt.

Es dauerte einen Moment, bis ich die Tragweite der Meldung erfasste. Zunächst glaubte ich, ich hätte mich beim Eingeben des Passwortes vertippt und käme deshalb nicht rein. Ich wollte schon wieder von vorn anfangen, als ich es endlich begriff. Bereits eingeloggt. Ich war bereits eingeloggt. Ich konnte mich nicht noch einmal einloggen. Ich hatte keinen Fehler gemacht. Ich hätte meinen Namen und mein Passwort noch hundert Mal eingeben können und wäre trotzdem nicht reingekommen, denn ich war schon drin.

Sprachlos starrte ich den Bildschirm an. Ich drückte Enter, Escape, Backspace. Nichts geschah. Wider besseres Wissen schaltete ich den Computer aus und wieder ein und versuchte noch einmal, mich einzuloggen. Mit demselben Resultat. Das System weigerte sich, jemanden, der einmal angemeldet war, noch einmal reinzulassen.

Ich rief im Rechenzentrum an und fragte, was da los sei und ob in der Woche, in der ich nicht da war, schon wieder alle Benutzernamen und Passwörter geändert worden seien. Oder war etwas im System modifiziert worden? Und wenn nicht, warum kam ich dann nicht rein?

Die Antwort des Informatikers war die gleiche, die ich eben bereits vom Computer erhalten hatte. »Es bedeutet, dass sich ein anderer mit Ihrem Namen und Ihrem Passwort eingeloggt hat. Normalerweise dürften nur Sie das sein.«

»Aber ich bin es nicht«, erwiderte ich. »Können Sie überprüfen, wer es ist? Von welchem Computer aus? Wo?«

Während ich die Fragen stellte, dämmerte es mir: mein gestohlener Laptop. Er enthielt alle meine Codes und Passwörter. Entsetzt erstarrte ich auf meinem Stuhl. Darüber hatte ich keine Sekunde lang nachgedacht. Dmytro konnte sich mit meinem Laptop beim Ministerium einloggen, und wenn er einmal drin war, hatte er mithilfe meiner Codes überdies Zugang zu zahlreichen Subsystemen. Ich wusste daher bereits, welcher Computer es war, und nun hoffte ich, dass mir irgendjemand sagen konnte, wo dieser Computer stand und was der Benutzer damit anstellte.

Aber dafür musste ich mich an eine andere Abteilung wenden. Die *Abteilung Systemadministration und Datenschutz* war für die Rechner und die Daten des Ministeriums zuständig und dachte nicht daran, mir irgendetwas preiszugeben. Der Datenschutz war an strenge Sicherheitsvorschriften gebunden. Niemand erhielt Informationen über die Tätigkeiten von anderen.

»Aber es ist MEIN Computer!«, wandte ich ein.

»Was fragen Sie mich dann?«, antwortete der Mann.

»Weil mein Computer gestohlen wurde und irgendein anderer damit arbeitet!«

»Haben Sie den Diebstahl gemeldet?«

Ich schwieg. Ich hatte den Einbruch in der Firma nicht zur Anzeige gebracht, weil der Schaden zu gering und streng genommen ja nicht einmal bei uns eingebrochen worden war. Und warum hätte ich den Diebstahl dem Ministerium melden sollen? Auf den Gedanken war ich gar nicht gekommen. Damit hatte ich jedoch gegen eine strenge Auflage verstoßen und erhielt von da an überhaupt keine Antworten mehr. Ich bat, wenigstens mein jetziges Passwort ungültig zu machen, sodass es niemand missbrauchen konnte und derjenige, der damit ins System eingedrungen war, rausgeworfen wurde.

Jede andere Anfrage prallte an irgendeiner Vorschrift ab. Da ich den Diebstahl nicht gemeldet hatte, wurde ich von der Liste der Benutzer gestrichen und meine Anträge wurden nicht mehr angenommen. Außerdem war ich ein Externer und hatte kein Recht auf Auskünfte egal welcher Art. Ich müsse über meine Auftraggeber erneut angemeldet werden und selbst dann war es fraglich, ob ich die Sicherheitsüberprüfung bestehen würde. Schließlich hätte ich gegen eine der wichtigsten Regeln verstoßen.

Sofort griff ich zum Telefon. Mein Auftraggeber war nicht erreichbar. Er saß in einer Besprechung und wollte nicht gestört werden. »Heute Nachmittag wird es auch schwierig«, sagte die Sekretärin. »Und morgen …«

Eine Hürde folgte auf die andere.

Ich steckte fest, konnte meine Arbeit nicht mehr erledigen. Zwar würde Dmytro jetzt auch aus dem System geworfen werden, so viel war sicher. Aber ohne Zugang zum Netzwerk des Ministeriums konnte ich nichts tun, meine ganze Arbeit war auf dem Server gespeichert.

Ich hätte auf meinem Laptop weiterarbeiten und die neuen Ergebnisse uploaden können, sobald ich wieder reinkonnte. Oder ich hätte mit den Zugangsdaten eines anderen arbeiten können. Doch dann hätte ich jemanden mit derselben Berechtigungsstufe wie mich finden müssen und derjenige würde seinen Zugang selbst brauchen.

Zu dumm, dass ich den Diebstahl nicht gemeldet hatte! Ich hatte der Bank und anderen Instanzen Bescheid gegeben, die meine persönlichen Angelegenheiten wahrnahmen. Meine PIN-Codes waren geändert worden und innerhalb eines Tages war alles wieder abgesichert gewesen. Dass jemand bei einem meiner Mandanten einbrechen wollte, war mir nicht in den Sinn gekommen. Dmytro hatte meinen Laptop gestohlen, das wusste ich genau, also war er derjenige, der jetzt in dem System des Justizministeriums herumstöberte.

Die Frage war: Was machte er? Und wie ging er vor?

Ich hatte nicht den Eindruck, dass er ein Computerfachmann war, ja, ich wusste nicht einmal, ob er gut genug Niederländisch sprach, um überhaupt mit den Informationen umzugehen.

Das alles passte nicht zusammen.

Dmytro und Vlodo waren Verbrecher. Einbrechen, Stehlen, das traute ich ihnen zu. Aber nicht den Missbrauch von Informationstechnologie. Das war Nerd-Werk. Sich innerhalb der Strukturen der Behörde zurechtzufinden, passte ebenfalls nicht zu ihnen.

Aber es passte zu Guus.

Bei dem Gedanken war mir, als würde die Welt erstarren. Dann, ganz allmählich, schoben sich alle unregelmäßigen Versatzstücke zu einem Mosaik zusammen. Plötzlich ergaben all die unbegreiflichen Fakten und Informationen einen Sinn.

Das Chaos erwies sich als Komposition, die Kakofonie als Melodie.

Guus.

Sie war das Verbindungsglied, etwas anderes war schlicht undenkbar.

Sie hatte Dmytro und Vlodo beauftragt, meinen Laptop zu stehlen. Sie besaß einen Reserveschlüssel und kannte den Code der Alarmanlage, sie wusste, dass ich Aufträge für die Justizbehörden ausführte, wodurch ich Zugang zum Netzwerk hatte, sie wusste, wo ich meine Zugangscodes aufbewahrte und sie war Juristin.

Sie wusste, wie man innerhalb der Archive einer Behörde das fand, was man suchte, sie beherrschte die Fachsprache, kannte die Vorschriften und Verfahren. Guus hatte das halbe Gesetzbuch im Kopf, sie brauchte niemanden, der ihr zeigte, wo es langging.

Das alles ließ nur eine Schlussfolgerung zu: Guus arbeitete für Dmytro und Vlodo. Ob unter Zwang oder nicht, sie half ihnen. Ich hatte keine Ahnung, wobei.

Mit einem wütenden Hieb warf ich einen Stapel Akten vom Schreibtisch. Hilflos betrachtete ich die herunterflatternden Unterlagen.

Es wurde immer schlimmer.

36

Hängen geblieben in der Zeit

Weiterzuarbeiten war sinnlos. Ich verschob alle Termine, packte meine Sachen und ging. Ich musste raus aus dem Gebäude, brauchte einen Ortswechsel.

Vor dem Ministerium überquerte ich die Korte Houtstraat, passierte das Verteidigungsministerium und gelangte auf den Plein, der an einer Seite von der Zweiten Kammer, auf der anderen von der Sozietät *De Witte* und an den beiden übrigen Seiten von Cafés und Restaurants begrenzt wurde. Im Sommer war der Plein eine einzige große Terrasse, jetzt saßen alle drinnen. Es war Ende Oktober und ein kalter Wind pfiff über den offenen Platz.

Ich überquerte ihn in Richtung Korte Vijverberg. An dessen Ende wollte ich hinüber zum *Posthoorn* am Lange Voorhout gehen, um in dieser nostalgischen Kneipe die Zeit zu vergessen.

Ich hatte gerade das Mauritshuis am Korte Vijverberg hinter mir gelassen. Auf der einen Straßenseite befanden sich vornehme Häuser, auf der anderen Seite der Hofvijver. Die Wolkendecke riss auf und Sonnenstrahlen fielen grell hindurch. Die Reflexionen auf der Wasseroberfläche des Weihers und in den umliegenden Fenstern blendete mich. Es schien, als erhöbe sich die Stadt aus ihrer Tristheit und wolle den feuchten Muff von sich abschütteln.

Ich blinzelte kurz, wandte mich von dem hellsten Funkeln ab und blickte genau in das Gesicht von Dmytro. Eine schwarze Sonnenbrille verbarg seine Augen. Vlodo stand neben ihm, eine ebensolche Brille auf der Nase. Sie trugen schwarze Mäntel, groß und breit versperrten sie mir den Weg.

»Hi«, sagte Dmytro mit einem stärkeren slawischen Akzent, als eigentlich in ein einsilbiges Wort hineinpasst. Ein Grinsen huschte über sein Gesicht, jedoch ohne einen Funken Humor.

Neben ihm stand Vlodo reglos da, den rechten Arm leicht gebeugt in den Falten seines Mantels verborgen. Der Lauf einer Pistole ragte heraus: klein, grau, Schalldämpfer.

Unwillkürlich musste ich lachen. Ein Mann mit einer Pistole, mitten auf der Straße in Den Haag, einfach lächerlich! Deswegen. Unbezwingbar stieg ein Glucksen in mir auf und ich deutete auf die Waffe.

Das rettete mich wahrscheinlich.

Irritiert warf Vlodo einen kurzen Seitenblick auf seinen Boss Dmytro. In dieser Sekunde begriff ich, was geschehen würde. Dmytro und Vlodo kannten keine Skrupel, sie machten, was sie wollten. Sie besaßen Taschen voller Pistolen, natürlich alle nicht registriert. Und sie handelten nicht nur damit, sie benutzten sie auch.

Ich schwang meinen Rucksack vom Rücken und hielt ihn mir vor die Brust, zwischen Vlodo und mich. Vlodo wandte sich wieder mir zu und schoss. Zwei Mal. Ohne mit der Wimper zu zucken. Die Zeit wurde komprimiert. Ich hörte das dumpfe Ploppen, den gedämpften Knall, wusste, was es war, und fast gleichzeitig spürte ich den Schlag, den Stoß gegen meine Brust. Und noch einen. Das Geräusch und die Schläge wurden eins, eine Ewigkeit, die sich zwischen den beiden Schüssen erstreckte.

Dann stürzte ich zu Boden. Mit einem Schrei, der von einem anderen Menschen zu stammen schien, laut und gellend hoch, fiel ich hintenüber. Ich dachte an Lies, an Gijs, an Sylvia, an Sterre, an Ahmed und noch zehn andere.

An Guus dachte ich nicht.

Ich war umringt von Polizisten und Passanten, die wissen wollten, was geschehen war. So nahe am Binnenhof, dem Sitz der Regierung, gleich hinter dem kleinen Turm, in dem der Ministerpräsident residierte, war immer Polizei präsent. Zu Fuß, auf dem Fahrrad, im Auto. Sie hatten sofort auf meinen Schrei reagiert. Der erste Polizist hatte zwei Männer wegrennen sehen, doch bevor er mich erreicht hatte, waren sie bereits verschwunden.

Ich lag noch immer auf der Straße, mit dem Rücken auf den Pflastersteinen. Den Rucksack auf der Brust, mit beiden Armen fest umklammert, im Schockzustand, starrte ich in den Himmel.

Die dunkle Wolkendecke war aufgerissen. Die Sonne schien grell. Hektische Stimmen. Krankenwagen. Ein Polizist mit Fahrradhelm, der sagte, es seien Schüsse gefallen. Ungefähr zehn Mal hintereinander. Befehle und Fragen. Ein Rettungsassistent, noch einer, grüne und blaue Arztkittel, Hände, die vorsichtig an meinen Armen zupften. Fragen, Fragen, Fragen. Wie es mir ginge. Ob ich sie sehen könne. Ob ich Schmerzen habe. Was passiert sei. Sie lösten die Umklammerung meiner Arme und nahmen meinen Rucksack weg. Sie untersuchten mich, hoben mich auf eine Trage und schoben mich in den Krankenwagen. Dort wurde ich an diverse Apparate angeschlossen, durchgescannt und zur weiteren Beobachtung in ein nahe gelegenes Krankenhaus transportiert. Die Polizei blieb in meiner Nähe.

Ich war unversehrt. Ich hatte keine Schusswunde, kein Loch im Körper, ja, überhaupt keine Verletzungen. Nur eine Schramme an der linken Hand, und die war so harmlos, dass ich sie nicht einmal bemerkt hatte. Hände betasteten mich, drückten und zogen an mir, um zu kontrollieren, ob alles noch funktionierte, und das tat es. Ich stand bloß unter Schock.

Im Fond eines Polizeifahrzeugs brachte man mich eilig ins Präsidium hinter dem Vredespaleis. In einem Zimmer wurde ich von zwei Männern und einer Frau erwartet.

Unbequeme Stühle an einem rechteckigen Tisch. Ein blauer Teppichboden. Weiße Wände, weiße Zimmerdecke. Ein Fenster.

»Bitte nehmen Sie Platz.«

Ich nahm Platz.

»Wie fühlen Sie sich? Geht es Ihnen inzwischen wieder besser?«

»Ja«, sagte ich. »Haben Sie meinen Rucksack?«

Einer der Männer griff hinter sich und legte meinen Rucksack vor mich auf den Tisch. Leer.

»Der Inhalt wird noch untersucht«, erklärte er. »Sie haben es Ihrem Laptop und Ihren Unterlagen zu verdanken, dass sie noch hier sitzen. Der Computer muss noch im Labor bleiben, wir müssen die Kugeln entfernen. Gebrauchen können Sie ihn sowieso nicht mehr.«

Wir lachten, alle. Fröhliche Stimmung. Man setzte mir Kaffee vor und ich hatte das Gefühl, nicht anwesend zu sein. Es könne noch ein paar Tage dauern, bis der Schock nachließe, hatte der Arzt prophezeit. So lange schwebte ich umher. Hellwach und benebelt zugleich.

»Nein, ich habe sie nicht auf mich zukommen sehen«, sagte ich.

Wie weit sollte ich zurückgehen? Was sollte ich hier erzählen und was nicht? Der Diebstahl meines Laptops – sollte ich damit beginnen? Oder sollte ich noch weiter zurückgehen, bis zu Guus im Gefängnis?

Die Frau fragte: »Haben Sie irgendeine Ahnung, wer das war?«

Ich nannte ihnen die Namen, Dmytro Derdo und Volodymyr Lyulka. Sogar ihre Adressen in der Ukraine hatte ich.

»In meinem Rucksack war ein Ausdruck, auf dem alles steht.«

»Weshalb sind Sie so sicher, dass sie es waren?«

»Weil ich sie kenne. Ich weiß, wer sie sind.«

Für einen Moment herrschte Stille. Die drei Polizisten sahen einander an. Die Frau fragte: »Aber wer sind sie denn? Und warum wollten sie Sie umbringen? Denn das haben sie mit Sicherheit beabsichtigt.«

Ich stützte mich mit den Ellbogen auf den Tisch und rieb mit beiden Händen über mein Gesicht. Ich wollte die Fragen vertreiben. Die Ereignisse umzingelten mich, ich fühlte mich eingesperrt hinter Mauern des Wahnsinns. Warum wollte Dmytro mich töten? Die Antwort klang vollkommen verrückt. Ich wusste zu viel über die beiden. Ich war in ihr Haus eingebrochen, ich war ihnen gefolgt, ich hatte sie in gewisser Weise belästigt. Offenbar genug, um ihnen als Bedrohung zu erscheinen. Dmytro wollte mich aus dem Weg räumen. Dabei hatte nicht ich ihm etwas gestohlen, sondern er hatte mir etwas genommen. Das war das Absurde.

»Ich habe keine Ahnung«, antwortete ich. Wieder empfand ich diese seltsame Abwesenheit. Ich rieb mir über Arme und Beine in dem Versuch, wieder eins mit meinem Körper zu werden.

»Ist Ihnen kalt?«

Ich schüttelte den Kopf. Auch das fühlte sich sonderbar an. Als drehe sich mein Schädel lose um mein Gehirn. Ich seufzte und begann zu erzählen. Unterbrochen von Fragen, Rückfragen und Wiederholungen erzählte ich. Meinen Einbruch in das Haus und das Einloggen in die Webcam, um sie auszuspionieren, ließ ich wohlweislich aus. So klar konnte ich noch denken. Jetzt, wo mein Laptop durch die Kugeln zerstört worden war, würde niemand mehr Sterres kleines Programm wiederfinden können.

Sie hörten zu, machten sich Notizen, zeichneten das ganze Gespräch auf. Es schien, als nähmen sie meine Geschichte über den Handel mit Prostituierten ziemlich ungerührt zur Kenntnis. Nutten aus der Ukraine? Sie sahen mich glasig an und blätterten in ihren Aufzeichnungen.

»Sie arbeiten für das Justizministerium«, stellte einer der Männer schließlich fest.

Daran waren sie interessiert. In den Berichten in meinem Rucksack ging es um das Ministerium. Jetzt wollten sie wissen, ob das Attentat etwas mit meiner Arbeit zu tun hatte. Eine verständliche Frage.

Ich konnte keine Antwort darauf geben.

Ja und nein. Könnte sein. Ich glaube nicht. Was ich tue, ist für Außenstehende im Prinzip uninteressant. Ganz sicher für einen wie Dmytro.

Dennoch ritt die Polizei darauf herum.

»Was sollen zwei ukrainische Zuhälter mit Plänen für die Umstrukturierung und Verwaltungsorganisation des Justizministeriums anfangen?«, fragte ich. »Sie können sie nicht mal entziffern. Nein, es liegt nicht an meiner Arbeit für das Ministerium, sondern an der Tatsache, dass ich überhaupt dafür arbeite. Sie wollten dort irgendetwas. Aber fragen Sie mich nicht, was. Sie haben meine Zugangscodes gestohlen und benutzen sie, das ist alles, was ich weiß.«

Das war ein Fall für die Polizei. Sie sollten die Namen und Adressen überprüfen und Kontakt zu den Kollegen in Odessa aufnehmen. Wer sind sie? Woher kommen sie? Fragen über Fragen schwirrten mir durch den Kopf. Sollte ich verraten, dass Guus sich in Odessa aufhielt? Oder würde das die Sache nur unnötig verkomplizieren?

»Es geht um diese Frauen«, sagte ich. »Nicht um mich.«

»Und auf wen haben sie geschossen?«, fragte einer der Polizisten.

Drei Augenpaare starrten mich an, in Erwartung einer Antwort, mit der ich meine Argumentation sofort wieder entkräften würde.

Die Tür wurde geöffnet. Ein Mann steckte den Kopf herein.

»Wir sind so weit«, sagte er.

Mit der ganzen Gruppe durchquerten wir das Foyer und gingen die Treppe hinauf in den ersten Stock. Am Ende des Flures befand sich eine Sicherheitsschleuse, hinter der sich der Monitorraum der Den Haager Polizei befand. Sieben Videotafeln standen in einem Dreiviertelkreis aufgebaut. Jede Tafel verfügte über sechs große Flachbildmonitore, die in zwei Reihen angeordnet waren: drei unten, drei oben. Auf den oberen drei Bildschirmen war das Bild in vier Quadranten verteilt, sodass jede Tafel fünfzehn verschiedene Orte zeigte. Sieben Tafeln, hundertundfünf Ansichten. Die Aufnahmen stammten von den Überwachungskameras, die überall in der Stadt verteilt waren. Vierundzwanzig Stunden am Tag, sieben Tage pro Woche wurden die entsprechenden Orte observiert. Vor den Tafeln saßen Mitarbeiter, die die Bilder beobachteten, schweigend, eine Hand an einer Art Joystick, mit der man von einer Kamera zur anderen schalten und einige Kameras auch bewegen konnten. Ich sah Leute durch Einkaufsstraßen spazieren, Geld abheben, Taschen schleppen, miteinander reden, sich küssen, Rad fahren, im Auto einen Tunnel durchqueren, vor einer Ampel warten, über den Binnenhof schlendern.

Der Funkspruch eines Beamten kam herein. Kontrolle von zwei verdächtigen Personen. An einem der Videoschirme wurde umgeschaltet und das Bild des Schauplatzes erschien. Am Bahnhofseingang wurden zwei dunkelhäutige Jugendliche abgeführt, die auffällig geworden waren. Durch das Mikrofon im Helm des Beamten konnten wir mithören. Verdacht auf Drogenhandel.

»Wir sind die zusätzlichen Augen«, erklärte der Beamte an meiner Seite, sichtlich stolz auf das fortschrittliche System. »Von hier aus können wir sehen, ob es Komplizen gibt, ob jemand etwas versteckt oder irgendetwas fallen lässt.« Die Kamera holte das Bild des Beamten und der beiden Jugendlichen näher heran. »Falls Verstärkung gebraucht wird, erkennen wir das von hier aus eher als der Kollege oder die Kollegin auf der Straße. Wir können sie auch warnen.« Er brachte mich zu einer anderen Tafel. »Wir haben die Aufnahmen des Zwischenfalls aufgerufen«, sagte er, »und möchten gerne, dass Sie sie sich mit uns zusammen ansehen. Dieses Vorgehen ist unüblich, aber in diesem Fall möchten wir so schnell wie möglich Gewissheit haben.«

Er zeigte auf einen der Bildschirme und kurz darauf sah ich mich den Korte Vijverberg hinaufgehen. Die Kamera musste irgendwo an einem Laternenpfahl hängen, hoch oben. Die Straße war in ihrer ganzen Länge einsehbar, bis an die Ecke des Mauritshuises. Ich war ein paar Meter gegangen, als hinter mir zwei Männer um die Ecke bogen.

»Stopp!«, sagte der Beamte neben mir.

Das Bild wurde angehalten. Ich war in einem Schritt eingefangen, das linke Bein nach vorn, den Fuß noch nicht aufgesetzt. Dmytro und Vlodo in ihren schwarzen Mänteln etwa zehn Meter hinter mir.

»Wir können die Gesichter jetzt nicht weiter vergrößern«, erklärte der Beamte. »Sie würden dadurch nur unscharf, dazu bräuchte man ein Bildbearbeitungsprogramm.« Auf sein Zeichen hin lief die Aufnahme weiter.

Ich sah, wie sich Dmytro und Vlodo rasch näherten. Ich sah wieder die Sonnenstrahlen durch die Wolken brechen; grelles Licht fiel über den Kai. Das Wasser glitzerte. Ich drehte den Kopf weg, zu den beiden Männern hinter mir. Der Moment des Wiedererkennens, der Augenblick, in dem ich lachen musste. Ich sah es. Ich lachte. Vlodo blickte Dmytro an, ich zog meinen Rucksack von der Schulter und schleuderte ihn nach vorn. Das war es, ich schleuderte den Rucksack. Es lag an der Bewegung, der Schnelligkeit. Mein Verteidigungsmanöver wirkte wie ein Angriff. Vlodo reagierte instinktiv und schoss. Ich sah, wie es passierte. Meine Bewegung und danach die Schreckreaktion. Vielleicht hatten sie gar nicht vorgehabt, auf mich zu schießen. Vielleicht wollten sie mich nur bedrohen, einschüchtern, mir ein paar Ohrfeigen verpassen. Wenn ich ruhiger reagiert hätte, wäre es dabei geblieben. Die Möglichkeit bestand, doch ich würde nie erfahren, ob es sich wirklich so verhalten hätte, denn Vlodo hatte geschossen. Zwei Mal. Ich spürte die Schläge in der Brust.

»Stopp!«, sagte der Mann.

Das Bild erstarrte, ich fiel, lag aber noch nicht auf dem Boden. Die Ewigkeit, als die mir dieser Moment erschienen war, wurde mir hier vor Augen geführt. Digital. Ich hing in der Zeit.

»Jetzt näher ran«, sagte der Mann.

Langsam wurde das Bild vergrößert.

»Stopp«, sagte ich. Ich trat einen Schritt nach vorn und zeigte auf den Mann links. »Das ist Dmytro«, erklärte ich. »Und der rechts mit der Pistole ist Volodymyr.«

37

Katastrophen sind die Norm

Die Aufnahme wurde weiter abgespielt. Endlich sank ich ganz in mir zusammen und schlug rücklings zu Boden, härter, als ich in Erinnerung hatte.

Ich starrte mich an, wie ich fiel. Es war, als könne ich meinen Schrei wieder hören. Ich sah, wie Dmytro und Vlodo reagierten, sich umdrehten und wegrannten. Vlodo, wie er noch einmal ein paar Schritte zurückkehrte und nach mir sah. Dmytro rief ihn. An einer Straßenecke, weit entfernt, erschien ein Polizist. Dmytro zog Vlodo mit sich und sie rannten in die andere Richtung, um die Ecke. Aus dem Bild. Ich starrte mich an, wie ich dort lag, vor etwas über vier Stunden. Still. Sehr, sehr still.

Der Mann an der Monitortafel schaltete zu einer anderen Kamera um und wir sahen die beiden Männer am Theater und dem Finanzministerium vorbeirennen. Dort überquerten sie die Straße. Auf jeder Straße und an jeder Ecke wurden sie von der nächsten Kamera registriert. In dieser Gegend war die Überwachung sehr engmaschig.

Plötzlich waren sie verschwunden, nachdem sie an der französischen Botschaft um die Ecke gebogen waren.

»Wahrscheinlich sind sie in die Kanonstraat gelaufen«, meinte der Polizist.

Ein großer Name für eine kleine Straße. Von dort aus gelangten sie in den Nieuwe Uitleg, wo keine Kamera mehr hing. Sie waren in den Gassen hinter den Botschaften untergetaucht.

»Die nächste Kamera hängt am Provinciehuis. Die Aufnahmen dieser Kamera zeigen die Fahrzeuge, die aus dem Viertel kommen. Würden Sie sich die auch noch ansehen?«

Auf einem anderen Bildschirm sah ich aus weiter Ferne einen Wagen aus einer Straße kommen und rechts abbiegen. Kurz darauf noch einen und noch einen. Alle waren mir unbekannt. Ein Volvo, ein Renault-Lieferwagen und ein Toyota. Danach kam beinahe eine Viertelstunde lang kein weiteres Auto aus dem Nieuwe Uitleg.

»Wahrscheinlich sind sie durch die Maliestraat gelaufen, von da aus gelangt man in alle Richtungen.« Der Polizist schüttelte den Kopf und sagte: »Knapp verfehlt. Schade.«

Mein Rucksack hatte zwei saubere runde Löcher dicht nebeneinander. Ich bekam ihn nicht wieder ausgehändigt. Auch der Inhalt blieb als mögliches Beweismaterial auf dem Präsidium zurück. Das Innenministerium erstattete Anzeige, ein bewaffneter Überfall wurde sehr ernst genommen. Nur meine Papiere durfte ich mitnehmen. Einer der Polizisten gab mir seine Visitenkarte; wenn noch etwas sei, solle ich ihn anrufen. Am späten Nachmittag stand ich wieder auf der Straße. Ich wusste genau, wo ich war, auf der Burgemeester Partijlaan in Den Haag, und dennoch war ich vollkommen orientierungslos. Links das Vredespaleis, rechts die Koninginnegracht, dort ging es zum Bahnhof, stadtauswärts. Auf dem Bürgersteig vor dem Polizeipräsidium überlegte ich, was ich jetzt tun sollte.

Ich wollte nicht zurück nach Amsterdam. Nicht in meine Wohnung. Nicht ins Büro. Ich rief Gijs an und erzählte ihm, was geschehen war. Es war ein kurzes Gespräch. Unangenehm, weil ich so ratlos war und es mir widerstrebte, über den Vorfall zu reden.

»Sag Josien, sie soll meine Termine absagen«, bat ich. Dmytro besaß meinen alten Laptop, in dem mein Kalender mit sämtlichen Terminen gespeichert war, die ich vor dem Diebstahl des Computers vereinbart hatte. Er konnte Tag für Tag genau ablesen, wo er mich finden würde. Dadurch hatte er mich wahrscheinlich auch vor dem Justizministerium abgepasst. Ich wollte verschwinden, unauffindbar sein. Das erschien mir weniger aufreibend und sicherer.

Gijs schwieg eine Weile lang. Termine abzusagen war schlecht fürs Geschäft, die Mandanten mochten das nicht. Für heute war es kein Problem, für morgen konnten wir uns eine Erklärung einfallen lassen, aber spätestens übermorgen musste ich wieder antanzen. »Im Justizministerium wird man bereits ungeduldig«, warnte er.

»Beim Justizministerium komme ich nicht mal mehr in den Computer«, erwiderte ich.

Gijs glaubte mir nicht. Wollte mir nicht glauben. Immer wieder musste ich alles wiederholen, bis mir schwindelig wurde.

»Tut mir leid, Gijs, ich muss jetzt Schluss machen«, sagte ich schließlich und unterbrach die Verbindung.

Der Schlag, der Schock und die Müdigkeit forderten allmählich ihren Tribut. Gedanken entschlüpften mir, Erinnerungen stiegen plötzlich in mir auf. Ich ließ los. Ich ließ meinen Körper entscheiden, wonach ihm der Sinn stand. Ich lächelte und zitterte. Entspannte mich. Ich wurde Breitbild, Panorama, dreihundertsechzig Grad. Ich sah alles zugleich und konnte alles loslassen. Ich stand noch immer unter Schock.

Links ab, danach wieder links, automatisch schlug ich den Weg ins Zeehelden-Viertel ein. Von der Anna Paulownastraat ging es zwei Mal rechts und zwei Mal links in die Barentzstraat. Zu meinem Vater. Ihn brauchte ich jetzt.

Er stellte keine Fragen über meine Arbeit, horchte mich nicht aus, machte nicht aus einer Mücke einen Elefanten. Mein Vater räumte für mich auf, kochte Kaffee, stellte Tassen auf den Tisch und schickte seine Freundin Miranda zum

Bäcker Kuchen holen. Ich ließ alles über mich ergehen und erzählte nichts von dem Anschlag. Ich sagte lediglich, ich sei derzeit sehr beschäftigt. Und Guus sei verschwunden, auch das noch.

»Sie ist in der Ukraine«, erklärte ich, aber viel mehr nicht.

Mein Vater hörte mir lächelnd zu. Seit der Trennung meiner Eltern war mein Vater umgänglicher geworden. Er musste nicht mehr alles, was meine Mutter tat und dachte, verteidigen, musste von seinen Kindern nicht mehr verlangen, dass sie ihre Überzeugungen respektierten. Das übernahm sie nun allein. Er war acht Jahre älter als meine Mutter, knapp fünfundsechzig, und lebte so frei und ungezwungen, wie er es im Laufe seiner ganzen Ehe nie gekonnt hatte.

»Ich habe deine Mutter geliebt«, pflegte er zu sagen. »Aber es wurde mir immer schwerer, ihr zu folgen.« So war er. Wenn es an jemandem lag, dann an ihm, nicht an ihr. »Glaube ist ein Schiff auf dem Ozean«, sagte er. »Ich lebe auf dem Land.«

Er war pragmatisch und sanftmütig. Ich hoffe immer, dass ich ihm in dieser Hinsicht gleiche, obwohl ich ab und zu den Fanatismus meiner Mutter in mir erkenne.

Von seinem Computer aus checkte ich meine E-Mails und versendete einige Nachrichten. Fünf Minuten, länger nicht. Der Kaffee schmeckte gut. Miranda brachte Apfelschnitten mit und servierte sie auf kleinen Tellern mit Kuchengabeln.

»Hier sind sie inzwischen auch überall«, kommentierte sie. »Es gibt einen russischen Laden, eine russische Kneipe. Das Viertel verändert sich, stimmt's, Walter?«

»Sie ist in der Ukraine«, präzisierte ich.

Mein Vater lachte. »Früher konnte man sich hier nachts nicht mit dem Fahrrad auf die Straße wagen, so gefährlich war es. Eine richtig heruntergekommene Gegend. Das glaubt man heute nicht mehr, so ordentlich ist es hier geworden. Michael redet auch nicht von Russen, sondern von Ukrainern.«

Er machte sich Sorgen um mich. Die Probleme, die er vermutete, fasste er vor dem Hintergrund seiner Erfahrungen in Worte, im Jargon des Berufs, den er fast vierzig Jahre lang ausgeübt hatte.

»Ich bin Versicherungsmakler«, sagte er. »Ich denke in Durchschnittsmengen, das habe ich immer getan. Die Ausreißer nimmt man in Kauf, weil es immer um den Durchschnitt geht. Bei großen Mengen spielt es keine Rolle, ob es ab und zu eine kräftige Abweichung nach oben oder unten gibt. So funktioniert das. Aber bei dir …« Er tippte mir mit dem Zeigefinger auf die Brust. »… bei dir ist das etwas anderes. Ich wüsste gar nicht, welche Police ich dir verkaufen sollte. In deinem Leben gibt es so viele Ausnahmefälle, dass der Durchschnitt die Abweichung ist. Dafür gibt es keine Police.«

Abgesehen von dem Auftrag, den Ahmed und ich für die Versicherung durchgeführt hatten, hatte ich mich nie in das Fachgebiet meines Vaters vertieft. Es interessierte mich nicht. Versicherungen waren langweilig. Stinklangweilig. Doch jetzt benutzte mein Vater seine Regeln, um mir seine Sicht der Dinge zu erklären, und dadurch erkannte ich plötzlich, dass ich es genauso machte. Seine Regeln waren *die* Regeln. Jeder dachte so, unwillkürlich. So werden wir erzogen. Durchschnitt, Durchschnitt, Durchschnitt. Darum geht es. Das ist normal, das strebt man an. Das Außergewöhnliche gilt als Abweichung. Es ist nicht normal. Schlimm, fürchterlich und nicht normal. Mein Laptop war gestohlen worden. Schande! Nicht normal. Lies' Boot war angezündet worden. Katastrophe! Nicht normal. Jetzt müsste es doch bald mal vorbei sein mit den sonderbaren Vorfällen, sonst stimmen die Durchschnittswerte nicht mehr.

So dachte ich auch und war mir dessen nicht einmal bewusst gewesen. Nach jedem Vorfall wartete ich darauf, dass alles wieder normal werden würde. Dabei fragte ich mich aber keine Sekunde lang, was eigentlich normal war. Darauf hatte mich mein Vater mit der Nase gestoßen. In meinem Fall war die Abweichung normal und ich musste daher damit rechnen, dass weitere Abweichungen folgen würden.

»Das liegt nicht an dir«, sagte mein Vater. »Die Welt hat sich verändert. Wir jagen von einer Katastrophe zur nächsten und tun so, als sei jede Katastrophe eine Ausnahme. Überschwemmungen, Kriege, Krankheiten, Anschläge, Wirtschaftskrisen und so weiter. In letzter Zeit denke ich, dass es genau andersherum ist. Die Katastrophen sind die Norm und regieren heißt, zwischen den Katastrophen aufzuräumen. Mittelwerte sind überholt.« Er starrte aus dem Fenster. Dann sagte er: »Da fällt das Planen schwer. Möchtest du noch Kaffee?«

Bellilog 29.10.07

Laptop – chesttop.

»Man is the information he carries.«

BUCHSTÄBLICH!

Ich bin nicht tot.

Und ich werde auch nicht sterben.

Shit!

Atme ein, atme aus.

Atme ein, atme aus.

Rückzug, irgendwo in ein Loch. Wie ein Tier. Klein machen und still sein.

Regroup.

38

Kaufen Sie einen Menschen

Sylvia erwartete mich vor der Tür ihrer Kneipe in Rotterdam und brachte mich in ihr Haus ein paar Straßen weiter. Bei meinem Vater unterzutauchen war unmöglich. Meine nahen Verwandten waren zu leicht zu ermitteln, sie standen alle im Telefonbuch. Bei Sylvia brauchte ich mir eine Weile lang keine Sorgen zu machen. Die einzige Verbindung zwischen ihr und mir war ihre Telefonnummer in meinem Handy. Sie hatte schon Lies aufgenommen, da passte ich auch noch dazu. Sylvia wurde wieder ganz zu der alten Madam, die ihre Zöglinge vor der bösen Welt da draußen beschützen musste.

Lies bestürmte mich mit Fragen, von denen ich keine beantworten konnte. Ich tat so, als sei alles halb so wild, und wimmelte ihre Sorgen ab. Lies musste mich ständig abtasten, um zu kontrollieren, ob ich wirklich noch heile war. Sie zupfte an mir herum und versuchte, sich dadurch zu beruhigen, indem sie meine Schulter und meinen Arm tätschelte. Bis es sogar Sylvia zu viel wurde. Sie gab mir ein Handtuch und bugsierte mich ins Badezimmer.

»Erst duschen und danach eine Hühnersuppe«, sagte sie und schloss die Tür.

Ich brauchte beides nötiger, als ich gedacht hatte. Während das warme Wasser über mich strömte, spürte ich wieder die Pistolenschüsse. Dort, wo ich die Schläge auf die Brust bekommen hatte, genau da erschien jetzt ein Kratzer. Eine Markierung. *Gerettet von seinem Laptop* hätte auf einem Schild daneben stehen können. Hier war es. Das Zeichen brannte sich in mein Gedächtnis ein.

Die Hühnersuppe war heiß und salzig. Flüssige Energie. Sylvia hatte bereits ein Zimmer für mich zurechtgemacht, wenn ich gewollt hätte, hätte ich mich sofort ins Bett legen können. Hier hätte ich jahrelang bleiben können. Dann hätte ich nichts mehr tun müssen.

Sylvias Haus war ein Riesenkasten mit an die sieben Zimmern. Hohe Decken, hohe Fenster. »Die Herren haben eben gut für mich gesorgt«, meinte sie, als ich eine Bemerkung darüber fallen ließ.

»Ich glaube, du hast gut für dich selbst gesorgt.«

»Das auch.« Sie lächelte und meinte dann: »Das solltet ihr auch tun, denn so kann es nicht weitergehen.«

»Ich verstehe das nicht«, sagte ich. »Erst Lies' Boot und jetzt ich. Was habe ich denn getan, dass sie mich so hartnäckig verfolgen?«

Ich hatte einfach keine Antwort darauf. Ich hatte Dmytro sehr wütend gemacht. Ich hatte etwas getan, etwas, dessen ich mir nicht bewusst war, etwas, wodurch ich ihn verletzt, getroffen, beleidigt, bedroht oder alles auf einmal hatte. Wenn ich nur wüsste, was es war, hätte ich etwas unternehmen können. Dann hätte ich es benutzen können, um Dmytro auszuschalten.

»Also noch mal«, sagte ich. »Ich bin ihnen gefolgt, ich bin in ihrem Haus gewesen, ich habe mich dort umgesehen, ich habe eine Mail von ihrem Computer aus verschickt, ich habe einen Zigarillo mitgenommen. Das ist alles. Später habe ich sie durch ihre Webcam ausspioniert. Um Guus zu finden. Und das ist mir gelungen. Ich habe sie ein einziges Mal angerufen. Das war's. Danach habe ich sie nicht mehr belästigt. Also, was habe ich denn Schlimmes getan?«

Sylvia stand auf und ging hinaus in den Flur. Im Mantel kehrte sie zurück.

»Dazu brauche ich einen Schnaps«, sagte sie.

»Hast du nichts im Haus?«, fragte ich. Ich wäre lieber dort geblieben.

»Zu Hause trinke ich nicht«, erwiderte Sylvia. »Ich habe niemals Alkohol im Haus. Damit fange ich gar nicht erst an.«

An ihrem Stammtisch in der Kneipe wartete sie, bis die Bedienung ihr das Glas vorgesetzt hatte, einen langstieligen, bis obenhin gefüllten Kelch. Behutsam umfasste sie den Stiel mit Daumen und Zeigefinger und führte das Getränk zu den Lippen, ohne etwas zu verschütten. Sie trank einen Schluck und stellte das Glas wieder ab. All ihre Bewegungen waren präzise und kontrolliert. Sie zitterte nicht, sie hastete nicht, sie zauderte nicht. Ich rührte in meinem Kaffee, Lies in ihrem Tee.

Es saßen nicht viele Gäste in der Kneipe, der Montag war ein vergleichsweise ruhiger Tag. Leise Gespräche, ab und zu ein Lachen. Es war eine gemütliche, altmodische Kneipe. Braune Inneneinrichtung, Plüschdeckchen und Pappuntersetzer auf den Tischen.

»Es hat überhaupt nichts damit zu tun, was du getan hast«, begann Sylvia. »Er hat Angst vor dem, was du tun könntest. Du weißt, wer er ist, wo er sich aufhält, was er tut. Das ist gefährlich und darum musst du eliminiert werden.« Sie schwieg einen Moment lang. »Außerdem würde es ihm Vergnügen bereiten. Das hast du bis jetzt nicht begriffen.«

»Mehr nicht?«, fragte ich.

»Dazu kommen noch Ehrenkodex, verletzter Stolz, Machismo und was weiß ich noch alles. Das kann man ablehnen oder unsinnig finden, aber zumindest nachvollziehen. Die Lust an der Brutalität nicht.«

Ich fragte: »Die Gewalt verschafft ihm also einen Kick?«

»Nicht unbedingt die Gewalt«, erwiderte Sylvia. »Ihm geht es darum, seine Interessen zu verteidigen und durchzusetzen. Er glaubt sich im Recht, und eines solltest du nicht vergessen: Er ist nicht amoralisch. Keineswegs. Er betrachtet sich als Verteidiger der guten Sache.«

»Welcher guten Sache?«, fragte Lies.

Sylvia warf resignierend die Arme in die Luft. »Was immer sie darunter verstehen. Ich kenne diese Sorte Männer, ich habe Hunderte von ihnen getroffen, mehr, als mir lieb ist. Es hat sie immer gegeben und es wird sie immer geben. Männer, große Männer, stark, immer mit einer guten Geschichte und reichlich Geld unterwegs. Immer Geld. Cash, keine Kreditkarten, keine EC-Karten. Bargeld, so viele Scheine wie möglich. Damit werfen sie um sich. Geld, Waffen und Koks. Diese drei Dinge. In meiner Branche wimmelt es von solchen Kerlen. Die Mädchen liegen ihnen zu Füßen, sie haben zehn an jedem Finger ihrer Hand.«

»Macht«, stellte Lies fest.

Sylvia nickte. »Prost!«

Die Macht, zu tun, was sie wollten, sich von niemandem etwas sagen zu lassen. Eine fast romantische Vorstellung. Niemand, der über einen bestimmte, keine Polizei, keine Steuer, keine Kontrolle. In einer eigenen Welt zu leben, ohne Bürokratie, ohne Scherereien. Nein, mit Romantik hatte es nichts zu tun.

»Inwiefern Macht?«, fragte ich.

»Die Macht, die Frauen zu kaufen. Was könnte schöner sein, als einen Menschen zu kaufen?« Sylvia blickte mich provozierend an.

Vergeblich – ihre Frage war zu bizarr.

»Das ist das Schönste, was es gibt!«, fuhr sie fort. »Versuch mal, dir das vorzustellen: Du kaufst ein anderes Leben, einen Menschen. Das Kostbarste, was es gibt, und du kaufst es! Wenn du das kannst, hast du es geschafft. Das ist der Gipfel, mehr geht nicht. So funktioniert das. Und wenn du so viel Geld hast, dass es keine Rolle mehr spielt, wenn du dir einbildest, Stil zu haben, kaufst du eine Hure, zum vollen Preis, legst vielleicht noch ein paar Tausender drauf und nimmst ihre Dienste dann nicht in Anspruch. Du kaufst sie, um sie zu besitzen, um mit ihr machen zu können, was du willst, es aber nicht zu tun. Das nennen sie Stil.« Sie trank noch einen Schluck von ihrem Schnaps. »Davon gibt es allerdings nicht viele. Nur wenige sind so reich. Die meisten kaufen zum Eigengebrauch. Ein Leben. Einen Körper. Wie viel kostet die? Oder diese? Was wollen Sie für die da haben? Verhandeln, kaufen, mitnehmen. Die Zeiten haben sich geändert, alles andere ist gleich geblieben. Diese Mädchen haben nichts, und was sie besitzen, wird kaputt gemacht.«

Die Macht, einen anderen Menschen zu kaufen, wie Sylvia es beschrieben hatte, musste wie eine Droge wirken. Menschen als käufliche Körper zu betrachten und zu behandeln. Die Sache zog viel weitere Kreise, als ich gedacht hatte. Dmytro war kein Sexunternehmer, der ein Bordell eröffnete und Frauen dort arbeiten ließ, während er die Organisation und die Verwaltung übernahm. Seine Geschäfte spielten sich auf einem ganz anderen Niveau ab. Mir schwirrte der Kopf. Was hatte Guus mit diesen Leuten zu schaffen?

»Ich fahre hin.« Immer wieder kehrte ich zu diesem dummen Gedanken zurück.

»Nach Odessa?«, fragte Lies.

»Wenn sie dich verraten hat, wäre das doch ein guter Grund, nicht zu fahren«, erwiderte Sylvia.

»Guus ist keine Verräterin.« So glaubte ich. Das wollte ich glauben, vielleicht sogar wider besseres Wissen.

Aber wenn sie sich in die Bande eingeschleust hatte, was machte sie dann dort? War sie Dmytros Geliebte? Oder die eines der anderen Männer? Nein, die konnten überall Frauen bekommen, jüngere als Guus. Was sollten sie mit einer eigensinnigen Niederländerin um die vierzig?

Lies und Sylvia bombardierten mich mit Argumenten, warum ich nicht nach Odessa fahren, sondern mich bedeckt halten und abwarten sollte, bis alles vorbei war. Doch jeden Grund, den sie vorbrachten, verkehrte ich ins Gegenteil, sodass er mich umso mehr überzeugte, dass ich meine Sachen packen und in ein Flugzeug steigen musste. Ich wusste, dass Lies sofort mit mir kommen würde. Das hatte sie bereits gesagt. Ich brauchte nur noch einen Entschluss zu fassen.

»Hier kann ich mich nicht mehr auf der Straße blicken lassen«, sagte ich. »Also muss ich es dort tun.«

39

Tee? Milch? Cola?

Mitten in der Nacht klingelte mein Handy. Ich tastete auf der falschen Seite des Bettes herum und brauchte eine Weile, bis ich wusste, wo ich war. Im Gästezimmer bei Sylvia. Anderes Haus, anderes Bett.

»Hallo, Herr Nachbar!« Sterre klang, als käme sie gerade aus der Dusche. »Lust auf Telefonsex?«

Wie machte sie das nur? Dort war es zwei Stunden später als in den Niederlanden, halb vier morgens, und trotzdem war sie umwerfend fröhlich.

»Telefonsex?«

»Bist du jetzt wach?«, fragte sie und lachte. »Da du nichts von dir hören lässt, dachte ich, ich melde mich mal.«

»Um diese Zeit?« Ich rieb mir die Augen.

»Ja, dann bleibt wenigstens etwas hängen«, antwortete sie. »Ich habe schon bei mir zu Hause angerufen. Aber da hat keiner abgenommen. Wo bist du?«

»Überall und nirgends.« Gerade noch rechtzeitig fiel mir ein, dass ich niemandem sagen durfte, wo ich mich aufhielt. Ich wollte um jeden Preis vermeiden, dass meine Verfolger mich fanden, und sei es zufällig oder irrtümlich. Ich erzählte Sterre, was geschehen war und warum sie nichts von mir gehört hatte. Ich benutzte die Ereignisse als Vorwand, denn dass ich einfach nicht dazu gekommen war, mich zu melden, klang selbst in meinen Ohren zu kindisch und kränkend.

Doch sie war nicht geknickt, Moskau bedeutete wahnsinnige Hektik und unendliche nächtliche Partys. Im Vergleich dazu war Amsterdam ein Dorf. Die russische Jagd nach Erfolg war hart und verbissen. Sterre arbeitete vierzehn Stunden täglich, ging fünf Stunden mit allen möglichen

Leuten aus, in Bars, Clubs und Restaurants, und schlief dann fünf Stunden. So ging es in einem fort und die Zeit war noch lange nicht vorbei.

Sie sagte: »Ich muss also noch mindestens zwei Wochen bleiben. Wahrscheinlich sogar länger.«

Von meinem Bett aus zu ihrem Bett, über eine Entfernung von Tausenden Kilometern hinweg. Eine gemeinsame Nacht gab einem noch lange nicht das Recht auf das Leben eines anderen, auch nicht der Morgen danach. Und ein Haustürschlüssel schon gar nicht, obwohl ich den ja sogar in ihrem Briefkasten zurückgelassen hatte. Wir tasteten einander ab – mal sehen, was dabei herauskam. Einen Versuchsballon starten und warten, was der andere darauf antwortete. Lies und ich hatten uns ihr einfach aufgedrängt. Die Nacht und der nächste Morgen waren quasi die zwangsläufige Folge. Jetzt wollte sie wissen, ob da noch mehr war. Bei ihr. Bei mir.

Ich fragte: »Aus dem Telefonsex wird wohl nichts mehr, oder?«

»Tu, was du nicht lassen kannst«, antwortete sie. »Ich liebe mein Handy auch, aber es gibt Grenzen.«

Sagen, was man liebte, wen man liebte. Es war möglich, wir standen beide auf der Kippe, tanzten um den heißen Brei herum und zogen uns wieder zurück. Die Worte waren zu bedeutungsschwer.

Lies wusste, wie das alles zusammenhing: ein Teil Schicksal, ein Teil Suche nach dem Gleichgewicht und ein Teil Bewusstsein. Und natürlich mussten alle Chakren geöffnet sein, sodass die Energie frei fließen konnte. Kosmos, Körper, Erde, alles miteinander verbunden. Das war ja wohl das Mindeste.

Doch ich saß hier mit einem Brunnendeckel auf dem Kopf und hatte nicht mal eine Ahnung, wo der Lichtschalter war.

Ich, der Rationalist. Die Doppelacht. Karl hatte mir eingeschärft, vorsichtig mit ihr umzugehen. Ihr nicht wehzutun. Als hätte ich das gewollt.

»Fährst du eigentlich nach Odessa?«, wollte sie wissen.

»Woher weißt du das?«

»Warum hätte ich sonst die Adresse für dich herausfinden sollen?«

Schön vorsichtig sein, Herr Nachbar. »Ja«, antwortete ich, »ich fahre nach Odessa, aber aus einem anderen Grund, als du glaubst.«

Sie schwieg einen Moment lang. Ich konnte ihren Atem hören, als säße sie neben mir.

»Was glaube ich denn?«, fragte sie.

»Dass ich Guus liebe.«

»Aber das tust du doch?«

»Nein, aus diesem Grund fahre ich nicht. Ich fahre, weil ich nicht mehr anders kann.«

Sie reagierte nicht.

»Ich fahre, weil sie mich missbraucht.«

Sie fing an zu lachen. Es klang künstlich und übertrieben.

»Ach, was macht sie denn mit dir?«, fragte sie, immer noch lachend. »Tut's weh?«

»Sie loggt sich mit meinen Zugangsdaten bei den Justizbehörden ein, um dort irgendwelche Daten zu manipulieren. Ich weiß nicht, welche. Und damit ist sie schuld daran, dass ich bei denen unten durch bin.«

Sterre fand das noch immer witzig. Sie fand, das müssten alle machen. Sich in den Computer des Justizministeriums hacken und die Einträge über sich löschen. »Das haben die doch garantiert vor«, meinte sie. Sodass es aussähe, als seien sie nie verhaftet, nie verurteilt, nie vorbestraft gewesen. »Wenn ich dich richtig verstehe, hat dieser Dmytro kein Interesse daran, irgendwo registriert zu sein.«

»Das war er sowieso nicht«, entgegnete ich. »Er ist nie verhaftet worden.«

»Dann geht es um jemand anderen«, meinte Sterre. »Die müssen doch einen Grund haben?«

Nach unserem Gespräch lag ich hellwach im Bett. Szenen des vergangenen Tages spukten mir durch den Kopf. Allmählich waren sie mir vertraut, mehr, als mir lieb war. Vor allem diese Aufnahme von mir, als ich auf dem Bürgersteig des Korte Vijverbergs in mir zusammensank. Die konnte ich nicht mehr sehen. Wollte ich nicht mehr sehen. Dennoch verfolgte sie mich. Am liebsten hätte ich sie mit mehreren Gläsern Whiskey pur übergossen. Doch in diesem alkoholfreien Haus hatte ich keine Chance. Ich stand auf, zog eine Hose an und ging hinunter in die Küche. Auf noch mehr Kaffee hatte ich keine Lust. Tee? Milch? Cola? Ich öffnete den Kühlschrank und fand eine Packung Orangensaft. Ich schenkte mir ein Glas ein, nahm mir eine Zitrone aus der Obstschale, schnitt sie mittendurch und presste den Saft einer Hälfte in das Glas. Die Säure brannte mir im Magen und lenkte mich von meinen Grübeleien ab. Ich nahm den Saft und die anderen Zitronenhälfte mit ins Esszimmer und setzte mich an den Tisch. Im Dunkeln. Im Haus war es still und draußen war es still. Durch die Doppelglasscheibe sah ich die Maas als lautlosen schwarzen Strom vorbeiziehen. Kleine Schaumkronen auf den Wellen. Jedes Mal, wenn wieder die Szene auf dem Bildschirm hochkam, trank ich einen Schluck Säure.

Perfekt.

40

Dieses Gespräch führt zu nichts

Gijs wurde nicht laut. Das war nicht sein Stil. Er fluchte auch nicht. Dazu war er zu gut erzogen. Er machte eine endlose Pause, die mich ganz nervös machte.

»Typisch«, sagte er schließlich mit beißendem Zynismus. »Die Arbeit stapelt sich hier bis an die Decke und du verdrückst dich.«

In seinen Augen ließ ich ihn im Stich, um irgendeiner fixen Idee nachzujagen. Unterdessen durfte er die Kastanien aus dem Feuer holen. Am meisten ärgerte er sich darüber, dass ich nicht nach Amsterdam kommen, sondern mich irgendwo anders mit ihm treffen wollte, ja, dass ich ihm nicht einmal sagen wollte, wo ich mich aufhielt.

»Du hast einem Assistenten eine Präsentation übertragen und bist nicht einmal persönlich erschienen!«

»Weil es nicht nötig war!«, schrie ich. »So war es besser für ihn und besser für uns!«

»Es war unverantwortlich. Vielleicht solltest du überlegen, dich aus der Firma zurückzuziehen«, erwiderte er ruhig.

Gijs musste nicht laut werden. Ein solcher Satz traf mich viel tiefer. Gijs und ich hatten die Firma gemeinsam gegründet und sie zu dem gemacht, was sie war, ein kleines Unternehmen mit großen Kunden.

»Wir arbeiten zusammen, und wenn du dich dazu nicht in der Lage siehst, habe ich mich offenbar in dir getäuscht.« Er unterbrach die Verbindung.

Ich hatte ihn noch nie so schroff erlebt. Mit Gijs hatte ich immer reden können, über alles, er war derjenige, der nach Lösungen suchte, selbst wenn es keine zu geben schien. Ich wollte nicht aus der Firma ausscheiden, es war unsere Firma, meine genau wie seine. Er hatte nicht darüber zu bestimmen, ob ich anwesend war oder nicht. Es war eine unangenehme Situation und ich hatte nicht vor, die Sache auf sich beruhen zu lassen. Ich rief Gijs zurück.

»Was ist?«, fragte Gijs. Eiskalt.

Ich wurde laut. Und ich fluchte. Streit mit ihm konnte ich nicht auch noch ertragen. Ich brauchte Unterstützung, keine Verurteilung. Kritik konnte ich einstecken, bestimmt hätte ich dies oder jenes anders, ja, besser machen können. Aber auch darin war ich empfindlich, schließlich hatte ich nichts falsch gemacht.

Gijs wartete schweigend, bis ich fertig war. »Bis jetzt hattest du mir noch nichts Neues zu sagen«, meinte er.

»Beim Justizministerium komme ich nicht mal mehr in den Computer rein!«, gab ich zu bedenken.

»Das hattest du bereits erwähnt, und gestern Nachmittag stand jemand vom Ministerium vor der Tür, um zu kontrollieren, was bei uns los ist. Er hat nichts mitgenommen, nicht einmal etwas angefasst. Das war auch nicht nötig. Aber diesen Mandanten sind wir los. So viel ist klar.«

Die Justizbehörden waren unser größter, treuester und vor allem einer unserer wichtigsten Kunden und außerdem eine Art Qualitätsnachweis. Wenn man für die Justiz arbeitete, war man für gut befunden worden. In jeder Hinsicht. Man war ehrlich, man war effektiv, man war verlässlich und wurde mit komplizierten Aufgaben fertig. Diesen Stempel hatten wir und er war Gold wert. Wenn uns die Justiz die Aufträge entzöge, wären wir mit einem Makel behaftet. Zwar nicht offiziell, aber die Mundpropaganda würde uns den Boden unter den Füßen wegziehen. Plötzlich wären wir die Jungs, die bei der Justiz rausgeflogen waren. Mit einer solchen Unternehmensberatung würde niemand mehr arbeiten wollen. Für Gijs van Olde Nieland würde das eine Blamage bedeuten, die seine Familie nie und nimmer akzeptieren würde. Ein van Olde Nieland besaß Einfluss und ging äußerst behutsam damit um, stets diskret im Hintergrund. Dass einer von ihnen bloßgestellt wurde, war undenkbar. Seine Familie würde sich in dem Verdacht bestätigt sehen, dass er sich nicht mit mir hätte einlassen dürfen.

Gijs hatte sich bisher nie um die Meinung seines Vaters oder anderer Verwandter geschert – er kannte mich, wir hatten jahrelang bei einer großen Unternehmensberatung zusammengearbeitet. Er wusste, was ich konnte, ich wusste, was er konnte. Wir ergänzten einander. Doch diesmal, zum ersten Mal, schien es, als würde er sich auf die Seite seiner Familie schlagen.

»Du bist nicht bei der Sache«, warf mir Gijs vor, »und das geht nicht. Als Unternehmensberater muss man hundert Prozent geben. Wenn man weniger leistet, sollte man lieber aufhören. Und du leistest viel weniger. Schon seit einiger Zeit. Dass du immer wieder in brenzlige Situationen gerätst, ist ein Indiz für deinen Mangel an Einsatzbereitschaft.«

Das war ein harter Schlag. Seine distanzierte Unternehmensberater-Ausdrucksweise tat weh und setzte ein Gedankenkarussell in Gang, das sich meiner Kontrolle entzog. Der eine Gedanke führte unabwendbar zum nächsten, als klebten sie aneinander. Wenn er fand, dass ich schon seit einiger Zeit weniger leistete, als ich sollte, hätte er den Mund aufmachen müssen. Aber er hatte nie etwas gesagt. Offenbar hatte er es mir absichtlich verschwiegen, weil er es nicht für notwendig oder richtig hielt, dass ich wusste, wie er über mich dachte. Angenommen, er hielt es für überflüssig, dann hatte er mich bereits abgeschrieben, und wenn er es nicht für richtig hielt, vertraute er mir nicht und hatte mich also ebenfalls bereits abgeschrieben. In diesem Fall erzählte er mir vermutlich auch nicht, was er machte, und unternahm manches, ohne mich mit einzubeziehen. Mir wurde fast übel von den kreisenden Gedanken. Gijs war dabei, seine Mandanten und seine Beziehungen zu retten, sein Netzwerk musste geschützt werden und ich war kein Teil davon.

»Was immer du auch an Guus findest, du gibst dich mit Kriminellen ab«, warf er mir vor.

Ich konnte mich kaum noch beherrschen. Gijs kannte die Zusammenhänge, und zwar genauso gut wie ich. Er war dabei gewesen. Er kannte Guus, er wusste, wer sie war.

»Sie ist verurteilt worden und hat im Gefängnis gesessen und jetzt ist sie mit einer Bande von ukrainischen Zuhältern unterwegs. Was soll ich denn deiner Meinung nach davon halten?«

Ich schwieg.

»Du müsstest es besser wissen, als ihr hinterherzulaufen. Du hast keine Ahnung, wie groß der Schaden ist, den du anrichtest.« Seine Stimme klang hart und definitiv, als schlage er eine Tür zu. »Meine Chinareise habe ich bereits abgesagt. Der Mandant meutert und höchstwahrscheinlich verliere ich den Auftrag, aber ich kann jetzt nicht weg. Ich muss den Laden hier schmeißen.«

Er ging auf Distanz und gab zu verstehen, dass er enttäuscht war. Das Schlimmste war dieser Tonfall, den er dabei anschlug. Enttäuscht, ja, von sich selbst, weil er es nämlich besser hätte wissen müssen. Er verbarrikadierte sich. Es war die Feigheit des Mannes, der sich überlegen fühlt.

Ich explodierte. Ich schrie ihn am Telefon an. Meine ganze Frustration der vergangenen Woche löste sich und Gijs bekam sie ab. Selber schuld. Wenn er mir nicht den Rücken deckte, hatte er jedes Recht, sich überlegen zu fühlen, verspielt. So sah ich die Sache.

»Ich glaube nicht, dass dieses Gespräch zu etwas führt«, sagte er und legte auf.

Zitternd vor Wut wählte ich eine andere Nummer.

»Was immer Gijs auch in nächster Zeit behaupten mag: Ich bin Partner von *BON Consult*, bis *ich* sage, dass ich es nicht mehr bin. Lass dir nichts vormachen.«

Karl lachte leise und sagte: »Klingt wie ein Problem, in das ich mich nicht einzumischen habe.«

»Dann sind wir uns also einig.«

Wieder lachte er. Karl war nicht leicht zu verstehen. Hyperintelligent und zugleich sachlich und pragmatisch. Er konnte Systeme analysieren und konstruieren, mit denen eine ganze Stadt funktionierte, und er konnte Menschen zu einem Team zusammenschweißen. Er hatte ein Radar für Heuchler und Dummschwätzer und war knallhart, wenn ihm jemand etwas vormachte.

»Ich mische mich nie in die Eheprobleme anderer ein«, sagte er.

»Gijs und ich sind nicht verheiratet«, erwiderte ich.

»Irrtum«, entgegnete er. »Partner in einer Firma sind miteinander verheiratet. Mehr als mit ihrer Frau. Und du hast nicht mal eine Frau.«

41

Alles passt

Zum zweiten Mal innerhalb von zwei Wochen saß ich ohne Computer da. Es wurde zu einer lästigen Gewohnheit. Lies hatte ebenfalls keinen mehr und Sylvia besaß nur eine alte Kiste, die kaum noch den modernen Internetanforderungen genügte.

Im nächsten Computerladen suchten wir zwei Laptops aus. Einfache Modelle mit eingebautem Wireless-Lan-Modem und hellem Bildschirm.

An der Kasse drängte mich Sylvia quasi beiseite. Lies und ich durften nicht bezahlen.

»Wenn ihr untertauchen wollt, dürft ihr vor allem weder mit EC-Karte noch mit Kreditkarte zahlen«, sagte sie. »Ansonsten haben sie euch innerhalb eines Tages aufgespürt.« Sie holte ein überdimensionales Portemonnaie aus der Tasche. »Außerdem ist der eine für mich.« Sie sah die Verkäuferin an. »Wie viel macht das zusammen?« Sie zog einen Stapel Banknoten hervor, lauter Fünfzig-Euro-Scheine. »Es geht doch nichts über einen Fünfziger«, sagte sie. »Und nur bares Geld ist wahres Geld. Ich mag Bargeld«, fügte sie hinzu. »So bin ich aufgewachsen. Alles, was ich verdient habe, bekam ich in bar ausgezahlt. Zu meiner Zeit kamen die Herren nicht mit EC-Karte zu einem Mädchen. Das gehörte sich nicht. Die Mädchen bekamen Geld, richtiges Geld. Scheine, davon hatte man etwas. Die Herren hatten immer eine Rolle in der Tasche dabei. Hundert für ein Mal und dreihundert für eine Nacht. Cash auf den Tisch. An Kerle, die gefragt haben, ob sie mit Karte zahlen könnten, habe ich mich nie gewöhnt. Dann hatte ich schon gleich keine Lust mehr. Hau bloß ab mit deiner Karte.«

Die Augen der Verkäuferin wurden immer größer. Sie war wohl erst Anfang zwanzig.

»Das macht dann achthundertdreiundsechzig fünfundsiebzig«, sagte sie.

»Sie habe ich natürlich nicht gemeint, Kindchen«, sagte sie zu der jungen Frau. »Aber Sie werden mir ja wohl recht geben. Mit so einem Stück Plastik kann jeder behaupten, er sei Millionär. Wedelt ein bisschen mit seinem Ding rum, aber wer weiß, was er auf dem Konto hat? Vielleicht gar nichts. Nein, wenn ein Kerl mit Barem ankommt, weiß man, was man hat. Je dicker die Rolle, desto größer der Spaß. Glauben Sie mir.«

Sylvia zählte achtzehn Scheine ab und behielt sicher noch zwei Mal so viele übrig. Sie steckte den Rest ein und verstaute das Portemonnaie wieder in ihrer Handtasche. »Und du solltest nicht mehr mit deinem Handy telefonieren«, ermahnte Sylvia mich. »Die Dinger kann man auch überall orten.«

Ich lachte. Was die Karten anging, hatte sie recht, alle Transaktionen wurden registriert. Handys konnte man zwar auch orten, aber die Technik, um ein spezielles Telefon zu lokalisieren, war komplizierter als das Auffinden einer Kreditkarte anhand einer Zahlung. Außerdem brauchte man eine Sondergenehmigung dafür. Niemand konnte sich ohne Weiteres darüber hinwegsetzen. Außerdem musste ich ein gewisses Risiko eingehen, denn wenn ich in die Ukraine wollte, brauchte ich Geld. Tickets, Hotelzimmer, Kleider, Essen. Alles musste bezahlt werden.

»Darum kümmere ich mich schon«, erwiderte Sylvia und drängte mich aus dem Laden. »Vor unserer Abreise will ich alles geregelt haben.«

Ich war sprachlos.

»Lies und ich haben alles besprochen und sind uns einig«, sagte Sylvia und rührte in ihrem Kaffee. Um uns herrschte die Betriebsamkeit eines Kaufhausrestaurants – Leute mit Taschen in der einen und einem Tablett in der anderen Hand versuchten verzweifelt, irgendwie zu bezahlen. Das Stadtzentrum war anonym und sicher.

Lies nickte und sagte: »Die Störung ist zu groß.«

Sylvia ergänzte: »Ganz nüchtern betrachtet wird die Sache kein Ende nehmen, bis diese Männer ihr Ziel erreicht haben. Sie bestärken sich gegenseitig.«

»Beide sind eine sechs«, pflichtete Lies ihr bei.

»Das sagt alles«, meinte Sylvia, hielt eine Hand hoch und zählte mit der anderen ab. »Emotional. Durch und durch.«

»Kein bisschen spirituell«, fiel Lies ein. Sie schüttelte den Kopf, als sei ein so großer Mangel an Spiritualität schier unvorstellbar.

»Sie handeln rein emotional. Ich fühle dies, also tue ich das. Unmittelbar.« Sylvia stampfte mit dem Fuß auf.

»Kein Gleichgewicht zwischen oben und unten.« Lies schüttelte immer noch den Kopf.

»Starke Energie, sehr stark, aber alles nur auf einer Seite.« Lies und Sylvia sahen einander an. Sylvia erhob den zweiten Finger. »Komm ihrer Familie und ihrem Heim nicht zu nahe, sonst gibt es Krieg. Sie schlagen knallhart zurück.«

»Wieder diese Emotionalität«, sagte Lies.

»Grenzenlos. Die Familie und ihr Heim, das ist ihr Herz. Alles passiert hier.« Sylvia schlug sich mit einer Hand auf die Brust.

Dritter Finger. »Und sie sind die Chefs. Andere sind von ihnen abhängig. Zwangsläufig.«

»Das ist lebenswichtig für sie«, sagte Lies. »Manchmal ist das schwer zu verstehen. Sie brauchen andere, die ganze Zeit. Sie unterwerfen sie, das ist unabdingbar. Andere außer ihnen haben kein Recht, Entscheidungen zu treffen. Sie sind abhängig, sie haben keine Wahl, und Sechser, diese Sechser jedenfalls, tun alles dafür, um diesen Zustand aufrechtzuerhalten.« Sie schwieg.

Ich dachte an die Frauen in dem Haus am Lauriertuin. Ihre Abhängigkeit war offensichtlich. Sie folgten den Männern, ohne Widerstand zu leisten. Dmytro und Vlodo unterwarfen sie mit Gewalt, das hatte ich mit eigenen Augen gesehen, und setzten sie zusätzlich psychisch unter Druck.

»Ich habe Angst, dass Guusje da nie wieder herauskommt«, gestand Lies. »Es ist ein Strudel des Ungleichgewichts.« Trotz der günstigen Zahlen am Tag von Guus' Freilassung schienen sich diese Zeichen immer weiter zu verschlechtern.

Lies und Sylvia hatten einen Plan geschmiedet, in dem ich zunächst einmal gar keine Rolle spielte. Mit wachsendem Staunen hörte ich Sylvia zu. Sie erwies sich als Quell der Überraschungen und vereinte sehr unterschiedliche Eigenschaften in sich. Beim ersten Kennenlernen reagierte sie zunächst distanziert, sogar abweisend, bis sie ihr Gegenüber akzeptiert hatte. Dann übernahm sie das Ruder. Sie war energisch und vorsichtig, grob und sensibel zugleich. Lies und sie sprachen die gleiche Sprache, auch wenn ihr Leben vollkommen unterschiedlich verlaufen war. Sylvia hatte keine Kinder, was bei ihrem Beruf nicht weiter verwunderlich war. Sie hatte auch keinen Mann. »Nie einen gehabt«, sagte sie. »Nach so vielen Männern funktioniert das nicht mehr. Ich kenne sicher tausend. Nicht alle gleich gut natürlich.« Sie lachte. Mit einigen dieser Männer hatte sie sich in Verbindung gesetzt. Ihr Netzwerk war natürlich alt, aber alle, an die sie sich wandte, waren Rotterdamer, die wussten, was in der Welt käuflich war. Zähe Hafenmänner und spießige Stadtherren, sie kannte sie alle. Über sie hatte Sylvia Kontakte nach Odessa geknüpft. In weniger als zwei Tagen hatte sie mehrere Namen und Adressen von Leuten gesammelt, die ihr weiterhelfen konnten.

»Das ist die ehemalige Sowjetunion, wenn man keine Leute kennt, erreicht man gar nichts. Geld gegen Gefallen. Korrupt bis zum Gehtnichtmehr, aber so funktioniert das da drüben nun mal.«

»Mit Fünfzigern«, nahm ich an.

»Und Hundertern und Fünfhundertern, und zwar so vielen wie nötig.«

Sylvia war stark, sie zeigte, was sie hatte und was sie konnte. Eine Neun, hatte Lies gesagt. Sylvia verkörperte eine Unerbittlichkeit, die keine Widerrede duldete. Nachdem ich den Entschluss gefasst hatte, übernahm sie die Führung. Lies und Sylvia fuhren nach Odessa, und wenn ich mich gut benahm, durfte ich mit. So schnell hatten sich die Verhältnisse geändert.

»Wie wolltest du denn dort vorgehen?«, fragte mich Sylvia. »Beim Fremdenverkehrsamt nach dem Weg fragen?«

Über ein befreundetes Reisebüro buchte sie die Tickets. Bar bezahlt, mit einer Versicherung gegen noch mehr Bares. Wir brauchten weder Visa noch Impfungen. Sylvia kaufte Koffer, Taschen und Kleider. Einen neuen Rucksack für mich. Ich wurde zur Untätigkeit verdammt. Ich musste unauffindbar bleiben. Ich stellte mein Telefon ab und eine Ruhe überkam mich, wie ich sie seit Langem nicht mehr gekannt hatte. Ich konnte weder anrufen noch angerufen werden. Ich hatte keinen Kontakt mehr zur Firma. Weder mit Gijs noch mit Ahmed noch mit Karl. Sylvia war streng und je weiter die Vorbereitungen voranschritten, desto klarer erkannte ich die Vorteile ihrer Strategie. Ob sie recht hatte oder nicht, spielte nicht einmal mehr eine Rolle, der Kommunikationsabbruch wirkte wie ein Filter. Jetzt, wo ich mit niemandem mehr sprach, merkte ich erst, wie sehr das viele Reden ablenkt, wie es einen in alle möglichen Richtungen leitet und immer wieder neue Möglichkeiten eröffnet, wodurch man letztendlich nichts unternimmt. Informationen, Meinungen, Fakten, für jede Entscheidung gibt es schlüssige Argumente.

Alles passt, das ist das Schlimme.

Durch die Isolation konnte ich mich auf unsere Unternehmung konzentrieren. Auf meine jedenfalls, denn trotz der markigen Sprüche von Sylvia war ich der Überzeugung, dass ich es sein würde, der in Odessa auf der Suche nach Guus die Straßen abklapperte.

»Aber du sprichst ja nicht mal die Sprache«, wandte Lies ein.

»Eine von euch vielleicht?«, entgegnete ich.

Sylvia reagierte nicht. Sie blätterte mit einer Lesebrille auf der Nase in ihrem Adressbuch herum. »Im Grunde bräuchten wir noch einen Beamten«, sagte sie und sah mich an. »Kannst du nicht über deine Freunde bei den Justizbehörden jemanden auftreiben?«

42

Ein irreversibler Knacks

Sylvia verlangte manchmal Unmögliches, als sei es die normalste Sache der Welt. Auf der Grenze zwischen Oberschicht und Unterwelt zu balancieren, war ihr zur Gewohnheit geworden.

»Wir bräuchten jemanden mit einflussreichen Freunden, so einen Kerl, auf dessen Bekanntschaft du eigentlich keinen gesteigerten Wert legst, der aber die Durchwahl des Polizeipräsidenten in der Tasche hat.« Sie lachte. »Ich habe früher so einen Mann gekannt. Ab und zu rief er an und fragte, ob er nicht für ein paar Tage einen Koffer bei mir unterstellen könne.«

»Und was war darin?«

»Keine Unterhosen.« Mehr sagte sie nicht darüber. Sie schob die Koffer bei einem der Mädchen unters Bett, bis er ihn wieder abholte. »Keine Fragen«, sagte sie. »Nie. Das war Ehrensache.« An ihren Augen war abzulesen, dass sie dieser Zeit nachtrauerte, damals, als sie mitten im Leben stand und ein Bindeglied im Netzwerk jener Männer war, die immer irgendwo etwas zu regeln oder zu verbergen hatten. »Er wusste, dass seine Sachen bei mir sicher waren. Selbst wenn am nächsten Tag der Oberstaatsanwalt mit einem der Mädchen direkt auf seinem Koffer lag, verstehst du? Zu mir sind die Männer nicht gekommen, um unter das Bett zu schauen. Das konnten sie zu Hause tun.«

Durch meine Arbeit für die Justizbehörden hatte ich eine Reihe von Leuten kennengelernt, die Mitglieder des Militärs oder sogar von Sonderkommandos waren, aber ich konnte sie nicht so ohne Weiteres anrufen. Ich hatte nicht einmal Telefonnummern von ihnen. Meine Arbeit hatte mit Politik und Kommunikation zu tun, nicht mit der Funktion der Institutionen.

Ich fragte: »Könntest du denn nicht versuchen, diesen Mann zu erreichen?«

Sylvia zuckte mit den Schultern. »Ich habe ihn bestimmt seit fünfzehn Jahren nicht mehr gesehen. Früher hatte ich natürlich eine Nummer von ihm.« Sie stand auf, ging zu einer Kommode und suchte in den Schubladen.

»Wie heißt er?«

»Meistens nannte er sich Serge. Oder Leonid.«

Sie wühlte in einer Schublade und nahm einen Stapel Papiere heraus, Briefe, Postkarten, lose Blätter. Plötzlich sah man ihr ihr Alter an, wie sie dort stand, Lesebrille auf der Nase, leuchtend rot lackierte Fingernägel, etwas zu dicke Wimperntusche, fahle Haut. Sie stammte aus einer vergangenen Epoche, die noch gar nicht so lange her war. Als ich geboren wurde, war sie dreißig, auf dem Höhepunkt ihres Ruhms in einer Stadt, in die Leute aus aller Welt strömten. Es gab weder Internet noch Handys, weder SMS noch E-Mail, weder Satellitenverbindungen noch EC- oder Kreditkarten. Zwei Sender im Fernsehen. Man telefonierte oder schrieb Briefe oder die Leute kamen persönlich vorbei, und dann waren sie auch voll und ganz da. Für sie.

»Heutzutage haben alle ein Handy am Ohr und schauen einen nicht mehr an«, klagte sie. »Sie sind nirgendwo mehr, denn sie sind überall erreichbar. Erreichbarkeit ist kein Ort.« Das vermisste sie, die Intimität des Zusammenseins. Die Männer von Sylvia Koper kamen ihretwegen und dann gab es niemand anderen mehr für sie. »Er hat mich immer ›Koop‹ genannt. ›He, Koop‹, hat er gesagt, ›bei dir bin ich sicher, nirgendwo sonst.‹ Einmal kam er mit einem Freund zusammen und ist drei Tage geblieben. Der Freund auch. Nonstop. Sie haben das Haus nicht verlassen. Weil es ihm gefallen hat. Und er konnte sich auch wirklich nicht beklagen. Die Mädchen gaben ihr Bestes, dafür habe ich schon gesorgt. Aber dadurch war er natürlich auch drei Tage lang von der Bildfläche verschwunden. Spurlos. Das meine ich.« Sie legte den Stapel Papiere zurück und holte den nächsten hervor. »Und Geld war nie ein Thema. Nie.« Sie zog einen Zettel aus dem Stapel. »Verdammt, hier ist sie ja!«

Sie schien sich selbst darüber zu wundern. Sie starrte den Zettel in ihrer Hand an, blinzelte, und fünfzehn, zwanzig Jahre flogen vorbei. In der Zeit, in der die Sowjetunion zerbrach, und in den Jahren danach hatten die Spezialisten des KGB alle Hände voll zu tun. Viele Leute brauchten Schutz und es bestand ein großer Bedarf an gut ausgebildetem Sicherheitspersonal mit einflussreichen Beziehungen. Die ehemalige Puffmutter betrachtete den Namen eines Mannes, der ihr sichtlich mehr bedeutet hatte als die vielen anderen.

»Denk an mein Herz«, sagte sie und reichte mir den Zettel.

Ein Name und eine Telefonnummer, mehr stand nicht darauf. Ich ging damit zum Telefon. »Sollen wir es einfach mal versuchen?«

Sylvia sagte nichts, sie brachte keinen Ton heraus, aus Angst, die Erinnerungen könnten unter ihren Worten zerbrechen. Sie sah mich nur an, blickte auf meine Hände.

Ich griff nach dem Telefon und gab die Nummer ein. Schon nach der Hälfte ertönte das Signal für ›Kein Anschluss unter dieser Nummer‹. Wahrscheinlich stammte die Telefonnummer noch aus der Zeit der Sowjetunion. Sie konnte zu einem Anschluss in Russland, Georgien, der Ukraine, Kasachstan oder sonst wo gehört haben. Zur Sowjetunion gehörten fünfzehn Republiken, die nach 1991 selbstständig geworden waren. Serge konnte sich heute überall aufhalten.

»Tut mir leid«, sagte ich.

»Macht nichts.« Sylvia versuchte, lässig darüber hinwegzugehen, doch mit ihrer beiläufigen Geste konnte sie nicht überspielen, dass ihr Tränen in den Augen standen. Ganz plötzlich.

Sie schwieg, drehte sich um und verließ das Zimmer.

Minutenlang wanderte ich mit dem Zettel in der Hand hin und her. Immer wieder blickte ich den Namen und die Nummer an. Setzte mich, stand wieder auf. Nach einer Viertelstunde verließ ich das Haus und ging ein paar Straßen weiter bis zu meinem Auto. Ich brauchte Luft, Land und freie Natur. An der Maas entlang fuhr ich stadtauswärts, an Krimpen vorbei und kurz hinter Lekkerkerk in die Polder hinein. Bei Benedenberg parkte ich das Auto und stieg aus. Der Novemberanfang war trocken und kalt, in den letzten Tagen war die Temperatur um fast zehn Grad gesunken. Vor mir erstreckte sich die flache grüne Landschaft. Unter dem fahlen Himmel wirkte sie noch flacher und weitläufiger als sonst. Alles wies darauf hin, dass ich kurz davorstand, den größten Fehler meines Lebens zu begehen. Ich hatte in Odessa nichts verloren. Ich hätte Sylvia und Lies an der Reise hindern sollen, anstatt sie zu unterstützen. Ich hätte mich auf mein eigenes Leben und meine Arbeit konzentrieren sollen. Ich hätte auf Gijs hören sollen.

Ich hätte … Ich hätte …

Ich holte mein Handy aus der Tasche, schaltete es ein und rief bei der Polizei in Den Haag an, um mich zu erkundigen, ob es in meinem Fall schon neue Erkenntnisse gab. Eine befriedigende Antwort erhielt ich nicht. Sie arbeiteten daran. Es dauere eben seine Zeit. Es sei kompliziert. Die Ermittlungen verliefen schleppend. Enttäuscht unterbrach ich die Verbindung. Wenn wir darauf warten mussten, dass sämtliche internationalen Formalitäten erfüllt waren, bis wir in der Ukraine Untersuchungen durchführen dürften, wären wir in einem Jahr noch nicht weiter. Ich kannte die Vorschriften und die endlosen bürokratischen Verfahrensweisen. Bei den Justizbehörden hatte man jeden Tag damit zu tun. Lies, Sylvia und ich hatten größere Chancen, etwas herauszufinden. Mit den richtigen Kontakten waren wir schneller und effektiver. Während ich über den schmalen Weg durch die Polder spazierte, rief ich Sterre an und fragte, ob sie wusste, wie man jemanden in Russland ausfindig machen könne, wenn man nur einen falschen Namen und eine nicht mehr existierende Telefonnummer besaß.

Ich bemerkte meine Verfolger erst, als ich fast schon bei Sylvia war. Bevor ich die belebten Straßen der Stadt erreicht hatte, hatte ich kaum auf meine Umgebung geachtet, ich war zu sehr in Gedanken gewesen. Ich hatte immer noch Sterres Stimme im Ohr, fröhlich und voller Energie. Ich lauschte noch ihrem Nachhall. Langsam schlich ich den Maasboulevard und die Boompjes entlang. Es war viel los und ich musste mich zwingen, mich zu konzentrieren. Kurz vor der Erasmusbrücke sah ich das Auto. Sylvia wohnte am Flussufer, ein paar hundert Meter hinter der Auffahrt zur Brücke. Niemand wusste von Sylvia Koper, ihr Name war noch in keinem Zusammenhang gefallen. Solange ich mich von ihr fernhielt, waren wir bei ihr sicher. Eine unbekannte Adresse musste unbekannt bleiben. Und das war sie bislang noch, da war ich mir sicher, denn in den Poldern außerhalb von Rotterdam hatte ich den Mercedes nicht gesehen und dort wäre er mir unweigerlich aufgefallen. Sie mussten mich irgendwo auf dem Weg stadteinwärts aufgespürt haben. Was immer ich tat, ich durfte sie nicht zu Sylvias Haus lotsen. Wenn dieser Unterschlupf bekannt wurde, wären wir verloren.

Um mich herum kam der Verkehr zum Erliegen. Ampeln. Rechts zweigte eine Seitenstraße ab. Zwei Autos hinter mir stand der Mercedes, den ich schon seit Tagen nicht mehr gesehen hatte. Wie sie mich gefunden hatten, war mir ein Rätsel, und trotzdem standen sie da. Eine dunkelblaue Limousine mit einem Kennzeichen, das ich mittlerweile sofort erkannte, sogar in Spiegelschrift. Zwei Typen mit Sonnenbrillen hinter der Windschutzscheibe. Immer das gleiche Muster: Sie fanden und verfolgten mich. Sie spürten mich überall auf: in einem Haus, auf einem Boot, in einer Wohnung oder auf einer menschenleeren Straße. Und dann griffen sie an. Jedes Mal wieder. Als seien die Niederlande ein kleines Dorf, wo man sich andauernd begegnete.

Die Ampel sprang auf Grün und einige Autos fuhren über die Kreuzung. Anschließend stand wieder alles. Der totale Verkehrsinfarkt. Ich blickte in den Rückspiegel. Ich hatte keine Ahnung, wie ich sie loswerden sollte. Ich konnte jetzt nachfühlen, wie sie Lulu und Gracie im Griff hielten. Was Dmytro einmal hatte, ließ er nicht mehr los. Was er wollte, bekam er. Früher oder später. Er ging mit stoischer Geduld und beängstigender Hartnäckigkeit vor. Auf lange Sicht hatten all seine Bemühungen nur eine einzige logische Konsequenz. Und die wollte ich unbedingt vermeiden. Ich wollte nicht in einem brennenden Haus, durch einen Unfall oder einfach mit einer Kugel im Kopf enden. Das wollte ich nicht.

Im Außenspiegel sah ich, wie sich ein Fahrradkurier näherte, erst auf der Straße, dann auf dem Bürgersteig. Behände und flink schlängelte er sich zwischen den stehenden Autos hindurch. Schließlich manövrierte er sein Rad wieder auf den Bürgersteig und lehnte es gegen die Fassade eines Bürogebäudes. Er schellte und ging kurz darauf hinein.

Ich zögerte keine Sekunde, schaltete den Motor meines Wagens ab, zog den Schlüssel aus dem Zündschloss und stieg aus. Ich rannte zwischen den Autos hindurch auf den Bürgersteig, packte das Fahrrad und sprang auf. Hinter mir hörte ich Geschrei und Rufe. Ich trat in die Pedale, schaltete hoch, bog fünfzig Meter weiter in eine Seitenstraße ein und verschwand über die Kais und durch die Straßen des alten Hafens von Rotterdam. Terwenhaven, links ab, Glashaven, über die Brücke zum Leuvenhaven, in die Posthoornstraat. So schnell ich konnte sauste ich dahin und blickte mich nicht ein einziges Mal um. Weiter, immer weiter.

Ich kannte Rotterdam nicht gut, nur die Gegend um den Hauptbahnhof. Dorthin wollte ich. Mich unter die Menge mischen.

Über den Blaak, weiter hinein ins Zentrum, links ab, über den Coolsingel, in die Einkaufsstraßen. Noch mal nach rechts, eine lange, gerade Straße, über die Weena. Dort ließ ich das Fahrrad zurück, rannte zwischen den Straßenbahnen hindurch, lief in den Bahnhof hinein, durch die Gänge und am anderen Ende wieder hinaus. Mitten in dem gegenläufigen Strom der Menschen, Hunderten, die in den Bahnhof hineinwollten, und Hunderten, die gerade herauskamen, blieb ich stehen. Keuchend blickte ich mich um. Die Sonnenbrillen, nach denen ich ängstlich Ausschau hielt, waren nirgends zu sehen. Ich wartete. Eine Minute. Zwei Minuten. Noch eine Minute. Ich rührte mich nicht.

Ich stand allein inmitten der vielen Menschen.

Das musste ein Ende nehmen. Ich hatte mein Auto an einer der belebtesten Kreuzungen der ganzen Stadt stehen gelassen. Die Polizei würde es abschleppen lassen und nach mir suchen. Mir ein Bußgeld aufbrummen. Ich konnte weder zurück in meine Wohnung noch in die Firma. Das Justizministerium hatte die Zusammenarbeit mit *BON Consult,* also mit mir, aufgekündigt. Ich stand in einer Stadt auf der Straße, in der ich nicht zu Hause war, und musste ungesehen das Haus von Sylvia erreichen.

Sie hatten mich wieder gefunden. Kaum eine Viertelstunde, nachdem ich die Polizei und Sterre angerufen hatte, waren sie mir erneut auf den Fersen. Und das war im Prinzip unmöglich.

Ich sah mich um und dachte nach. Ich war ratlos. Egal, wie ich es anstellte, sie spürten mich immer wieder auf. Niemand wusste, wo ich mich aufhielt, außer Lies und Sylvia, und den beiden vertraute ich hundertprozentig.

Hier stand ich in der Menge, unauffindbar, wie ich glaubte. Ich ging in der Masse auf. Ich sah die Leute vorbeilaufen, jeder mit seinem eigenen Ziel, seinen eigenen Träumen und Ängsten. Unsichtbar für andere. Sicher in der Gewissheit, dass ihr Leben ihnen gehörte und keinem anderen. Und gleich darauf entdeckte ich die Überwachungskameras, die überall rund um den Platz installiert waren und den Bahnhof sowie dessen Umgebung Tag und Nacht beobachteten. Die Kameras, mit denen die Polizei in Den Haag den Anschlag auf mich in voller Länge gefilmt hatte, die Kameras, die überall im ganzen Land hingen. Kameras zur Überwachung, für Untersuchungen, zur Verkehrskontrolle, zur Erhebung von Mautgebühren. Zusammengenommen bildeten sie ein großes Netz mechanischer Augen, die an ein digitales Gehirn gekoppelt waren.

Karl verstand es, in dieses System einzudringen, um herauszufinden, wer in unser Büro eingebrochen hatte. Dann konnten andere es auch benutzen, um mein Auto aufzuspüren und zu verfolgen. Das kleine Gerät, das ich im Inneren meines Wagens gefunden hatte, war nur eine Methode, mich zu beschatten. Andere Verfahren waren überall zugänglich, und das immer umfassender.

Sylvia hatte recht, ich musste vorsichtiger werden und alle möglichen Methoden, mit denen man mich ausfindig machen konnte, von vornherein ausschließen.

Ich öffnete mein Handy, nahm die SIM-Karte heraus, ließ sie zu Boden fallen und zertrat sie mit dem Absatz. Langsam drehte ich meinen Fuß hin und her, bis ich einen kleinen, irreversiblen Knacks spürte.

»Letzte angepeilte Position: Hauptbahnhof Rotterdam«, sagte ich laut.

Keiner hörte es.

Bellilog 02.11.07

Ich bin knapp einen Meter achtzig, es fehlt ein halber Zentimeter. Ich habe blaugraue Augen und aschblonde Haare. Ich bin kräftig, aber nicht dick. Ich schwitze nie, auch nicht an den Füßen. Ich habe einen breiten Mund, gute Zähne, wenige Füllungen. Eine normale Stirn, einen ausgeprägten Unterkiefer. Weniger Haare als früher. Spärlichen Bartwuchs. Ich bin einfach im Umgang, verlange nicht viel. Esse eigentlich alles. Rauche nicht. Trinke aber, und nicht nur in Gesellschaft. Treibe keinen Sport. Würde gerne, komme aber nicht dazu. Zu viel zu tun, keine Lust. Ich hänge nicht an materiellen Dingen wie Haus, Auto oder was auch immer. Das bedeutet mir nichts.

Was weg ist, ist weg.

Alles lässt sich ersetzen.

Das ist es also nicht. Es liegt nicht daran, dass ich meine persönlichen Gegenstände vermisse. Dennoch vermisse ich etwas, und zwar immer stärker. Es ist, als würde ich jeden Tag ein wenig dünner.

43

Universum ohne Bedeutung

Der Flieger ging um elf Uhr vormittags, Einchecken um neun. Tags zuvor war Sylvia mit mir in einen Telefonladen gegangen, wo wir ein Prepaid-Angebot aussuchten, das auch im Ausland funktionierte. *SIM only.*

»Ich hätte gerne zehn von diesen Prepaid-Angebotsdingern und ein Handy dazu«, hatte Sylvia zu dem Verkäufer gesagt und noch einmal dreizehn Fünfzig-Euro-Scheine abgezählt. Das Telefon steckte jetzt aufgeladen in meinem Rucksack und dazu zehn SIM-Karten mit zehn verschiedenen Telefonnummern. Alle angemeldet und sofort nutzbar.

»Kommst du mit zehn Anrufen aus?«, fragte Sylvia. »Das muss reichen. Wenn du mailen musst, benutzt du meine Adresse.«

Zu dritt standen wir vor dem Schalter Schlange. Ich hatte das Gefühl, an einer Gruppenstudienreise teilzunehmen, bei der das Durchschnittsalter der Teilnehmer etwas höher lag als erwartet. Ich reiste mit zwei Frauen, die älter waren als meine Mutter und beide aus unterschiedlichen Gründen dabei sein wollten. Jede in der festen Überzeugung, das Richtige zu tun.

Lies wurde von einer tiefen Empörung getrieben, einer Wut, die größer war als sie selbst und der sie sich überließ, gut gelaunt und stets mit einem wachsamen Auge auf die uns umgebenden Zeichen.

Sylvia hingegen erfüllte eine heilige Pflicht. In ihrem Milieu musste man füreinander einstehen. Die Anwältin hatte sich im Gefängnis für die Nutten engagiert und verdiente es deshalb, dass sich jetzt eine andere für sie einsetzte. In dieser Hinsicht war Sylvia Koper sehr geradlinig. Außerdem bot ihr das eine Gelegenheit, wieder einmal aktiv zu werden, so wie früher. In ihrer Körperhaltung, aufrecht und breitschultrig, erkannte ich die Stärke ihrer Überzeugung. »Sonst bleibe ich für den Rest meines Lebens in meiner Kneipe hocken«, hatte sie argumentiert. Ein unausgesprochener Grund war ihr tiefer Hass auf Männer wie Dmytro. Jedes Mal, wenn die Rede auf ihn kam, sah ich, wie sich ihre Augen verengten. Sie dachte an die Mädchen, jedes Mal. Die Mädchen. In ihrer Erinnerung waren sie eine Familie, ein Team. Man tat, was man tun musste, und sorgte füreinander. Wenn eines der Mädchen misshandelt wurde, nahmen die anderen sie in Schutz. Alle gemeinsam. Ein solcher Kerl erhielt Hausverbot. Dadurch sicherten sie sich ab. Männer wie Dmytro hingegen raubten den Mädchen jegliche Sicherheit. Sylvia wusste das schon lange, sie hatte es im Gefängnis erlebt, bei Lulu und Gracie, die dort durch eine Laune des Gesetzes gelandet waren. Sie konnte jedoch nicht das tun, was die Anwältin getan hatte. Sylvia war ein Haudegen, eine altmodische Streiterin für die gerechte Sache.

Ich folgte ihr, denn ihre Unerschütterlichkeit überdeckte meine eigenen Zweifel. Ich fuhr wegen Guus und auch wieder nicht. Noch immer war ich hin- und hergerissen zwischen Sehnsucht und dem Wunsch, sie niemals wiederzusehen. Ich fuhr meinetwegen, so ehrlich war ich wenigstens. Indem ich Guus fand, konnte ich meine Unschuld beweisen. Sie konnte bezeugen, dass ich keine Schuld an dem Einbruch in das Computersystem des Justizministeriums trug. Sie wusste, was genau geschehen war, und nur sie konnte dafür sorgen, dass ich wieder überall Zugang erhielt. Ob ich in Zukunft weiter als Unternehmensberater arbeiten konnte, hing ganz von ihr ab.

Deswegen fuhr ich. Über die übrigen Gründe machte ich mir keine Illusionen mehr.

Sylvia wedelte mit den Bordkarten. »*Allez, mes enfants*«, sagte sie.

Nicht gerade der Verein, der Dmytro und Vlodo einen Heidenschrecken einjagen würde.

Der Flughafen von Odessa war klein und heruntergekommen, die Landebahn ein langer Asphaltflickenteppich. Trotz mangelnder Reparaturtechnik war es jedoch gelungen, die Oberfläche einigermaßen zu glätten. Das Flugzeug holperte zu seiner endgültigen Parkposition. Über eine herangeschobene Treppe stiegen wir aus. Der Wind pfiff mir um die Ohren, es war kalt und ungemütlich. Zitternd liefen wir zu einem wartenden Bus, der uns zum Terminal brachte. Ein großes Wort für ein Gebäude mit einem Ein- und einem Ausgang. Dazwischen residierten der Zoll und das Bodenpersonal. Ehe wir uns versahen, hatten wir alle einen Stempel im Pass und standen in der Halle, die sowohl Ankunfts- als auch Abflugterminal war. Auf der einen Seite gab es eine Kaffeebar, an der man auch belegte Brötchen kaufen konnte. Drei Tische mit je zwei Stühlen. Drei Stehtische. Vier Metallbänke, auf denen Reisende warten konnten. Hinter einer Reklametafel schlief ein kleiner Hund. Auf der anderen Seite der Halle befanden sich eine Bank und eine Wechselstube. Alles war sehr übersichtlich. Sylvia wechselte Geld; dicke Stapel Grivna verschwanden in ihrer Tasche. Es tat gut, fern der Niederlande zu sein. Hier kehrten wir die Situation um: Nicht mehr ich war der Gejagte, sondern wir gingen selbst auf die Suche. Das verschaffte mir eine gewisse Erleichterung. Nachdem ich wochenlang hinterhergehinkt war, hatte ich endlich das Gefühl, einen Vorsprung zu haben. Wenn es hart auf hart kam, war Guus die Einzige, die Dmytro und seine Männer zurückpfeifen und sie dazu überreden konnte, mich in Ruhe zu lassen. Sie befand sich mitten in ihrer Organisation, erledigte Aufträge für sie, also konnte sie mit ihnen verhandeln. Deswegen wollte ich meinen Vorsprung nicht mehr aufgeben. Wie klein er auch sein mochte.

Neben dem Eingang stand eine Gruppe von Männern, Taxifahrer, die sich gegenseitig überschrien, um unsere Aufmerksamkeit zu wecken. Sylvia führte uns an ihnen vorbei nach draußen.

»Immer das Letzte nehmen, sonst bezahlt man zu viel«, erklärte sie. Sie blickte sich um.

Am Rande des Parkplatzes stand ein Mann. Er winkte. »Adjessa«, sagte er. »Adjessa.«

Wir luden die Koffer hinten in seinen alten Japaner und stiegen ein. Sylvia und Lies auf den Rücksitz, ich vorn neben den Fahrer. Sylvia nannte Namen und Adresse unseres Hotels, der Mann wiederholte sie, nickte ein paar Mal, startete den Motor und fuhr los. Klappernd, quietschend und ruckelnd setzte sich das Auto in Bewegung.

Nicht weit. Nach fünfhundert Metern hielt der Fahrer am Straßenrand an.

»*One minute*«, sagte er, fasste unter das Armaturenbrett, zog an dem Hebel zum Öffnen der Motorhaube und stieg aus.

Wir starrten auf die hochgeklappte Motorhaube, ein schwarzes, flaches Stück Blech. Seitlich sah ich, wie der Fahrer mit hochgekrempelten Ärmeln am Motorblock vorbeigriff. Er zog an irgendetwas, schob und drückte, warf kurz darauf die Motorhaube zu und stieg wieder ein.

»*Contact*«, erklärte er. »*No problem*.«

Wir fuhren weiter, langsam und vorsichtig, wie es schien, als wolle er den wiederhergestellten Kontakt nicht durch zu schnelles Fahren unterbrechen. Er nahm eine CD aus einer Schachtel und legte sie ein. Aus überdimensionalen Lautsprechern, die sich irgendwo hinten im Auto befanden, erfüllte eine mächtige Stimme den Innenraum.

»*This is the voice of Enigma.*«

Der Fahrer gab Gas. Jetzt konnte offenbar nichts mehr schiefgehen.

»*Close your eyes and breathe deep.*«

Für einen Moment hatte ich das Gefühl, das Auto stiege auf und ich erhöbe mich wieder in die Luft, noch bevor wir Odessa erreicht hatten.

»*Let the music be your guide.*«

Ein großer, pathetischer Chor sang *In nomine Patre,* der dröhnende Beat verlangte das Äußerste von den gequälten Membranen. Bei Lautstärke dreiundzwanzig hörte die Welt auf zu existieren. Ich war in ein Universum ohne Bedeutung gelangt. Das alte Auto stöhnte und seufzte. Ich fühlte mich der gepeinigten Technik näher verwandt als dem knödelnden Sänger. Sollte ich einst vor dem Himmelstor vor die Wahl gestellt werden: Freund von Enigma oder von einem sterbenden japanischen Auto – ich würde Letzteres wählen.

Falls es eine Himmelspforte gibt.

Ich blickte mich zu Lies und Sylvia um. Vier aufgerissene Augen starrten mich an. Wir fragten uns alle drei, wo wir gelandet waren. Begleitet von der bombastischen Musik, unter dem grauen Himmel und auf grauen Straßen, fuhren wir an einer endlosen Reihe lebloser Gebäudeleichen und hoher Stapel Baumaterial entlang. Der Fahrer kurvte um die größten Schlaglöcher herum. Er lachte.

»*Adjessa good*«, sagte er und hob den Daumen.

Langsam näherten wir uns dem Zentrum der alten Stadt, wobei das Taxi nie weiter als bis in den dritten Gang kam. Rings um uns herrschte dramatischer Verfall. Kaputte Straßen, kaputte Häuser, kaputte Bürgersteige. Es sah aus, als hätte hier jahrelang der Krieg gewütet. Sprachlos starrten wir die Stadt an, die sich vor uns entfaltete. Die Innenstadt war kaum besser dran. Hier und da war ein Gebäude renoviert worden, aber ganze Straßenzüge schienen nur noch aus Respekt vor den Menschen stehen zu bleiben, die sie einst erbaut hatten.

Der Fahrer bog rechts ab, dann noch einmal rechts und parkte vor dem Eingang eines Hotels. Er stieg aus und hielt den Damen galant den Schlag auf. Jaulendes Metall in ausgetrockneten Scharnieren. Sylvia bezahlte und kurz darauf standen wir zu dritt vor dem Eingang des Hotels, Sylvia und Lies jeweils mit einer Tasche und einem Koffer, ich mit meinem Rucksack. Wir waren angekommen.

Aber wo?

44

Erdnussbutter analysieren

Es dauerte einen halben Tag, bis wir auch mental in Odessa angekommen waren. Mein Kopf schien einen Flug später genommen zu haben. In der Zwischenzeit bewegte ich mich täppisch durch eine ungewohnte Welt. Das Hotel war gut: moderne Zimmer, bequeme Betten, saubere Badezimmer, und die Frau an der Rezeption war so schön, dass mir das Herz stehen blieb. Und dazu lachte sie jedes Mal, wenn sie mich sah. Namenlos, in einer knappen Livree, tat sie, als freue sie sich, mich zu sehen. Vor allem in den ersten Stunden bewirkte sie Wunder, was unsere Eingewöhnung anging. Sie sprach Englisch und ein paar Brocken Niederländisch, die sie von einem langen Urlaub in Amsterdam behalten hatte. Sie gab mir eine Karte von der Innenstadt, speziell für Touristen, mit zweierlei Schreibweisen der Straßennamen, und zeigte mir die Lage des Hotels. Wir befanden uns in der Nähe des Hafens und der wichtigsten Straßen der Stadt. Odessa ragte wie eine Art Buckel ins Schwarze Meer hinein. Auf der einen Seite befand sich der Hafen, auf der anderen Seite lagen die Strände, einer nach dem anderen, von der Stadt getrennt durch einen großen Park. Zwischen dem Hafen und den Stränden erstreckte sich die lange, breite Treppe, die vom Denkmal des Herzogs von Richelieu zum tiefer gelegenen Kai führte.

Noch immer war Odessa eine internationale Metropole, mehr auf Russland als auf die eigene Regierung in Kiew ausgerichtet. Katharina die Große hatte europäische Architekten angeworben, um die Stadt zu erbauen, und den Herzog von Richelieu aus Frankreich geholt, um ihr Glanz zu verleihen.

Odessa war eine Art Klein Nizza. Was Nizza am Mittelmeer war, verkörperte Odessa am Schwarzen Meer. Ausgelassen, schön und geschäftstüchtig. Früher suchte die russische Elite hier Amüsement und Entspannung. Bei den Sowjets wurde diese Tradition fortgesetzt. Odessa hatte Allüre und Stil, es war eine Stadt mit Ambiente und Leidenschaft. Trotz ihres heruntergekommenen Zustands war all das noch immer erkennbar.

»Heute Abend sind wir Touristen«, sagte Sylvia, »morgen gehen wir an die Arbeit.« Es war Sonntagabend, sodass wir erst am nächsten Tag jemanden erreichen konnten.

In der Hotelbar war es ruhig, phasenweise schien es, als seien wir die einzigen Gäste. Ich hatte sowohl die kleinere Übersicht der Rezeptionistin als auch einen großen Stadtplan von ganz Odessa dabei. Darauf war deutlich abzulesen, wie überschaubar der Stadtkern war. Hinter dem alten Zentrum erstreckten sich weitläufige Neubaugebiete. Malinovsky Rayon lag ein ganzes Stück hinter dem Bahnhof. Aus der Karte war nicht ersichtlich, um was für eine Art von Gegend es sich handelte, ob Wohn- oder Industriegebiet oder beides. Aber es war groß, größer als die ganze Altstadt.

»Dort irgendwo ist sie«, sagte ich und zeigte auf das Gebiet auf der Karte. Ich starrte die blassen, kaum von Straßen durchzogenen Flächen an und fragte mich, wie wir dort jemanden finden sollten.

Dann nahm ich den Plan von der Innenstadt zur Hand und zeigte auf die Straße, in der laut der Rezeptionistin die meisten Kneipen und Restaurants zu finden waren. Deribasovskaja, knapp zehn Minuten zu Fuß vom Hotel entfernt.

»Du glaubst wohl alles, was die sagt«, erwiderte Lies. »Die braucht nur mit den Wimpern zu klimpern, schon bist du ihr hörig.«

Sylvia und sie lachten. Sie beobachteten mich, die ganze Zeit. Es war, als sei ich mit zwei Müttern unterwegs, und es war nicht mal meine eigene dabei.

»Noch ein Grund mehr zu überprüfen, ob es stimmt«, sagte ich.

Die Deribasovskaja erwies sich als breite Fußgängerzone, in der bereits eine größere Anzahl von Gebäuden restauriert war. Es gab moderne Läden und sogar ein brandneues Einkaufszentrum, Cafés, Kinos und Restaurants. Die Straße war nach José de Ribas benannt, dem Sohn eines spanischen Konsuls, der 1772 in die russische Armee eingetreten und dort zum Admiral und Kommandanten der Schwarzmeerflotte aufgestiegen war. ›Deribas‹ hieß er auf Russisch. Heute spiegelte diese Straße die Affinität Odessas zu Europa wider. Vergangenheit und Zukunft schienen hier überall dichter beieinanderzuliegen als in den Niederlanden.

Draußen auf der Straße nahm der Niedergang noch immer seinen Lauf, mit nostalgischen Reminiszenzen an bessere Zeiten. In den Cafés dagegen war es genau umgekehrt: Hier schienen die Niederländer den modernen Ukrainern meilenweit hinterherzuhinken.

Überall saßen Leute mit Laptops und Handys. Das Essen wurde neben dem Computer serviert. Am Nebentisch saßen ein Mann und eine Frau. Sie hatte ein Telefon am Ohr und ein zweites in der Hand. Während sie redete, versendete sie eine SMS. Zwischendurch besprach sie mit ihrem Mann die Bestellung. Die Frau war das Verbindungsglied zwischen drei Wirklichkeiten, Parallelwelten, die in ihr zusammenflossen. Die Leute redeten, telefonierten und e-mailten gleichzeitig. Sie waren überall und nirgends, zusammen und doch nicht.

An den Wänden hingen große Flachbildfernseher, auf denen ununterbrochen westliche Modeschauen ohne Ton liefen. Frauen und Männer, die im Laufstegschritt auf uns zu stolziert kamen, aggressiv schön. Verstörend durch die endlose Wiederholung der Bilder.

So ging es in einem fort.

Im Café selbst war es genau so. Die Frauen paradierten herum, als seien sie einer Modezeitschrift entstiegen. Eine nach der anderen. Lange Beine in unglaublich engen Hosen. Hohe Absätze, gut zehn Zentimeter. Hellblond oder tiefschwarz. Lange Wimpern, volle Lippen. Die Rezeptionistin verblasste dagegen.

Die Männer waren im Mafia-Stil gekleidet, den wir im Westen nicht gewohnt waren. Schwarz von Kopf bis Fuß. Schwarze Jacken, häufig aus Leder, schwarze Hosen, schwarze Shirts, schwarze Socken und Schuhe. Nur die exklusivsten Marken. Das Paar am Nebentisch war blass und sehr blond. Er war groß, schwer gebaut und breit.

»*Très slave*«, bemerkte Sylvia.

Er trug einen schwarzen Rollkragenpullover und eine dicke Goldkette. Seine schwarze Jacke hing über der Rückenlehne eines Stuhls. Er saß auf der Bank an der Wand, so weit mit dem Körper heruntergerutscht, dass seine Augen kaum über den Tisch hinwegsahen. Die Frau neben ihm telefonierte und textete immer noch. Er legte seinen Kopf in ihren Schoß. Benahm sich wie ein verschmuster Kampfhund.

Aus den Lautsprechern an der Decke ertönte Frank Sinatra, *Come fly with me.* An allen Tischen saßen Paare, Leute in meinem Alter, und alle waren sie mit einem Übermaß an technischem Equipment unterwegs. Links von uns saß eine blonde, rechts eine schwarzhaarige Frau. Bei beiden war es nicht die natürliche Farbe ihrer Haare. Sie waren gefärbt, auffällig und plakativ. Ihre Schönheit war ganz unterschiedlicher Natur. Bei der Blonden war der Mund das Auffälligste an ihrem Gesicht, bei der Schwarzen waren es die Augen.

Die Augen und der Mund. Ich geriet ziemlich durcheinander. Wir waren umgeben von Gegensätzen. Wo ich auch hinschaute: Überall sah ich etwas Unerwartetes.

Sylvia trank ihr Glas aus und stellte es hin. »Kommt, lasst uns gehen«, meinte sie.

Lies nickte erleichtert und sagte: »Ich fühle mich hier wie ein Trampeltier.«

Wir wanderten durch die Straßen, die schon dunkel und kalt waren, auf der Suche nach einem Restaurant. In eine Straße hinein, um eine Ecke, eine andere Straße entlang. Überall Leute. Manchmal gingen wir nebeneinander, manchmal hintereinander, wenn das Gedränge zu dicht wurde.

»Hallo!«, rief Lies plötzlich, drehte sich um und lief hinter einem Mann her.

Sie zeigte in die Menge. Ich starrte hin. Sie deutete auf einen kleinen glatzköpfigen Mann, der eine dicke Jacke trug und, soweit erkennbar, einen kurzen Hals hatte.

»Meneer!«, rief Lies auf Niederländisch.

Der Mann reagierte nicht. Er überquerte schräg die Straße und entfernte sich von uns mit raschen, kurzen Schritten.

»Dieser Mann«, sagte Lies. »Ich kenne diesen Mann. Ich bin mir ganz sicher. Ich kenne ihn.« Sie schlug die Hände vor die Augen und konzentrierte sich, mitten auf dem Bürgersteig.

»Bist du denn schon einmal hier gewesen?«, fragte Sylvia.

»Nein, ich kenne ihn aus den Niederlanden«, erwiderte Lies. »Ich habe ihn irgendwo zu Hause schon einmal gesehen, aber wo?«

Sylvia und ich warteten geduldig. Ich sah mich noch einmal um, aber der Mann war verschwunden.

Lies ließ die Hände wieder sinken und schüttelte den Kopf. »Ich komme schon noch drauf«, meinte sie. »Ich darf mich nur nicht verrennen, dann fällt es mir ganz von selbst wieder ein.« Sie hakte sich bei Sylvia unter. »Wo gehen wir hin?«

»Nichts Schickes, bitte.«

Essen ohne Firlefanz, das wollten wir. Ich hatte Hunger, Appetit auf einen vollen Teller. Ein paar Straßen weiter fanden wir etwas nach unserem Geschmack: ein gut besuchtes, einfaches Restaurant ohne pseudoeuropäischen Schnickschnack und flimmernde Fernsehbildschirme an der Wand, dafür mit einer Bedienung in Tracht. Man kann nicht alles haben.

Eine junge Kellnerin führte uns zu einem Tisch in der Ecke. Die Speisekarten waren billige Kladden mit laminierten Seiten. Unbegreifliche Gerichte, kein Wort Englisch. Um uns herum Familien mit Kindern, eine gemütliche Atmosphäre, der Lärm redender und lachender Gäste. Kaum Handys. Hierher kamen die Leute zum Essen. Große Teller mit Riesenportionen Fleisch wurden aufgetragen, Männer rieben sich vergnügt die Hände. Halblitergläser Bier und Wodka dazu. Alles ging schnell, die Bedienungen eilten hin und her.

Mitten im Raum stand ein Mikrofon auf einem Ständer, daneben auf dem Boden ein Verstärker. Auf einem Tischchen lag ein Akkordeon.

»Gleich wird's gesellig«, prophezeite ich.

Lies starrte die Speisekarte an. Sie war mit den Gedanken ganz woanders. »Ich kann dieses Alphabet nicht«, sagte sie.

»Da bist du nicht die Einzige!«, antwortete ich lachend.

»Nein, nein, nein«, erwiderte sie. »Dass hier ein anderes Alphabet benutzt wird, bedeutet, dass ich nicht zählen kann. Ich habe in den Niederlanden die Werte der Namen Dmytro und Vlodo ausgerechnet, aber sie stimmen natürlich nicht. Ihre Namen, die Werte, die sie von ihren Eltern erhalten haben, müssen in diesem Alphabet geschrieben und danach berechnet werden. Sonst könnte ich genauso gut Erdnussbutter analysieren.«

Ich reagierte nicht. Es war zu offensichtlich.

Fünf neue Gäste wurden zu einem Tisch schräg gegenüber von uns geführt. Zwei Männer, zwei Frauen und ein etwa elfjähriges Mädchen. Zwei befreundete Paare, eines mit Tochter, die zusammen essen gingen. Anfang dreißig, jung. Die Männer zogen ihre Sakkos aus und einer von ihnen, ein Blonder mit Igelhaar und stahlharten, graublauen Augen, trug unter seinem schwarzen Sakko einen weißen Pullover. Darüber ein braunes Schulterholster. Der Kolben der Pistole ragte schwarz unter seiner Achsel hervor. Er behielt das Holster an, doch niemanden schien es zu kümmern. Weder die Bedienung noch die anderen Gäste. Einen Tisch weiter knutschte ein Pärchen mit innigen Zungenküssen. Auch das schien hier normal zu sein.

Sylvia, Lies und ich betrachteten sprachlos das Schauspiel. Der Mann mit dem Holster war ein einziges Muskelpaket. Jede seiner Bewegungen war von einem protzigen Übermaß an Kraft geprägt. Seine Frau war dünn wie eine Bohnenstange. Er war breit, hatte einen bleichen Teint und slawische Gesichtszüge mit Hamsterbacken. Geschürzte Lippen. Kleine Ohren. Seine Tochter trug einen rosa Pullover und einen Pferdeschwanz, der fröhlich hin und her hüpfte. Seine Freunde hofierten den Mann und lachten über alles, was er sagte. Wir sahen nur den Kolben seiner Pistole und seine Augen aus rostfreiem Stahl.

»Rotterdam ist wahrhaftig keine Stadt für Softies«, sagte Sylvia. »Da wird alles Verbotene getan, schon seit jeher. Aber so etwas habe ich dort nie gesehen.«

»Ein Polizist, der mal einen Abend ausgeht«, meinte Lies.

»Ob Polizist oder nicht macht hier wohl kaum einen Unterschied«, erwiderte Sylvia kopfschüttelnd. »Aber wenn das ein Bulle ist, bin ich Frau Antje.«

Zwei junge Frauen betraten den freien Raum in der Mitte des Saales. Eine von ihnen nahm das Akkordeon und schaltete den Verstärker ein, die andere griff zum Mikrofon. Sie sahen sich an, zählten stumm bis drei und setzten ohne Intro ein. Slawische Lieder, verschnörkelt und schluchzend, mit viel Vibrato und schleppenden Melodien.

»Der Rechtsanwalt«, sagte Lies plötzlich, über die Musik hinweg. Sie musste laut reden. »Das war er, dieser Mann! Das war der Mann, der zur selben Zeit wie ich Guusje im Gefängnis besuchen wollte. Der Mann, der nicht mit mir zusammen zu ihr wollte. Das war er!«

Bellilog 05.11.07

Ich verstehe kein Wort von dem, was die Leute hier reden. Wobei allerdings alle gleich fröhlich sind. Die Menschen sehen mich an und lachen. Vielleicht lachen sie mich aus, das könnte ich ja noch verstehen, glaube es aber nicht. Sie verhalten sich höflich und zugleich ein wenig seltsam und übertrieben. Dieses Land hängt in einem Zwischenstadium, zwischen den Zeiten und Umgangsformen. Die Bürgersteige sind löchrig, die Busse alt, die Straßenbahnen uralt. Sie sehen aus, als würden sie mit einem Flickwerk aus Blechplatten und Holzbrettern zusammengehalten. Die Oberleitungsbusse sind so marode, dass sie manchmal kaum von der Haltestelle wegkommen. Überall laufen Rudel von Straßenkötern herum. In den Parks liegen sie im Gras, unter den Bäumen oder mitten auf den Wegen. In der Stadt läuft mir manchmal einer hinterher, in der Hoffnung, dass ich etwas für ihn habe. Arme Viecher.

An einem Auto stehen zwei Männer. Fuß auf der Stoßstange, Flasche Bier in der Hand. Hier gehört sich das so. Ein Mann hat eine Flasche Bier. Der andere bringt mit dem Fuß das Auto zum Wippen. Ein alter Lada. Der Typ trinkt einen Schluck Bier und schaut in die andere Richtung, als käme von dort etwas Spannenderes als Stoßstangen und Bier. Aber es kommt nichts. Er trinkt den letzten Schluck, schraubt die Plastikflasche zu und stellt sie vorsichtig auf die Ecke einer Fensterbank. Zehn Meter weiter steht ein Mülleimer, aber zehn Meter sind ein ganzes Stück und der Mann muss nicht in diese Richtung.

Ich nehme das alles in unzusammenhängenden Bildern wahr.

Alter Bus.
Mann mit Bierflasche.
Frei laufender Hund.
Loch im Bürgersteig.
Pistole.

All das habe ich schon einmal gesehen, aber nicht so wie hier. Daher bleibt es für mich ein Rätsel.

45

Das absolute Nichts

Sylvia fegte Toastkrümel von ihrer Kostümjacke, schob den Teller weg und sagte: »Lasst mich heute mal tun, was ich tun muss. Es wird ein bisschen dauern, bis ich mit allen gesprochen habe.« Sie bestellte noch ein Kännchen Kaffee und fing an, in ihrem Adressbuch herumzublättern.

Lies nickte und zog sich zurück. Sie brauchte einen Tag Stille und Konzentration. »Ich habe das Gefühl, dass ich hier ins Schwimmen gerate. Was nicht weiter schlimm ist, solange ich meine Atmung unter Kontrolle habe.« Sie drückte leicht meinen Arm. »Daran muss ich jetzt mal arbeiten.« Sie lächelte, strich Sylvia mit einer Hand durch die Haare und ging wieder nach oben. »Ich möchte doch zu gerne wissen, was dieser Anwalt hier verloren hat.«

Die Anwesenheit des Mannes mit dem kurzen Hals war ein merkwürdiger Zufall. Wobei: Der Zufall ist überall und fast nirgendwo zufällig. Der einzige denkbare Grund, warum er sich hier aufhielt, war Guus. Was hatte er mit ihr zu tun? Und warum hatte er auf der Straße nicht auf Lies' Rufe reagiert?

»Weil er es gar nicht war«, meine Sylvia. »Deswegen. Du siehst ja vieles, was wir nicht sehen, aber manchmal siehst du auch Gespenster. Die einfachste Erklärung ist meistens die beste, deshalb halte ich mich daran.«

Lies schüttelte den Kopf und erwiderte: »Nein, er war es.« Sie zweifelte nicht daran.

Nur das Wachpersonal im Gefängnis hätte uns sagen können, wer dieser Mann war, aber das würden die Verantwortlichen niemals tun. Diese Information war streng vertraulich.

Ich hatte vor, mich zu Fuß auf den Weg zu machen. Ich wollte eine Vorstellung davon bekommen, wo ich mich befand, wie die Stadt aussah und womit wir rechnen mussten, und das ging am besten zu Fuß. Dabei konnte man sich Richtungen und Entfernungen einprägen. Die Gebäude wurden zu Wegweisern und die Straßen erhielten jede ihr eigenes Gesicht.

Die Altstadt war einfach zu erfassen, eine kleine, nicht ganz regelmäßige Matrix. Vier große Straßen – Puschkinskaja, Richeljevskaja, Jekaterininskaja und Preobazhenskaja – führten vom Bahnhof aus parallel zum Passagierterminal im Hafen. An ihrem Ende befanden sich auch die Sehenswürdigkeiten und die Kneipenszene der Stadt. Die große Kirche, die Oper, der Palast, die schönsten Häuser sowie die exklusivsten Cafés und Restaurants. In die vier großen Straßen mündeten kleinere, die teils auf der anderen Seite weiterführten. Auf dem Plan sah alles sehr übersichtlich aus.

Der Malinovsky Rayon lag schräg hinter dem Bahnhof, schätzungsweise anderthalb Stunden Fußmarsch entfernt. Was ich dort zu finden glaubte, wusste ich nicht. Ich wusste nicht einmal, ob sich Guus dort noch aufhielt. Nach diesem einen Mal, als sie über Webcam mit Lulu gechattet hatte, hatte sie nichts mehr von sich hören lassen. Ob noch jemand im Haus am Lauriertuin wohnte, wusste ich genauso wenig. Seitdem mein Laptop zerstört worden war, hatte ich keine Verbindung mehr herstellen können. Die Webcam war unerreichbar geworden.

Ich steckte den Plan zusammengefaltet in die Hosentasche, nahm mein Handy mit und machte mich also auf den Weg in die Stadt. In der Nacht hatten sich die Wolken verzogen und ein blauer Himmel wölbte sich über Odessa. Die Sonne schien hell und es wehte ein kalter Wind. Die verblassten Farben der Gebäude leuchteten auf, blau, grün, gelb und rosa. In ihrer Blütezeit musste Odessa eine fröhliche, festliche Stadt gewesen sein. Das war überall noch erkennbar, auch nach über zweihundert Jahren. Die großen Namen derer, die die Stadt erschaffen hatten, hingen nun an den bröckeligen Fassaden jener vergangenen Epoche, neben denen von Dichtern und Sowjetführern.

Je weiter ich mich vom Zentrum entfernte, desto schmuckloser wurden die alten Gebäude. Braun, Gelb und Ocker herrschten vor. Ich wanderte kreuz und quer zwischen den großen Straßen hin und her. Überall war viel Betrieb, eine Menge Passanten waren unterwegs, zu Fuß, redend und immer und überall telefonierend. Über die Preobenzhkaja fuhr eine Straßenbahn. Ich stieg ein, setzte mich auf eine harte Holzbank und schaute aus dem Fenster. Die kleine Bahn kämpfte sich ächzend mit ihren wenigen Fahrgästen voran und es schien, als wehre sich jedes Einzelteil gegen die Arbeit. Zwei Haltestellen weiter stieg ich aus; zu Fuß kam ich schneller voran.

Am Ende der Straße bog ich rechts ab und gelangte in einen anderen Teil der Stadt. Hier gab es weniger Geschäfte, weniger kleine Cafés und weniger Menschen. Die großen Gebäude standen etwas weiter von der Straße zurückgesetzt und es war nicht ersichtlich, ob es sich um Bürogebäude oder Mietshäuser handelte.

Mit dem Stadtplan in der Hand ging ich weiter, mal links, mal rechts abbiegend, durch Straßen, deren Namen ich nicht einmal aussprechen konnte.

Um mich herum wurde es immer stiller, die Straßen wurden leerer. Hier und da ging noch ein Passant, zum Beispiel eine dicke Frau mit einer Tasche. Alles an ihr war groß. Sie war hochgewachsen, breit und schwer. Rot-rosa-violett gefärbte Haare mit Ansatz. Gekleidet in Grün, Orange und Schwarz. Sie tappte lautlos durch die Straße, in der einen

Hand eine große Plastiktasche, in der anderen ein Handy. Sie telefonierte nicht und wurde nicht angerufen. Sie schaute geradeaus, weder traurig noch fröhlich. Geräuschlos.

Der Wind legte sich und auf einmal spürte ich die Sonnenstrahlen. In der langen, grauen Straße mit den niedrigen Fabrikgebäuden zu beiden Seiten war kein Laut zu hören. Weit entfernt knatterte ein altes Motorrad. Die Frau mit der Tasche lief vor mir her, unter den fast kahlen Bäumen hindurch, genau wie ich. Mal im Schatten, mal im hellen Licht. Am Straßenrand standen drei Autos, alt und heruntergekommen. Die Frau bog links ab und blieb kurz bei zwei Männern stehen, die an einem Auto herumschraubten. Flasche Bier in der Hand. Sie unterhielten sich und ihre Stimmen trieben durch die Straße wie kleine Wölkchen.

Ich wandte mich nach rechts. Nach ein paar hundert Metern gelangte ich in einen kreisrund angelegten Park. Dort gingen Paare mit Kinderwagen spazieren, Liebespärchen und Leute mit Hunden. Mitten im Grün stand ein kleines Gebäude, halb eingestürzt, ein umgekippter Stapel Baumaterial daneben. Niemand kümmerte sich darum. Es gab weder ein Café noch ein Restaurant noch eine Bar oder einen Kiosk. Weit und breit war keine Reklame zu sehen, nirgendwo ein Poster oder ein Leuchtschild, nicht mal ein kaputtes. Es gab nur das Grün des Rasens, das Braun der ungepflasterten Wege, den rissigen Asphalt der umgebenden Straße und kahle Bäume in der Sonne. Man hörte kein Auto und keine Musik. Nur die Stimmen und die Schritte.

Ich blieb stehen und sah mich um.

Die ziellose Trägheit hätte auf einer starren Aufnahme traurig gewirkt, aber das war sie nicht. Die Menschen schlenderten umher und unterhielten sich, riefen ihren Hund, beugten sich über Kinderwagen und ihre langsamen Bewegungen waren fast einladend. Das Tempo war ansteckend. Hier hatte die Moderne noch nicht Einzug gehalten. Hier war die Vergangenheit noch lebendig.

Ich lief durch eine kurze Straße, links und rechts Mietshäuser, die mit jeder Seitenstraße höher zu werden schienen. Am Ende des Weges stieß ich auf eine moderne, vierspurige Straße, die einst für dichten Verkehr angelegt, inzwischen jedoch nur noch von wenigen Fahrzeugen befahren wurde. Auf der anderen Seite lag Malinovsky Rayon.

Es war ein altes Industrie- und Wohngebiet. Verfallene Fabriken und überdimensionierte kommunistische Wohnkasernen bildeten ein unübersehbares Viertel des megalomanen Arbeitsidealismus. Benannt nach einem der Helden der Sowjetunion, Rodion Malinovsky, jenem ukrainischen General, der während des Zweiten Weltkriegs Kommandant an der zweiten Front war, der während der Schlacht um Stalingrad der Panzerbrigade von Thot den Weg abschnitt, der Rumänien und Ungarn besetzte. Dieser Mann, einer der berühmtesten Söhne der Ukraine, war mit einer unerhörten Menge von Stahlbeton geehrt worden, farb- und lieblos. Hiermit verglichen war Bijlmermeer eine Art Disneyland. Die einzige Gemeinsamkeit zwischen Malinovsky Rayon und dem alten Zentrum bestand im Verfall, ansonsten hätten die Unterschiede nicht größer sein können.

Zahlreiche Firmengebäude standen leer, große und kleine. Fenster gab es nicht mehr, nur schwarze Löcher im verwaisten Beton. Hier und da waren erste Zeichen einer Renovierung sichtbar. Ein riesiger Baumarkt, der Parkplatz gesäumt von Fahnenstangen mit wehenden Flaggen. Zwei Autohändler mit viel zu teuren Marken für diese Gegend. In diesem Teil der Stadt fuhren Wolgas und Ladas. Qualmende Auspuffe, uralte Technik, mehr Lärm als Tempo. Die Straßen waren so schlecht unterhalten, dass von einer Asphaltdecke kaum mehr die Rede sein konnte. Löcher, Kuhlen, Spurrillen, Einbruchstellen, und teilweise war das Elend sogar richtiggehend aufgerissen.

Ich überquerte die Fahrbahn und betrat das Viertel. Eine schnurgerade Straße zog sich kilometerweit zwischen den großen Wohnblocks hindurch. Es gab nur wenige Wege und die Nummerierung der Häuser verlief in Reihen, von denen teilweise die Hälfte fehlte. 1, 3, 9, 24, 26, 30, 20, 22, 36.

Still war es hier. Nach ein paar Hundert Metern kam ein Junge daher, der einen Fußball vor sich herkickte. Er war allein mit seinem Ball, dribbelte, täuschte an, schnitt, drehte und verschwand zwischen zwei Häuserblöcken. Ein Mann in einer schwarzen Lederjacke ging mit seinem Hund und seiner Katze Gassi. Wohin? Ich sah mich um und versuchte mir vorzustellen, wo er herkam, wo er wohnte. Der Junge mit dem Ball war verschwunden, ich sah und hörte ihn nicht mehr. Er war irgendwo hineingegangen, wo, wusste ich nicht. Mir war schleierhaft, wo sich die Eingänge zu diesen Gebäuden befanden.

Der Mann mit seinen Tieren schlurfte weiter; an der Straße zogen sich schmale Grasstreifen entlang. Er rauchte eine Zigarette und blickte sich ebenfalls um. Nicht nach mir. Die Hässlichkeit war niederschmetternd, der Verfall nicht mehr aufzuhalten. Hier herrschten eine Stille und eine Leere, wie ich sie nicht kannte. Hier war das absolute Nichts.

Hier irgendwo war Guus.

46

Es ist schon geglückt

Im Hotel wurde gefeiert, genau das, wozu ich jetzt Lust hatte. Überall herrschte Gedränge, Männer in schwarzen Anzügen mit Hemd und Krawatte, glänzenden Schuhen, glänzenden Augen. Frauen in langen Kleidern, mal weit und schwingend, mal eng wie eine zweite Haut, hohe Absätze, Haare in den verschiedensten Frisuren, lang und kurz, aufgesteckt und stark gewellt, blondiert und pechschwarz. Irgendwo im Gebäude ertönte Musik, rhythmische Wellen von Blechbläsern und Streichern wogten durch die Flure. Die Feier war in vollem Gange und versprach, noch viel ausgelassener zu werden. Es wurde gelacht, gesungen und getanzt und draußen vor dem Eingang wurde geraucht.

»Eine Hochzeit«, erklärte Lies, die mit einem Heft und einem Buch in einer Ecke der Bar saß, die Lesebrille auf der Nase. »Der Bräutigam ist jetzt schon betrunken, noch vor dem Essen.«

Der Hotelpersonal eilte zwischen einem der großen Säle, der Bar und der Küche hin und her, große Mengen von Gläsern und Flaschen auf Tabletts balancierend. Schweigend saß ich neben Lies und beobachtete die Leute, das Fest, die Betriebsamkeit.

»Viele Frauen«, bemerkte ich.

»Denkst du auch mal an was anderes?«

»Schau doch selbst. Oder bilde ich mir das nur ein?«

Lies setzte die Lesebrille ab und sah sich um. Von unserer Ecke aus überblickten wir die ganze Bar sowie den Flur zu dem Festsaal und die Lobby im Ausgangsbereich. Ständig pilgerten Gruppen von Gästen zur Tür, um zu rauchen. Männer und Frauen.

Je länger wir das Schauspiel beobachteten, desto mehr fiel uns auf, dass die Männer nie allein, sondern stets in Damenbegleitung waren. Zunächst wirkte das nett, gut gemischt, Leute, die zusammengehörten. Erst nach einer Weile erkannte man die Gezwungenheit, die dahintersteckte, die gekünstelte Fröhlichkeit.

Lies stand auf, ging in die Lobby, drehte um und kehrte wieder zurück. Ich sah sie den Saal betreten und ein paar Sekunden später wieder herauskommen. Freundlich lächelnd ging sie zurück an ihren Platz.

»Mehr als drei Frauen kommen auf jeweils zwei Männer«, erklärte sie. »Insgesamt sind es etwas über sechzig Leute, darunter ungefähr vierzig Frauen und fünfundzwanzig Männer. Inklusive des Brautpaars.«

Ich nickte. »Siehst du«, sagte ich. Im Zählen war Lies unschlagbar.

»Bemerkenswert«, meinte Lies. »Und was schließen wir daraus?«

»Dass es hier mehr Frauen als Männer gibt.«

»Und?«

»Sonst nichts.«

Wir beobachteten weiter das rauschende Fest. Lies setzte ihre Brille wieder auf.

»Hör dir das mal an«, sagte sie. Sie blätterte in ihrem Heft, bis sie die gesuchten Aufzeichnungen gefunden hatte, und begann vorzulesen. Sie hatte den Tag genutzt, um sich zu zentrieren und der neuen Umgebung anzupassen, in der die Energie anderen Bahnen folgte und ein ganz anderes Niveau hatte. Sie hatte die Stille gesucht, sich geöffnet und versucht, die Energiebahnen zu finden und darin aufzugehen. »Es ist interessant«, erklärte sie. »Die Energie spricht überall dieselbe Sprache, man braucht nur seinen Platz darin zu finden.«

Für Lies begann jede Suche in ihr selbst. Der Ausgangspunkt musste klar sein. »Wenn ich nach Utrecht will«, hatte sie mehrmals erläutert, »muss ich zuerst wissen, ob ich in Groningen oder Maastricht bin. In einem Fall muss ich nach Süden, im anderen nach Norden. Das kann jeder nachvollziehen. Aber wenn es um etwas anderes als Ortsnamen und Hausnummern geht, verziehen viele das Gesicht. Warum? Suche ist Suche.« Und genau deswegen war sie hier, sie ging auf die Suche. Ich tat genau das Gegenteil, ich machte mich sofort auf den Weg, wanderte umher und erkundete die Stadt. Ortsbestimmung war für mich etwas Physisches; ich schaute nicht in mich hinein, sondern auf die Umgebung. Dann wusste ich, wo ich war. Wenn Lies an einem neuen Ort ankam, blieb sie an einer Stelle stehen und erspürte von dort aus das Wesen ihres Umfelds.

»Hier gibt es etwas, was ich nicht einordnen kann«, sagte sie und fuhr mit der Hand durch die Luft. »Ein Ungleichgewicht, aber ich weiß noch nicht, ob es an mir liegt oder an irgendetwas in der Umgebung. Es geht zu schnell.« Sie sah mich an und fragte: »Und wie war's bei dir?«

Bei mir? Ich erzählte ihr, wo ich gewesen war und was ich gesehen hatte. Und dass ich zwischenzeitlich befürchtete, wir hätten uns einen unerfüllbaren Auftrag aufgebürdet.

»Erstens mal ist es kein Auftrag und zweitens keineswegs ein unerfüllbarer«, erwiderte Lies. »Wir sind hier und packen es an.«

»Aber ich möchte, dass es glückt.«

Lies legte mir eine Hand auf den Arm. Dann sah sie mich an, so lange, dass es schon fast peinlich wurde.

»Ich weiß«, sagte sie. »Aber es ist schon geglückt.«

Das war mir zu einfach. Wenn es schon geglückt war, brauchten wir uns nicht mehr anzustrengen, sondern konnten morgen wieder ins Flugzeug zurück in die Niederlande steigen. Wenn es schon geglückt war, wann denn bitte? Schon vor unserer Abreise oder nach unserer Ankunft? Und warum hatte ich nichts davon gemerkt?

»Hast du noch mehr dieser Weisheiten auf Lager?«, fragte ich.

Sie klopfte mir auf die Schulter und strich mir kurz durch die Haare.

»Nein, das war's«, antwortete sie lachend. »Sylvia kommt erst nach dem Essen wieder, wir müssen also heute Abend allein zurechtkommen. Ich gehe noch mal kurz nach oben. Treffen wir uns hier in …« Sie sah auf ihre Armbanduhr, es war kurz vor sechs. »In einer Stunde?«

Ich saß allein in der Bar, wartete und wusste nicht, worauf. Dass Sylvia etwas in Erfahrung bringen würde. Bis wir hier eine Kontaktperson hatten, jemanden, der uns durch diese fremde Stadt führen und uns den Weg durch Malinovsky Rayon zeigen könnte. Das wäre eine große Hilfe.

Ich wartete darauf, dass etwas geschah, ich wartete auf ein Zeichen, ein Signal.

Ich wusste nicht einmal, ob Guus noch hier war, und das war ein verwirrender Gedanke. Dass der Mann mit dem kurzen Hals hier war, hatte auf jeden Fall etwas zu bedeuten. Wenn Guus nicht in Odessa war, dann war sie zumindest nicht weit weg.

An der Bar bestellte ich ein Bier. Nach ein paar Schlucken fiel mir auf, dass vorbeigehende Frauen mich ansahen. Als ich mit Lies zusammengesessen hatte, war mir das nicht passiert. Jetzt musterten sie mich ungeniert und lächelten, sobald ich ihren Blick erwiderte. Sie klimperten mit den Wimpern und wiegten sich in den Hüften. Blickten sich um.

Ich auch, und darüber musste ich lachen. Es lag an dem Fest, dem Alkohol und wahrscheinlich noch an anderen

Faktoren. Hochzeiten und Hormone. Etwas in der Art. Das kann Folgen haben.

Ein Mann kam an die Bar, älter als ich, ich schätzte, so um die fünfzig. Er war in Begleitung zweier Frauen, eine am Arm, die andere an der Hand. Er ging hinter den Tresen. Die Frauen ließen ihn los und blieben auf meiner Seite der Bar stehen. Der Mann nahm ein Glas, füllte Eiswürfel aus einem Behälter hinein, goss einen Schuss Wodka darüber und hob das Glas. In meine Richtung.

»Willkommen in Adjessa«, sagte er.

Die Frauen lachten.

Man hätte sich direkt daran gewöhnen können.

Bellilog 06.11.07

Nullpunktfünf glaubt alles Mögliche: dass wir verbunden seien, dass wir unsere Identität loslassen müssten – das vor allem, denn der Körper ist nicht unser Eigentum –, dass sich alles Wissen ergänze und dass die Energie der Erde und die des Kosmos durch ihre, meine und die Energie aller Menschen und Tiere verbunden sei. Sie glaubt, sie könne immer und überall eins mit dem Ganzen sein und würde irgendwann darin aufgehen. Nach ihrem Tod wird sie Teil der kosmischen Energie und bleibt deshalb Teil des Ganzen. Sie glaubt, mein Leben würde durch meine Zeichen erzählt, wir gingen augenblicklich auf eine neue Phase der Organisation, des Zusammenlebens zu, mein Geist sei weiter als mein Bewusstsein und noch vieles mehr. Aber das spielt keine Rolle. Jeder soll glauben, was er will.

Wenn ich mit ihr zusammen bin und wir gemeinsam auf der Suche nach Guus sind – ihrer Tochter, meiner Guus, obwohl ich nicht weiß, was davon noch übrig ist – sehe ich, wie sie arbeitet, glaubt und mit Gewissheiten hantiert, die mir fremd sind und dann denke ich: Nein, nein, nein, so ist es nicht. So ist es nicht, denn ... Und da hakt es. Denn was glaube ich eigentlich?

Was glaube ich?

Bin ich nur hier, um meine Zeit auszufüllen?

Ist es das?

Aber womit? Mit Momenten und Worten? Jetzt, gleich, dieses Wort, das Wort?

Glaube ich das? Wirklich?

Aber was mache ich dann? Hier? In Odessa?

47

Geld hilft hier nicht

»Hier weiß man Beziehungen noch zu schätzen«, verkündete Sylvia grinsend und tunkte ein ukrainisches Croissant in ihren Milchkaffee. »Was für ein wunderbares Land!« Sie aß einen Bissen von dem tropfenden Gebäck, die Serviette unterm Kinn, und genoss den Morgen.

Es war still geworden im Hotel. Das Fest hatte bis tief in die Nacht gedauert. Als Lies und ich aus dem Restaurant kamen, war es noch in vollem Gange. Erst gegen zwei Uhr hatte die Band aufgehört zu spielen und anderthalb Stunden später waren die letzten Autos weggefahren.

Sylvia hatten wir gar nicht mehr gesehen, doch jetzt saß sie uns gegenüber, als hätte sie besser geschlafen denn je. Lies und ich dagegen hatten von dieser Nacht noch kleine Augen.

Sylvia hatte den ganzen gestrigen Tag damit verbracht, einen Fremdenführer für uns zu organisieren, jemanden, der uns begleiten und weiterhelfen konnte.

»Man muss den Beamtenapparat aufrollen«, erklärte sie. »Dabei muss man ganz oben anfangen, beim Chef des Chefs des Chefs, und von da aus arbeitet man sich nach unten, bis man schließlich jemanden findet, der den Auftrag erhält, uns zu begleiten.«

»Hoffentlich jemand, der Englisch spricht.«

»Noch besser. Niederländisch. Und es ist eine Sie. Sie heißt Petra.«

Sie hatte blaue Haare, eine ungesund blasse Haut und trug schwarze Kleider. Eine einschüchternde Kombination. Sie schüttelte uns die Hände und sagte Sätze wie: »Wo ist der

Kaffee?«, oder: »Jetzt sitzen wir also hier.« Sie lachte viel und oft, als sei alles ein großer Witz.

Petra war in Odessa geboren, doch als sie vierzehn war, hatten ihre Eltern ihre Kinder und ihre Sachen gepackt und waren geflüchtet.

»Hier war alles ein Trümmerhaufen«, erzählte sie und lachte wieder. »Nach dem Auseinanderbrechen der Sowjetunion hatte in der Ukraine auf einmal niemand mehr das Sagen. Niemand. Außer der Mafia. Nicht die italienische, sondern unsere eigene. Verschworene kriminelle Gruppen aus der Zeit der Sowjetunion, als Männer in Gulags transportiert wurden, wo sie dann Banden bildeten. Sie halten zusammen wie Pech und Schwefel. Es sind Netzwerke, die Beziehungen auf allen Ebenen unterhalten, bei Banken, in der Regierung. Überall. Stark hierarchisch gegliedert, straff organisiert. Auch Politiker sind auf unterschiedliche Weise beteiligt, deswegen ist es so schwer, sie zu fassen.«

Nach dem Zusammenbruch der Sowjetunion brach auch die staatliche Autorität weg und sie konnten tun und lassen, was sie wollten. Kein Gesetz konnte sie aufhalten. Zwar gab es noch die Polizei, aber die Banden waren viel stärker. Und viel besser bewaffnet.

Kriminelle herrschten in Odessa und weit darüber hinaus. Alle Probleme erschienen nichtig im Vergleich zu dem Chaos, das die ukrainische Mafia anrichtete. Ihre Macht basierte auf brutaler Gewalt und Mord.

Das Leben in Odessa war so unsicher, dass ein Flüchtlingsstrom in Gang gesetzt wurde, unter anderem in die Niederlande. Petras Eltern gelangten zunächst nach Groningen, dann nach Haarlem.

»Dort habe ich die höhere Schule besucht«, erzählte Petra. »Dort leben alle meine Freundinnen. Anschließend habe ich in Amsterdam studiert, aber nicht lange.« Sie hatte sich für die Polizeiakademie beworben und wurde angenommen. Sie lachte. »Und jetzt bin ich wieder hier.«

Nach fast zehn Jahren der Unruhe und Gewalt ging die Regierung schließlich zum Gegenangriff über. Die Polizei wurde stärker bewaffnet und erhielt den Auftrag, sofort zu schießen und danach erst Fragen zu stellen. Die kriminellen Banden wurden ohne Rechtsprechung und ohne Prozesse bekämpft, mit Pistole und Gewehr, auf der Straße und in ihren Häusern.

»Die Friedhöfe hier sind voller Gräber von jungen Männern«, erzählte Petra. »Tausende, zwischen zwanzig und dreißig Jahre alt. Nicht nur durch das Wirken der Mafia. Das läuft hier schon seit Jahrhunderten. Bei jeder politischen Umwälzung müssen die jungen Männer der Ukraine sterben. Am schlimmsten war es unter Stalin. Ich möchte nicht wissen, wie viele Männer hier verschwunden sind.« Sie schwieg und lachte jetzt nicht mehr so laut. »Wir Frauen können ein Lied davon singen.« Sie sah Sylvia und Lies an. »Es gibt zu wenige Männer. Bis heute. Geht mal in einen Club oder eine Disco, da wird es euch sofort auffallen. Hier sind die Frauen die Jägerinnen und die Männer die Prinzen. Jede Frau ist auf der Suche. Einen Mann finden und dann heiraten, so muss es sein. Wenn man einmal verheiratet ist, spielt es keine so große Rolle mehr. Selbst dann nicht, wenn die Frau sich scheiden lässt, weil ihr Mann zwei Freundinnen hat, die halb so alt sind wie sie. Dann ist sie wenigstens mal verheiratet gewesen. Das ist auch gut. Damit ist man etabliert.«

»Und du?«, fragte Lies.

Petra hatte einen Freund aus den Niederlanden, einen jungen Ukrainer, den sie dort kennengelernt hatte. Sie waren gemeinsam zurückgekehrt. »Hier behaupten wir aber, wir wären verheiratet, alles andere würden die Leute nicht verstehen.«

Die kriminellen Banden waren von der Straße vertrieben worden. Allerdings nicht besiegt, dafür waren sie zu mächtig und zu reich geworden. Jedoch waren sie gezwungen, ihre Aktivitäten teilweise zu legalisieren und die offene Gewalt einzustellen. Inzwischen besaßen sie mehr oder weniger legale Unternehmen, in denen sie ihre Milliarden arbeiten ließen.

»Die Reichen hier sind sehr, sehr reich«, erklärte Petra. »Viel reicher als in den Niederlanden. Und die Armen sind wirklich bettelarm. Vor allem außerhalb der Stadt, in den Dörfern, nicht einmal besonders weit weg. Dort ist nichts. Dort gibt es keine Zukunft, selbst ein Heute gibt es nicht. Dort existiert nur die Vergangenheit, Erinnerungen an noch größeres Elend. Die Frauen dort tun alles, um rauszukommen. Genau wie die Frauen in den Randbezirken der Stadt. Ihr habt keine Ahnung.«

Unter anderem dadurch boomten Partnervermittlungen und der Frauenhandel. Ersteres war halbwegs legal, Letzteres absolut illegal. Doch in beiden Fällen wurde mit Frauen Geld verdient.

»Viel Geld, denn die Frauen tun, was die Männer wollen.«

»Und wenn sie es nicht tun, ist Gewalt das probate Mittel«, wandte ich ein.

Petra lachte, zynisch diesmal. »Gewalt ist hier immer das probate Mittel«, erwiderte sie. »Willkommen in Odessa.«

Sie brachte uns mit ihrem Auto weit nach Malinovsky Rayon hinein. Bei meiner Wanderung tags zuvor war ich nicht weiter als bis zum Rand des Viertels vorgestoßen. Je weiter wir kamen, desto schlimmer war der Verfall. Irgendwo knatterte ein qualmender Wolga, der im Schneckentempo von einer Straße in die andere unterwegs war. Ab und zu hielt Petra an, warf einen Blick auf eine Karte, bog dann links oder rechts ab, starrte auf die Gebäude und dann wieder auf den Plan.

Auf der Rückbank saßen Lies und Sylvia und schauten hinaus in die trostlosen, grauen Straßen, die sich Kilometer um Kilometer erstreckten.

»Bist du sicher, dass sie hier ist?«, fragte Sylvia. »Was will sie denn hier in Gottes Namen?«

»Wenn sie eine Bande von Frauenhändlern infiltriert hat, kann sie sich an verschiedenen Orten aufhalten«, antwortete Petra. »Sollten sie hier irgendwo sein, ist das Versteck nicht schlecht gewählt, denn hier ist man quasi unauffindbar. Hier kann man machen, was man will. Möglich wäre aber auch, dass sie sich in einer luxuriösen Villa im schicksten Viertel von Odessa aufhalten. Dort wird den Mädchen ein Leben in Reichtum, das sie angeblich erwartet, schmackhaft gemacht. Genauso gut könnte sie in irgendeinem Dorf auf dem Land sein, wo die Frauenhändler die Discos abklappern und Mädchen ködern. Wenn sie dort ist, könnt ihr es vergessen, dann findet ihr sie nie.« Sie bog um eine Ecke und sah noch einmal auf die Karte und dann auf die verfallenen Gebäude. »Hier muss es irgendwo sein.«

Wir wussten nur, dass sich Guus in einem bestimmten Teil von Malinovsky Rayon aufhielt, und diesen Teil hatte Petra herausgesucht.

»Diese Straße hier«, sagte sie und zeigte durch die Windschutzscheibe auf eine lange Straße, die sich vor uns erstreckte, »und die Straße, aus der wir gerade kommen.« Sie zeigte nach hinten. »Dann die Straße, die parallel zu dieser hier verläuft.« Sie zeigte auf einen Punkt irgendwo hinter den desolaten Mietshäusern. »Und dann ein Stück weiter noch eine Querstraße. Diese bilden einen Block und in diesem Block hält sie sich auf, laut eurer Angabe. Oder zumindest hat sie sich hier aufgehalten.«

Irgendwann einmal waren die Straßen asphaltiert gewesen, jetzt gab es nur noch schlammige Wege, wo die letzten Pflasterstücke auf Pfützen zu treiben schienen.

Ich öffnete die Wagentür und stieg aus. Dunkle Wolken zogen hoch über den Häusern vorbei. Nirgendwo ein Farbklecks, die ganze Umgebung bestand aus verschiedenen Grautönen. Dunkelgrau. Es war keine Menschenseele zu sehen, weder auf der Straße noch an den Fenstern.

Langsam lief ich weiter die Straße entlang. Petra schaltete den Motor aus und plötzlich war das Geräusch des Windes der einzige Laut, den ich hörte. Als befände ich mich in einer Geisterstadt. Keine Stimmen, keine Musik, keine zuschlagenden Türen, keine Autos oder Mopeds, keine Lkws, keine Flugzeuge in der Luft.

Nachdem ich etwa hundert Meter zurückgelegt hatte, blieb ich stehen. Ich konnte in zwanzig, dreißig Minuten den ganzen Block umrunden, und was dann? Die Straßen sahen alle gleich aus. Sollte ich in eines der Gebäude hineingehen, anklopfen und fragen, ob die Bewohner eine Niederländerin gesehen hatten? In den gewaltigen Gebäudekolossen konnte es Tausende Wohnungen geben. Schweigend starrte ich sie an.

Was tat Guus hier?

War sie eine Mittlerin? Aber zwischen wem? Half sie den Frauen? Das klang logisch, aber wie half sie ihnen? Und warum war Dmytro damit einverstanden? Und nochmals: warum hier?

Der stumme Beton gab mir keine Antwort.

Ich kehrte zum Auto zurück und stieg wieder ein. Lies und Sylvia sahen mich schweigend an, als erwarteten sie, dass ich ihnen Bericht erstattete. Und auch Petra wartete geduldig.

»Wie viele Leute wohnen hier?«, fragte ich.

»In diesem Block? Schwer zu sagen«, antwortete sie. »Früher, als hier alle Wohnungen belegt waren, kam man schnell auf ein paar Tausend Bewohner. Aber jetzt ...« Sie schüttelte den Kopf. »Hundert? Fünfhundert? Achthundert? Über die Hälfte der Wohnungen steht leer. So viel weiß ich.«

»Können wir bei der Stadt nachfragen, wer hier wohnt?«

»Bei der Stadt?« Petra sah mich aufrichtig erstaunt an. »Woher soll die Stadtverwaltung wissen, wer hier wohnt? Ich arbeite bei der Polizei dieser Stadt und weiß kaum, welche Straße das hier ist. Ich wüsste nicht einmal, wen ich bestechen sollte, um dahinterzukommen.«

Malinovsky Rayon war undurchdringlich. Nicht mal Geld half hier weiter.

Niedergeschlagen fuhren wir zurück. Petra lenkte das Auto vorsichtig an den mehr oder weniger tiefen Löchern auf der Straße vorbei.

Es war eine Erleichterung, das beklemmende Viertel hinter uns zu lassen. Der verblasste Glanz der alten Innenstadt strahlte auf einmal heller. Fröhlich.

Petra sagte: »Vorausgesetzt, ihr findet sie. Was wollt ihr dann machen?«

»Sie mit zurück in die Niederlande nehmen«, antwortete Lies.

»Okay, dann überleg dir mal Folgendes: Wenn sie gegen ihren Willen hier ist, musst du jemand anderen überzeugen, sie gehen zu lassen. Jemanden, der sich vermutlich keinen Deut für euch interessiert. Obwohl du ihre Mutter bist. Wenn sie aber nicht gegen ihren Willen hier ist, dann ist sie freiwillig hergekommen, und warum sollte sie dann mit euch zurückkehren?« Mit dieser Frage parkte sie das Auto vor dem Hotel.

Es war genau die Frage, die wir uns alle schon oft gestellt, aber nie laut ausgesprochen hatten.

»Denkt darüber nach. Ich überprüfe heute Nachmittag, was wir über diese Männer wissen.« In der Hand hielt sie einen Zettel mit den Namen von Dmytro, Vlodo und noch ein paar anderen. »Morgen früh komme ich wieder, um die gleiche Zeit.«

48

Das ist kein Zeitvertreib

Sterre war kurz angebunden, sie hatte wahnsinnig viel um die Ohren. Keine Zeit zum Reden, keine Zeit für irgendetwas anderes als die Arbeit. Das Projekt in Moskau befand sich in der heißen Phase.

»Ende des Monats muss es laufen, du kannst dir also vorstellen …«

Ja, das konnte ich. Deadlines waren heilig, Mandanten launisch. Jede Veränderung führte zu zusätzlicher Arbeit, nicht aber zu Fristverlängerung.

»Ich habe es nicht vergessen«, sagte sie. »Wirklich nicht. Ich habe nur ein paar Mal schnell nachgesehen und glaube, dass ich durchaus etwas herausfinden kann, aber nicht jetzt. Ich brauche ein bisschen mehr Zeit.«

Aus diesem Grund hatte ich sie gar nicht angerufen. Ich hatte sie angerufen, um sie zu hören, ihre Stimme, ihren Enthusiasmus. Odessa lag im selben Teil der Welt wie Moskau und ich hatte gehofft, dass wir uns dadurch näher wären.

»Ich rufe dich morgen an«, versprach sie. »Unter dieser Nummer?«

»Ja«, sagte ich.

Sie legte auf und erst da fiel mir ein, dass ich diese Nummer nicht mehr verwenden durfte. »Immer nur einen Anruf«, hatte Sylvia gemahnt, »danach weg damit.« Ich öffnete das Handy, zog die SIM-Karte heraus, brach sie mittendurch und warf sie in den Papierkorb. Aus meinem Koffer holte ich eine neue und legte sie ein. Nummer zwei, ich hatte noch acht.

Der Nachmittag verstrich. Lies hatte sich in ihr Zimmer zurückgezogen und wollte nicht gestört werden. Sylvia schlief. Ich spazierte durch das alte Zentrum, betrachtete die Gebäude und wanderte zu der Treppe von Odessa. Unter dem Denkmal des Herzogs von Richelieu blickte ich über den Hafen der Stadt. Grau in grau, ich hatte schon bald genug davon. Die berühmten Treppen waren breit und gerade und eigentlich waren sie gar nicht besonders schön. Mir war kalt und der feuchte Wind pfiff durch meine Jacke. Die Straßen glänzten vor Nässe.

Überall waren Geländewagen der Luxusklasse unterwegs, einer größer als der andere, mit Namen, die Abenteuer, Naturgewalt und Sieg verhießen. Glänzend schwarz, getönte Scheiben. Stark und protzig. Trotz des Verfalls war in der Stadt viel Geld im Umlauf. »Reiche Leute sind hier sehr, sehr reich«, hatte Petra gesagt. Auf der Straße sah man nichts davon, außer den wuchtigen Wagen. Es gab keine herausgeputzten Häuser, keine Reichenviertel mit Schutzzäunen gegen die Armen.

Höchstens in den Restaurants zeigte sich der Glanz in Form von viel Gold und Edelsteinen. Die Frauen der vermögenden Männer glichen teilweise wandelnden Juwelierauslagen, sofern sie in ihren superengen Kleidern und den schwindelerregend hohen Absätzen überhaupt noch wandeln konnten. Frauen wurden hier präsentiert, zur Schau gestellt. Zum Ausgehen trugen sie vollen Ornat, meist von einem italienischen Modeschöpfer, jede Faser am rechten Platz. Die Klasse der hiesigen Reichen war schick, nuttig und dubios.

Im Nieselregen schlenderte ich weiter. Ich suchte Schutz in einem Café, trank Kaffee und beobachtete abwesend die Leute in meiner Umgebung. Irgendetwas lag mir im Magen, seit Tagen schon, und tagtäglich wurde es stärker. Ich tat, was ich tun musste, davon war ich überzeugt, aber mein Eifer wurde immer mehr zum Selbstzweck. Je länger ich nach Guus suchte, desto weiter schien ich mich von ihr zu entfernen. So empfand ich es. Als unternähme ich eine lange Reise, um Abschied zu nehmen. Eine Pilgerfahrt.

Im Hotel erwarteten mich Lies und Sylvia. Sie saßen an einem Tisch in der Bar und beugten sich über einen Bogen Papier, den sie vor sich ausgebreitet hatten. Lies hatte eine Karte von der Gegend gezeichnet, in der wir heute Morgen gewesen waren. Kreise, Linien und Zahlen, die ich nicht interpretieren konnte. Sie hatte die numerologische Deutung des kyrillischen Alphabets gefunden und zu rechnen begonnen. Die Erklärung lag vor ihr, ihre Interpretation von allem, was wir gesehen hatten. Auf ihre Art begann sie zu erzählen. Nicht rechthaberisch, aber so überzeugt, dass wenig Raum für Widerspruch blieb.

Sylvia nickte und ergänzte einige Einzelheiten.

Ich hatte keine Lust auf all das, ich wollte keine Gesellschaft und wollte nicht reden. So viel gab es auch nicht zu sagen. Wir saßen hier fest, bis Petra oder jemand anderer uns mehr verraten konnte.

Außerdem wollte ich für eine Weile nichts von Zeichen, Strahlen und anderen Prophezeiungen hören. Ich wollte nicht wissen, ob die Sonne gut oder der Mond schlecht stand. Ich sehnte mich nach Konkretem: Adressen, Telefonnummern, E-Mail-Adressen. Ich wollte ein Ziel vor Augen haben.

»Lies, du bist ein Schatz«, sagte ich, »aber ich habe im Moment keine Lust auf Übersinnliches. Ich brauche eine kurze Pause von Weihrauch und Pastellfarben.«

Lies warf mir einen scharfen Blick zu. »Mit Weihrauch und anderem Hokuspokus habe ich nichts zu tun«, erwiderte sie empört. »Das hier ist kein Zeitvertreib.« Heftig faltete sie das Papier zusammen und steckte es in ihre Tasche.

Sie hatte recht. Es war kein Zeitvertreib, nicht für sie. Und sie verbrannte niemals Weihrauch und mochte auch Pastellfarben nicht besonders. Erst nachdem ich es ausgesprochen hatte, wurde mir das bewusst. Die ganze Zeit hatte ich mir diese Utensilien einfach dazufantasiert. Aus Bequemlichkeit. Desinteresse. Weil ich Lies nicht ernst nahm. Wie auch immer. Wer spirituell ist, zündet Räucherstäbchen an.

»Tut mir leid«, sagte ich.

»Schon gut.«

»Aber ich habe jetzt trotzdem keine Lust, nimm's mir nicht übel.«

Sie stand auf, fasste mich am Arm – sie musste mich immer noch ständig berühren, an der Schulter, der Wange, den Haaren – und meinte: »Nein, ist schon gut.«

Bellilog 07.11.07

Fühle mich wie ein Flugplatz.

49

Hier sitzen wir also

Petra hatte von ihrem Chef drei Adressen erhalten. Den Stadtplan von Odessa auf dem Tisch ausgebreitet, erklärte sie, wo sie sich befanden. Vom Hotel aus lag jede Adresse in einer anderen Richtung.

»Keine befindet sich in Malinovsky Rayon«, sagte sie. »Was aber nicht heißen muss, dass sie nicht dort sind. Es bedeutet nur, dass wir es nicht wissen. Und wie ich gestern schon erklärt habe, ist es trotzdem durchaus wahrscheinlich.« Sie deutete auf einen Punkt auf der Karte. »Ich schlage vor, dass wir hier anfangen und dann so herum fahren.« Mit dem Finger beschrieb sie eine Art Kreis, der alle drei Adressen verband. Sie faltete den Plan zusammen und gemeinsam gingen wir zu ihrem Auto. »Aber das ist nur eine Erkundungsfahrt. Unternehmen werden wir nichts.«

»Befehl vom Chef?«, fragte Sylvia.

»Und von seinem Chef.« Petra lachte. »Er möchte nicht, dass euch etwas zustößt.«

Die erste Adresse war ein Fehlschlag, das war schon klar, als wir in die Straße einbogen. Es lag nicht so sehr an der grassierenden Armut, die gab es in Malinovsky Rayon genauso. Aber dort herrschte eine Anonymität, in der ich mir Dmytro, Vlodo und die anderen durchaus vorstellen konnte. Das Haus in dem Neubauviertel von Den Haag war ebenfalls dadurch gekennzeichnet gewesen. Doch in dieser Straße war es eng und beklemmend, die Gebäude standen dicht beieinander und alte, gebeugte Weiblein mit dicken braunen Mänteln, mit Lappen umwickelten Pantoffeln und verschlissenen Plastiktaschen schlurften umher.

Petra parkte das Auto gegenüber von Nummer dreiundachtzig, dem wahrscheinlich verfallensten Bauwerk in der ganzen Straße. Wir stiegen aus und betrachteten das abrissreife Haus. Die Tür hing schief im Rahmen, im ersten Stock fehlte eine Fensterscheibe. Eine alte Gardine flatterte durch die Öffnung. Vom zweiten Stockwerk war nicht mehr als die Hälfte übrig.

Lies schüttelte den Kopf.

»Hier ist nichts«, sagte Sylvia.

»Vielleicht gehört das Haus Dmytro, aber er nutzt es nicht. Es ist lediglich sein Eigentum«, meinte Petra.

Ich überquerte die Straße und stemmte meine Schulter gegen die Eingangstür. Knarrend schabte das vermoderte Holz über den Steinboden. Von der Unterseite der Tür brach ein Stück ab. In der Diele häufte sich der Müll: Abfall, Steine, eine alte Matratze, Bretter. Am Ende des Flures führte eine Treppe in den ersten Stock. Sie endete auf halbem Wege, der obere Teil war eingestürzt. Wasser lief die Wände herunter. Petra stand hinter mir und spähte über meine Schulter.

»Okay, auf zur nächsten Station«, meinte sie.

Nach fast einer Dreiviertelstunde Fahrt hielten wir in einer Gegend in Hafennähe. Ringsum graue Gebäude und Lagerhallen von Firmen, die sich rund um den Hafen angesiedelt hatten. Weit auseinanderliegend, denn Großtransporte mussten Tag und Nacht hindurchkommen können. Im Hintergrund ragten die hohen Stahlwände der Frachtschiffe auf. In Amsterdam waren solche Gegenden besonders populär, hier jedoch waren Industriegebiete noch nicht in Mode gekommen. Auch hier hatten Dmytro und Vlodo nichts verloren.

»Wie kommst du an diese Adressen?«, fragte ich.

»Über das Präsidium«, antwortete Petra ausweichend.

»Hast du sie selbst recherchiert?«

»Wieso?«, fragte sie, ohne meine Frage zu beantworten.

»Weil sie überhaupt keinen Sinn ergeben, das siehst du doch selbst.«

»Jetzt mal immer mit der Ruhe«, sagte Lies.

»Ich bin ruhig.«

»Du brauchst sie doch nicht gleich so anzugreifen?«

»Wen denn sonst? Dich vielleicht? Oder Sylvia? Ich will wissen, was wir hier machen, denn hier stimmt doch etwas nicht, oder?«

Petra antwortete nicht.

»Oder irre ich mich?«

Niemand reagierte.

»Okay, das wäre dann geklärt«, presste ich hervor. Ich war wütend.

Hinter mir öffnete Sylvia die Tür und stieg aus. Sie umrundete das Auto, zog auch die Fahrertür auf und bedeutete Petra, auszusteigen.

»Nur ganz kurz«, bat sie, zuckersüß lächelnd.

Petra stieg aus und Sylvia schlug die Tür hinter ihr zu. Sie hakte sich bei Petra unter, und wie Mutter und Tochter entfernten sich die beiden Frauen vom Auto. Der Wind zerwühlte ihre Haare, Regen spritze auf den Asphalt.

»So, Mik, hier sitzen wir also«, sagte Lies.

Ich reagierte nicht. Schweigend beobachteten wir die beiden dort draußen. Petra blieb stehen und zog ihren Arm weg. Immer wieder schüttelte sie den Kopf. Sie warf die Arme in die Luft und wurde laut. Sylvia wirkte unbeeindruckt. Ungerührt nahm sie wieder Petras Arm und ging ein paar Schritte weiter. Indem sie ruhig blieb, zwang sie Petra, ihr zu folgen. Sylvia behielt eisern die Führung. Sie hielten inne. Jetzt ließ Sylvia los. Sie blickte sich um, machte kehrt. Ging ein paar Schritte und wandte sich wieder um. Blieb

Petra gegenüber reglos stehen. Die beiden Frauen sahen einander an, sekundenlang. Sylvia nickte, schob die Hand wieder durch Petras Arm und gemeinsam kehrten sie zum Auto zurück.

Mit tropfenden Haaren stiegen sie ein. Petra ließ das Auto an.

»Es tut mir leid«, sagte sie.

»Und?«, fragte ich.

»Später«, erwiderte Sylvia. »Nicht jetzt. Los, *on y va.*«

50

Die Trägheit meiner Schritte

Während des Fahrens telefonierte sie auf Russisch. Schöne, weiche Klänge, alles, was sie sagte, klang freundlich. Sie sagte sehr oft ›Ja‹, das verstand ich. Sie lachte nicht ein einziges Mal. Nach dem Ende des Gesprächs ließ sie das Handy in ihre Manteltasche gleiten.

»Ich habe nur im Präsidium Bescheid gesagt, wo wir sind.« Eine Mitteilung.

Draußen zog die Stadt vorbei. Wir verließen den Hafendistrikt und fuhren zurück ins Zentrum. Niemand sagte ein Wort.

Was Petra und Sylvia besprochen hatten, wusste ich nicht. Ich war davon überzeugt, dass Sylvia all ihre Beziehungen in die Waagschale geworfen hatte, von oben nach unten, wie sie selbst gesagt hatte. Nach Petras Reaktion zu urteilen, hatte es geholfen. Sie wirkte jetzt wesentlich zielstrebiger als zuvor.

Auch Sylvia war auffällig still, wahrscheinlich, um Petra nicht noch mehr in Verlegenheit zu bringen. Sie sah uns nicht an, ließ den Blick nach draußen schweifen, wartete, bis der Konfrontation die Spitze genommen war.

Obwohl wir in dem kleinen Auto so dicht beieinander saßen, schien eine große Distanz zwischen uns zu herrschen.

»Hier«, sagte Petra nach einer knappen halben Stunde.

Wir hielten an. Auf der einen Seite lag ein Park, auf der anderen erhoben sich große, frei stehende Villen, die von hohen, schmiedeeisernen Zäunen umgeben waren. Vergoldete Spitzen. Kameras an den Wänden.

Petra zeigte auf ein Haus ein Stück weiter die Straße hinunter. »Nummer zwölf«, sagte sie.

Schon allein, dass sie ihr Auto nicht direkt davor geparkt hatte, war ein Unterschied.

Es war ein großes Haus, hellblau und grau. Im Sommer musste es eine Augenweide sein, jetzt wirkte die farbenfrohe Fassade fehl am Platze. Es war niemand zu sehen, weder im Garten noch auf dem Bürgersteig noch auf der Straße. Auch der Park schien verlassen zu sein. Ein paar Minuten lang beobachteten wir das Haus, bis die Autoscheiben allmählich beschlugen.

»Ist das wirklich eine ihrer Adressen?«, fragte ich.

Petra nickte. »Jedenfalls von Dmytro Derdo. Der andere, Volodymyr Lyulka, besitzt kein Haus hier in Odessa. Die Villa dort gehört Derdo, das ist sicher.«

»Das wisst ihr? Derdo und Lyulka sind euch bekannt?«

»Natürlich.«

Eine weitere Auskunft erhielt ich nicht. Dass ich fragen musste, war schon lächerlich. Doch die spärlichen Informationen, die wir von der Polizei erhielten, waren so unzuverlässig, dass ich nicht mehr wusste, was ich glauben sollte.

Ich fragte: »Können wir reingehen? Klingeln?«

»Das halte ich nicht für vernünftig«, antwortete Petra. »Wir haben keine Leute, wir haben keine Befugnis und wir haben keinen Grund. Wenn wir jetzt klingeln, kommen wir nicht mal durch das Tor.«

Ich betrachtete das Haus. Es war zu weit entfernt, um Einzelheiten erkennen zu können. Die Fenster glichen dunklen Höhlen.

»Fahr mal weiter bis ans Ende der Straße«, bat ich. »Dann wende bitte und fahre langsam wieder zurück.«

Petra ließ den Motor an und tat, worum ich sie gebeten hatte. Auf dem Rückweg lag das Haus an meiner Seite und ich hatte eine bessere Sicht.

»Langsamer.«

»Das fällt auf.«

»Hier fällt sowieso alles auf, also ist es egal.«

Ich starrte zum Haus hinüber, zu den Fenstern, achtete auf jede Bewegung.

Nichts.

Halb zwölf, später Vormittag.

»Es muss jemand da sein, das sieht man an den Autos, die danebenstehen, aber wer es genau ist …« Petra sprach den Satz nicht zu Ende.

»Weißt du es nicht oder verrätst du es nicht?«

Sylvia legte mir von hinten die Hand auf die Schulter. »Nicht«, sagte sie.

Wieder war es für eine Weile still. Das Haus verschwand hinter uns. Petra parkte.

Ich drehte mich um und sah Lies an. Sie hatte seit unserem letzten Halt im Hafen nichts mehr gesagt. Mit geschlossenen Augen saß sie da, die Hände im Schoß gefaltet.

»Lies?«

»Ja?« Sie hielt die Augen geschlossen und rührte sich nicht.

»Was hältst du davon?«, fragte ich.

Es dauerte einen Moment, bis sie reagierte. »Ich kann hier nicht richtig sehen«, meinte sie. »Eigentlich müsste ich aussteigen.« Ohne Petras oder Sylvias Zustimmung abzuwarten, kletterte sie aus dem Wagen.

Kurz darauf standen wir zu viert auf dem Bürgersteig. Petra war nervös. Lies nahm ihre Hände und hielt sie fest.

Sie sagte: »Ich bin gleich fertig.« Plötzlich legte sie die Hand auf Petras Stirn und rieb sie kurz. »Diese ganze Nervosität – völlig unnötig.«

Petra erstarrte. »Wie …?«

Lies legte ihr den Zeigefinger auf die Lippen. Sie ging in Richtung des Hauses, bis sie ganz in der Nähe war. Dort blieb sie stehen. Mit geschlossenen Augen drehte sie sich um die eigene Achse. Ganz langsam. Sie hielt inne, sah nach links und rechts und dann zu dem blauen Haus. Langsam ging sie darauf zu. Vor dem Tor blieb sie stehen. Wieder drehte sie sich um die eigene Achse, wartete kurz und kehrte dann zu uns zurück.

Neben mir blieb sie stehen, hakte sich bei mir unter und sagte: »Komm.«

»Sie ist hier, da bin ich mir ganz sicher. Irgendwo hier in der Nähe.« Lies saß ruhig auf dem Rücksitz und erzählte von der Anwesenheit, die sie spürte, von der charakteristischen Energie ihrer Tochter. »Hier sind viele Leute, deswegen gibt es etwas Durcheinander, das ich entwirren muss.« Sie sah uns an. »Mehr sehe ich nicht, mehr kann ich also auch nicht sagen.«

Zu meinem Erstaunen erschien mir das als das Konkreteste, was ich den ganzen Vormittag über gehört hatte. Wir waren mit Petra unterwegs, um Fakten zu hören und zu sehen. Tatsachen. Doch nach mehr als zwei Stunden Umherfahren glaubte ich Lies mehr als der Polizei von Odessa. Sylvia wollte nicht sagen, was los war, und Petra war aus keinem ersichtlichen Grund nervös. Ich vertraute ihr nicht mehr. Aber Lies vertraute ich. Die Hälfte ihrer Aussagen glaubte ich nicht, aber ihr Gefühl bedeutete mir mehr, als ich gedacht hätte. Ich klammerte mich an Fantasien, Träume einer Mutter, Hirngespinste einer Frau, die hier in Odessa genauso verloren war wie ich. Vielleicht wollte ich, dass sie recht hatte, und glaubte ihr deswegen. Wieder einmal stellte sich die Frage: Handelte ich aus eigenem Antrieb oder beeinflusst von anderen? War Lies wirklich so empfänglich für die Energieströme um uns, dass sie sie spüren und interpretieren konnte? Lies hatte keinen Grund zu lügen, keinen

Grund, Unsinn zu verkünden. Petra schon. Das war der Unterschied. Beide sagten, was sie glaubten. Petra glaubte, sie müsse uns Steine in den Weg legen; sie war geschickt worden, um uns zu beschäftigten, nicht, um uns zu helfen. Lies glaubte, was sie sah, und in den letzten Wochen hatte sie immer richtig gelegen. Ob das nun spirituell, mystisch, transzendent oder sonst was war, spielte nicht einmal eine Rolle.

Ich zog den Stadtplan aus der Tasche und bat Petra, mir zu zeigen, wo wir uns befanden. Ungefähr drei Kilometer vom Hotel entfernt. Sie erklärte mir den Weg. Die Innenstadt Odessas ist übersichtlich: gerade Straßen, die einander kreuzen, eine Art Raster, in dem man sich kaum verirren kann.

»Dann gehe ich zu Fuß«, verkündete ich. Ich brauchte die Trägheit meiner eigenen Schritte. Ich wollte Meter für Meter sehen, wo ich mich befand, wollte die Stadt um mich spüren und der Enge des Autos entfliehen. Und ich wollte nicht mehr neben Petra sitzen, ihre Anwesenheit hinderte mich am Denken.

»Hast du dein Handy?«, fragte Sylvia.

»Ja, mit einer neuen Nummer.« Ich stieg aus und wartete auf dem Bürgersteig, bis das Auto verschwunden war. Ich ging zum Eingang des Parks, setzte mich auf eine Bank und wartete noch einmal mindestens fünf Minuten. Bis es nichts anderes mehr gab außer dem Wind und der feuchten Luft und dem Nieselregen, der mich umhüllte wie ein nasses Handtuch.

51

Umkehr nicht möglich

Ich ging ein Mal an dem Haus vorbei und dann noch ein zweites Mal. Niemand schien mich zu bemerken und für mich gab es nichts zu sehen. Es veränderte sich auch nichts. Ich konnte mich für den Rest des Tages auf die Parkbank setzen und darauf warten, dass jemand herauskam oder hineinging. Und was dann? Die Wahrscheinlichkeit war groß, dass gar niemand kam.

Mit dem Stadtplan in der Hand trat ich den Rückweg an. Zu Fuß war es etwa eine Dreiviertelstunde bis zum Hotel. Auf dem ersten Teil der Strecke musste ich mehrmals links und rechts abbiegen, es führte kein direkter Weg aus dem Zentrum zu dem Park.

Ich überquerte eine Brücke, hoch über Bahngleisen, und erst auf der anderen Seite begann die Straßenmatrix der Innenstadt. Dort war es belebt, dort lagen die Läden, Büros und Cafés. Und es herrschte reger Verkehr. Dort, wo er immer dichter wurde, parkten ab und zu Autos quer über den Bürgersteig.

An einer Kreuzung stand ich an der Straßenecke, den Plan in der Hand, und versuchte herauszufinden, in welche Richtung ich gehen musste. Offenbar war ich doch irgendwo falsch abgebogen, denn die Straßennamen auf der Karte stimmten nicht mit denen auf den Schildern an den Häusern überein. Ich ging hinter einem geparkten Auto vorbei, um den Namen der nächsten Straße lesen zu können. Es war ein riesiger, schwarzer SUV, dessen Dachleiste mich überragte. Getönte Scheiben. Als ich an dem Wagen vorbei war, sah ich mich um. Das Beifahrerfenster war geöffnet. Eine blonde Frau saß zurückgelehnt im Sitz, den Blick geradeaus gerichtet, und hielt einen Zigarillo in der Hand. Sie trug eine Sonnenbrille.

Da saß sie, einfach so, durch die Windschutzscheibe starrend, als hätte sie die ganze Zeit hier gesessen, als sei sie hier geboren und gehöre hierher. Ich wusste nicht, ob ich schreien sollte oder lieber nicht. Ich zitterte am ganzen Körper. Mit vorsichtigen Schritten kehrte ich zu dem Auto zurück und stellte mich direkt daneben. Guus trug eine enge Lederjacke, goldene Ohrringe, Ringe und eine Kette. So viel Schmuck kannte ich nicht an ihr.

»Hallo«, sagte ich.

Sie erschrak. Sah mich an und fluchte. »Was machst du denn hier?«

»Ich komme dich holen. Was denn sonst?«

»Das kann doch nicht wahr sein!« Wieder fluchte sie. Lauter diesmal. »Warum hast du dich nicht gemeldet?«

»ICH?«

»NICHTS habe ich von dir gehört!« Panisch sah sie sich um. »Die ganze Zeit keine Reaktion. Kein Wort!«

Sie war aggressiv und wütend. Ich verstand ihre Reaktion nicht, wusste gar nicht, was sie meinte.

»Wie hätte ich das denn machen sollen?«, fragte ich.

Sie lehnte sich zu mir. »Ich habe es dir geschickt. Du hast es bekommen, das weiß ich genau. Ich habe dir alles geschickt! Alles erklärt!« Sie spie mir die Worte ins Gesicht. »Daten, Namen, Orte, Nummern, Passwörter – alles! E-Mail-Adressen, eine nach der anderen. Bestimmt hundert SMS habe ich dir geschrieben. Aber du hast nicht geantwortet. Du hast mich hängen lassen und jetzt willst du mich plötzlich abholen? So funktioniert das nicht, Michael. *Es geht nicht*!«

Ich packte den Griff und wollte die Tür aufreißen, aber sie leistete heftigen Widerstand und zog die Tür mit voller

Kraft wieder zu. Sie beugte sich zur anderen Seite und betätigte die Zentralverriegelung.

»Geh weg«, fauchte sie.

»Guus, ich schwöre dir, ich habe keine einzige Nachricht von dir erhalten. Nicht eine einzige! Weder auf meinem Handy noch per E-Mail.«

»Nein, natürlich nicht. Glaubst du vielleicht, ich würde Nachrichten auf dein Handy schicken? Dann wüssten sie doch sofort, wer du bist und wo du bist.« Sie schwieg und blickte sich um. »Geh! Bitte geh. Wenn dich Dmytro hier sieht, geschieht ein Unglück.«

»Was soll ich tun, Guus? Sag mir, was ich tun soll. Jetzt! Hier! Ich stehe hier. Sag doch etwas! Wo kann ich dich finden? Wo bist du? Wohnst du in dem blauen Haus? Kann ich dich irgendwie erreichen?« Ich hätte am liebsten alles gleichzeitig gefragt.

Guus drückte erneut auf einen Knopf und die Scheibe fuhr langsam hoch. »Geh weg«, sagte sie noch einmal.

Dann war das Fenster zu und ich konnte sie nicht mehr hören. Durch die getönte Scheibe sah ich ihren Mund noch mehrmals auf- und zugehen. Geräuschlos.

Doppelverglasung.

Sie sah mich nicht mehr an.

Ich schlug gegen die Tür, zerrte am Griff. Warf mich gegen das Auto. Es wackelte nicht einmal, dafür war es zu groß und zu schwer.

Die Scheibe glitt wieder herunter. Guus sah mich an, blickte mir genau in die Augen.

»Hau ab!«, schrie sie und sofort ging das Fenster wieder hoch.

Sie schrie mich an. Auf einer Straße in Odessa, mit Goldschmuck in den Ohren und einer Sonnenbrille vor den Augen schrie sie mich an. Sie ließ mir keinen Zentimeter Spielraum. Ihr Schrei war wie ein einstürzendes Dach. Ich hätte weglaufen sollen, aber es gelang mir nicht. Meine Füße verweigerten den Dienst. Mich umzudrehen, wäre zu viel gewesen, es hätte bedeutet, ihr recht zu geben. Dieses Gefühl hatte ich, deshalb konnte ich es nicht. Ich ging weg, weil sie es verlangte, es forderte, nicht, weil ich es wollte. Ich wusste zwar nicht, warum, aber mir wurde klar, dass ich nichts mehr zu sagen hatte. Es gab nichts mehr zu reden. Im Augenblick jedenfalls. Das verstand ich.

Schritt für Schritt ging ich rückwärts. Einen Meter, zehn Meter, zwanzig Meter, bis ich hinter einem alten Kleinbus stehen blieb. Dort wartete ich. Zwei Minuten, höchstens drei. Jedenfalls eine Ewigkeit.

Eine Tür ging auf und Dmytro kam heraus. Er war größer als in meiner Erinnerung. Schwarzer Anzug, schwarzes Hemd, schwarze Krawatte, schwarze Schuhe. Er setzte eine Sonnenbrille auf und ging zu dem Auto. Stieg ein. Ich hörte das dumpfe Zuschlagen der Tür. Einen Moment lang geschah nichts. Eine kleine Rauchwolke kam aus dem Auspuff. Rückfahrscheinwerfer. Das Auto bog auf die Straße ab. Aus der Innentasche meiner Jacke zog ich einen Stift und einen Zettel und notierte mir das Kennzeichen.

Erst als das Auto schon lange verschwunden war, erwachte ich aus meiner Erstarrung und mein Denken setzte wieder ein. Der Schock ließ nach.

Lies hatte recht gehabt. Ich hatte Guus gesehen, sie hatte mich gesehen. Nichts war, wie es schien. Guus war mit Dmytro zusammen, sie saß in seinem Auto, als sei sie dort zu Hause. Gleichzeitig hatte sie panische Angst. Sie war wütend und sie fürchtete sich.

Und sie hatte etwas gesagt.

52

Ganz schwindelig

Mit Guus im Magen, im Kopf, in den Armen und Beinen lief ich weiter. Mein Herz klopfte hart gegen meine Rippen.

Lies und Sylvia saßen im Café neben dem Hotel, ein Lokal im Souterrain mit niedriger Decke, gelben Wänden und roten Stühlen. Jede hatte eine dampfende Suppe vor sich und in der Mitte zwischen ihnen stand ein Korb mit dicken Brotstücken.

Noch bevor ich mich setzte, fing ich an zu reden, die Worte sprudelten mir aus dem Mund. Ich konnte ihnen selbst kaum folgen.

Ich war gekommen, um Guus zu finden. Es war mir gelungen. Ich holte den Zettel mit dem Kennzeichen aus der Tasche und legte ihn auf den Tisch.

»Das kann die Polizei ganz einfach überprüfen, sogar in diesem Land müsste das klappen. Ein Kennzeichen. So ziemlich das Einfachste, was es gibt. Das kann unsere Petra wohl kaum vermasseln.«

»Petra tut, was man ihr sagt«, erwiderte Sylvia. »Mehr nicht.«

»Mehr nicht, genau das ist das Problem.«

»Sie hat keine andere Wahl.«

»Ach so, das alte Lied.« Die Entschuldigung für jeden, der zu feige ist, etwas zu unternehmen. Irgendwo steht immer eine Vorschrift, ein Gesetz, ein Chef oder eine Absprache im Weg. Keine andere Wahl. »Ich dachte, du hättest von ganz oben aus organisiert, dass sie uns helfen sollte? War es nicht so?« Ich verstellte meine Stimme und äffte sie nach. »Man muss ganz oben anfangen, beim Chef des Chefs des Chefs, und sich von da aus nach unten arbeiten.«

Stille trat ein.

Sylvia und ich sahen einander an. Ich hatte sie beleidigt. Lächerlich gemacht. Absichtlich.

Sie wusste es und ich wusste es.

»Mik, setz dich«, befahl Lies und zog einen Stuhl für mich zurecht.

Ohne Sylvias Blick auszuweichen, setzte ich mich. Rückte den Stuhl an den Tisch und öffnete den Mund, um noch etwas zu sagen. Aber Lies kam mir zuvor. Sie nahm ein Stück Brot aus dem Korb und steckte es mir in den Mund.

»Erst zuhören«, sagte sie.

»Es verhält sich anders, als ich geglaubt hatte.« Sylvia blieb ganz ruhig. Sie ließ sich nicht zu einem Streit hinreißen. »Es tut mir leid.«

Sie hatte telefoniert, gebeten und geredet, und letztendlich stellte sich heraus, dass die zugesagte Hilfe nicht gewährt werden konnte. Es wurden allerlei Gründe vorgeschoben, Vorschriften, andere Fälle, die Priorität hatten, Bürokratie.

»Die Hälfte habe ich nicht mal verstanden«, gab sie zu. »Aber ganz offensichtlich genießt Meneer Derdo eine gewisse Protektion.«

»Wahrscheinlich zahlt er besser als wir.«

»In dem Fall können wir es vergessen«, meinte Sylvia.

Eine nüchterne Feststellung. Dmytro Derdo besaß zweifellos mehr Geld als Sylvia Koper.

»Ich wette, dass sie auch nicht in dem blauen Haus sind«, sagte ich. »Zwar in der Nähe, aber nicht in diesem Haus.«

»Das gleiche Gefühl hatte ich auch«, warf Lies ein. »Ich wollte es nicht aussprechen, nicht in Petras Gegenwart, aber ich habe Guus genau auf der anderen Seite gefühlt. Deswegen bin ich auch näher an das Haus herangegangen, um mir sicher zu sein.« Sie schüttelte den Kopf. »Petra hat gewusst, wo Guus steckte, da bin ich mir sicher. Sie war sehr nervös.«

»Und sie kommt heute nicht mehr wieder«, fügte Sylvia hinzu.

Jegliche Unterstützung war eingefroren worden, erst morgen würde sich Petra wieder melden.

Sylvia zuckte mit den Schultern. Sie vertraute der Sache nicht mehr.

Odessa war plötzlich eine unbekannte Stadt. Ohne Kontakte schienen die Mauern höher, die Türen schwerer und die Fenster dunkler zu sein.

Von meinem Hotelzimmer aus rief ich Sterre an. Sie war hektisch, noch hektischer als beim letzten Mal. Sie sagte alles Mögliche, aber beendete ihre Sätze nicht einmal. Ich wurde nicht schlau daraus.

»Bist du nackt?«, fragte ich.

Sie schwieg abrupt.

»Es funktioniert also auch bei dir.«

Sie lachte. »Eins zu eins!«, gab sie zu. »Nein, leider bin ich hier von zig Leuten umgeben, lauter hungrigen Männern. Wenn ich mich ausziehen würde, würde ich nicht lebend hier rauskommen.«

»Schlechter Plan.«

»Sonst hätte ich es gerne getan.« Wieder lachte sie. »Hast du etwas zu schreiben?«

Sie gab mir eine Handynummer.

»Das ist er«, sagte sie. »Wir arbeiten hier an einer Metaplattform für die Telekom, daher konnte ich mich auf einer anderen Ebene einloggen, unter Umgehung der Sicherheitsvorkehrungen, und da habe ich ihn gefunden. Der Name war übrigens nicht sein richtiger. Er heißt ganz anders.«

»Ich glaube, er hat an die zehn verschiedene Namen.«

»Wenn nicht noch mehr. Wann kommst du nach Moskau? Du bist ja quasi um die Ecke.«

Ihre Frage war ein Querschläger in ihrem Schnellfeuergerede. Guus schickte mich fort, schrie mich an, abzuhauen. Sterre verlangte nach mir. Ein größerer Gegensatz war kaum denkbar. Ich suchte nach der richtigen Antwort.

»Oder willst du nicht mehr?«

Ihre Fragen waren so einfach.

»Doch, ich will schon, aber ich kann nicht. Genauso wenig, wie du nach Odessa kommen kannst.«

»Wenn du mich darum bittest, bin ich morgen da.«

Sie machte es immer einfacher. Schrecklich. Einfachheit ist ein Spiegel, alle Gegenargumente prallen davon ab und schlagen einem mitten ins Gesicht. Sich winden hilft nicht.

»Okay«, erwiderte ich. »Gern. Jetzt. Komm.« Ich konnte ihren ausgelassenen Körper schon fast spüren.

Sterre reagierte freudig-bewegt. »Und wie sollte ich das anstellen? Ich kann hier auf keinen Fall weg. Das hast du doch gerade selbst gesagt.« Sie lachte. »Ich wollte nur mal wissen, ob du mich darum bitten würdest.«

Sie konnte mich ganz schwindelig machen. Und ich ließ es gerne zu.

»Denk an mich«, sagte ich.

»Und du an mich.«

Ich unterbrach die Verbindung, öffnete das Handy, nahm die SIM-Karte heraus und brach sie entzwei. Aus meiner Tasche holte ich eine neue und legte sie ein. Ich rief Sylvia auf dem Hoteltelefon an.

»In zehn Minuten an der Bar«, sagte ich. »Wodka auf Eis.«

53

Zum Greifen nah

Sie waren schon vor mir da. Lies und Sylvia saßen an einem Tisch, drei Gläser vor sich. Lies schob mir eines zu.

»Das war die beste Idee des Tages«, lächelte sie. »Prost!« Sie hob ihr Glas und trank einen Schluck von dem farblosen Getränk.

Der Alkohol löste die Spannung, die bis eben geherrscht hatte. Ich entschuldigte mich für mein ungehobeltes Benehmen, Sylvia entschuldigte sich für die verlorene Zeit und den Unsinn, den wir hatten mitmachen müssen. Lies unterbrach uns.

»Einmal reicht«, meinte sie. »Wenn man sie zu oft wiederholt, verschleißen die Worte.«

Ich streckte Sylvia meine Hand hin.

»Hier«, sagte ich und gab ihr das zusammengefaltete Stück Papier.

Sie nahm es an, faltete es auseinander und betrachtete die Nummer darauf.

»Von wem ist die?«, fragte sie.

»Namen sind Schall und Rauch«, erwiderte ich. »Wenn du anrufst, wirst du es erfahren.«

Sofort holte sie ihr Handy heraus und gab die Nummer ein.

Ich lehnte mich über den Tisch, legte meine Hand auf die ihre und sagte: »Ich glaube, es wäre besser, wenn wir nicht dabei wären.«

Sylvia sah mich an. Ihr Blick schweifte ab, Erinnerungen an vergangene Tage stiegen in ihr auf und sie fragte: »Was hast du getan?«

»Ich habe gar nichts getan.«

Sie umschloss den Zettel mit der Hand, nahm ihre Tasche und fuhr mit dem Aufzug hinauf zu ihrem Zimmer.

»Darf ich erfahren, worum es hier geht?«, fragte Lies, nachdem Sylvia weg war.

Ich schüttelte den Kopf. »Wenn es sich so verhält, wie ich hoffe, wird sie es schon selbst erzählen.«

»Und wenn nicht?«

»Dann hat es nichts zu bedeuten.«

Es dauerte noch drei Wodkas, ehe sie wieder zurück war. Ich sah nicht mehr ganz scharf. Lies auch nicht. Das Mittagessen war nicht gehaltvoll genug gewesen, um eine gute Grundlage für Alkohol zu bilden. Sylvia war von etwas ganz anderem betrunken. Sie kam direkt auf mich zu, zog mich von meinem Stuhl hoch und umarmte mich.

»He, Koop«, sagte ich.

Sie boxte mich. »Das darf nur einer zu mir sagen!«

»Und es gibt ihn noch.«

Sie nickte. Das Telefon hatte nur einmal geläutet, schon hatte Serge abgenommen. Es war, als hätten sie tags zuvor zum letzten Mal miteinander geredet. Sylvia erzählte, erzählte und erzählte. Sie hörte gar nicht mehr auf. »Er kann sich noch an alles erinnern«, sagte sie.

»Und du auch.«

Sie lachte. »Er kommt, sobald er kann. Hierher.«

»Und wann?«

Sie breitete die Arme aus, zuckte mit den Schultern und schüttelte den Kopf. »Keine Ahnung, aber er wird kommen.«

Der Abend endete in einem Restaurant mit reichlichem und schwerem Essen, untermalt von den ohrenbetäubenden Klängen einer Liveband. Sie sangen in einem Englisch, das nur in der Ukraine verstanden wurde. An allen Wänden flimmerte wieder die Nonstop-Modenschau auf fast mannshohen Flachbildschirmen. Ich aß Fleisch und Kartoffeln, die in einer fettigen Soße schwammen. Schicht um Schicht wurde der Alkohol in meinem Körper von kaum verdaulicher Nahrung zugedeckt. Lies hielt sich an Gemüse unter einer dicken Schicht geschmolzenem Käse. Sylvia war die Einzige, die kein Gegenmittel brauchte. Sie piekte in kunstvoll gefaltete Beutelchen aus Blätterteig, gefüllt mit Lachs, Kaviar und saurer Sahne. Dazu trank sie Champagner.

»Auf uns!«, sagte sie.

Lies und ich prosteten ihr mit Wassergläsern zu. Wir mussten schreien, um uns zu verständigen. Sylvia stellte eine Frage, aber ihre Worte gingen in dem Lärm unter. Nach einigen Versuchen gaben wir auf. Ich aß und betrachtete die Models auf den Bildschirmen. Nirgends, wo ich je gewesen war, hatte man Mode so aggressiv beworben. Niemand sah hin. Das war auch nicht nötig. Die Bilder waren überall.

Als die Band pausierte, lehnte sich Sylvia über den Tisch und wiederholte ihre Frage. »Was hat Guus eigentlich gesagt? Noch etwas anderes, außer, dass du abhauen solltest?«

»Sie hat behauptet, mir alles geschickt zu haben, an die hundert SMS. Und dass sie mir alles erzählt hätte.« Lies und Sylvia sahen mich erwartungsvoll an. »Aber ich habe keine Nachricht von ihr erhalten. Nicht ein Wort.«

»Wohin hat sie die Nachrichten denn geschickt?«

»Nicht an mich.«

Wieder hörte ich Guus' Worte und jetzt erst wurde ich hellhörig. »Ich werde doch keine Nachrichten auf dein Handy schicken? Dann wüssten sie sofort, wer du bist und wo du bist.« Das hatte sie gesagt. Und noch etwas, sie hatte noch etwas gesagt. Ich schloss die Augen und versuchte, mich daran zu erinnern, was es gewesen war. In der Aufregung hatte ich ihr nicht aufmerksam genug zugehört. Ich hatte hauptsächlich ihre Wut und ihre Abweisung wahrgenommen. Und ihre fortwährenden Wiederholungen, ich hätte nichts von mir hören lassen. Sie hätte mir alles geschickt. Das sagte sie. Alles. Namen, Adressen, Daten, Passwörter. Alles. Und noch etwas. Ich war dicht dran, es schien zum Greifen nah.

Mit lautem Getöse setzte die Band wieder ein. Jeder meiner Gedanken löste sich in einem Klangbrei auf.

Ich lachte. Sylvia auch.

Wir konnten nicht mal unsere eigenen Stimmen hören.

54

Kommst du noch mal wieder?

Es.

Am nächsten Morgen erwachte ich mit diesem Wort. Es. Dieses kleine Wort leuchtete wie in Neonbuchstaben in meinem Kopf. Es. Das hatte sie gesagt. Es. Sie hätte mir alles geschickt und sie hätte mir ›es‹ geschickt. Es. Und ich müsse ›es‹ bekommen haben. Das war so ungefähr das Erste gewesen, was sie gesagt hatte.

Ich starrte in die Dunkelheit und meine Gedanken kreisten um das, was Guus gesagt hatte.

Es.

Geschickt. Bekommen. Ganz sicher.

Es.

Ich versuchte, mich genau an alles zu erinnern, was ich in jenen ersten Tagen nach ihrem Verschwinden getan hatte. Die Fahrt zum Boot von Lies, nach Monster, zur Lagerhalle von Guus, die Tour ins Häuschen, der Freitagabend mit Sterre und der Samstag danach. Der Zettel auf dem Tisch neben der Tür. Die Bilder überlagerten sich. Mein gestohlener Laptop, die leere Stelle auf meinem Schreibtisch. Das Treffen mit Sylvia in Rotterdam und die Verfolgung des Wagens, mit dem Gracie abgeholt worden war. Der Einbruch, die Webcam, die Rückfahrt, die Verfolgung, der Brand auf Lies' Boot, und irgendwo inmitten all der Erinnerungen flatterte ein kleiner Zettel von der Post vorbei.

Plötzlich sah ihn vor mir. Ein Päckchen, das nicht abgeliefert werden konnte, weil ich nicht da gewesen war. Ich sah die Benachrichtigung vor mir, weiß und orange, das Logo der Zustellerfirma und die fast unleserliche Unterschrift des Paketboten. Ich hatte den Zettel zusammengefaltet, in die

Tasche gesteckt und vergessen. Der Paketbote würde noch einmal versuchen, es mir zuzustellen, deshalb brauchte ich nichts zu unternehmen. Anschließend hatte ich nicht mehr daran gedacht. Es war kein Päckchen gekommen und auch keine neue Benachrichtigung.

Ich zählte im Kopf rückwärts. Am Mittwoch waren Lies und ich im Gefängnis gewesen, um Guus abzuholen. Am Donnerstag war ich nach Hause gekommen und hatte die Benachrichtigung von TNT gefunden. Am Freitag war ich den ganzen Tag nicht zu Hause gewesen. Das war zwanzig Tage her. Ich wusste nicht, wie oft versucht wurde, ein Päckchen zuzustellen, aber irgendwann würden sie aufgeben und es zurück an den Absender schicken. Der Zettel steckte wahrscheinlich noch immer in der Tasche der Hose, die ich damals angehabt hatte. Ich hatte sie in die schmutzige Wäsche geworfen und da lag sie jetzt noch.

Es.

Ob es das war?

Ich griff zu meinem Telefon und dachte nach. Ich musste jemanden anrufen, der bei mir zu Hause vorbeifahren, den Zettel suchen und das Päckchen abholen konnte, wo immer es auch war. Normalerweise hätte ich Gijs darum gebeten. Diesmal nicht. Er würde sich weigern und das wollte ich mir nicht antun. Meine Schwester und mein Bruder waren im Ausland. Mein Vater wohnte in Den Haag, zu weit weg. Ich konnte Karl bitten, der würde es sicher tun.

Schließlich rief ich Ahmed an. Er arbeitete im selben Büro wie ich und konnte den Reserveschlüssel zu meiner Wohnung einfach aus meinem Schreibtisch holen, ohne jemanden fragen zu müssen. Es war Viertel nach sechs in Odessa, also Viertel nach fünf in den Niederlanden. Freitagmorgen. Sehr früh, aber ich konnte nicht länger warten.

Ein schläfriger Ahmed nahm ab.

»Wer wagt es, mich so früh anzurufen?«, murmelte er; es klang nicht mal wie eine Frage.

»Hier ist Michael«, sagte ich.

Er reagierte nicht. Es blieb lange still in der Leitung.

»Ich bin's, Michael«, wiederholte ich.

»Ja, ja … ach so«, sagte er. Die Schläfrigkeit hatte sich in Verwirrung verwandelt. »Wo bist du? Wie geht's dir?«

Das Gespräch kam nur mühsam in Gang. Ahmed stellte höfliche Fragen und drückte sich um konkrete Antworten. Wie es in der Firma ging, die Arbeit, die Aufträge, ob es noch lief.

»Ja, nein, prima«, erwiderte er, ohne mir genauere Auskünfte zu geben.

Dann eben nicht, dachte ich. Ich bat ihn, den Schlüssel aus meiner Schreibtischschublade zu holen, kurz bei mir zu Hause vorbeizufahren, den Zettel aus der Hosentasche zu nehmen und das Päckchen abzuholen. Danach würde ich ihn noch einmal anrufen, um zu erfahren, was darin war.

Er reagierte mit einer Ausflucht nach der anderen. Er hätte viel zu tun, keine Zeit, er führe heute eigentlich gar nicht ins Büro.

»Wo musst du denn hin?«, fragte ich.

Er zögerte, für den Bruchteil einer Sekunde. Ich hörte ihn nachdenken, hörte die Nervosität in seiner Atmung.

»Leiden«, sagte er.

»Stimmt nicht.«

Er erschrak, weil ich ihn so direkt bei einer Lüge ertappte.

»Doch«, erwiderte er.

»Doch? Was ist dass denn für eine Antwort? So redet kein Unternehmensberater. Ein Unternehmensberater hat für jede Situation die passende Antwort parat. Ich weiß, dass du es kannst, und du weißt, dass ich es weiß, also red keinen Müll.«

Er schwieg.

»Was ist los?«

»Gijs sagt ...« Er brach ab.

»Gijs will nicht, dass ihr mit mir redet? Ist das der Grund?«

Wieder zögerte er kurz. »Er hält es für besser, wenn wir für eine Weile keinen Kontakt haben, bis Klarheit über deine Situation besteht.«

Blablabla. Ich war auf der anderen Seite der Unternehmensberaterwelt gelandet, wo taktische Logik vorgeschoben wird und die Euphemismen Wunden schlagen. Für eine Weile keinen Kontakt. Klarheit über deine Situation. Mit anderen Worten: Sieh zu, wie du allein zurechtkommst, wir wollen nichts mehr mit dir zu tun haben.

»Die Sache mit dem Justizministerium hat sich zu einer mittleren Katastrophe ausgeweitet«, erklärte Ahmed. »Gijs war in der letzten Woche vollauf mit Schadensbegrenzung beschäftigt.«

Gijs war damit beschäftigt, mich so weit und schnell wie möglich aus der Firma zu drängen. Je größer die Distanz, desto lieber war es ihm. Ich war die faule Stelle im Apfel. Rausschneiden und wegwerfen, das war die Devise. Schnell und gründlich, um zu demonstrieren, dass das Problem beseitigt war. Hände in Unschuld waschen und weiter. Entlassung folgt. Etwas in der Art. Ich konnte jedoch nicht entlassen werden, denn ich war der Miteigentümer. Gijs Anwälte würden schon einen guten Trick aus dem Hut zaubern müssen, um mich loszuwerden. Kein Problem, Gijs hatte die besten Anwälte der Niederlande.

»Die Sache hat nicht das Geringste mit der Firma zu tun. Es ist etwas Persönliches, du würdest es für mich tun.«

Ich wollte Ahmed nicht unter Druck setzen. Ich war noch immer sein Chef, genau wie Gijs. Das war gerade das Heikle an der Sache. Wenn ich ihm einen Auftrag erteilte, geriete er in eine Zwickmühle: Sollte er Gijs' Anweisungen Folge leisten oder meinen? In dem Fall würde ich verlieren. Ahmed hatte tagtäglich mit Gijs zu tun und solange ich nicht da war, konnte er mich ignorieren. Nur wenn er nicht zwischen Gijs und mir zu wählen brauchte, konnte er etwas für mich tun. Ich redete auf ihn ein, sagte ungefähr zehn Mal, dass ich ihn nicht in Schwierigkeiten bringen wollte und dass er keinerlei Risiko einging.

»Du holst etwas ab und wir telefonieren. Mehr ist nicht dabei. He, Ahmed, komm schon, ist doch nur eine Kleinigkeit. Ich würde das Gleiche auch für dich tun, das weißt du.«

»Durch dich arbeite ich bei *BON.*«

»Sonst würdest du bei einer anderen Unternehmensberatung arbeiten. Bei einer größeren, die weniger Probleme hat. Ich war nur schlau genug, dich als Erster einzustellen.«

»Na klar.« Er lachte. Dann fragte er: »Kommst du noch mal wieder?«

»Das habe ich vor.«

»Ich nehm dich beim Wort.« Wieder lachte er. »Ruf heute Nachmittag noch mal an, gegen drei Uhr. Unter dieser Nummer.« Damit legte er auf.

Es war kurz vor sieben, wir hatten fast eine halbe Stunde lang telefoniert. Ich ließ mich rückwärts in die Kissen zurückfallen, öffnete das Handy, holte die SIM-Karte heraus und brach sie entzwei.

Noch sechs.

55

Passwort

Erkennen, wissen, wen man vor sich, hinter sich oder neben sich hat. Zeichen des Vertrauens, des Bundes, der Solidarität. Dass man beim anderen ein- und ausgehen kann. Überall. Immer.

Just say the word.

56

Nicht logisch

Warten ist eine Kunst und Kunst ist nicht immer das, worauf man gerade wartet. Die Minuten schienen aus Granit zu sein, eine musste von der anderen mühsam mit der Spitzhacke getrennt werden. Ich hatte nichts zu tun und wollte nicht mit Lies und Sylvia in der Hotelbar herumhängen. Ich hatte keine Lust auf Gesellschaft. Ich wollte nur wissen, was sich in diesem Päckchen befand. Sonst nichts. Ich lief durch die Stadt und hielt Ausschau nach Dmytros Auto. Überall standen große SUVs, sogar das gleiche Modell, aber jedes Mal in einer anderen Farbe oder mit einem anderen Kennzeichen. Ich trank Kaffee, bis ich keinen mehr sehen konnte. Um drei Uhr rief ich an.

»Es ist ein Handy.« Ahmed klang enttäuscht. Wahrscheinlich hatte er sich etwas Spannenderes vorgestellt. »Und es war gar nicht auf der Post, sondern bei deinen Nachbarn. Du hast Glück, dass jemand zu Hause war. Wie gesagt, es ist ein Handy und nicht gerade das neueste Modell. So ein altes Klappding.«

»Welche Farbe?«, fragte ich.

»Rot mit dunkelgrau. Ist das von dir? Oh, Moment, da liegt ein Zettel dabei von …« Er las. »Also, es wurde vom Frauengefängnis aus verschickt. Es gehört einer Mevrouw van Donee. Ist das nicht deine Freundin? Im Auftrag von Mevrouw van Donee versendet, laut Antrag vom 14. Oktober. Bei eventuellen Fragen … blabla, und so weiter. Kannst du etwas damit anfangen?«

Ich sah den Apparat deutlich vor Augen. Ich hatte ihn so oft gesehen. Guus trug ihr rot-graues Mobiltelefon stets in der Hand. Ich sah die Daumenbewegung, wenn sie es aufklappte, den Schwung ihres Kopfes, um ihr langes Haar beiseitezuschütteln, bevor sie das Handy ans Ohr hielt. Guus hatte mir ihr eigenes Telefon geschickt, sodass sie mir Nachrichten schicken konnte, ohne dass es jemandem gelang herauszufinden, wer der Empfänger dieser Nachrichten war. Damit ich anonym blieb.

»Das Ladegerät ist dabei«, sagte Ahmed. »Ein Glück, denn das Handy ist ganz leer.« Er wühlte ein wenig herum und schloss es an das Ladegerät an. »Augenblick, ich schalte es ein.«

Ich hörte ihn mit dem Handy hantieren. Dann ein kurzer Piepton.

»Okay, PIN-Code«, meinte Ahmed. »Weißt du ihn?«

Ja, ich kannte ihn. Genauso wie Guus meine Codes kannte. Ich konnte in ihr Büro, sie in meines. Haus, Telefon, Computer, Bank, alles. Sie konnte alle Türen öffnen. »Ich habe dir alles geschickt.«

Keine Geheimnisse.

Ich nannte Ahmed den Code. Kurz darauf begann der Apparat zu piepen.

»Neue Nachricht«, erklärte Ahmed. »Noch eine. Und noch eine.« Dann sagte er nichts mehr.

Wochenlang hatten Guus und ich SMS geschickt und Nachrichten auf der Mailbox hinterlassen – an ein Handy, das in einem Karton bei den Nachbarn lag.

»Einundvierzig Nachrichten«, verkündete Ahmed. »Soll ich sie vorlesen?«

»Könntest du sie aufschreiben und mir mailen?«

»Wenn's unbedingt sein muss.«

Ich schwieg.

»Heute Abend«, versprach Ahmed. »Aber dafür schuldest du mir was.«

»Allerdings«, erwiderte ich. »Und meine Schulden bezahle ich immer.« Ich gab ihm die E-Mail-Adresse von Sylvia und unterbrach die Verbindung. SIM-Karte raus, durchbrechen, neue rein.

Noch fünf.

Sylvia hatte das Kennzeichen von Dmytros Wagen an Petra und an deren Chef weitergegeben. »Sie waren sehr interessiert«, erzählte sie, »und sehr höflich. Sie waren begeistert, dass ich dieses Kennzeichen herausgefunden hatte, und freuten sich, dass ich sie angerufen habe.«

»Mit anderen Worten?«

»Wir werden nie wieder von der Sache hören.«

Es war unbegreiflich. Niemand sagte etwas Negatives. Niemand untersagte uns die Einmischung oder sprach direkte Verbote aus. Wir waren hier und konnten tun und lassen, was wir wollten. Der einzige Widerstand, auf den wir stießen, war die mangelnde Bereitschaft zur Kooperation. Indem man uns zum Beispiel in Odessa herumkutschierte, anstatt ernsthaft zu ermitteln. Und zudem war der Versuch auch noch so stümperhaft gewesen, dass wir ihn sofort durchschaut hatten.

»Es ist, als dürften wir uns zwar hier aufhalten, aber bloß nicht zu dicht am Ort des Geschehens«, sagte ich. »Als säße auch die hiesige Polizei zwischen zwei Stühlen. Sonst würden sie doch einfach alle unsere Fragen mit Nein beantworten? Dann bräuchten wir gar nicht weiterzumachen.«

An jenem Abend schlossen wir uns den hippen Partygängern an. Der Freitagabend in Odessa glich einem Blick in die Zukunft. Das trendige Café, welches uns die Rezeptionistin empfohlen hatte, war groß und weitläufig. Ein Gebäude aus dem ausgehenden neunzehnten Jahrhundert war zur Loungebar mit überdimensionalen Sesseln und Sofas umgebaut worden. Riesenkissen. Sanfte Farben. Die ganze Location war eine Zurschaustellung von Marken und Accessoires. Fremdartige Musik plätscherte aus den Lautsprechern und drang bis in alle Ecken des Lokals. An einem rechteckigen Tisch saßen zwei Pärchen. Vier Leute. Zwei von ihnen hielten Handys in der Hand und schrieben SMS, starrten auf das Display, die Daumen flitzten über die kleinen Tasten. Ab und zu nickten sie oder gaben einen Laut von sich, um zu bedeuten, dass sie noch anwesend waren – und fuhren unterdessen mit dem Schreiben ihrer SMS-Nachrichten fort. Sie waren woanders und doch wieder nicht. Sie lebten auf einer sehr abstrakten Ebene, in Kontakten und Momenten, und nicht an Orten, mit Menschen. Dafür hatten sie keine Geduld.

Es war eine materialistische, luxuriöse Umgebung. Die Menschen standen fortwährend miteinander in Kontakt und waren ständig erreichbar. Man konnte sich schwer vorstellen, dass hier jemand unauffindbar sein sollte, dass Menschen in dieser Stadt versteckt werden konnten. Es schien wie die moderne Welt mal zehn. Jede Nachricht, jeder telefonische Kontakt, jede Internetverbindung konnte geortet, gespeichert und entschlüsselt werden. Auch konnte man sich kaum vorstellen, dass hier der Frauenhandel derart boomte, denn die Leute in unserer Umgebung wirkten selbstbewusst, als würden sie ihre Stellung und ihre Rechte kennen. Mitten im Nachtleben der Stadt war die kommunistische Vergangenheit, die einen Moloch wie Malinovsky Rayon hervorgebracht hatte, unbegreiflich. Die Gegensätze waren zu extrem, und das machten sich wahrscheinlich Männer wie Dmytro zunutze.

»Ich komme mir vor wie in einer Bar auf dem Mars«, sagte Lies. »Eine Bar mit künstlicher Atmosphäre. Wenn wir hier rausgehen, tragen wir Raumanzüge.«

»Das ist kein Land, um allein zu sein«, bemerkte Sylvia. »Das Leben hier ist hart.«

Ich lehnte mich in dem großen Sessel zurück, mein Bier in der Hand, und sah mich in der außerirdischen Bar um. War das Leben hier hart? Ich wusste es nicht. Fremdartig war es gewiss – die Sprache, die Beziehungen, die seltsame Mischung aus moderner Dynamik und kommunistischer Trägheit, wodurch man die ganze Zeit das Gefühl hatte, eins von beidem sei unecht.

Falsch. Das war Fehler Nummer eins. Sie waren beide echt. Sehr echt. Gerade die Kombination aus den beiden war so erbarmungslos.

Die slawische Musik wurde von einem internationalen Loungebeat abgelöst, einer endlosen Variation auf vier Tönen, die sich wie eine Decke über die Leute und ihre Gespräche breitete. Lies' Bemerkung wanderte mir ganz langsam durch den Kopf – dass Guus allein sei – und mit jeder Minute wurde sie bedeutsamer. Warum gingen wir die ganze Zeit davon aus, dass sie allein war? Sie war mit Dmytro und Vlodo und noch ein paar anderen Männer zusammen, und mit Gracie und Lulu – oder wie immer sie heißen mochten – sowie mehreren Frauen. Sie war Teil einer ganzen Gruppe. Zwar waren diese Leute nicht ihresgleichen. Sie war allein innerhalb ihrer Gruppe. So glaubten wir. Allein. Aber was stimmte daran nicht? Ich erstarrte in meinem Sessel. Der Gedanke setzte sich in meinem Kopf fest, wie ein Karabiner, der von einem Bergsteiger an einem höher gelegenen Punkt in den Felsen eingehakt wird.

Das war nicht logisch: Niemand ging allein von den Niederlanden nach Odessa, um hier zu arbeiten und sich in ein illegales Frauenhandelsnetzwerk einzuschleusen. Das hätte niemandem etwas genützt. Den Frauen nicht und Guus schon gar nicht. Sie musste eine Kontaktperson haben, jemanden, dem sie Informationen übermitteln und Fragen stellen konnte.

Sie habe mir alles geschickt, hatte sie gesagt, die Passwörter, die Daten, die Namen und Adressen. Hatte sie mich vielleicht als ihre Kontaktperson betrachtet? Dann war die Sache auf furchtbare Weise missglückt.

Nein, das konnte nicht sein. Auch das war nicht logisch. In diesem Fall hätte sie vorher etwas sagen müssen.

Nicht logisch.

Und warum hatte sie mich so angeschrien? Wenn sie mir alles geschickt hatte, alles Wichtige, warum sollte ich dann weggehen? Sie wollte nicht, dass Dmytro mich sah, das konnte ich ja verstehen. Er durfte nicht wissen, dass ich hier war. Aber das war nicht der Grund gewesen. Die Art, wie sie mich angegriffen hatte, diese Angst, die daraus sprach, die Aggressivität ihrer Worte … Als störe ich irgendwie, brächte etwas in Gefahr. Irgendetwas. Brachte ich sie in Gefahr? Mich? Aber warum hatte sie mir dann all diese Informationen geschickt? Obwohl ich nichts erhalten hatte, aber das konnte sie ja nicht wissen.

Es war nicht logisch.

Guus war nicht allein hier. So musste es sein.

Wer war ihre Kontaktperson?

Der Mann mit dem kurzen Hals und der Glatze. Der. Der Mann, der Guus nicht zusammen mit Lies besuchen wollte. Der Mann, der nicht reagierte, als man ihn auf der Straße erkannte. Der Mann, der so durchschnittlich aussah, dass man ihn auf der Stelle vergaß. Dieser Mann.

Endlich hatte ich mithilfe logischen Denkens erkannt, was unterschwellig schon die ganze Zeit an mir genagt hatte. Endlich ergab alles einen Sinn.

57

Ich bin kein Telefonbuch

Mitten in der Nacht las ich die Abschrift der Nachrichten von Guus' Handy. Es war eine Übersicht über die vergangenen zwei Wochen, länger wurden SMS und Mailboxnachrichten nicht gespeichert. Daher fehlten sowohl meine als auch Guus' erste Anrufe und Meldungen. Ahmed hatte alles transkribiert, fein säuberlich, wortwörtlich. Meine eigenen Worte starrten mich vom Bildschirm aus an.

Wo bist du? Wo bist du? Wo bist du?

Aussichtslos.

Ich schüttelte den Kopf und konzentrierte mich auf das, was Guus geschrieben hatte. SMS. Ihre Geschichte, ihre Fragen und Informationen in Paketen von maximal hundertsechzig Zeichen, inklusive Leerzeichen. Sie waren gespickt mit Abkürzungen und Zahlen. Sie versuchte, so viel wie möglich auf dem begrenzten Raum unterzubringen, sodass es ab und zu einer Geheimschrift glich. Letztendlich waren es viel mehr als einundvierzig Nachrichten. Ahmed hatte geschrieben, den ganzen Tag über seien noch welche eingetroffen.

Nach und nach erhielt ich einen Überblick über ihre Mission. Nicht ganz vollständig, weil die Nachrichten der ersten Tage fehlten. Rückwirkend bekam ich eine Erklärung, sofern ich sie noch brauchte.

Der größte Teil ihrer Informationen war inzwischen überholt. Die Namen Dmytro und Vlodo waren mir geläufig, ich wusste, dass sie mich verfolgten, ich wusste, dass sie brutal waren, ich wusste, dass ich vorsichtig sein musste, ich wusste, dass sie in Odessa war. All das wusste ich, und dennoch war es beruhigend, es zu lesen, zu wissen, dass sie mich gewarnt und immer verfolgt hatte, wie es mir ging. Andere Namen sagten mir nichts. Ten Have? Der Name kam zwei Mal vor. Ohne Telefonnummer oder E-Mail-Adresse. War er ihre Kontaktperson? Sie hatte mir Adressen geschickt, eine in Malinovsky Rayon, eine in der Stadt und eine außerhalb. Passwörter für Kunden, Passwörter für den Handel, Passwörter, um sich von außen in Computer zu hacken, sowohl in den Niederlanden als auch hier in Odessa. Passwörter, die mich schützen würden, falls ich in Schwierigkeiten geriet. Sie hatte alles geschickt. Und stets, am Ende jeder Nachricht, dieselbe Bemerkung: Nicht zurückrufen. Ich hätte sie über vorübergehend eingerichtete E-Mail-Adressen erreichen können, die sie geheim halten konnte. Sie schrieb kurze, emotionale Berichte über Lulu und Gracie und dass sie sie nicht alleinlassen könne. Sie schrieb, warum sie mir nichts erzählt habe.

Ich habe nichts gesagt, weil ich es sonst nicht getan hätte. Nur indem ich geschwiegen habe, konnte ich an meiner Entscheidung festhalten. Nicht zurückrufen. gvd

Hundertfünfundsechzig Zeichen.

Je mehr Tage verstrichen, desto kürzer wurden ihre SMS. Sie fragte, warum ich nicht maile, warum sie nichts von mir höre. Sie fragte, wo ich sei, was ich mache. Wir hatten einander die gleichen Fragen geschickt und hatten beide keine Antwort erhalten. Später kamen Berichte, die so kurz waren, dass ich sie drei Mal lesen musste.

Falsch, falsch, falsch.
Dumme Kuh.
Warum tut sie das nur?

Keine Erklärung. Offenbar steckt nur das Bedürfnis dahinter, ihre Gedanken niederzuschreiben und mit jemandem zu teilen.

Nicht zurückrufen. gvd

Die Nachrichten sagten alles und nichts. Warum hatte sie meinen Laptop stehlen lassen? Um in das Computersystem des Justizministeriums einzudringen, das wusste ich. Guus erwähnte den Vorfall mit keinem Wort. Sie erzählte nicht, was sie dort gesucht hatte. Nichts über den Missbrauch meiner Identität oder ein Zeichen dafür, dass sie sich der Tragweite ihrer Tat bewusst war. Nichts, kein Wort, als sei es nie geschehen, als spiele es keine Rolle. Das traf mich, besonders von ihr. Wenige Worte hätten mir genügt, vierzig Zeichen, ich verlangte nicht viel. Der Brand auf dem Boot ihrer Mutter – kein Wort. Nach ein paar Stunden sah ich nur noch die schmerzlichen Lücken in ihrem Stakkatobericht. Ich tat kein Auge zu. Nicht zurückrufen, gvd, gottverdammt, in der Tat.

Lies und Sylvia lasen die Berichte am nächsten Tag. Sauber ausgedruckt. Ein ganzer Stapel Papier. Jede Nachricht mit Datum und Uhrzeit.

Lies starrte die letzte Seite lange an. »Das klingt nicht gut«, sagte sie.

Sylvia knallte den Stapel auf den Tisch. »Und ich werde dir sagen warum: Madame erzählt nirgends, was sie eigentlich macht! Nirgends! Eine sentimentale Passage darüber, dass sie die Mädchen nicht alleinlassen kann. Sehr schön. Wunderbar. Ich weiß auch, dass sie es ehrlich meint, aber es besagt nichts. Wir sind zu dritt hier und erreichen nichts. Und dann soll sie ganz allein den Karren aus dem Dreck ziehen? *Jamais!* Inzwischen will sie dies und will sie das und du kannst sie da erreichen und dann dort und dann gar nicht. Du darfst nie zurückrufen und sie gibt nichts preis. Typisch Anwältin.« Sie schwieg. »Und dein Boot erwähnt sie nicht mit einem Wort«, sagte sie zu Lies. »Das ist nicht in Ordnung.«

Ihre Zusammenfassung war hart. Sylvia sprach aus, was ich gedacht hatte, mir aber nicht eingestehen wollte.

Guus befand sich auf einer Mission, bei der sie mich nicht dabeihaben wollte. Sie wollte zwar, dass ich wusste, wo sie war, und dass ich sie erreichen konnte, wenn auch nur ab und zu.

Sie versuchte, mich auf Distanz zu halten, aber das war ihr nicht gelungen. Ich war quasi um die Ecke.

Lies war still. Sie sah die Berichte an, die vor ihr auf dem Tisch lagen, und schüttelte langsam den Kopf.

»Sie redet alles Mögliche«, meinte sie. »Ich weiß, wie sie ist, ich weiß, was sie sagt und tut, wenn sie wütend, aufgeregt oder nervös ist. Guusje kann fluchen und schimpfen, bis sich die Tapete von der Wand löst. Sie kann dickköpfig schweigen oder auf einen einreden, bis man ihr in allem recht gibt. Aber so etwas kenne ich nicht von ihr.«

Sie zeigte auf die kurzen Nachrichten, die auch mir aufgefallen waren.

»Die handeln nicht von jemand anderen, sondern von ihr.« Sie starrte auf das Papier. »Und die letzte Nachricht kam vor fünf Tagen. Hier. Kurz bevor wir in Odessa angekommen sind.«

Sie passten zu der Reaktion von Guus im Auto, sie passten zu ihrer Panik und Verschlossenheit. Ich hatte unmittelbar vor ihr gestanden und war nicht an sie herangekommen. An irgendeiner Stelle war etwas schiefgelaufen, das hatte Guus selbst geschrieben – *Falsch, falsch, falsch* –, und wie immer ihr Plan aussah, sie fand offenbar keinen Ausweg. Sie hatte keine Rückendeckung, keine Nachhut, niemanden, der eingreifen konnte.

»Wir müssen dieses Haus finden«, drängte ich.

Lies und Sylvia nickten.

»Das ist ja wohl das Mindeste«, antwortete Lies.

»Und dann gehe ich rein.«

Sie schwiegen.

Ich fragte: »Wozu sind wir denn hergekommen? Ansonsten können wir gleich wieder nach Hause fliegen.«

»Als sei das ein Argument«, sagte Lies.

»Nein, das ist kein Argument, aber fällt dir etwas anderes ein? Sollen wir warten? Worauf? Dass sie irgendwann wieder verschwunden sind? Wir wissen, dass sie sich dort irgendwo aufhalten, wahrscheinlich in der Straße mit dem blauen Haus. Du sagtest, du wüsstest ungefähr, wo.«

»Ich weiß es nicht sicher«, erwiderte Lies. »Ich kann Phänomene spüren und manchmal auch sehen, aber nicht immer. Ich bin kein Telefonbuch.«

»Im Moment bist du aber die Einzige hier, die überhaupt etwas weiß«, entgegnete ich.

Es war ein kalter, klarer Tag. Zu dritt standen wir auf dem Bürgersteig vor dem blauen Haus. Lies mit geschlossenen Augen, ganz still.

»Ich muss mich mal kurz konzentrieren«, erklärte sie.

Sylvia und ich hielten ein paar Schritte Abstand. Lies schlug die Augen auf und sah sich um. Sie ging ein paar Häuser weiter und schloss die Augen wieder.

»Ich weiß nie, was ich glauben soll«, sagte Sylvia leise. »Aber ich will an etwas glauben. Das muss man doch?« Es war keine Frage. Sie schwieg und beobachtete die Frau, die sich ruhig den Bürgersteig entlangbewegte.

Lies drehte sich nach links, wartete und schaute. Mit geschlossenen Augen. Nach rechts, wartete und schaute. Ein paar Schritte weiter, stehen bleiben, drehen. Manchmal hielt sie die Arme vor sich ausgestreckt, dann wieder ließ sie sie locker herunterhängen. Wieder ein Stück weiter, zum nächsten Haus. Sie erklärte nicht, was sie tat, sie redete nicht. Sie war weder in Trance noch in Ekstase. Sie lauschte und hielt nach Phänomenen Ausschau, die ich weder sah noch hörte. Das war der Unterschied.

»Wenn ich zwischen dem Papst und Lies wählen müsste, fiele mir die Entscheidung leicht«, meinte Sylvia. »Auch wenn sie hier nichts finden sollte, würde ich sie vorziehen.«

Nullpunktfünf.

»Ich auch«, antwortete ich.

Lies brauchte lange, sie ging beinahe die ganze Straße hinauf und hinunter, bevor sie sich wieder uns zuwandte. Sie sah starr geradeaus und sagte nichts. Sie hängte sich bei mir ein und dirigierte mich auf die andere Straßenseite, zum Park. Erst als wir weit genug entfernt waren, blieb sie stehen.

»Ich bin mir nicht sicher«, sagte sie. »Hier irgendwo muss es sein, zwischen Haus Nummer achtundzwanzig und Nummer vierunddreißig. Auf diesem Straßenabschnitt nehme ich etwas wahr, was ich sonst nirgendwo fühle. Dort könnte sie sein.«

»Dort könnte sie sein? Zwischen Nummer achtundzwanzig und Nummer vierunddreißig? Dort könnte sie sein?« Ich konnte meine Enttäuschung kaum verbergen. Wider besseres Wissen hatte ich gehofft, dass sie auf ein ganz bestimmtes Haus zeigen würde. Da! Wie durch Magie gefunden. Das ist es.

»Mehr kann ich nicht tun«, erklärte Lies. »Tut mir leid.«

Sylvia und ich kehrten zum Eingang des Parks zurück und blickten zur gegenüberliegenden Straßenseite. Die Nummern achtundzwanzig bis vierunddreißig lagen auf der linken Seite. Ich war an diesen Häusern vorbeigelaufen, hatte durch die Zäune gespäht und nach dem Auto gesucht, in dem Guus gesessen hatte. Alle Häuser an dieser Straße waren groß und durch massive Zäune gut gesichert. Sie besaßen einen Vorgarten, einen Garten seitlich neben dem Haus und wahrscheinlich auch eine Rasenfläche auf der Rückseite, die man von der Straße aus nicht sehen konnte. Allerdings führte meist ein breiter Weg um das Haus herum. Überall waren Kameras installiert, an den Zäunen und den Fassaden der Häuser. Die Fenster waren dunkel.

»Das sind sieben Häuser«, sagte ich. Die Straße war nur auf einer Seite bebaut, weshalb die Zählung fortlaufend war, gerade und ungerade Nummern hintereinander. »Sieben Häuser«, wiederholte ich.

»Immer noch besser als eine ganze Stadt«, erwiderte Sylvia. »Sieh es doch mal so.«

Die Verbissenheit, die ich schon seit Tagen in mir spürte, gewann jetzt die Oberhand. Ich war an einem Punkt angelangt, an dem ich nicht mehr lockerlassen würde. Eine Grenze war überschritten.

Wenn ich jetzt wieder ins Hotel zurückkehrte, würde ich in drei Wochen noch hier herumkaspern. Ich musste darauf vertrauen, dass Lies mir den richtigen Abschnitt gezeigt hatte. Ich ging zu der Bank vor dem Parkeingang und setzte mich hin.

»Irgendwann muss mal jemand reingehen oder rauskommen. So lange bleibe ich hier sitzen.«

Es dauerte noch an die zehn Minuten, bis sie mich zurückließen, nicht ohne das Versprechen, mich zu versorgen, mir Kaffee und etwas zu essen zu bringen.

Zwei Mütter.

»Ich habe mein Handy dabei, falls etwas sein sollte, rufe ich euch an.«

Von der Bank aus sah ich ihnen nach, zwei Frauen, die zusammen die Straße entlanggingen in Richtung Zentrum, zwei Frauen, die genauso halsstarrig auf der Suche waren wie ich, die genauso überzeugt an ihrem Ziel festhielten, die genauso oft wie ich alles infrage stellten, sogar unsere Motive, nicht aber, dass wir uns einmischen würden. Die Leute, mit denen Guus sich eingelassen hatte, hatten uns allen dreien übel mitgespielt. Wir gaben uns Mühe, nicht rachsüchtig zu sein, vor allem Lies. Es ging nicht um Vergeltung, die interessierte sie nicht. Sylvia und ich waren weniger großmütig, wir wollten durchaus Gerechtigkeit, die Begleichung einer Schuld. Lies hielt unsere negativen Gefühle auf Sparflamme. Mit ihren Zahlen, Chakren und Energieströmen lotste sie uns unmerklich in eine andere, positive Richtung. Dass das Ganze ab und zu ziemlich schwammig wurde, gehörte dazu. Rache und Vergeltung sind schön konkret, das ist der große Vorteil.

Langsam kroch die Kälte durch meine Kleidung. Die Holzbank war hart und wurde immer härter. Der Wind kam aus dem Park und pfiff unter der Bank hindurch. Auf der Straße geschah wenig. Ab und zu kam ein Auto vorbei. Es fuhr langsam. In diesem Viertel schienen es die Leute nicht eilig zu haben.

Eine Stunde verging. Ich war schon zwei Mal auf und ab gelaufen, um meinen Kreislauf in Gang zu halten und das hölzerne Gefühl in meinem Hintern loszuwerden.

Nach zwei Stunden hielt ein Taxi an. Lies stieg aus, in einer Hand eine Plastiktüte. Sie brachte eine Thermoskanne mit Kaffee, ein paar belegte Brötchen und Kekse, Handschuhe, einen Schal und eine Schirmmütze. Ich sah aus wie ein Penner, vor allem die Plastiktüte wirkte authentisch.

Lies sagte: »Sei vorsichtig, ja, Mik?«, und kehrte zum Taxi zurück. Dann drehte sie sich noch einmal um. »Wenn wir nichts von dir hören, komme ich in zwei Stunden wieder.« Sie stieg ein und eine Minute später war ich wieder allein.

Der Kaffee war gut, die Brötchen hervorragend. Ehe ich mich versah, waren sie aufgegessen.

Ich saß herum. Ich lief herum. Ich schaute mich um. Ich lauschte. Stunde um Stunde.

Ein Rudel Hunde schnupperte um die Bank herum, bis kein Krümel mehr zu finden war. Nach einer Weile trotteten sie wieder davon und zogen sich ins Gebüsch zurück.

Ich stand auf und ging zum Eingang des Parks und wieder zurück. Setzte mich wieder. Ich musste die Straße beobachten. Sieben Häuser. Das bedeutete hauptsächlich: warten. Warten auf etwas, das nicht eintrat. Warten auf etwas Unvorhergesehenes. Warten auf etwas, von dem ich hoffte, dass es unvermeidlich war.

Nichts ist sicher. Vor allem das Unvermeidliche nicht.

Es wurde dunkel. Die Temperatur sank um fünf bis zehn Grad, die Kälte kroch mir in die Knochen. Meine Füße und Beine fühlten sich an wie aus Blei und schienen kaum noch zu mir zu gehören. Lies blieb länger fort als versprochen, erst nach drei Stunden kehrte sie wieder zurück. Mit frischem heißen Kaffee und hundert Entschuldigungen. Sylvia hätte so viel zu erledigen!

»Sie hat einen Anruf erhalten und wollte sich verabreden«, erzählte Lies. »Mit diesem Serge.« Serge hatte seine Ankunft angekündigt und Sylvia war nur noch ein Nervenbündel. Lies bemerkte: »Der Mann macht etwas mit ihr.«

»Na ja, hat etwas mit ihr gemacht«, berichtigte ich.

»Es ist aber rührend zu beobachten.« Lies setzte sich neben mich auf die Bank. »Von der harten Sylvia Koper bleibt nichts mehr übrig, wenn dieser Mann am Apparat ist.« Sie legte mir die Hand auf den Arm. »Sehr lieb, dass du ihn für sie gefunden hast.«

Ich lachte. »Nicht nur für sie. Serge war früher beim KGB. Ein gefährlicher Mann, einer, der mit einem Anruf die ganze Polizei von Odessa auf Trab bringt und vor dem Dmytro und Vlodo einen Heidenrespekt haben. So einer. Verstehst du?«

»Praktisch«, meinte Lies.

Ich nickte. »Früher hat er alles für Sylvia getan. Und sie für ihn.«

»Ein bisschen Respekt könnten wir hier gut gebrauchen«, bemerkte Lies. Sie stand auf und klopfte ihren Mantel zurecht.

Lies Inderlaan. Unter all ihrer alternativen und spirituellen Leidenschaft steckte auch einfach eine anständige Dame, die Wert auf gute Manieren legte. Ich stand ebenfalls auf und legte den Arm um sie. Drückte sie. Und sie mich. Auf einem Bürgersteig in Odessa.

Wenn du da bist, wo du hingehörst, ist es egal, wo das ist.

58

Telekom gegen Eisenwaren

Ich war durchgefroren bis auf die Knochen. Nach und nach war die Kälte immer tiefer in meinen Körper hineingekrochen, bis ich schließlich meinte, zu Eis erstarrt zu sein. Ich zitterte tief aus meinem Inneren heraus. Auf meinem Posten vor dem Park war ich seit dem Einbruch der Dunkelheit fast unsichtbar. Hier befand sich keine Straßenlaterne, nur die andere Seite, auf der die Häuser standen, war beleuchtet. Ich war nichts als ein formloser, dunkler Fleck in der Nacht. Wenn man nicht wusste, dass ich dort saß, sah man mich nicht.

Aus einer Seitenstraße näherten sich Autoscheinwerfer. Geräuschlos rollte der Wagen heran. Erst als er an mir vorbeifuhr, erkannte ich das Modell und hörte das tiefe Grollen des V8-Motors. Reglos beobachtete ich das Auto. Würde es weiterfahren bis zu einem der Häuser zwischen Nummer achtundzwanzig und vierunddreißig? Nein, es hielt an. Eine Weile lang stand es direkt mir gegenüber auf der anderen Straßenseite. Minutenlang geschah nichts. Dann sprang ein Tor auf und das Auto bog in die Einfahrt ein. Ich stand auf und ging ein paar Schritte näher. Als der Wagen durch den Lichtkegel der Laterne fuhr, sah ich das Kennzeichen. Nur ein paar Sekunden lang, aber das reichte. Manche Nummern speichert man so ab, dass man sie wiedererkennt wie Gesichter. Mit dieser Zahlenkombination erging es mir so.

Der Bär war in seine Höhle zurückgekehrt.

Sofort zog ich mich wieder in die Dunkelheit zurück. Mit klammen Fingern wählte ich Sylvias Nummer.

»Wir kommen«, versprach sie. »Sofort.« Sie hatte den ganzen Abend ein Taxi vor dem Hotel warten lassen, um auf keinen Fall Zeit zu verlieren. »In zehn Minuten sind wir da.« Im Hintergrund hörte ich Lies. »Lies möchte die Hausnummer wissen.«

»Nummer fünfundzwanzig«, antwortete ich.

Ich hörte Sylvia lachen. »Du hast danebengelegen«, sagte sie zu Lies und legte auf.

Mit einer schon automatisierten Geste öffnete ich mein Handy, holte die SIM-Karte heraus, brach sie entzwei und warf die Stücke in die Parksträucher.

Noch vier.

Wir standen nebeneinander auf dem Bürgersteig. Ich zeigte auf die andere Straßenseite.

»Dort sind sie«, erklärte ich. »In dem großen, ockergelben Haus mit dem Turm.«

Lies sah das Haus konzentriert an. Sie umrundete das Taxi und überquerte die Straße. Auf der anderen Seite blieb sie kurz stehen, drehte sich um ihre eigene Achse und kehrte dann wieder zurück.

»Kommt«, sagte sie. »Das reicht für heute.«

Wir stiegen ein und fuhren los. Mir war kalt bis ins Mark. Sylvia reichte mir von hinten einen Flachmann mit Wodka. Ich trank zwei Schlucke und der Alkohol besänftigte mein Zittern. Ich schraubte die Flasche wieder zu und gab sie zurück. Sylvia steckte sie in ihre Tasche.

»Und jetzt?«, fragte sie.

»Morgen gehe ich wieder hin und kaufe ein paar Frauen«, sagte ich.

»So, so, mein Lieber«, antwortete Sylvia. »Du willst also Frauen kaufen. Aber nicht in den Klamotten, hoffe ich.«

Schwarze Schuhe, schwarze Socken, ein schwarzer Anzug, schwarzes Hemd, schwarze Krawatte, schwarzer Mantel und eine schwarze Sonnenbrille. Schon am nächsten Nachmittag sah ich aus wie ein anderer Mensch. Sylvia warf mit Banknoten um sich, als besäße sie eine eigene Notenpresse. Ich schrieb die wichtigsten Passwörter und Namen auf einen Zettel. Jetzt erst fiel mir auf, dass mir Guus diese eine Adresse nicht gegeben hatte. Nichts wäre einfacher gewesen, aber offenbar wollte sie nicht, dass ich sie aufsuchte. *Nicht zurückrufen.* Das hatte sie mir immer wieder mitgeteilt. Die ganze Zeit hatte ich ihre Nachrichten nicht erhalten, jetzt wollte ich nicht mehr auf ihre Warnung hören. Ich übte ein paar Mal, sodass ich ohne zu stottern im richtigen Moment das Richtige sagen konnte. Mein Handy hatte ich in der Tasche, dazu zwei SIM-Karten in Reserve, und von Sylvia erhielt ich eine stattliche Rolle Banknoten.

»Sieht nach mehr aus, als es ist«, behauptete sie.

Ich hatte vor, mich als Kunde auszugeben. Mit dem Passwort müsste ich reinkommen, und wenn ich einmal dort war, würde ich auskundschaften, wie viele sie waren. Ich wollte nach Guus oder Lulu und Gracie Ausschau halten und versuchen, Kontakt mit ihnen aufzunehmen. Im günstigsten Fall würde ich eine von ihnen mitnehmen. Bezahlt, wenn es sein musste.

»In ein paar Stunden bin ich wieder draußen«, versprach ich.

»Und wenn nicht?«

»Ansonsten morgen früh.« Ich lachte. »Was weiß ich. Was kann denn schon passieren?«

»Sie sind brutal«, warnte Lies.

»Okay, dann kriege ich ein paar auf die Mütze und werde auf die Straße geworfen.«

»Oder ins Meer«, unkte Sylvia.

Ich schüttelte den Kopf. Das glaubte ich nicht. Viel zu umständlich. Zu viel Arbeit.

»Warum sollten sie das tun? Schlimmstenfalls bin ich ein Kunde, der nichts kauft. Ich wäre sicher nicht der erste.« Ich gab mich zuversichtlich, denn wenn ich den Risiken offen ins Auge geblickt hätte, wäre ich nicht gegangen. Aber ich wollte gehen, deswegen spielte ich die Gefahr herunter.

»Du hast keine Ahnung, wovon du redest«, warnte Sylvia. »Du glaubst, du wüsstest, was Gewalt, was Aggression bedeutet. Du glaubst, es zu verstehen, aber das stimmt nicht. Du verstehst das Wort, mehr nicht. Wenn Lies hier eine Aura sieht, meinst du, du würdest sie verstehen. Aber eine Aura ist auch nur ein Wort. Du verstehst nicht, was sie sieht oder wie sie es sieht.« Sie schwieg und sah mich an, um zu überprüfen, ob ich begriff, was sie sagte. »Du denkst in Sprache. Du verknüpfst keine konkreten Vorstellungen damit. Das da ist eine andere Welt!« Sie zeigte nach draußen. »Die Menschen sind ganz anders. Genauso gut könntest du ohne Raumanzug aus dem Spaceshuttle steigen.«

»Ich will mich gar nicht auf eine Auseinandersetzung einlassen«, beruhigte ich sie. »Ich will mich nur mal ein bisschen umsehen.«

»Auf jeden Fall müssen wir die Polizei darüber informieren, was du vorhast und wo du bist.« Sylvia schien fest entschlossen.

»Nein«, erwiderte ich. »Petra ist nur dazu da, uns in die Irre zu führen. Wenn wir ihr Bescheid sagen, dürfen wir nicht mal mehr das Hotel verlassen. Ich gehe da rein, und sollte ich zu lange wegbleiben, rufst du sie oder ihren Chef oder dessen Chef an. Die werden dann schon wissen, was zu tun ist.« Wir sahen einander an. »Du wirst sehen, in diesem Haus wohnt bestimmt nur eine alte Frau mit Dackel.«

Doch das glaubte keiner von uns.

»Serge kommt übermorgen«, meinte Sylvia. »Wir könnten auch warten, bis er da ist.«

Das klang vernünftig, aber ich hörte nicht auf sie. Nach der Nacht auf der Bank wollte ich ihnen keine Chance bieten, wieder zu verschwinden.

»Wir wissen jetzt, wo sie sind«, sagte ich. »Außerdem muss Serge doch auch erfahren, wer sich in diesem Haus aufhält.«

Das Taxi hielt an der Straßenecke, etwa zweihundert Meter von dem Haus entfernt. Mit jedem meiner Schritte schien sich die Entfernung zu vergrößern anstatt zu verringern. Sylvia hatte mich beschworen, unter allen Umständen ruhig zu bleiben und mich auf nichts einzulassen.

»Du solltest nur mit ihnen reden«, riet sie mir. »Ansonsten machst du nichts. Trink nichts, keinen Alkohol. Du musst einen klaren Kopf behalten. Ein gewiefter Kunde lässt sich nicht reinlegen. Das wissen die auch. Sie werden alles versuchen, um dich zu ködern, dich in Versuchung zu führen. Das können sie sehr gut. Lass dich nicht darauf ein. Sobald du drin bist, musst du daran arbeiten, wieder rauszukommen.«

Vor dem Tor blieb ich stehen und drückte auf die Klingel. Kurz darauf ertönte durch die Sprechanlage eine Stimme, die etwas Unverständliches sagte. Ich antwortete auf Englisch. Nannte das Passwort für die Kunden. Die Sprechanlage verstummte zunächst.

»Okay«, sagte die Stimme dann.

Das Schloss sprang mit einem Klicken auf und das Tor schwang nach innen. Alles elektrisch. Wie ich hier im Notfall rauskommen sollte, war mir jetzt schon ein Rätsel. Natürlich brauchte man zum Öffnen des Tores einen Code. Ich zog eine der SIM-Karten aus der Tasche, und während ich das Grundstück betrat, steckte ich sie ins Schloss. Telekom gegen Eisenwaren.

Das war's. Mehr hatte ich nicht. So entspannt wie möglich ging ich zur Tür, als wäre ich seit Jahren im Geschäft. Haltung, Arroganz. Es musste klappen, reden war meine starke Seite.

An der Tür wurde ich von einem kleinen, dicken Mann erwartet. Schwarz gekleidet, genau wie ich. Ich wiederholte das Passwort und er lächelte, nickte und winkte mich herein.

»Zum ersten Mal?«, fragte er. Sein Englisch klang schleimig und weich durch den slawischen Akzent.

»Ja, ich bin zum ersten Mal hier«, antwortete ich.

Er lachte und trat einen Schritt beiseite, um mich durchzulassen. Ich setzte die Sonnenbrille ab und ging hinein. Verließ das Spaceshuttle.

59

Hübsches Mädchen, hübsches Kleid

›Luxus‹ war nicht das richtige Wort. Es war einfach zu kurz. Das Wort, das den strahlenden Überfluss beschreiben konnte, den ich sah, hätte zehn Mal so lang sein müssen. Ich stand im Foyer der Villa und der Reichtum blendete mich.

Mitten auf dem weitläufigen Marmorboden stand ein Springbrunnen aus Naturstein. Wasser plätscherte aus aufgesperrten Fischmäulern. Goldene Kronleuchter, Kristalllüster, schimmernde Lichtreflexe auf den Wänden und dem Fußboden. Goldene Türgriffe, goldene Lichtschalter, goldene Kandelaber an den Wänden. Ein tiefes, warmes Leuchten. Alles, was aus Gold gemacht sein konnte, war aus Gold. Alles andere bestand aus Marmor oder Kristall. Es war imponierend, überwältigend und schockierend.

Der Mann nahm meinen Mantel entgegen und ging mir voraus durch das Foyer, um den Brunnen herum zu einer Tür auf der rechten Seite. Er legte seine Hand auf die Klinke, und bevor er die fast drei Meter hohe Tür öffnete, sagte er: »Erst eine Kleinigkeit, um in die richtige Stimmung zu kommen. Anschließend bleibt noch genug Zeit für das Geschäftliche.« Sein Akzent ließ seine Höflichkeit umso gekünstelter wirken.

»Natürlich«, antwortete ich und folgte ihm in ein großes Zimmer.

Auf der einen Seite befand sich eine Bar. Vor allen Fenstern hingen schwere Gardinen, roter Samt, abgesetzt mit Goldfäden. Prächtig glänzende, alte Holzfußböden, dicke Teppiche, große Flachbildfernseher und neun Mädchen, eines schöner als das andere.

»Meine Damen, ein Kunde«, sagte der Mann.

Sie standen auf und kamen auf mich zu. Streckten die Hände aus und sagten englische Sätze, die sie auswendig gelernt hatten.

»How do you do?«

»Pleased to meet you.«

»What can I do for you?«

»Can I help you?«

»So nice to see you.«

Dazu ein entzückendes, ununterbrochenes Lächeln. Ich schüttelte ihre Hände und nickte höflich. Freundlich. Lächelte ebenfalls.

Der Mann stellte sie mir alle vor. Anna, Maria, Tanya und noch sechs weitere Namen, die ich mir nicht mehr merken konnte.

»Später, meine Damen«, meinte der Mann. »Erst das Geschäft. Dort entlang«, erklärte er, führte mich in ein Nebenzimmer und schloss die Tür hinter mir. »Wie Sie sehen, nur die besten Frauen. Pure Ukraine, hundert Prozent.«

»Und bereit, an die Arbeit zu gehen«, sagte ich.

Er lachte. »Nein, das noch nicht. Das sind alles Anfängerinnen, aber trotzdem: alles beste Qualität. Und jede Woche bekommen wir neue. Sie können wählen. Anna, Maria, welche Sie wollen. Zwei, drei oder mehr. Wir liefern zu Ihnen nach Hause, wohin Sie wollen. Und dort werden sie ausgebildet. In dem Land, in dem sie arbeiten werden, werden sie angelernt. Von uns.« Er sah mich an. »Gutes Training«, versprach er. »Alles, was nötig ist. Für Sie. Ist im Preis inbegriffen. Kann alle drei Monate wiederholt werden, wenn nötig. Nur die besten, hundert Prozent Ukraine.« Er lachte. *»No problem.«*

Er ging mir voraus in einen anderen Teil des Hauses, durch zahlreiche Türen und Flure. Die Villa war viel größer, als sie von außen aussah. Der überwältigende Luxus schwand, die Zimmer waren schlichter eingerichtet, nirgends war noch etwas aus Gold.

Vor einer weiteren Tür blieb er stehen und fragte: »Möchten Sie etwas trinken?«

Bevor ich antworten konnte, führte er mich in einen zweiten Salon mit Bar. Genauso groß wie der erste, ebenfalls mit schweren Gardinen vor den Fenstern und Teppichen auf dem Holzfußboden. Hier saßen sechs Mädchen in Luxusunterwäsche. Genauso schön wie die Mädchen im ersten Salon, jedoch ohne deren unschuldige Ausstrahlung. Ohne die sehnliche Hoffnung auf das große Glück, das sie erwartete. Die fehlte ihnen. Mein schwarzer Anzug wirkte auf einmal sehr passend.

»This is the working section«, erklärte der Mann. Der Chef sei noch nicht da, er käme erst in einer Stunde, aber bis dahin könne ich mich von der Qualität der Ware überzeugen. »Ein Mädchen, zwei, wie Sie wollen.« Er lachte.

Ich erkannte sie sofort. Sie saß im Hintergrund des Raums in einem tiefen Sessel, die Beine untergeschlagen. Sie kannte mich nicht, aber ich hatte sie durch die Webcam in den Niederlanden gesehen. Lyudmila. Lulu. Zurück in Odessa. Die anderen Mädchen hatte ich noch nie zuvor gesehen. Aus Höflichkeit warf ich auf alle einen kurzen Blick, ging herum, sagte guten Tag. Scherzte ein wenig und kehrte den Macho, den Kunden heraus. Die Mädchen boten sich an. Es war einfacher, als ich erwartet hatte. Bei Lulu blieb ich stehen.

»What's your name?«, fragte ich.

»Olga.«

Sie nahm mich am Arm und führte mich zur Bar. Champagner. Das gehörte dazu. Sie lehnte sich an mich, begann schon, an mir herumzunesteln.

»In my room«, lächelte sie. Während wir den Raum verließen, sagte der Mann etwas zu ihr. Sie antwortete. Kurz,

heftig, schwer einzuordnen durch die ansonsten so sanften Laute der Sprache.

In ihrem Zimmer herrschte eine andere Atmosphäre. Das professionelle, schicke Bordelldekor wurde von ihren persönlichen Gegenständen ergänzt: Puppen, Bilder, Fotos, Schachteln mit Ketten und Armbändern, Sachen, die zu ihr gehörten, von zu Hause, dort, wo sie herkam. Greifbare Erinnerungen. In einer Ecke befand sich eine Kochnische: eine kleine Anrichte, eine Kochplatte, ein Kühlschrank und Küchenschränke. Alles war sauber und aufgeräumt. Ordentlich. Fast heimelig. Kaum war die Tür zu, fing sie schon an, sich auszuziehen.

»Warte mal«, sagte ich auf Niederländisch.

Sie sah mich an. »Ah, Niederländisch. Ich bisschen sprechen. Ist gut.«

»Nicht so schnell«, meinte ich.

»Nein.« Sie lachte. »Alles gut.«

Ich trat an eine Kommode, nahm eine Puppe hoch, sah sie an und legte sie wieder hin. Dann griff ich nach einem der Fotos. Blitzschnell stand Lulu neben mir, nahm mir das Foto aus der Hand und stellte es wieder hin.

»No, no. No touch«, sagte sie. »Okay, so ist es gut.« Sie rückte das Foto hin und her, bis es wieder an genau derselben Stelle stand wie zuvor. Danach legte sie die Puppe zurecht. »Fertig«, erklärte sie. *»No touch.«*

»Wo ist Guus?«, fragte ich. »Ist Guus hier?«

Sie erstarrte. Mit den Händen auf der Kommode. Sie antwortete nicht und sah mich nicht an.

»Guus. Du kennst doch Guus? Guus. Die Anwältin. Ist Guus hier?«

»Nein, keine Gus.«

»Guus ist nicht hier?«

»Nein, nein, nein. Keine Gus. Nicht hier.« Sie wies mit ausladender Gestik um sich. »Das ist mein Zimmer. Mein Zimmer. Hier nichts, okay?« Dann ließ sie die Arme wieder schlaff herunterhängen. Ihr Körper war ruhig, ihre Augen verrieten ihre Panik.

»Hier ist es gut«, sagte ich. Ihr Zimmer. In diesem kleinen Raum wurde sie zu der Lyudmila, die sie einmal gewesen war, ein Mädchen mit seinen Fotos von zu Hause und seinen Kuscheltieren. Es war der einzige Ort, an dem dieses Mädchen noch existierte. Ihr Zimmer.

Sie zuckte mit den Schultern.

»Und Dmytro?«

»Dmytro sorgt für mich. Er kennt meinen Vater. Meinen Bruder. Er hat mich geholt, hierher.« Sie schwieg. »Dmytro hat auch schwer«, sagte sie. »Ist auch nett.«

Ich nickte. »Und das ist also dein Zimmer.«

»Mein Zimmer. Das ist mein Zimmer.«

Irgendetwas ging hier vor, das sich meinem Verständnis entzog.

Ja, es war ihr Zimmer, und das war so wichtig, dass sie es ständig wiederholte. Was war so wichtig? Was wollte sie ausdrücken? Es war, als wolle sie mir etwas sagen, in einer Art Geheimsprache. Ihr Zimmer. Was bedeutete das? Diese zwanghafte Art, mit der sie ihre Sachen an exakt dieselbe Stelle zurückstellte. Genauso wie zuvor. Neurotisch. Hatte sie etwas genommen? Drogen? Kokain? Was? Auf einmal schien sie mich zu vergessen. Sie wanderte durchs Zimmer und berührte alle ihre Gegenstände. Ganz kurz. Wie eine Inspektion, ein Kontrollgang.

Sie drehte sich um, lächelte und zog ihre Kleider aus, bis auf BH und Slip.

»Okay?«, fragte sie.

Mehr als okay.

Sylvias Worte dröhnten mir durch den Kopf: Lass dich nicht in Versuchung bringen, sie werden alles tun, um dich zu verführen.

Vorsicht.

Und das können sie sehr gut.

Vorsicht.

Ich legte ihr die Hände auf die Schultern und ließ sie auf dem Bettrand Platz nehmen.

»Warte mal«, sagte ich wieder, als sei sie ein Hund. Etwas anderes fiel mir nicht ein. Ich zog den einzigen Stuhl im Zimmer heran und setzte mich vor sie hin. »Okay«, erklärte ich.

Sie lächelte.

Mir fehlten die Worte. Ich sah sie an. Sie war entspannt. Ich sah die verblassten Spuren von Blutergüssen auf ihrem Körper. An den Seiten und unter den Brüsten.

Sie lächelte unentwegt.

»Wo ist Gracie?«, fragte ich.

»In Amerika.« Jetzt strahlte sie. »In Amerika, bei Freund von Bruder. Sehr gut. Gracie sehr gut, okay?«

Ich schüttelte den Kopf. Diese Geschichte hatte ich schon mal gehört und auch damals nicht geglaubt. »Sie ist nicht in Amerika«, erwiderte ich. »Wo ist sie? Wieder zu Hause?«

Lulu lachte laut und zynisch auf, ein Geräusch wie ein Peitschenknall. »Zu Hause! Ha! Niemals. Nie nach Hause. Nie! Okay?« Sie schüttelte den Kopf und spuckte auf den Boden. Sie schlug die Arme um den Oberkörper und atmete tief durch. »Gracie …« Sie schwieg. »Gracie weg«, sagte sie schließlich. »Gracie …« Sie fügte eine träge, fließende Handbewegung hinzu. *»You know …«* Sie seufzte. Ihre Augen wurden plötzlich feucht und müde. *»You know …«*

Schweigend sahen wir einander an. Ich nahm ihre Hände und hielt sie fest. Weiter nachzufragen hatte keinen Sinn.

Gracie war weg. Verkauft, weiterverkauft, verschachert. Sie war inzwischen wahrscheinlich in Deutschland, Frankreich oder Italien oder vielleicht schon wieder in den Niederlanden. Nachdem ihr Name mithilfe meines Computers aus den Archiven der Justiz gelöscht worden war, konnte man sie wieder hinbringen, wo man wollte.

Ich biss mir auf die Lippen. »Gracie hat Erfolg in Amerika«, sagte ich.

Lulu nickte. Lächelte gezwungen. »Gracie immer Erfolg«, flüsterte sie. *»Big success.«* Sie schwieg und sah sich um. »Ich nicht.«

Sie schüttelte den Kopf. Nach der Entlassung aus dem Gefängnis war sie in ein Resozialisierungsprogramm aufgenommen worden. Sie hatten sie nach Odessa abgeschoben, in ein Heim gesteckt und ihr einen Job vermittelt. Am Fließband einer Fabrik. Zehn Arbeitsstunden täglich für insgesamt sieben Euro. Hundertfünfzig Euro pro Monat. Nicht genug zum Leben, bei Weitem nicht genug für ein Handy, und ohne Handy war sie verloren. Ohne die Möglichkeit, immer und überall jemanden anrufen zu können, der irgendetwas für sie organisierte.

Schon nach knapp zwei Wochen war sie wieder auf der Suche nach ihren alten Bekannten, jenen Männern, die sie aus der unendlichen Ödnis der ukrainischen Provinz geholt hatten.

Einen Monat darauf war sie zurück bei Dmytro und Vlodo. Bei den Männern und dem Geld.

»Aber keine Guus?«, fragte ich.

»Das ist mein Zimmer«, wiederholte Lulu, diesmal ganz ruhig.

»Dein Zimmer in diesem Haus. Hier ist es gut.«

»Mein Zimmer ist gut.«

»Und das Haus? Ist das Haus auch gut?«

Wieder zuckte sie mit den Schultern. »Schönes Haus. Großes Haus.«

»Nicht gut?«

Sie schwieg. Sah mich an. Lächelte. »Gut«, sagte sie. »Mein Zimmer ist gut.«

»Und das Haus?«, wiederholte ich.

»Hier ist Anfang, okay?« Sie verlagerte das Gewicht. »Fahrschein erster Klasse, ohne zurück.« Sie lachte. »Mädchen kommt hierher, alles neu. Neue Kleider, neue Schuhe. Alles neu. Wird verwöhnt. Schön. Hast du gesehen? Dort?« Sie zeigte in eine bestimmte Richtung. »Schöne Mädchen. Lernen ein bisschen Englisch. *Yes. No. I like you. Very nice. What can I do for you?*« Sie schwieg und nestelte am Spitzenbesatz ihres Slips. »Eine Woche. Zwei Wochen. Alles schön, alles hergeben. Pass, Papiere, alles. Ist nötig für Arbeit in Europa. Genehmigung. Ja? Visa. *Yes, very good*. Keine Fragen. Hast du Fragen? Geh was Schönes zum Anziehen kaufen mit Vlodo oder Ilja. Sei liebes Mädchen. Ja? Dann kommt Arbeit. Gute Arbeit. Viel Geld. In Deutschland, in den Niederlanden, in anderem Land. Ja? Schön. Ins Auto, weg. Alles in Ordnung. Okay. Schönes Mädchen, du gut arbeiten, du alles bezahlen, Kleider, Schuhe, Reise. Du alles bezahlen. Viel Geld. Mit Männern. Vielen Männern. Ja? Vielen Männern.« Sie blickte sich um. »Mein Zimmer.« Sie lachte. »Willst du ficken? Ja?«

60

Tebje nado utschitza

Dmytro klopfte nicht an. Er öffnete die Tür und stand plötzlich im Zimmer. Groß und bedrohlich, besonders deshalb, weil er lächelte. Eine Fröhlichkeit, die ich nicht teilte.

»*Time for business*«, erklärte er, kam drei Schritte weiter ins Zimmer herein, packte mich am Arm und zog mich vom Stuhl, als sei ich federleicht. Er hielt mich derart fest umklammert, dass ich mich unmöglich losreißen konnte. In jedem seiner Finger hatte er mehr Kraft als ich in meiner ganzen Hand.

»*Come.*«

Mühelos bugsierte er mich den Flur entlang. Bevor er die Tür hinter uns schloss, sagte er etwas zu Lulu. Danach sprach er nicht mehr. Er schleifte mich mit, eine Treppe hinunter, durch eine Tür, in einen anderen Teil des Hauses. Ein weiterer Flur, noch eine Tür. Er stieß mich in ein Zimmer. Ein auffällig leeres Zimmer. Schmuddelige weiße Wände, kein Fenster, Linoleum auf dem Boden, ein Bett, ein Tischchen mit einem Glas Wasser und drei Männer. Männer, die ich nie zuvor gesehen hatte.

»Okay«, sagte Dmytro und ließ mich los. Dann schloss er die Tür.

Ich rieb mir über den Arm. Ich spürte seine groben Finger bis tief in meine Muskeln. Ich drehte mich um und wollte etwas sagen. Ich wollte versuchen, mit ihnen zu reden, fragen, was los sei, einen Ausweg suchen. Doch Dmytro sah an mir vorbei. Er gab den Männern ein knappes Handzeichen.

Im nächsten Moment wurde ich von zweien von ihnen gepackt und mit dem Rücken gegen die Wand gedrängt. Der dritte Mann umklammerte meinen Unterkiefer, zwang mich, den Mund zu öffnen, steckte eine Tablette hinein, nahm das Glas Wasser und schüttete es mir in den Mund.

Ich schluckte, ich konnte nicht anders, es war ein Reflex. Die Tablette rutschte die Speiseröhre hinunter. Noch ein Schluck. Wasser lief mir am Kinn herunter. Ich hustete, spuckte das restliche Wasser aus. Verschluckte mich und schnappte mit hocherhobenen Händen nach Luft. Die Männer ließen mich los und klopften mir auf den Rücken. Grob. Noch einmal. Sie lachten. Je mehr ich prustete, desto lauter lachten sie.

»Don't worry«, sagte Dmytro. *»Is good pill.«*

Sofort packten mich die Männer aufs Neue und fingen an, mich auszuziehen.

»He!«, rief ich. »He, lasst das sein! *Come on!*« Ich wehrte mich, versuchte, mich loszureißen, und fuchtelte mit Armen und Beinen. Mein Jackett zerriss, meine Hose auch. Doch für die drei Männer war ich kein ernst zu nehmender Gegner. Sie ließen mich in der Unterhose zurück. Lachend verließen sie das Zimmer. Dmytro schloss die Tür von außen ab.

Ich hörte sie durch den Flur davongehen, ihre Stimmen, ihr Lachen. Danach war es still. Ich stand in der Unterhose auf dem Linoleum und fluchte. Alle meine Kleider hatten sie mitgenommen. Mein Geld, mein Telefon. Ich blickte mich in dem kahlen Raum um. Sogar das Wasserglas war weg. Ein Bett, ein kleiner Tisch. Mehr gab es nicht. Und die Tablette, die ich bekommen hatte und die in mir steckte. Ich dachte an das Zeug, das ich von Sterre bekommen hatte und die lähmende Wirkung, die es auf mich gehabt hatte. Ich reagierte empfindlich auf so was.

Ich saß auf dem Bett, ohne jedes Zeitgefühl. Es konnte eine Viertelstunde, aber auch eine halbe Stunde vergangen sein.

Um mich herum war es still. Das Bett knarrte ein wenig, wenn ich mich bewegte. Meine Aufregung hatte sich gelegt und die Tablette zeigte keine merkliche Wirkung. Ich war hellwach, mein Kopf fühlte sich gut an, also war es kein Mittel, um mich auszuschalten oder etwas Ähnliches.

Ich fragte mich, was das sollte. Dmytro hatte mich wiedererkannt, deswegen hatte er mich eingesperrt. Bis dahin war die Lage übersichtlich. Sie hatten mir alles abgenommen, Kleider, Telefon, auch das war logisch. Einsperren und kein Kontakt nach außen. Inzwischen saß ich auf dem Bett und wusste nicht, worauf ich wartete. Das war der unsichere Teil.

Die schmuddeligen Wände gaben keine Antwort. Meine Grübeleien führten zu nichts. Ich starrte vor mich hin und wartete.

Nach einer Weile stand ich auf und lief im Zimmer umher. Sechs Schritte in die eine Richtung, sieben in die andere. Ein großes Zimmer. Alles in diesem Gebäude war groß. Ich ging noch eine Runde. Lehnte mich gegen die Wand und dachte an Lulu und Gracie, an Guus und Sterre. All die Frauen in meinem Kopf. Ich schlug mit der Faust gegen die Wand. Es klang nach einem halben Meter Beton.

Nach einer Weile bekam ich eine Erektion. O nein. Genau das, was ich gebrauchen konnte. Einen Steifen in einem Bordell. Ich versuchte, meinen Zustand zu ignorieren und mich abzulenken, indem ich an irgendetwas anderes dachte: Waschmaschine, Staubsauger, Geschirrtücher, Tischdecke, Einkaufswagen, Rollator. Immer zielstrebiger suchte ich mir Dinge aus, die mich von meinem harten Schwanz ablenken konnten.

Nichts half. Die Tablette, die man mir eingeflößt hatte, wirkte ausgezeichnet.

Die Tür geht auf. Dmytro stößt Lulu ins Zimmer. Mit aller Kraft. Sie stolpert hinein, hält sich am Bett fest, fällt darüber. Noch immer in ihrer Unterwäsche und auf nackten Füßen. Sie sieht mich nicht an, ihr Blick ist starr auf Dmytro geheftet.

Die drei anderen Männer kommen herein. Einer bleibt an der Tür stehen, die anderen beiden gehen auf die andere Seite des Bettes. Stark. Groß. Untertänig. Alle Augen sind auf Dmytro gerichtet.

Er lächelt, geht langsam auf Lulu zu und schlägt noch im Gehen zu.

Ich springe schreiend auf und will mich zwischen Dmytro und Lulu drängen, um ihn aufzuhalten.

»He, schlag mich doch!«, brülle ich ihn an. »Sie hat nichts getan!«

Dmytro lacht und holt aus. Seine Hand scheint aus dem Nichts zu kommen und trifft mich mitten auf der Brust. Mit einem Schlag wird alle Luft aus meiner Lunge gepresst. Ich stöhne, schreie und werde von hinten festgehalten. Dmytro sieht mich an und lächelt, so freundlich, so entspannt.

»It's okay«, sagt er und dreht sich zu Lulu um. Er packt sie am Arm, zerrt sie vom Bett, geht kurz in die Knie, krümmt den Rücken und schleudert sie gegen die Wand.

Sie schreit auf. Einmal.

Dmytro legt ihr die Hand auf den Mund und schlägt sie mit dem Hinterkopf gegen die Mauer.

Sie ist verstummt. Keine Tränen, kein Laut mehr.

Er reißt ihr die Unterwäsche vom Leib und lässt sie nackt stehen. An der Wand. Sie zittert und dann schlägt er sie. Ruhig. Beherrscht. Auf den Arm, auf den Bauch, auf die Schultern. Jedes Mal ein bisschen fester. Der Blick in seinen Augen ist klar und gnadenlos.

Ich schreie.

Er schlägt sie und lacht dabei. Die anderen Männern lachen mit.

Lulus Schmerz erfüllt das Zimmer. Es gibt keinen Ausweg und sie sucht auch keinen. Sie hat sich in sich selbst zurückgezogen, irgendwohin, wo kein anderer je gewesen ist.

Dmytro tritt sie, seitlich gegen das Bein, weit oben. Er ist schnell und gelenkig, jeder Schlag oder Tritt kommt überraschend. Sie gehört ihm, er kann mit ihr machen, was er will.

»*Tebje nado utschitza*«, sagt er. Ganz sanft. Fast klingt seine Stimme beruhigend. Als wolle er nur das Beste für sie.

Seine Worte erreichen mich nicht, diese Laute, die ich nicht verstehe und die er ständig wiederholt.

Er schlägt sie. Nie ins Gesicht, nie auf die Brust, nie zwischen die Beine. Diese Stellen müssen unversehrt bleiben. Er schlägt sie, bis sie an der Wand herunterrutscht und in sich zusammensackt.

Die Männer lachen.

Dmytro packt sie, zieht sie hoch und wirft sie aufs Bett. Die beiden Männer auf der anderen Seite fassen sie an den Armen und halten sie fest.

Sie liegt auf dem Rücken.

Er knöpft seine Hose auf. Mit seinem steifen Schwanz in den Händen stellt er sich zwischen ihre Beine und sieht sie an. Er reißt ihre Beine weiter auseinander, dringt in sie ein und fickt sie.

»*Tebje nado utschitza. Tebje nado utschitza. Tebje nado utschitza.*« Er wiederholt die Worte im Rhythmus seiner Stöße. »*Tebje nado utschitza.*« Bis er kommt.

Die Männer lachen und johlen.

Meine Kehle ist rau vom Schreien und Brüllen, meine Arme schmerzen von dem eisernen Griff des Mannes, der mich festhält, und ich habe noch immer eine Erektion. Knallhart.

Dmytro zieht seinen Schwanz heraus, das Sperma tropft auf den Boden, doch das alles interessiert ihn nicht. Er dreht sich um. Zu mir. Steckt sein Geschlecht wieder in die Hose. Zieht den Reißverschluss hoch.

Unumschränkte Macht.

Dann sagt er zu mir: *»Now you fuck her.«*

61

Ich bin zweigeteilt

Das ist unmöglich. Ich schüttele den Kopf, wild, unkontrolliert. Ich gehöre nicht zu diesen Leuten, ich tue nicht, was sie tun. Diese Männer sind pervers.

»Nein«, sagte ich. »Nein!« Andere Worte finde ich nicht. »Nein!« Ich winde mich und versuche, meine Arme loszureißen. Der Mann hinter mir nimmt mich in den Schwitzkasten und hält mich fest. Ich trete und strample.

Dmytro schlägt mir die Beine weg, achtlos, mit einem Überschuss an Kraft, und zieht mir die Unterhose herunter. Er lacht.

Alle lachen, außer Lulu und mir. Meine Erektion fühlt sich wie ein Verrat an.

Dmytro zeigt auf meinen Steifen. *»Yes, yes, you see! You like!«*, sagt er. *»You fuck. Go!«*

Zu zweit drängen sie mich zwischen Lulus Beine. Die Männer johlen. Immer näher.

»She's to fuck, it's okay«, sagt Dmytro. *»She must learn.«*

Das ist der Grund, er fügt ihr Schmerzen zu, weil sie ihr Gewerbe lernen muss. Er hilft ihr, weil er weiß, wie es geht. Weil er es jedes Mal tut.

Er ist ein strenger Lehrmeister, aber ein guter. Er tut es ihretwegen und für all die Frauen, die seine Hilfe brauchen. Er schlägt sie wieder und wieder, auf den nackten Körper, damit der Schmerz noch tiefer eindringt. Das muss sein, sonst gehorcht sie nicht.

Er fickt sie, weil es gut ist für sie. Sie ist da, um gefickt zu werden, und er ist dafür verantwortlich, dass sie es gut kann, dass sie alles tut, was ein Mann will. Ohne Widerrede. Das ist ihre Arbeit, ihre Aufgabe.

Er packt meinen Schwanz und schiebt ihn in sie hinein. Der Mann hinter mir lässt mich los und drückt mir das Knie in den Hintern. Ich schnelle nach vorn.

»*Yes!*«, schreit Dmytro.

Sofort trete ich wieder nach hinten, so schnell ich kann ziehe ich mich aus ihr zurück, obwohl ich mich kaum zurückhalten kann. Mein steifes Glied ist geil auf Sex, während mein Kopf ein Totalverbot ausgesprochen hat, ein Tabu. Strengstens verboten. Nur indem ich mich an dieses Verbot klammere, mit übermenschlicher Kraft, kann ich ein Mitglied der normalen Gesellschaft bleiben. Nur dann weiß ich noch, wer ich bin und was ich tue. Zitternd stehe ich zwischen ihren Beinen. Am Rand des Abgrunds.

Vielleicht sollte ich es einfach tun.

Der Gedanke ist plötzlich da. Unvermeidlich. Vielleicht sollte ich es einfach tun. Eine Hure ficken. Ist das so schlimm? Eine Hure, *she's to fuck*. Es ist ihre Arbeit. Männer befriedigen, viele Männer. Ich bin einer dieser Männer, ich bin ein Niemand. Wenn ich es tue, habe ich es hinter mir. Dann sind sie zufrieden, dann können sie mir nichts mehr anhaben. Es muss sein. Lulu sieht mich nicht einmal an. Sie liegt auf dem Bett und sagt nichts. Sie wartet, mit offenen Augen.

»*You don't like?*«, fragt Dmytro.

Ich antworte nicht. Ich bewege mich nicht. Jede Bewegung wäre falsch.

Er stellt sich neben mich, seine Lippen dicht an meinem Ohr. Ich fühle seinen Atem im Nacken.

»*It is … very simple*«, sagt er. »*You fuck her or he fucks you. Okay?*« Er zeigt auf den Mann hinter mir. »*No problem.*« Er lächelt mich an.

Ich schüttele den Kopf, die Schultern, den ganzen Körper. Das kann nicht sein. Das passiert nicht. Das existiert nicht.

Ich versuche, alles andere zu verbannen und mich nur auf meinen Willen zu konzentrieren. Es geht um Angst, Macht, Stärke. Alles zugleich. Wenn ich es nicht will, geschieht es nicht. Ich will es nicht. Ich will es nicht. Ich will es nicht. Also geschieht es auch nicht.

»Nein«, sage ich.

Schweigen.

»Are you sure?«

Ohne ihm zu antworten, gehe ich noch einen Schritt rückwärts, weiter von Lulu weg. Ich sehe ihn nicht an. Ich sehe niemanden an. Ich weiß, wer ich bin und ich werde das nicht tun. Daran festzuhalten ist das Einzige, was mir hier bleibt. Durchhalten.

»Okay«, sagt Dmytro und gibt ein Handzeichen.

Einer der Männer zerrt Lulu vom Bett, rafft ihre Unterwäsche vom Boden auf, drückt sie ihr in die Hand und öffnet die Tür. Sie schlüpft hinaus und verschwindet geräuschlos. Die Tür wird wieder geschlossen. Für einen Moment entspanne ich mich, erleichtert stelle ich fest, dass ich es geschafft habe, Lulu ist weg.

Dann schnellt Dmytros Hand nach vorn. Mit einer blitzschnellen Bewegung schlägt er mich in die Seite. Ein dumpfer Schmerz schießt mir durch den Körper. Wieder schlägt er zu. Ich versuche, seine Hiebe abzuwehren, aber er ist schneller und stärker. Er trifft mich mit jedem Schlag, Schmerzwellen überrollen mich. So schnell und heftig, dass ich sie nicht verarbeiten kann. Er schlägt weiter und weiter, ich weiß nicht, wie oft. Mein Körper ist wie gelähmt, meine Arme und Beine reagieren nicht. Plötzlich tritt er mich in die Kniekehlen, sodass ich laut schreiend zu Boden gehe.

Sie lachen.

Drei Mann packen mich und schleifen mich bäuchlings auf das Bett. Es passiert so schnell, dass ich erst anfange zu schreien, als es schon zu spät ist. Alles dreht sich, wird von innen nach außen gekehrt. Ich schreie und kreische, aber es hat keinen Zweck.

»*No! Stop!*«, schreie ich.

Angst. Angst durchströmt mich und lässt mich erstarren, schaltet alle anderen Gedanken aus. Ich weiß, was geschehen wird, ich weiß es. Dmytro hat mich gewarnt. Ich habe es nicht geglaubt, es passte nicht in meine Vorstellungswelt, in mein Denken. Jetzt weiß ich es und noch bevor ich den Gedanken zu Ende gedacht habe, geschieht es. Die Angst überrollt mich mit einer ungeahnten Geschwindigkeit. Mein Körper schreit, mein Herz heult, meine Augen brennen. Ich habe Angst, Angst vor dem, was kommt, Angst vor den Schmerzen, Angst vor allem, was zerreißen wird. Angst vor dem tiefen Abgrund, der sich vor mir auftut.

Und dann geschieht es.

Zwei Männer ziehen meine Beine auseinander. Dmytro geht in die Hocke und hält meine Arme fest, eine Hand um jedes Handgelenk. Ich habe das Gefühl, dass er mir die Schultern auskugelt. Er sieht mir genau in die Augen und lächelt. Wenn er lacht, hat er ein freundliches Gesicht. Ein Mann, dem man gerne sein Vertrauen schenkt.

»*You like*«, sagt er.

Ich schreie, als der Mann in mich eindringt und schreie, bis er kommt. Meine Stimme ist das Einzige, was ich habe.

Sie gehen weg. Ich höre ihre Stimmen, ihr Lachen, ihre Schritte auf dem Boden. Ich höre die Tür zufallen und dann höre ich die Stille.

Die Stille.

Die Stille.

Ich liege auf dem Bett und habe alles verloren. Es dauert lange, bis ich es wage, mich zu bewegen, mein Körper will es nicht. Langsam krieche ich ganz auf das Bett, rolle mich zusammen und versuche, die Schmerzen bewusst zu ignorieren. Ich schaffe es nicht, ich bin der Schmerz. Der Schmerz ist der Kontakt zwischen mir und meinem Körper. Zerbrechlich, so zerbrechlich. Das Lächeln Dmytros stets vor Augen. »Dmytro hat auch schwer.« Lulus Worte. Der Klang ihrer Stimme. Ich kann meinen Gedanken nicht folgen, sie kommen und gehen, bevor sie zu Ende gedacht sind. Ich zittere. Es ist nicht kalt. Alles ist weit weg. So weit weg. Es dauert Minuten, länger, eine halbe Stunde.

Stille.

Die Schmerzen lassen nach, das Brennen ebbt ab, ich kann wieder meinen Atem regulieren, ich ähnele etwas, was ich kenne. Vorsichtig rutsche ich über das Bett zum Kopfende. Lehne mich an die Wand. Ziehe die Knie an und verfluche alles, jeden und mich selbst. Ich habe immer noch eine Erektion. Versuche, sie zu ignorieren. Schließe die Augen.

Gerade als ich glaube, dass ich es schaffe, als sich mein Körper allmählich wieder wie mein Eigentum anfühlt, sind sie zurück. Ich bin höchstens anderthalb Stunden allein gewesen. Dmytro zerrt mich vom Bett, schleift mich über den Boden und stellt mich an die Wand, genau wie er es vorhin mit Lulu getan hat, und schlägt mich fast bis zur Bewusstlosigkeit. Wieder ziehen die Männer mich auf dem Bauch über das Bett. Das zweite Mal ist länger und ruhiger. Ich schreie trotzdem noch ein paar Mal. Dmytro hängt an meinen Handgelenken, in der Hocke, sein Gesicht dicht vor meinem, ich fühle seinen Atem auf den Wangen, in meiner Nase. Rieche ihn.

»Tebje nado utschitza«, sagt er. *»You must learn.«* Und er lächelt.

Zwei Mann heben mich vom Bett und legen mir einen Bademantel um. Sie schleppen mich durch die Flure, durch das Haus. Ich kann kaum noch laufen, zwischen meinen Beinen ist alles wund und offen, mein Kopf scheint ausgeschaltet. Sie setzen mich hinten in ein Auto, zu beiden Seiten steigt ein Mann neben mir ein. Zwei Mann vorn. Wir fahren los. Das Sitzen fällt mir schwer. Denn mein ganzer Körper tut weh – pochende Schmerzen, stechende Schmerzen, brennende Schmerzen. Ich würde mich am liebsten hinlegen und lehne mich an einen der Männer, um den Druck von meinem Hintern zu nehmen.

Dmytro blickt sich nach hinten um.

Er nickt.

Alles gut. Er ist zufrieden. Ich sehe es. Ich sehe alles wie lose Teile eines Ganzen, das als solches nicht mehr existiert.

Der Wagen fährt quer durch Odessa. Es ist Nacht, dunkel. Hier und da ein Licht. Die Männer sind ruhig. Wir sind unterwegs. Wie lange? Eine halbe Stunde. Mein Körper wimmert. Ich zittere immer noch unter dem Bademantel.

Sie zerren mich aus dem Auto in ein dunkles Gebäude. Mit nackten Füßen laufe ich raue Betonstufen hoch, bis wir eine alte Wohnung betreten. Leere Zimmer. Alte Betten, alte Stühle.

Sie schlagen mich, bis ich reglos daliege. Legen mich bäuchlings auf ein Bett. Zwei Männer an meinen Beinen. Dmytro an meinen Handgelenken.

»Nein«, sage ich. Ich höre kaum noch meine eigene Stimme. »Nein.«

Ich schreie nicht mehr. Der dritte Mann ist größer und härter und braucht viel länger, um zum Orgasmus zu kommen. Es ist, als würde ich leer gepumpt. Mit jedem Stoß seines Schwanzes bleibt weniger von mir übrig. Allmählich vergesse ich, wer ich war. Meine Erinnerung wird flüssig.

Mein Körper lässt los. Meine äußere Form verschwindet, kein Zusammenhang mehr, keine Einheit. Meine Einheit. Meine Einheit zerbricht. Nicht mit einem Knall oder einem Schlag, sondern sie schwindet nach und nach, bis sie aufgehört hat zu existieren. Ich werde zweigeteilt und die Teile passen nicht mehr zusammen. Niemand sagt etwas, niemand lacht. Man hört nur das angestrengte Keuchen und das Klatschen von Fleisch auf Fleisch. Ein Echo in dem kahlen Raum. Ich spüre keine Schmerzen mehr, ich bin irgendwo angekommen, wo ich noch nie gewesen bin, tief in mir, jenseits von dem, der ich bin. Ich bin ein Gedanke, ein dunkler Gedanke, mehr nicht.

»You must learn.«

Sie gehen weg. Ich höre sie nicht aufbrechen, meine Sinne sind betäubt. Ich liege still auf dem Bett. Ich sehe mich von außen, eine andere Person, einen Mann, der nicht gehorchen will, dem Dmytro gut zureden muss. Ein Mann, der noch viel lernen muss.

Er muss es lernen, denke ich. Was für ein Sack! Er muss es lernen. So schwer ist es doch nicht?

Was für ein Idiot, er … ich … er.

Lulu. Sie steht neben mir. Die Männer packen mich und schleifen mich vom Bett. Brennende Stiche zucken durch meine Brust und meinen Hintern bis tief in meine Eingeweide. Dmytro ergreift meine Hoden und hält sie fest.

Ich wage nicht, mich zu bewegen.

Er lacht über meine nicht nachlassende Erektion. *»Now«*, sagt er.

Die Männer legen Lulu auf dem Rücken auf das Bett. Sie halten ihre Arme fest. Warum, ist unklar, denn Lulu widersetzt sich nicht. Ihr Körper ist übersät mit frischen Blutergüssen. Dmytro schleift mich am Schwanz zwischen ihre Beine und zwingt mich wieder in sie hinein. Er schlägt mich auf den Rücken und auf den Hintern, bis ich anfange und weitermache und nicht mehr aufhören kann und Lulu die Beine um mich schlägt.

Sie sieht mich an.

Ich sehe mich selbst.

»*Yes, you fuck me good*«, sagt sie.

62

Immer derselbe Ärger

Ich lag auf dem Boden, immer noch nackt. Zusammengerollt. Mit geschlossenen Augen und auf der Suche nach einer bekannten Person. Niemand da.

Stimmen auf dem Flur, Gepolter und Rufe. Lulu kam herein. Sie kniete sich neben mich und nahm meinen Kopf in die Hände. Sie sah mich an, ihre Augen glühten, brannten, es tat weh, sie zu sehen. Sie sagte nichts. Plötzlich ließ sie mich los und mein Hinterkopf knallte auf den Boden. Ich hatte keine Kontrolle darüber. Es war mir auch egal. Gedanken hatte ich nicht, Erinnerungen auch nicht. Alles war dicht, geschlossen. Ich trieb umher und versuchte, etwas von mir selbst wiederzufinden, etwas Unversehrtes, etwas, was noch heil war, irgendwo, wie klein auch immer.

Hier liege ich gut, dachte ich. Wenn ich hier nur liegen bleibe, ist alles gut. Reglos. Stundenlang, so schien es. Den harten, kalten Boden spürte ich nicht.

Ich spürte nichts.

Vorsichtig blickte ich mich um. Meine Kleider lagen auf einem Haufen auf dem Boden, mitten im Zimmer. Ich versuchte, mich aufzusetzen, mit dem Rücken gegen die Wand. Schmerz schoss auf, vom Hintern bis in den Magen. Als sei alles in mir kaputt. Ich schnappte nach Luft und rollte mich sofort wieder auf die Seite.

Warten. Atmen. Der Geruch des Zimmers. Es roch nach nacktem Stein und kaltem Staub. Ein paar Minuten später versuchte ich es andersherum, drehte mich auf Hände und Knie und stand langsam auf. Ich schlurfte schwankend zur Tür und lauschte. Ich hörte kein Geräusch, keine Regung, keine Stimmen. Ich rüttelte an der Tür. Sie war abgeschlossen. Verzweifelt drehte ich mich wieder um. Das Denken fiel mir schwer.

Ein Zimmer mit einem Bett. Kein Stuhl, kein Tisch, kein Schrank. Durch ein Fenster in Brusthöhe fiel schwaches Licht. Ich ging hin, nackt, und hielt inne. Ich musste dringend pinkeln und es gab nichts, was ich verwenden konnte. Aus dem Fenster pissen ging auch nicht, es war zu hoch. Ich hätte das Bett hinschleifen und mich daraufstellen müssen. Ich seufzte, atmete und versuchte, Energie zu sammeln, die ich nicht hatte, griff den Rand des Bettes und zog. Es schrammte quietschend mit den Metallfüßen über den Boden. In der Stille des Gebäudes hörte sich das Geräusch zehn Mal so laut an. Die Anstrengung tat mir gut, ich hatte ein Ziel vor Augen. Aus dem Fenster steigen, hinunterspringen oder -klettern.

Endlich stand das Bett unter dem Fenster. Ich stellte mich darauf, unsicher auf den Beinen. Ich sah hinaus. Ich befand mich im vierten oder fünften Stock. Bleiernes Licht in grauer Umgebung. Wo ich auch hinsah, überall große, verwohnte Mietskasernen. Ich erkannte die Straßen wieder, hier waren Lies, Sylvia und ich mit Petra umhergefahren. Wahrscheinlich direkt hier unten an der Haustür vorbei.

Es war zu hoch, um rauszuspringen. Unten gab es auch keine Gärten mit Bäumen und Sträuchern, die meinen Fall dämpfen würden. Alles war unter einer Schicht Beton verschwunden. Billig, pflegeleicht und tödlich hart.

Auch eine Lösung. Alles war möglich.

Ich bückte mich und öffnete das Fenster. Ein schneidend kalter Wind wehte herein. Schauder durchzuckten mich, ich hatte keinen Schutz gegen die Kälte. Ich lehnte mich hinaus und betrachtete die seitliche Fassade des Gebäudes. Sie war glatt, ohne Vorsprünge oder Balkone. Hinunterzuklettern war unmöglich. Ich zog den Kopf wieder ein, kniete mich auf die schmale Fensterbank und pinkelte. Der Wind wehte die Hälfte wieder herein.

Ich versuchte, meine Kleider anzuziehen. Meine Unterhose. Ich trat daneben, verhakte mich mit den Zehen im Saum, verlor das Gleichgewicht und kippte um. Mit der Schulter traf ich auf der Bettkante auf und plötzlich waren die Schmerzen wieder da. Alle Schmerzen. Alle Schmerzen, die ich verdrängt hatte, denen ich entkommen war, lösten sich auf einmal und schleiften mich mit sich, dorthin, wo Schmerzen hingehen, in mein Herz und tiefer hinein, in jede Faser, in die tiefsten Tiefen meines Ichs. Dort entstand ein Riss.

Die beiden Hälften meines Handys lagen auf dem Bett, die SIM-Karte fehlte. Auf den Knien kroch ich zu meinen Kleidern und durchsuchte die Taschen meines Jacketts. Tief unten in einer der Innentaschen steckte meine Reservekarte. Sie hatten sie nicht gefunden, sie hatten wahrscheinlich auch nicht danach gesucht. Warum sollten sie?

Ungeschickt zwängte ich die Karte in das Handy, steckte die Rückseite wieder auf, schaltete das Gerät ein, wartete, bis es Kontakt zu einem Provider hatte, und rief Sylvia an.

»Ich bin's«, sagte ich und ließ mich rückwärts aufs Bett fallen. Es fiel mir schwer zu sprechen, mir fehlten die Worte, alle erschienen mir gleich hohl und lächerlich.

»Wo bist du?«, fragte sie.

»Malinovsky«, sagte ich.

»Häng etwas aus dem Fenster«, antwortete Sylvia. »Egal was. Und bleib am Apparat.«

Ich legte das Telefon beiseite und öffnete wieder das Fenster. Ich riss, zog und zerrte die Decke vom Bett, holte ein altes Laken darunter hervor und band dieses mit einem

Ende an den Fenstergriff. Den Rest ließ ich hinausflattern. Es wehte wie eine weiße Fahne im Wind. Anschließend schloss ich das Fenster wieder so weit wie möglich. Mit dem Handy in der Hand kehrte ich wieder ins Bett zurück. Ich hörte Sylvia reden und drückte den Apparat an mich. Zitternd zog ich die Decke über mich.

Ich war nicht erschöpft, ich war nicht verletzt, ich war nicht geschwächt.

Ich war zerstört.

Die ganze Zeit war ich einem Irrtum aufgesessen. Dmytro mordete nicht. Dmytro bildete aus. Sylvia hatte es selbst gesagt. »Er tut es im Glauben an die gute Sache.« Das tat er. Er erzog. Er brach das Innere. Er brach den Willen. Er hatte mich gebrochen.

Ich stand neben dem Bett. Angezogen. Meine Hose und mein Jackett waren zerrissen, aber ich trug sie. Auch Schuhe und Socken. Es fühlte sich gut an, als böten mir die Kleider zusätzlichen Schutz.

Die Zeit verging, ich hatte keine Ahnung, wie schnell oder langsam. Draußen auf dem Flur ertönte Gepolter und Geschrei. Wütende Stimmen. Bedrohliche Geräusche.

Dmytro stürmte herein, mit zwei Schritten war er bei mir und schlug mich. Meine Reflexe ließen mich im Stich, ich sah ihn kommen, aber mein Körper reagierte nicht auf die Signale meines Kopfs. Ich ging sofort zu Boden, stürzte gegen die Wand. Er schlug und trat auf mich ein. Diesmal dauerte es eine Weile, bis er die Beherrschung wiedergefunden hatte. Er lächelte nicht. Hinter ihm zog ein anderer das Laken herein und schloss das Fenster. Keuchend stand Dmytro über mir, bis er seine Wut wieder unter Kontrolle hatte. Eine trügerische Stille lag im Raum, jeden Moment konnte es mit der Ruhe wieder vorbei sein.

Aus der Tasche meines Jacketts ertönte die Stimme von Sylvia, dünn, verzerrt, unverständlich. Dmytro riss mich hoch, fasste in meine Tasche und zog das Handy heraus. Das kleine Gerät verschwand fast in seiner Faust. Er schüttelte den Kopf und schmiss es an die Wand. Der Kunststoff zersplitterte. Der andere Mann hob die Reste auf und pulte die SIM-Karte heraus. Wieder war ich abgeschlossen von der Außenwelt.

Seine Faust traf mich an der Schläfe.

Ohrenbetäubender Lärm. Splitterndes Holz und dröhnende Gewalt. Noch mehr Geschrei, zerbrechendes Glas. Alles gleichzeitig.

Ich raffte mich auf, den Rücken gegen die Wand, eine Hand am Bettrand und wartete. Erst starrte ich die geschlossene Tür an, hinter der gekämpft wurde. Ich versuchte, den Geräuschen zu entnehmen, was dort geschah. Schloss die Augen und lauschte.

Die Tür flog auf und zwei, drei, vier Männer kamen herein. Waffen, Uniformen. Alles drehte sich. Ich schloss die Augen wieder und hielt mich am Bett fest.

»Bellicher?« Eine trockene, gepresste Stimme.

Der Mann mit dem kurzen Hals und der Glatze stand vor mir. Er sah mich an. Weiß Gott, was er dachte. Sein Blick war ausdruckslos. Er sah lediglich nach, ob ich noch lebte.

»Wenn Sie sich nicht eingemischt hätten, hätten wir die ganze Bande aufrollen können«, warf er mir vor. »Jetzt ist die Hälfte über alle Berge.« Er schüttelte den Kopf. »Sie haben unsere Infiltrantin in Gefahr gebracht. Mit eigensinnigen Leuten wie Ihnen hat man doch immer wieder denselben Ärger.«

Mit stand der Mund offen.

Infiltrantin, das Wort blieb haften.

Guus.

Guus war hierher geschickt worden, sie hatte sich von der Kripo oder egal welcher Behörde anwerben lassen. Infiltrantin. Der perfekte Lockvogel. Anwältin, kennt alle Tricks und Maschen, will die Mädchen beschützen, hat Beziehungen, durch die sie in das Computersystem der Justizbehörden kommt. Sie hatte den Frauenhändlern etwas zu bieten, was sie haben wollten. Sie konnte es, unterstützt von einem Team in den Niederlanden.

Eine SMS von Guus fiel mir ein. »Ten Have«, sagte ich.

Er nickte. »Wir hatten alles unter Kontrolle.«

»Das habe ich gemerkt.«

»Nur, dass Sie allein reingehen würden, das hatten wir nicht vorhergesehen.« Er schüttelte den Kopf. »Das war nicht normal.«

»Nicht normal.« Diese Worte kamen mir bekannt vor. »Wenn Sie sich nicht an Guus herangewanzt hätten, wäre ich nie hierhergekommen«, erwiderte ich.

Mir sackten die Knie weg, ich konnte mich kaum aufrecht halten. Mein Körper hatte keine Energie mehr. Alles drehte sich um mich.

Ten Have wurde von einem älteren, stärkeren Mann beiseitegedrängt, der kurz und heftig auf ihn einredete. Er drehte sich um und rief etwas durch die Tür. Drei Männer brachten Ten Have hinaus. Nur der ältere Mann blieb zurück.

Hinter ihm erschien Sylvia. Sie rannte an ihm vorbei und hielt mich fest.

»He!«, rief sie. »Mik! Hier bleiben! Sieh mich an! Hier, schau mir in die Augen. Schau mich an!«

Ich sah sie an. Ihr Blick bohrte sich in meinen.

»Okay«, sagte sie. »Stehen bleiben. Bleib hier stehen.«

Sie rannte weg und kehrte Sekunden später mit einer sauberen Decke zurück. Jetzt strömten Leute ins Zimmer. Es wurde immer voller und hektischer. Überall Lärm. Sylvia schlug die Decke um mich und legte mir den linken Arm um die Schultern. Mit dem rechten wimmelte sie alle ab.

»Okay«, sagte sie wieder. Sie wiederholte es ständig. »Okay, okay.«

Niemand kam mehr in meine Nähe, sie schirmte mich ab, zog eine Mauer der Liebe um mich. Als sei ich eines ihrer Mädchen.

Bellilog 13.11.07

Treibsand, hier kann ich nicht bleiben. Ich muss zurück. *Regroup.* Brauche festen Boden unter den Füßen. Wie nennt man das? Einen Untergrund, auf dem ich stehen kann, laufen kann, wo ich den Weg kenne.

Wo ein Weg ist. Denn hier ist nichts. Nichts zu holen und nichts zu lernen. Gewalt verschafft einem keinen tieferen Erkenntnisgewinn, mir jedenfalls nicht. Was davon übrig bleibt, hat nicht mehr Bedeutung als ein Leben ohne Gewalt. Weniger sogar. Man lernt, zu leugnen, zu lügen und sich zurückzuziehen. Das lernt man. Sich bis jenseits eines Punktes zurückzuziehen, von dem man glaubte, dort wäre nichts mehr. Man lernt nichts, außer dass sich das Leben zwischen den Fasern seines Körpers verbergen kann. So weit weg, dass man es selbst nicht mehr findet.

Ich lerne, ohne mich zu leben.

Nach zwei Tagen bin ich irgendwo angekommen. In einem Hotel in Odessa. Mein Rucksack ist dort. Den kenne ich. An ihn kann mich klammern, wenn es sein muss.

Sicherheiten.

Die Schmerzen sind weg. Genau wie alles andere.

63

Nicht synchron

Sylvia half mir. Sie wusste, was zu tun war, und sie tat es. Sie fragte nicht, sie brauchte keine Erklärung, sie hatte das schon so oft gehört. Besser war, nicht darüber zu reden, zu verdrängen. Dazugehören, zusammenhalten. Sie hielt mich fest, wenn es sein musste, und ließ los, wann immer es ging.

Lies stand unter Schock. Sie erzählte mir nicht, was sie sah. Meine Chakren waren vermutlich kein schöner Anblick.

»Wie geht's dir?«, fragte sie.

»Ich fühle mich wie dein Boot«, antwortete ich.

Serge war da. Er war der Mann, der Ten Have in den Hintergrund gedrängt hatte, und schon deswegen ein Freund. Er hatte die Räder ins Rollen gebracht, durch ihn war ich befreit worden.

»Die hätten dich sonst einfach dort zurückgelassen«, erklärte Lies. »Du hattest ihre Pläne schon genug durchkreuzt und sie wollten Dmytro nicht in die Flucht jagen.«

»Er sollte glauben, du wärst irgendein Verrückter, der auf eigene Faust handelte«, fügte Sylvia hinzu.

»Amen«, erwiderte ich.

Serge sagte nichts. Er hatte die richtige Person kontaktiert, sodass die Polizei unverzüglich Maßnahmen ergriff. Internationale Vereinbarungen mit dem Team von Ten Have wurden eingefroren, die Operation mit dem Ziel, die Machenschaften der Frauenhändler bis tief in die ukrainische Provinz zu verfolgen, unterbrochen. Gegen die Beziehungen und die Macht eines ehemaligen KGB-Offiziers konnte niemand etwas ausrichten. Niemand wagte es, sich zu widersetzen. Ten Have war außer sich. In den Niederlanden waren Sonderermittlungsgruppen, Expertenräte und ein Koordinationszentrum gegründet worden, um gegen den Frauenhandel vorzugehen. Die Operation hatte monatelange Vorbereitungen gekostet und hätte der erste große Durchbruch werden sollen. Mit Guus hatten sie eine Frau gefunden, die man in die Gruppe einschleusen konnte, die die Männer kannte, wusste, wo sie herkamen und mit wem sie in Verbindung standen.

Serge hatte sich nicht davon beeindrucken lassen.

»Er kennt diese Art Männer«, sagte Sylvia. »Die lachen über die Polizei und die niederländischen Gesetze. Maximal sechs Jahre Freiheitsstrafe und viel zu laxe Kontrollen. So kann man denen nicht das Handwerk legen.«

Ich musste unwillkürlich daran denken, wie die Polizei hier in Odessa gegen die kriminellen Banden vorgegangen war: erst schießen, dann reden.

»Diese Sprache verstehen sie«, sagte Serge. »In den Niederlanden glaubt man, solche Männer könnten im Gefängnis lernen, dass sie falsch gehandelt haben, sodass sie ihre Taten bereuen.« Er lachte. »Aber man schlägt nicht erst jemanden, um anschließend zu versichern, dass es einem leid tut. Das geht nicht. Das ist unmöglich. Es tut ihnen leid, wenn sie nicht fest genug zuschlagen. Oder zu spät. Das bereuen sie.«

Ich wusste genau, was er meinte.

Dmytro hielt sich nicht für grausam oder gewalttätig. Er tat, was er tun musste, er glaubte an das, was er tat. Er war von der Richtigkeit seines Handelns überzeugt. *Tebje nado utschitza*, du musst lernen. Er schlug und vergewaltigte uns so lange, bis wir verinnerlicht hatten, was wir tun mussten, wie unser Leben aussah.

Serge war der Typ, der zurückschlug. Schneller und härter, sonst hatte es keinen Sinn. Man bekämpfte Menschen- und Waffenhändler von Mann zu Mann. Wenn man Glück hatte, erwischte man zwei auf einmal.

»Meist sind es immer die Gleichen«, erklärte er. »Was soll man mit denen anfangen? Umlegen und liegen lassen.« Er schüttelte den Kopf. Bei der Razzia waren vier, fünf Männer festgenommen worden. Sinnlos. »Ehe man sich versieht, sind sie wieder auf freiem Fuß und machen genau da weiter, wo sie aufgehört haben. Nur schlagen sie härter zu, um die verlorene Zeit aufzuholen.«

Ich fühlte mich unbehaglich. Lies, Sylvia und Serge unterhielten sich und ich versuchte, mich zu beteiligen. Was genau mit mir geschehen war, wussten sie nicht und ich erzählte es nicht. Wenn Lies meine Aura sehen konnte, wusste sie genug. Sylvia brauchte keine Erklärung.

Ich riss mich zusammen. Manchmal gelang es mir, manchmal nicht. Meine Glieder reagierten leicht verzögert. Wie in einem Film, bei dem der Ton nicht synchron läuft. Die anderen schienen es nicht zu bemerken, während ich das Gefühl hatte, ziemlich dämlich auszusehen. Ich legte die Hände in den Schoß und ließ sie dort liegen.

Guus war nicht da. Sie hielt sich nicht einmal mehr in Odessa auf. Am Tag, nachdem wir uns gesehen hatten, war sie geflüchtet und außer Landes gebracht worden. Zurück in die Niederlande. Ten Have hatte seine Informantin in Sicherheit gebracht und mich hängen lassen. Sie auch. Sie hatte nicht auf mich gewartet, sie war nicht geblieben. Genau wie bei ihrer Entlassung aus dem Gefängnis hatte sie mich im Stich gelassen. Das tat weh. Im Nachhinein betrachtet hätte ich einfach im Hotel bleiben können. Ich vermisste sie und vermisste sie nicht. Wenn ich an sie dachte, ging es mir schlecht. Wenn ich nicht an sie dachte, fühlte ich mich verlassen.

Ich stand auf und ging in mein Zimmer. Ich brauchte Ruhe. Ich hatte keine Meinung zur Verbrechensbekämpfung und wollte auch keine haben. Ich dachte an Lulu und Gracie und ihre Weigerung, jemals wieder in ihr Dorf, in eine Fabrik oder in irgendeinen miesen Job zurückzukehren, wo sie nichts als Armut erwartete.

Ich dachte an Guus und wurde wütend. Ganz plötzlich. Ich hatte meine Gefühle nicht mehr unter Kontrolle. Am liebsten hätte ich irgendwelche Gegenstände durchs geschlossene Fenster gepfeffert.

Ich ging wieder hinunter in die Bar, zu Lies, Sylvia und Serge.

»Ich will diesen Ten Have sprechen«, sagte ich.

Serge griff zu seinem Handy und rief irgendwo an, sprach ein paar kurze Sätze und wartete. Kurz darauf klappte er sein Handy wieder zu und erklärte: »Ten Have ist schon weg.«

Natürlich. Rette sich, wer kann. Hier war er nicht erwünscht und auch er legte wohl keinen Wert darauf, länger zu bleiben.

Serge erkannte meine Verzweiflung und telefonierte noch einmal. Er schrieb eine Telefonnummer auf einen Zettel und gab ihn mir.

»Darunter kannst du ihn erreichen«, sagte er. Serge war deprimierend effektiv. Nur wo Guus war, wusste er nicht.

Sie gingen zum Essen aus und versuchten, mich zum Mitkommen zu überreden. Sie gaben sich redlich Mühe, aber alles kam verkehrt bei mir an.

Mal an etwas anderes denken. Ich musste erst mal wieder lernen zu denken, bevor ich an etwas anderes dachte. Jede Einladung scheuerte, die Nettigkeit schien Widerhaken zu haben.

»Dann geh mal nach oben«, meinte Sylvia schließlich. »Wir sagen Bescheid, wenn wir wieder da sind.«

Die Stille in meinem Zimmer tat mir auch nicht gut. Zu viel Zeit, zu viel Raum.

Endlich rief ich Sterre an. Sie wusste von nichts und ich schaffte es nicht, ihr irgendetwas zu erzählen. Ich brachte kein Wort heraus. Jedes Mal, wenn ich es versuchte, blieben mir die Worte im Hals stecken, bevor ich sie aussprechen konnte. Im Gegensatz dazu sprudelte Sterres ungezügelte Lebenslust nur so zu mir herein.

Ich lauschte ihrer Stimme, bis der Akku leer war.

64

Hast du das gehört?

Die Niederlande taten mir gut: kalt, ungemütlich und streng. Gijs redete nicht mit mir. Wenn ich ihn auf der Arbeit anrief, ließ er sich verleugnen, und er hatte eine neue Handynummer, die ich nicht erhielt. Ahmed ging zwar ans Telefon, aber aus jedem seiner Worte sprach sein Unbehagen. Ich hatte keine Lust, in die Firma zu gehen und es auf eine Konfrontation ankommen zu lassen. Gijs war dabei, mich hinauszudrängen, und ich konnte ihn nur aufhalten, indem ich die Missverständnisse aufklärte und den Schaden wiedergutmachte. Manchmal fragte ich mich, was das für einen Sinn hatte. Wenn Gijs mich unbedingt aus der Firma heraushaben wollte, was hatte ich dort dann noch zu suchen? Er beauftragte seinen Anwalt damit, mich anzurufen, um die Entflechtung der GmbH zu besprechen. So bezeichnete es der Mann. Ich legte auf. Er rief erneut und an und sagte, das sei keine professionelle Art zu arbeiten.

Falscher Text.

Am nächsten Abend stand Ahmed unten vor der Haustür. Er wollte nicht hereinkommen, lieber blieb er im Nieselregen stehen.

»Du solltest dir lieber auch einen Anwalt nehmen«, riet er, »denn Gijs geht bis zum Äußersten. Er will nicht mehr das Geringste mit dir zu tun haben.« Er blickte sich misstrauisch um. »Er übertreibt, das finden wir alle, auch Josien und Sacha.« Er schwieg. »Ich fand, dass du das wissen solltest.«

Gijs hatte einen Schlussstrich gezogen. Unsere Freundschaft wog die Gefahr für seinen Namen, seine Familie und seinen Ruf nicht auf. Wenn Gijs alle Register ziehen wollte, war gegen ihn kein Kraut gewachsen. Dann nützte es auch nichts, wenn ich mir einen Anwalt nahm. Der würde lediglich dafür sorgen, dass ich mir die Verfahren, Verdrehungen, Halbwahrheiten, Unterstellungen und direkten Anschuldigungen nicht immer persönlich anhören musste. Dafür musste ich ihn bezahlen. Normalerweise müsste ich ausbezahlt werden, was mir ein ordentliches Kapital verschafft hätte. Gijs würde jedoch alles daransetzen zu beweisen, dass ich unsere Firma finanziell ruiniert hatte, dass ich die Mandanten vergraulte, dass ich mehr Kosten verursachte, als Einkünfte hereinzubringen, und dass ich eine irreparable Rufschädigung verursacht hätte. Ich machte mir keine Illusionen über den Betrag, den er freiwillig bereit wäre, mir zu zahlen. Nach Odessa hegte ich sowieso keinerlei Illusionen mehr.

Erinnerungen durchzuckten mich manchmal wie Stiche. Bilder ohne Ton. Wirr durcheinander. Ich sah Szenen vor mir, als seien sie erstarrt, reglos in der Zeit eingefroren. Die Frau am Schalter im Gefängnis, die rote Glut in ihrem dunkelblonden Haar, ihr Bildschirm mit den unzugänglichen Informationen, das Pflaster um den Ringfinger ihrer linken Hand, das Bett im Haus, die Hände um meine Knöchel, die Haare auf den Beinen der Männer. Es gab einen Punkt in der Zeit, an dem kam ich nicht vorbei, und dort stapelten sich alle Erinnerungen auf. Sie strömten gegen einen Damm in der Zeit.

Anker in feindlichem Gebiet.

Das Justizministerium musste meinen Namen reinwaschen und meine Ehre wiederherstellen. Das schien mir inzwischen nichts weiter als eine verwaltungstechnische Aufgabe zu sein, aber sie musste durchgeführt werden und irgendjemand musste den Auftrag dazu erteilen. Solange ich auf der schwarzen Liste stand, war ich weiterhin handlungsunfähig.

Ich rief unter der Nummer an, die ich von Serge erhalten hatte, und Ten Have meldete sich unmittelbar. Persönlich. Geschickt verbarg er sein Erstaunen und hörte mich an, meine Fragen, meine Forderungen. Im Grunde hatte ich ihm gegenüber keine Forderungen zu stellen, dennoch protestierte er nicht.

»Wir sollten uns treffen«, sagte er. Er schlug ein Café in Amsterdam vor, groß, modern, hell. Anonym.

»Und ich möchte mit Guus sprechen«, erklärte ich.

»Damit müssen Sie sich an Mevrouw van Donee persönlich wenden«, erwiderte er. »Sie muss das schon selbst entscheiden.«

»Ich weiß nicht, wo sie ist.«

»Dann kann ich Ihre Bitte für Sie weiterleiten.« Er war übertrieben höflich. Dadurch wahrte er die Distanz. Ich hielt ihn für einen Mann, der nicht oft laut wurde.

In dem Café saßen wir einander gegenüber an einem kleinen Ecktisch, so weit wie möglich vom Fenster entfernt. Ten Have war entspannt, fast freundlich. Er gab sich Mühe, nett und zuvorkommend zu sein. Er winkte der Bedienung und fragte, was ich wollte.

»Einen Kaffee, bitte«, sagte ich.

Er gab meine Bestellung weiter. »Etwas zu essen? Ein belegtes Brötchen? Die sind hier sehr zu empfehlen.«

Ich schüttelte den Kopf.

»Sind Sie sicher?«

Er pries die Brötchen noch eine Weile an, als wolle er die Kluft zwischen uns mit so vielen Worten wie möglich aufüllen, bevor er sich an ein Gespräch wagte.

Ich sah ihn schweigend an, froh, dass er sich so viel Mühe gab, wenn auch nur aus beruflichen Gründen. Seine Art zu reden klang aufrichtig. Ich erkannte sie wieder. Es hatte etwas mit dem Rhythmus, dem Timbre und bestimmten kleinen Pausen zu tun, ohne dass dabei die Stimme stockte – eine Technik, die ich gelegentlich auch meinen Mandanten beizubringen versuchte. Ten Haves Sprechweise war jedoch nicht erlernt; er war ein Naturtalent. So wie er mir hier gegenübersaß, wirkte er wie ein völlig anderer Mann als der, den Serge in Odessa hatte wegführen lassen. Lockerer, die Wut war nicht mehr sichtbar. Er lächelte. Die Bedienung gab die Bestellung in ihren Handcomputer ein und kurz darauf waren wir allein. Ten Have beugte sich über den Tisch.

»Michael«, sagte er, »ich hoffe, ich darf Michael sagen?«

»Wenn Sie auch einen Vornamen haben.«

Er lachte. »Hans.«

»Hans ten Have. Ist das Ihr richtiger Name?«

Er zuckte mit den Schultern und erwiderte: »Auf diesen Namen reagiere ich.«

Weiter würde ich nicht vordringen, seine Freundlichkeit hörte bei einem falschen Namen auf. Er dagegen wusste, wer ich war, wahrscheinlich kannte er Einzelheiten meiner Biografie, die ich selbst vergessen hatte. Ich wollte gar nicht wissen, wer er war. Ten Have. XY.

»Ich kann nicht garantieren, dass ich auf alle Ihre Fragen eine Antwort habe«, begann er, lehnte sich zurück und wartete, bis der Kaffee serviert worden war. »Soll ich anfangen zu erzählen?« Er faltete die Hände wie ein Priester zum Gebet und begann. Mit leiser Stimme. »Wir waren schon seit einer ganzen Weile auf der Suche nach einer Person, die eine Gruppe von ukrainischen Frauenhändlern infiltrieren konnte, das brauche ich ja nicht näher zu erklären. Wir suchten nach einer Frau, weil ein Mann sich schon bald an den Geschäften hätte beteiligen müssen, während von einer Frau in diesem Milieu anderes erwartet wird. Also suchten wir nach einer weiblichen Person mit Kontakten zu den Justizbehörden, denn damit hatte sie der Gruppe etwas zu bieten. Eine Frau mit einer bestimmten Einstellung, jemanden, der bereit war, für Menschen in Not Regeln zu brechen.«

»Guus«, sagte ich.

»Mevrouw van Donee ist eine ganz besondere Frau«, erklärte er. »Sie besitzt die Gabe, anderen ihren Willen aufzuzwingen, ohne dass diese sich manipuliert fühlen.«

»Sie ist eine Eins«, sagte ich.

Die Bedeutung ihres Namens, wie Lies sie mir immer wieder stolz erklärt hatte, summte mir durch den Kopf: Ihre Tochter war eine Eins, eine Anführerin, tatkräftig, kreativ und dienstbar zugleich. Deswegen fühlten sich andere nie von ihr gegängelt. Alle hatten stets das Gefühl, dass Guus sich extra für sie persönlich anstrengte. Ich lachte. Nullpunktfünf hatte mich tatsächlich beeinflusst.

Ich legte den Kopf in den Nacken und sah hinauf zu der hohen Decke. »He, Lies«, sagte ich, »hast du das gehört?«

Ten Have saß reglos auf seinem Stuhl und fragte: »Hört etwa noch jemand mit? Das war nämlich nicht abgemacht. Tragen Sie ein verstecktes Mikrofon?«

»Wäre das schlimm?«, fragte ich zurück.

Ten Have dachte nach und schüttelte schließlich den Kopf. »Nein, im Grunde nicht. Berufskrankheit.«

Noch bevor sie ins Gefängnis ging, war Guus rekrutiert worden. Der Geheimdienst hatte dafür gesorgt, dass sie mit zwei Frauen aus der Szene zusammengelegt wurde.

»Normalerweise werden Opfer des Frauenhandels nicht inhaftiert. Für sie gibt es eine Sonderregelung, durch die sie unverzüglich einen gewissen Schutz erhalten. Diese beiden waren aber wegen Diebstahls verhaftet worden, was uns die Möglichkeit verschaffte, sie ein wenig anders zu behandeln.«

Im Gefängnis hatte Guus das Vertrauen der beiden gewonnen und während der Besuchszeiten war sie mit Männern der Gruppe in Kontakt gekommen. In den Monaten ihres Gefängnisaufenthalts hatte sie sich Schritt für Schritt in die Gruppe eingeschlichen.

»Ihr Computer war eine Art Eintrittskarte«, erklärte Ten Have. »Sie musste zeigen, was sie zu bieten hatte und dass sie vertrauenswürdig war. Durch Ihren Computer konnte sie ihnen den Zugang ins Justizsystem ermöglichen.«

»Womit für mich die Schwierigkeiten anfingen«, bemerkte ich.

Ten Have schwieg für einen Moment. »Es war keineswegs vorgesehen, dass ihre Daten tatsächlich benutzt würden«, sagte er. »Sobald sie mit Ihrem Computer ins Netz ging, wollten wir ihr neue Passwörter und Codes senden, sodass wir verfolgen konnten, was sie tat. Mit unseren Zugangsdaten hätte sie dann so tun können, als verändere sie Einträge in den Akten. Wir hätten dann dafür gesorgt, dass diese Änderungen unverzüglich wieder rückgängig gemacht wurden. Sie hat unsere Codes auch tatsächlich verwendet und alles lief nach Plan.« Wieder schwieg er. »Wir hatten allerdings nicht bemerkt, dass die Gruppe fortfuhr, Ihren Computer sowie Ihren Namen und Ihr Passwort zu benutzen. Über diesen Zugang haben sie mehrere Akten gelöscht, Urteile revidiert und Genehmigungen erteilt.«

Mithilfe meines Laptops hatten sie obendrein das Sicherheitssystem des Justizministeriums gehackt und über meine E-Mail-Adresse mit Mitarbeitern der Justizbehörden kommuniziert. Deswegen hatten sie mein E-Mail-Passwort verändert, weil ich sonst sofort gemerkt hätte, dass sie unter meinem Namen mailten. Als mein Zugang zum Ministerium blockiert wurde, war schon alles zu spät.

Seit dem Anschlag in Den Haag hatte mich Ten Have beschatten lassen. Über Kameras auf der Straße, die Ortung meines Handys, das Navigationssystem meines Autos. Sie hofften, auf diese Weise Dmytro in den Niederlanden aufzuspüren, wenn er wieder einmal hinter mir her war. Deswegen hatte ich bei der Polizei in Den Haag keine Auskunft erhalten. Durch den Hack im Justizministerium verfügte Dmytro allerdings über dieselben Informationen wie sie, was sie aber nicht wussten. Deswegen gelang es mir nicht, ihn abzuschütteln – die gesamte niederländische Polizei arbeitete für ihn.

»Bis wir jede Spur von Ihnen verloren«, sagte Ten Have. Dank Sylvias Maßnahmen war ich aus den Netzwerken verschwunden. Kein Handy mehr, kein Navigationsgerät, keine EC- oder Kreditkarte, kein Internet und keine E-Mail.

Erst in Odessa hatten sie mich wiedergefunden.

Guus hatte dem Team von Ten Have verraten, wie und wo das Netzwerk, das von Odessa aus operierte, in Deutschland, Frankreich und den Niederlanden aktiv war. Sie hatte die Namen von Abnehmern, Transporteuren und Kurieren übermittelt.

»Wir hatten es fast geschafft«, meinte Ten Have. »Irgendwo in Odessa sitzen noch ein paar große Fische. Die hätten wir gerne auch geschnappt.«

»Gewiss«, erwiderte ich. Er redete von ihnen, als handele es sich um gewöhnliche Kriminelle, Männer, die gegen das Gesetz verstoßen hatten und die man daraufhin festnehmen und bestrafen konnte. Er hatte keine Ahnung. »Ich glaube allerdings nicht, dass Sie eine wirklich ernsthafte Bedrohung für sie darstellen.«

»Wir geben uns redlich Mühe.« Er klang pikiert. »Diese Art von Netzwerken ist sehr schwer zu bekämpfen. Die vielen internationalen Regeln, Behörden, die nicht vernünftig zusammenarbeiten oder keine Informationen weitergeben. Es ist …« Er winkte ab, als wolle er alle Hindernisse wegscheuchen.

»Das habe ich nicht gemeint.« Er sprach über Faktoren, die gar keine so große Rolle spielten. Er betrachtete es als ein Problem der internationalen Abkommen. Wenn das gelöst würde, könnten sie den Menschenhandel stoppen. »Nein, die lachen über uns. Das meinte ich. Unter größten Anstrengungen schnappt man ein paar von ihnen und steckt sie für ein paar Jahre in eine Zelle. Besonders, wenn sie hier in den Niederlanden ins Gefängnis kommen, macht ihnen das nicht besonders viel aus. Bei guter Führung werden sie vorzeitig entlassen. Währenddessen zwingen sie eines der Mädchen, sie zu heiraten. Er darf sie dann besuchen und sie bekommen auch noch Hafturlaub.«

»Darauf muss sich so eine Frau doch gar nicht einlassen«, erwiderte Ten Have. Plötzlich wurde er heftig. »Es gibt Hilfsprogramme für sie, um ihnen den Start in ein neues Leben zu ermöglichen.«

»So eine Frau«, sagte ich. »Genau. So eine Frau.«

Mir wurde übel von seinen Worten, regelrecht schlecht. Es gab manches, was ich nicht sagen, ja, nicht einmal denken konnte. Ten Have kannte alle Fakten, davon war ich überzeugt, und darauf bezog er sich. Er bekämpfte Fakten. Er hatte keinen Schimmer von den wahren Zuständen in diesem Geschäft.

Ich zog mein Handy aus der Tasche und suchte nach dem Foto von den Taschen voller Waffen, die ich gefunden hatte. Im Schrank des Hauses am Lauriertuin. Ich legte das Handy auf den Tisch und schob es ihm zu.

Er sah sich das Bild an.

»Die lachen über uns«, wiederholte ich.

»Davon wusste ich noch nichts«, antwortete er ruhig. »Wo ist das?«

Ich gab ihm die Adresse. »Sind Sie denn noch nicht dort gewesen?«

Er schüttelte den Kopf und sagte: »Das ist nicht immer notwendig. Waffen.« Er zuckte mit den Schultern. »Wir hatten einen Verdacht. Aber das ändert nicht grundlegend etwas an dem Fall.«

»Für Sie nicht. Sie erkennen den Unterschied nicht. ›So eine Frau‹ hat keine Wahl«, entgegnete ich.

»Ich habe selbst an den Operationen teilgenommen«, sagte er. »Das geht nicht ohne Schrammen ab, das gehört dazu. Kein Agent kommt ungeschoren davon. Es bleiben immer Narben zurück. Immer.«

»Es gibt keine Narben«, erwiderte ich. Mein Herz und meine Seele waren auseinandergerissen worden und die Kluft dazwischen war so groß, dass sie nie mehr wieder zusammenwachsen würden. Eine Narbe wäre schön.

»Anfangs fällt es schwer, auch nur daran zu denken, weil die Wunden noch zu frisch sind. Es dauert seine Zeit.«

Er sprach wie ein Mann, der alles über seine Seite des Lebens wusste. Ich würde ihm nie erklären können, wie es auf meiner Seite aussah. Ich trank meinen inzwischen erkalteten Kaffee. Ten Have versprach, mich unverzüglich von der schwarzen Liste tilgen zu lassen. Zur Bekräftigung gab er den Auftrag sofort telefonisch weiter.

»Morgen ist alles geregelt«, versprach er.

Er wollte Probleme mit mir vermeiden und war deshalb bereit, sich weit aus dem Fenster zu lehnen.

Ich forderte Schadensersatz für Lies, deren Versicherung sich weigerte zu bezahlen und sich dabei auf ›Schaden durch innere Unruhen‹ und Pflichtverletzung ihrerseits berief. Lies habe nicht die richtigen Maßnahmen ergriffen, sei weggefahren und unerreichbar gewesen. Sie versuchten, sie über den Tisch zu ziehen.

»Ich werde sehen, was wir tun können«, versprach Ten Have erneut. Plötzlich lehnte er sich über den Tisch und legte seine Hand auf meine, ganz kurz nur. »Es gibt auch Hilfsangebote für Leute wie Sie«, sagte er leise. »Es ist mehr machbar, als Sie denken.«

Ich schüttelte den Kopf. ›Programme‹ klang nicht attraktiv. Sicherlich hatte er recht. Ich war nicht der Einzige, es gab mehr von meiner Sorte, Gott weiß, wie viele. Männer und Frauen aus Lagern, Gefängnissen, Verliesen.

Menschen wie ich.

Das war neu. Ich gehörte ab jetzt einem Club an, um dessen Mitgliedschaft ich mich nicht beworben hatte. Doch jedenfalls wusste ich dadurch, was ich für einer war.

»Ich überleg's mir«, sagte ich.

»Sie haben meine Nummer.« Er nickte und richtete sich wieder auf.

Lange sahen wir uns schweigend an.

»Und Guus?«

65

Die Energie lügt nicht

Ten Have hielt Wort. Das Justizministerium benachrichtigte mich, dass das Missverständnis bereinigt sei. Sie entschuldigten sich sogar bei mir. Ich wurde empfangen und mit Versprechungen überschüttet, dass ein neuer Auftrag auf mich warte. Gijs lenkte ein und redete wieder mit mir. Wir saßen einander gegenüber im Büro. Eine gemeinsame Zukunft war nicht mehr vorstellbar, dafür war zu viel geschehen. Der Entschluss, sich zu trennen, blieb bestehen. Ich war einverstanden.

»Zahl mich einfach aus«, schlug ich vor.

Gijs nannte einen Betrag und ich sagte sofort Ja. Ich verhandelte nicht. Wir legten alles schriftlich nieder und setzten unsere Unterschrift darunter. Gijs würde sich um die Formalitäten kümmern. In einem Monat wäre alles erledigt. Wir schüttelten uns die Hände, freundlich, aber nicht mehr als Freunde. Ich nahm Abschied von Ahmed, Sacha und Josien und verließ die Firma.

Guus rief an. Sie wollte sich mit mir verabreden. Sie klang gehetzt und verkrampft. Wir vereinbarten, uns bei Sylvia in Rotterdam zu sehen, denn sie wollte mich unbedingt auf neutralem Boden treffen. Alle sollten dabei sein, je mehr Leute, desto lieber.

Sie hatte kurze dunkle Haare und trug einen Regenmantel, der besser zu einem Beamten gepasst hätte. Flache Schuhe. Praktisch und unauffällig. Nicht die Guus, die ich kannte. Sie kam herein und ließ die Tür hinter sich offen. Lies saß am Tisch. Ich saß auf einem Stuhl am Fenster.

Ich stand auf.

»Gib dir keine Mühe«, sagte sie.

Sie ging ein paar Schritte auf mich zu, sah aber durch mich hindurch zu einem Punkt irgendwo hinter mir, hinter der Außenwand des Hauses, weiter als die Straße, am gegenüberliegenden Ufer. Sie blickte weit über die Landesgrenzen hinweg. Ich bot keinerlei Hindernis.

»Ich weiß, was du getan hast«, sagte sie. Kalt, hart, jedes Wort voller Verachtung und Wut. »Ich weiß, was du getan hast«, wiederholte sie. Sie fragte nicht, wie es mir ging, sie fragte nicht, wo ich gewesen oder wann ich zurückgekommen war, sie fragte nicht mehr, warum ich keinen Kontakt mit ihr aufgenommen hatte, als sie in Odessa war. Sie stellte keine Fragen und erzählte nichts von sich. Sie war wegen einer Konfrontation gekommen, die ich nicht erwartet hatte und die ich nicht verstand.

Hinter ihr kam Sylvia herein. Sie schlug die Tür mit einem Knall zu. »Nicht so schroff, kleine Anwältin«, sagte sie in dem Versuch, Guus aufzurütteln und zur Vernunft zu bringen. »Wir sollten erst einmal ...«

Guus unterbrach sie abrupt. »Es gibt kein ›erst einmal‹. Deine Mätzchen mögen im Gefängnis ziehen, da nützt dir deine falsche Selbstsicherheit vielleicht etwas, Mevrouw Koper. Da finden dich die anderen mutig und toll. Hier nicht. Hier bist du eine alte Hure, sonst nichts.« Sie drehte sich wieder zu mir um und schrie mich an, ihr Finger stach in die Luft. »Ich weiß, was er getan hat! Ich weiß es! Lulu hat es mir erzählt.«

Lulu.

Ihr Name teilte die Welt in gut und schlecht. So einfach war das.

Für Lulu war ich ein Mann wie Dmytro, Vlodo und all die anderen. Sie wusste nicht wirklich, was mit mir geschehen war, und sie wollte es auch gar nicht wissen. Ich hatte getan, was die anderen auch taten. Ich war nicht besser als die anderen. Das hatte Lulu ihr erzählt.

Lies versuchte, ihre Tochter zu beruhigen, aber es half nicht. Entsetzt stand ich vor ihrer Wut, ihrer schmerzhaften Aggression. Ich fragte mich, warum sie gekommen war, wenn sie mich so verachtenswert fand. Dann hätte sie genauso gut wegbleiben können. Sie schrie, und wenn sie nicht schrie, klang ihre Stimme noch härter. Sie gestikulierte wild mit den Armen – und auf einmal hatte ich ein Déjà-vu.

Ich kannte dieses Verhalten. Und unmittelbar darauf sah ich *es* wieder, und wieder, und wieder und danach konnte ich nur noch *das* sehen.

Die Gesten, die nicht zu ihren Worten passten, das Unbehagen in ihrer Haltung, in ihrem Körper. In dem Körper, den sie mit sich herumschleppte, wo immer sie hinging, und dem sie nicht entkommen konnte. Ich sah, dass sie am liebsten in einer Zimmerecke gesessen hätte. Totenstill. Reglos.

Genau wie ich.

Ich sah den Bruch. Dmytro, Vlodo und Ilya hatten Guus nicht verschont. Ich wusste wo, ich wusste wie, und ich wusste wie lange. Ich sah es ihr an, aber sie sah es mir nicht an, wahrscheinlich, weil sie nicht einmal auf die Idee kam. Ich wusste alles und ich wusste, dass ich es nicht aussprechen konnte. Nicht aussprechen wollte.

»Schon gut«, sagte ich. »Du hast recht. Du hast ganz recht. Absolut. Ich weiß. Ich weiß, was ich getan habe.«

Sie schwieg. »Siehst du! Ich wusste es!« Sie fluchte, drehte sich um und rannte aus dem Zimmer. Die Treppe hinunter. Die Haustür fiel ins Schloss. Die Stille im Zimmer fühlte sich wie eine Erlösung, eine Rettung an.

Ich rührte mich nicht.

Lies stand auf und ging zur Tür. »Ich ...«, sagte sie und deutete hinunter, in Richtung ihrer verschwundenen Tochter.

»Geh nur«, antwortete ich.

Sie kam auf mich zu und fasste mich an den Händen. »Ich weiß nicht, was du getan hast, und will es auch nicht wissen. Ich sehe, wie dunkel es ist. Darüber können wir ein andermal reden. Wenn du willst. Nur, wenn du willst. Das weißt du. Aber eines sehe ich auch: Dein Brunnendeckel ist weg.«

Ich lachte.

»Nein, im Ernst.« Sie hielt mir eine Hand knapp über den Scheitel. »Spürst du das?«

Eine sanfte Glut tauchte in mich und verschwand. Sie hinterließ Ruhe. Ganz kurz nur. Es hätte alles Mögliche sein können. Ich spürte es. Ich spürte es nicht. Ich spürte. Etwas.

»Das ist die Energie. Folge der Energie, Mik. Die Energie lügt nicht.«

Bellilog 24.04.08

Heller, strahlend knallblauer Himmel. Sonne wie in einem Computerspiel, unnatürlich hell, über dem Wasser. Wir stehen vor Lies' neuem Boot, der *Muladhara0.5*. Lies beobachtet mich.

Anderer Hafen, anderer Steg. Ein Stahlschiff diesmal, stabiler, pflegeleichter. Bequem und sicher. Guus ist nicht da. Sterre ist nicht da. Solange ich nicht reden kann, kann ich ihr keine Fragen stellen, und Sterre hat eine unfehlbare Intuition für diese Art Unehrlichkeit. Sie will nichts damit zu tun haben. Zu Recht.

Lulu ist wieder im Heim. Sie hat ein kleines Zimmer in einem großen Haus mit anderen Frauen. In Odessa. Die Sozialhilfe sieht einmal die Woche nach ihr. Es ist nichts. Es ist nicht mal ein Anfang. Ich schicke ab und zu Geld, das kann ich. Über Umwege, denn wenn sie wüsste, dass es von mir kommt, würde sie es nicht annehmen. Gracie ist weg, nach Amerika. Ich glaube kein Wort. Sie wurde nie mehr gesehen. Aufgerieben im Handel. Verschwunden in ihren Träumen. Visionen. Vlodo sitzt irgendwo im Gefängnis, wegen Waffenhandels. Für ein paar Jahre. Dmytro ist ein freier Mann.

Nicht daran denken.

Sylvia ist da, passend gekleidet für diesen Anlass, in langer Hose, Jacke und flachen Schuhen. Allerdings mit knallroten Haaren und knallroten Fingernägeln.

»Putain«, sagt sie, als sie das Schiff sieht, und klopft mir anerkennend auf die Schulter. »So würde ich auch gern aufs Wasser gehen.«

Und Ten Have ist da, mit seinem kurzen Hals und seiner Glatze. Er steht ein wenig abseits, allein. Er kümmert sich nicht um uns, er will nur nachsehen, wofür die Mittel des niederländischen Staates ausgegeben wurden. Streng genommen ist er auf Kontrollgang.

Lies ist sprachlos. Mit einer Hand vor dem Mund läuft sie über das Deck und durch das Cockpit. Sylvia will auch aufs Boot, ich reiche ihr die Hand und helfe ihr hinüber. Zusammen gehen wir an Bord.

Ten Have will nicht. Er bleibt auf Distanz und steckt nach ein paar Minuten die Hände in die Taschen und geht.

Sylvia schlüpft in die Kajüte.

Ich warte.

Und blicke mich um.

An Deck.

Ich.

I.C.H. Die Einzelteile meines Ichs umkreisen sich noch immer argwöhnisch und suchen nach einer Methode, sich wieder anzunähern. Man gewöhnt sich daran.

Ahmed ruft von meiner neuen Firma aus an. Nachdem Gijs mich ausbezahlt und ich mich selbstständig gemacht hatte, war er zu mir gekommen. Wir beide hatten einen guten Draht, mit Gijs harmonierte er weniger. Einige seiner Kunden, darunter die Versicherungsgesellschaft, kamen einen Monat später. Von selbst. *Bellicher & Amrani,* so heißen wir jetzt.

»Kannst du morgen um halb drei in Diemen sein?«, fragt er.

Ich höre ihm zu: seiner Beschreibung der Firma, des Problems, der Umstände, alles kurz, schnell und unglaublich ruhig. Er ist ein Meister. Es geht um eine Untersuchung der Möglichkeiten einer Fusion dreier Sicherheitsfirmen.

Die *Muladhara0.5* liegt im Wasser, ein Schwarm Möwen gleitet ungerührt durch die Luft. Frühjahr in voller Blüte. Lies und Sylvia quatschen in der Kajüte, die kleine Tür steht offen.

Ich suche das Wort, das die Tür offen hält und die Zeit stillstehen lässt, das Zugang zu allem gibt, was ich noch nicht weiß.

Ein solches Wort.

»Nein«, sage ich.

Es ist ein Anfang.

Dank

Mit Dank an Julia Portnaia und Fjodor Chebotarev, De Geus und @.

»I'll let you be in my dream, if I can be in yours«, Bob Dylan, *Talking World War Three Blues.*

»Man is the information he carries«: Motto der Werbeagentur HC&P.

Beim Zustandekommen dieses Romans habe ich Informationen aus unter anderem folgenden Büchern bezogen: *Ik laat je nooit meer gaan*, Ruth Hopkins (De Geus, 2005), *Alles stroomt*, Vasili Grossman (De Geus, 1993) und *Maffia*, Petra Reski (Lebowski, 2009).

Was bisher geschah

Die Macht des Mr. Miller

Aus dem Niederländischen von Stefanie Schäfer

Thriller, Paperback

ISBN 978-3-89425-561-9

NIEDERLÄNDISCHER KRIMIPREIS

Nach dem Erhalt seiner fristlosen Kündigung verschafft sich Unternehmensberater Michael Bellicher heimlich Zugang zu seinem früheren Büro. Eine fatale Entscheidung, denn er wird Zeuge eines Mordes und selbst der Tat verdächtigt. Michael taucht unter – und macht Bekanntschaft mit einem ominösen Mr. Miller, der alles über ihn zu wissen scheint, aber doch nicht greifbar ist …

»Charles den Tex schildert einen globalen Krieg, der nicht mit Waffen, sondern mit manipulierten Informationen geführt wird.«
Der Standard

»›Die Macht des Mr. Miller‹ ist ein atemberaubender Computer-Thriller.« Associated Press

grafit

Fremdenangst als politisches Kalkül

Horst Eckert

Sprengkraft

ISBN 978-3-89425-380-6

nominiert für den ›Friedrich-Glauser-Preis‹

Martin Zander und Anna Winkler recherchieren einen alten Fall: Vor gut eineinhalb Jahren wurde ein Dealer marokkanischer Herkunft auf offener Straße erschossen, der Täter ist immer noch flüchtig.

Zur gleichen Zeit nimmt PR-Profi Moritz Lemke das Job-Angebot der *Freiheitlichen* an. Bislang hat die Partei ihre Wählerklientel vor allem ganz rechts gesucht, aber das soll sich mit Lemke ändern.

Als in einer Hinterhofmoschee eine Bombe explodiert, ändert sich für alle alles …

»Das Buch ist hervorragend konstruiert und provoziert auf intelligente Weise.« Landeszeitung für die Lüneburger Heide

»Multi-Kulti trifft in Horst Eckerts Roman ›Sprengkraft‹ auf apolitische Angepasstheit.« Westdeutsche Zeitung

»Eine furiose Abrechnung mit aktuellen Themen wie islamistischem Terrorismus, Fremdenfeindlichkeit und Korruption unter Politikern und Journalisten.« Nürnberger Zeitung

»Ein packender Politthriller über Machtmissbrauch, intensiviert durch die allgegenwärtige Angst vor Terror.« Men's Health

»Mit seinem neuen Roman ›Sprengkraft‹ legt Eckert ein furios komponiertes, kompromisslos aufregendes Stück Gegenwartsliteratur vor.« Westfalenpost

»Hier hat sich Eckert noch mal selbst übertroffen. Er braucht den Vergleich zu Grisham und John le Carré nicht zu scheuen.« hr2 – Kultur

Ein mutiertes Virus gibt Rätsel auf

Jürgen Kehrer

Fürchte dich nicht!

ISBN 978-3-89425-387-5

Um die Durchführung eines internationalen Gipfeltreffens auf Norderney nicht zu gefährden, soll vertuscht werden, dass Deutschland eine Epidemie droht. Zecken übertragen ein Virus, das bei den Gestochenen zu irrationalem Verhalten führt, häufig mit Todesfolge.

Kommissar Martin Geis und die Wissenschaftlerin Viola de Monti machen sich entgegen oberster Weisung auf die Suche nach der Quelle des mutierten Virus – ist es das Produkt menschlicher Forschung?

»Jürgen Kehrer gelingt ein brillanter Wissenschaftsthriller.«
Westdeutsche Zeitung

»Glaubwürdige Charaktere und eine so interessante wie spannende Geschichte.« Hamburger Morgenpost

»Inspiriert von Klimawandel, Zecken-Ausbreitung und G8-Gipfel hat Kehrer einen interessanten Plot entworfen und mit feiner Ironie und gut gezeichneten Charakteren zweier gebrochener Helden einen gelungenen Wissenschaftsthriller vor heimatlicher Nordseekulisse verfasst.« ekz-Informationsdienst

»Kehrers pointiert geschriebenem Roman gelingt es, einen Verschwörungsplot US-amerikanischer Machart überzeugend in Norddeutschland anzusiedeln.« Kieler Nachrichten

»Der Thriller von ›Wilsberg‹-Autor Jürgen Kehrer bietet Hochspannung bis zur letzten Seite.« Kölnische Rundschau

»Dass Kehrer sich eine solche Geschichte ausdenkt, die zu Zeiten von Mexikanischer Grippe gar nicht aktueller sein kann, ahnte er vermutlich selbst nicht.« Rheinische Post

»Ein erfrischend norddeutsches Szenario, das zeigt, dass sich spannender Krimistoff auch hinter der nächsten Düne inszenieren lässt.«
Brigitte

grafit